ヤマケイ文庫

山のパンセ

Kushida Magoichi 串田孫一

Yamakei Library

山のパンセ　目次

I

III

I

山での行為と思考

今年は二月になってから続けざまに山へ出かけました。四日五日、ある時は二週間近くも雪の山へ入っていました。どうしてまた急に、そんなに山ばかりへ行くようになったのかと言って首を傾ける者もいますけれども、私は別に、自分のことを不思議に思ってはいません。二年ほど前に久し振りに雪の山へ登ったときには、寒さにもこたえましたし、膝も昔のようには動いてくれませんでした。自分でも歳を考えて、まあ止むを得ないことだと思いました。それよりも、もう眺めることも出来ないと思っていた岩峰やかたい氷や、無数の針のかたまりのような風に再びめぐり会えたことを悦びました。

しかし、それから、体力に不安を抱きながらも、懐しい山々を訪れるたびに、脚や呼吸にも、少しずつ自信をとり戻し、時々は負けない気持や強情を張ってみることも出来るようになりました。しかめ面をしながらも心たのしく霧や雨の中を歩き、氷の富士の、非情の烈風にもまけずに、山頂に辿れたことを、実は秘かによろこんでいるのです。

*

ところで、さて私は困ってしまいました。山の中で、私は何を考えているのかと訊ねる人があるのです。それはなぜ山へ登るのかと質問された時と同様に、あるいはその時以上にすらりとはお答え出来ません。私はつい最近も山から帰って来たのですが、その山で、また過去に登った幾つもの山でいったいどんなことを考えていたか、正直に言って覚えてはいません。そうかと言って、山へ行くと何も考えなくなるという訳でもないので、それで困ってしまいました。

山では自分の行為の質が変るように、思考の質も変るのでしょう。

＊

どうも私は、街を歩いている時の方が、余計に何かを考えているような気がします。どっちみち私のことですから、切れ切れのまとまりのないことでしょうが、山の中では、それさえもほとんどしないで、苦しければ苦しいように大きな息をし、それを我慢し、一歩一歩踏み出しているとしか思われません。富士の山頂に近い氷の斜面では、五十歩登ってはピッケルに倚《よ》りかかって一息入れることを繰りかえしていました。

そして帰って来てから、手帳に鉛筆や万年筆で乱雑に書いたことを、自分でも、判読出来なくならないうちに整理をします。普段の日記帳には書かずに、山日記の方へ絵なども入れて書くのがたのしみです。それをしながらいろいろのことを想い出します。樹林帯を夜登っている時に、木々の梢が触れ合って、不思議な音を立て、私の足をとめたことだの、雪庇が落ちそうになっていた稜線から、何度も何度も小規模な旋風が起って、それが百メートルほど雪の急斜面を下ってくると、そこらあたりに埋れ残っている岳樺をさわがせては、消えてしまったこと、啄木鳥《きつつき》の造った木の幹の穴が大きかったこと、手先がどうにも冷たくて、いよいよ凍傷にかかるのかと思ったこと、まずそんな種類のことならば、幾らでも細かに想い出すことは出来ます。けれどもその時々に、私はいったい何を考えていたか、ちっとも浮んでは来ません。

＊

人間のうちに、静的な叡智人ホモ・サピエンスと、動的な工作人ホモ・ファベルの区別をした人がいます。ごぞんじでしょうか。

私は昔、そのことを教えられた時、山を歩く人間は行動的な人間に属するらしいことを知って、すっかり考え込みました。考え込んでも私の頭は単純にしか動いてくれなかったために、それ以来ホモ・サピエンスの方に何ということもなく憧れるようになりました。

憧れたところで、そのとおりになるわけもありませんけれど、重たい荷物を背負って山を歩き廻っていては、いよいよ単純になり、いよいよ愚かになるばかりのように思われ、それよりも、部屋に閉じこもっていても考える人になりたいという願いを強く持ちつつ、それがすでに賢明な決意だったように山から離れました。

＊

これは今でも根本的には訂正する必要のない考え方だと思っています。天候に注意するとか、雪崩に気を配るとか、その程度のことは当然ですけれど、多くの場合、ただ頑固に意地を張って足を動かしていれば、いつかは山頂に立つことが出来ます。そして何と言ってもそれが山登りの一番大きな要素です。疲れて、そのまま登る意欲を失ってしまえば、そこにどんな理由があろうと、山での行為はだいたい終ってしまうことになります。ただ倒れて動けなくなってしまうまでに疲れ切ることは非常に愚かなことで、少しも立派ではありませんし、明らかに敗北です。

ところが、山での行為と思考とが一つになる場合があります。私は、秘かにそういう機会に巡りあうことを願って山へ出かけているような気さえして来ました。つまりそれは、さまざまな困難にぶつかった時です。そしてあっさりと引きさがらずに、その困難を乗り切ろうとする時です。引きかえさなければならない時ももちろんあります。それを考えずに進むことは、もう勇気でも何でもない、ただの無謀にすぎず、正しい判断の結果として引きかえすことを決意することもよくあります。

しかし、自分の前に、両手をひろげて立ちふさがるような困難が、それを充分に検討したあげく、充分に乗り切れる自信がこちらに湧いて来た時、どれほど胸をさわがせ、高鳴らせるものか、想像していただくことが出来るでしょうか。

私はもう若くはありません。嘗《かつ》て持っていたはずの力をいつの間にか失ってしまいました。そのために、だんだんと下らない用心深さを否応なしに持つようになってしまいました。そしてもっと歯痒《はがゆ》いことは、しばしば、山の中にいながら楽をしようと思うことです。そういうよくない根性を払いのけるために、また余計な力を使わなければならなくなったのが実に情ないのです。けれども、雪の中で、予定しなかった露営をした時、山頂に近づくにつれていよいよその堅さを増す氷や、ぐらつく岩の上に自分の身を置いた時に、私の行為と思考とは一つのものになりながら極度に緊張します。

それは恐怖とはだいぶ異った種類のもので、怖いと思い出したらば一歩も足が出なくなるようなところでも、何とかして自分を高く高く持ちあげて行こうとするための思慮分別をぜひとも必要とする行為です。

わずかの誤間化しも許されない、しかも実に大きな自然という舞台に、私は、いやいや追い込まれるのではなくて、自分から出かけて行くこと、これが私の望む試煉だと言っては大袈裟すぎるでしょうか。

直ちに行為を伴わなければ意味を持たないような思考は、思えば山で、一つの困難にさしかかった時に、私が自分にまじめに要求するもので、そこでもしも妥協や、いい加減な態度を自分に許したならば、困難を前にして退くか、さもなければ自分をもっと大きな、時には死の危険におとし入れることになるでしょう。

＊

私は山で何を考えたか。

確かに私は考えました。行為と思考とが一緒になったところに、自《おのず》から生れるその緊張は、日ごとの、平凡なように思われる生活の中でも、仕事に向っている気構えの中でも、当然必要なことであって、そのために私は自分の力と技倆との限度をためしてみているのだと考えました。私は自分を故意にいじめようとは思いません。けれども故意に、ことさらに自分を愛すること、それも真の愛をもってではなしに、自分の気儘《きまま》をただとおさせることには絶えず戒めを与えて行きたいと思います。何かにつけて迷うことがあまりに多い私は、次々にどちらかを選ばずには一歩も進めないようなところへ自分を立ち向わせる必要を感じ、それで山へ出かけているというわけなのです。

（一九五五年五月）

ふたりの山

それは確か四月の末頃のことだったと思うが、ずっと古いことである。私たち二人は、何も気のおけない間だったので、何度かそれまでも一緒に山へ登っていた。しかし、これは、山へ幾度か行っている人なら誰もが気付いていることだと思うが、何人かの山の仲間がいるとして、この友だちとならこういう山へ、また別の仲間とならちがった種類の山へ行くということが、何ということもなく自然に決まって来る。それは、街の生活をしていても同じことで、Aと一緒の時は、どこかの喫茶店で長いお喋りをし、Bと出会った時にはたいがい映画を見ることになり、またCと一緒なら、ただ無闇《むやみ》とあてもなく歩くというふうなことが必ずあると思う。

私も、今よりは遥かに多く山へ出かけていた時分、何の緊張もなく、山頂を目ざすのでなく、ただ高原を一緒に歩いているのにふさわしい友だち、それから、持って行く道具も心構えも全くちがって、岩や氷の、危険も多いところへ行く時の友だちが、別々にあった。

それは、私自身が、ただ山へ来ていればそれだけでいいというういつも曖昧な態度だったからかも知れないが、その、いわば組合せが狂うと、たとえ計画どおりに歩くことが出来ても、何か気がねが多く、さっぱりとした楽しい気分になり切れないものである。

その時は、今でも変によく覚えているのであるが、その山行きの計画を立てている時から妙な不安があった。決して二人の力を越えたことを考えた訳ではない。私たちは、自分の能力の限度を知っていたから、体力の点でも、技術の点でも、その限度のぎりぎりのところまでを使おうとはせず、いつも計画を立てる時には必ずゆとりを作っておくことは心得ていた。

＊

そういうふうにして私たちは前の晩、二人切りで泊った小屋を朝早く立ち、予定どおり、正午までに一つの岩を登り切った。岩の亀裂に残った雪が、その日の強い太陽に思い切りとけて、かなり登りにくく、岩を登り出してから二度ほどルートを考えなおさなければならなかった。ハーケンを打って、お互いに充分の注意をし合い、そのためにかなり神経をつかって岩の頂きに立った。私たちは、やっと二人で腰を下ろせるぐらいのせまい岩の上で、そろそろ囀《さえず》り始めた小鳥の声に耳を澄まし、雲の去来を眺めながら、パンをかじった。

それから先は、もう大して気をくばる必要もない尾根を歩き始めたのであるが、夕暮れがそろそろ谷の彼方に見え始める頃になって、急にお互いが、自分以外の者が一緒にいることを意識し始めてしまった。前に言ったように、何が気に入らないということもない。

ほんとうに気心もよく知り合った仲間だったのだが、何かいつとなく自分自身がいやになるように、二人で歩いていることが気まずくなって来るのだった。

それはもちろん、口に出して言いはしない。休みたくなればいつ休んでもよかったし、実際にまた眺望のいいところで残りのパンを食べたりなんぞしたのだが、だんだん重たくなる心持をお互いにどうすることも出来なくなってしまった。二人でいながら何を悦び合うのでもなく、立派な山の太陽が、もったいないほどにおだやかに照っているのに、私たちはまるで強い雨風の中を歩いているような感じを持った。

山へ来ると、そんなに計画どおりに歩けなくとも、仲間と一緒に、来てよかったということを悦び合うことが、何度でも嬉しいのに、そんな気持は起らないばかりか、時には来なければよかったとさえ思って、頭がくらくらするのである。何事もなければ、こんなに晴れ渡った山の日暮れを、一つの峠へ向って降りて行くことは、無上の幸福感を抱き切れなくなるほどだのに、心が暗く、やたらに淋しく、それくらいなら、霧が湧いて私たちをめいめい深く包んでしまってくれたらいいと思うのだった。

中腹まで下りて来ると夜になり、燈をつけて歩いたのであるが、夜更けに近く山麓の宿まで来た時には、それほど体は疲れてもいないのに、私たちは黙って寝床にもぐり込んでしまうのだった。

＊

それはその当時、いったい、どういうことだったのかよく分らなかったのだが、やはり、私たち二人と山との組合せに微妙な誤算があったからだと思う。思えばその友だちとは、いつも森や谷の多い山を歩いたことが想い出される。私は自分がそれほど悪かったのだとも思わない。また友人がそれほど我儘であったなどとも考えない。ただ、この二人で登る山ではない所を歩いたのがいけなかったのだと思っている。

そんなことがほんとうにあるものだろうか。

私は山での行為というものを単純には考えない。そこは自由であり、親しい仲間同士で、何でも気がねなく歌もうたえるし、勝手な話も出来るように思っている人がいるかも知れないが、その気儘が思う存分に許されることは滅多にない。思えば当り前のことかも知れないが、神経が細かにふるえ始めたら、山での行為ほどむずかしいものはない。急に自分の動揺や戦慄をかくそうとしても、それが出来なくなる。

このことを今考えながら、山での行為でなくとも、自分を、何にはばかることなくさらけ出していられる自由というものは、そう滅多に得られるものではなく、たとえいい仲間があっても、それはやはりある一定の条件の中だけのことだということは意外に多いような気がする。

（一九五五年六月）

ひとりの山

私はこの頃、独りで山へ行きたいと頻りに思う。それは一緒に行く人たちと気が合わないというのではない。またそれほど気持のことなどは気にしなければならないような、むずかしい山へは行かない。それは私自身が、一緒の人たちに気がつかないところで迷惑をかけているのではないかと思うからだ。多くの場合、以前もそうだったが、私は仲間が何人いても一番うしろから歩いて行く癖がついている。それは確かに一種の我儘《わがまま》で、一緒に歩く人たちの足なみ具合では、中ほどにいなくてはならない場合もあるし、ある時には先頭を歩くのが本当だと思うこともある。しかし、特別のことがない限り、一番うしろについて歩かせて貰っている。

確に体力の衰えを感じているこの頃では、そのことが妙に私には気にかかる。曇りの日の谷の、繁みの深い道をそうして歩いていると、例えば谷の向いの繁みで、筒鳥が啼いている。みんな黙って歩いていると、知らないのかも知れないと思って、今向うで啼いている鳥、なんだか知ってる？　筒鳥、そんなふうに言い、みんなは歩きながら、またちょっと立ちどまりながら、あれが筒鳥かと言って、手帳にその名を書いたりする。そのことさえ迷惑なことではないのかと思う。

ましてて、みんなが通りすごしたその径《みち》の土手に、私が例えばエンレイ草を見つけた時、一瞬まよいながら、やはりこれは教えた方がいいと思って、これがエンレイ草だけど知ってる？　と言う。

するとみんなは立ちどまり、先頭の人たちは引きかえして来て、なるほどこれか、などと言ってやはり手帳を開くものもいる。

山を歩いている時、心理状態がいろいろに異常ぶりを示すことがあるが、私は、たまたま知っていた鳥の啼声を教え、花を知らせて、そのことから他人の迷惑をちらっと考えたりすると、それが再び想像の中ではね返って来て、私が疲れているので、そんなことを言って、遠廻しに、ほんのわずかずつでもゆっくり歩かせようとしているように受け取られまいか、と思ったりするのである。いやなひがみだ。

＊

薄い雲は出ていたが、雪の斜面はぎらぎら光を反射し、風のない初夏に、私は一歩一歩汗をたらした。そしてその時も殿《しんが》りを登っていた。

私はこんなところで、昔これほどに汗をかいたり、息をはずませたりしたかを考える。何だか、以前ならば、どんなに急な斜面でも、心を躍らせながら飛びはねて登っていたような気がする。その頃はいったい、体力の限界などということを考えてみたことがあったろうか。

それにもかかわらず、私は若い人たちに向って、自分の力をまず知っておかなければいけないということを繰りかえして言う。そして、たいがいの場合その力の限界の中で、常にゆとりを持って歩いていなければならないとも言う。みんな分ってくれたような顔をする。しかし、私自身、現在の私自身、限界を知っているのだろうか。こんなにも息をはずませながら、なお休むことをせずについて行こうとするのは、果してゆとりをもって歩いていることになるだろうか。

＊

山の日暮に、尾根から沢に下り、もうその日泊ることに決めていた部落が下のほうにちらちら見える。三、四十分も歩けば私も靴を脱ぎ、汗ばんだシャツを脱いで山の湯につかることが出来る。

私は何も疲れてはいなかったが、その日暮に、またいつ来るとは決められないその広い谷の草の中で存分寝ころんで行きたくなった。天気も晴れ渡っていたし、夕暮の小鳥の声が実にきれいだった。あたりはもうそろそろ夏の濃い緑に代っていたが、すべての繁みが紫っぽい夢を見ているようで、私もその仲間に加わりたいと思った。けれどもそれを同行の人達に強要することも出来ず、やっぱり殿りを歩き、心残りをもてあましながら、山を下ってしまった。
私が独りの山旅がしたくなったというのはこんな我儘な気持も手伝っている。

＊

そこで私は、独りだった日の山を回想する。多くの場合、独りだった時に、私は自分を相手に余計お喋りになった。独りになると、昔はせっせと歩いた。休むことの、つまり山の中に動かずにいることの、本当のたのしみを知らずにいたようだ。山頂に辿りついても、何かしらそわそわとそこへゆっくり腰を下ろしていることを余りしなかった。私が自分をせき立てていた。

今はそうしない。気儘になることを一歩一歩戒めながら、あそこまでは、あそこまではと言いきかせながら登り、山頂にいる時間の多すぎることを、帰って来てその記録の手帳の中にはっきり発見する。まるで私の外観を見ているものがいるとしたら、その人は、私が歳とともに大胆になって行くとでも思いそうなくらいだ。しかしそれはあり得ないことである。

山での静かな、一種のうずくまりを求める気持が強くなって来たのだと言ったらいいのだろうか。気が楽で、独りである不安を感じることの前に、別な方面から悠然として眠り、そこに眠り込むことを悦びとさえしようとする。

＊

遠慮なく、山で出会うすべてのものと話を交わすことは独りの時に多い。古い木々や、その木の枝先から落ちる霧の日の滴などは、最も真正直に私の言うことを理解しようとしてくれる。

岳樺の前に立ちどまる。それは返事などしないことを承知で、「どうです？　今年の具合は」と訊ねる。すると不思議なことに岳樺でさえ私に挨拶をする。しかしそこで私は考えなければならない。なぜ自分がこんなことをしているのか。その時に、理屈を求める私の気持は重たくなるのだが、霧の霽れ間からのぞく岩尾根のように幾らかずつ分って来る。その岩尾根の上がどこへ続くかは分らないように、山へ登る自分の気持も先の見とおしがよくは分らない。ただ、私は自分をそこで最もすなおに試してみることが出来るということである。

＊

誰もいない岩尾根で、私を少しも気にかけている様子などはない小鳥たちの飛び交い、啼《な》き交う下で、勇気をためし、体力の限度をためし、もう一度意地を見つめる。

＊

山へ来て、普段のからみついて雑多なものをあっさりと忘れ去ることの出来る時が、かつての私にはあったような気もする。尾根の急な草原に身をうめて、そこで考えることは、人々の言う雑念とは遠く、地上よりもむしろ天上に近い不思議な歌のリズムだった。そのリズムを追い、またそれをなかばは自分で創造しながら、草にうめていた身をもう一度起す時、私は山々のあいだを流れる大気が、自分の想念を帯び、また自分の想念は大気の一部分のような気さえするのだった。

けれども今は、それが求めてもあっさりとは得られない。それはほとんど不可能な融合であって、私はやはりどれほど高く立っていても地上を離れず、その一歩一歩は、からみついた雑多の想いを運ぶ足を動かすにすぎないのである。

私は昔の忘却のための山歩きを羨《うらや》む暇もなく、心は岩のあいだの草花にとらわれながら想い出すのは、過去を重たく背負い続けている私自身の姿である。ただそこで、努力が湧く。努力は、自分を尾根づたいに、またもう一つの山頂へ運びながら、真摯《しんし》に妥協を去ったありのままの姿を感じさせる。

＊

それを洗礼と呼んでみたこともある。孤独な、秘かな全く非宗教的な洗礼を、私は山へ登って行い、心の中に殿堂を築くという詩を作ってみたこともある。それは、表現の大袈裟であることは今になれば気にならないこともないが、見当ちがいのことを想っていたのでもない。

しかし、洗礼とは自分の期待の中でのことであって、それは決して思いどおりには行かない。たとえ、岩肌にその日の最後の、薄紅の夕陽が残り、風が縞になって冷たく暗くなって行くような、山での洗礼にふさわしい条件が揃っても、必ずしも私はまといつく想念をただ単純に清める気持にはならないだろう。夜が、今日登った岩を黒々と浮きあがらせ、月や星々を招いても、私は別の想いにとりつかれたまま、ただ眺めているにすぎないこともあるだろう。

むしろ今恐れるのは、山へ独りで来て、異常な心状を創り出してしまうことである。異常な状態が私に洗礼の感じを与えるにすぎないのであったら、どれほど過去や、また現在が重たく苦しくても、それを投げ出してしまうことは控えなければならない。

*

山を下り、谷川の流れが夜のふけるにつれていよいよ強く頭を麻痺《まひ》させて行くような、そんな小屋に最後の夜をすごしながら、帰って行く心と、新しい出発とを夢みる心とが、疲れた私を眠らせない。帰って行く心とは、もちろん山を離れて行く淋しい狭い心だが、新しい出発を夢みる心とは、それを打ち消しながら、日ごとの生活に宇宙を感じながら、深い息を明るく吸い込む気持である。

（一九五五年九月）

雪のマチガ沢

一九五六年の私の「山日記」の二月十四日のところにはごく簡単に次の時間記録しか書いてない。「土合前　八・四五。マチガ沢出合　九・一五。旧道　九・三五。S字中央後〇・一五。本谷岩壁下　二・一〇〜二・一五。土合　六・四五」

上越線の浦佐から雪道を一時間ほど歩いたところに藪神村という雪にうもれた農村があり、そこへ話をしに行った帰りのことである。前からどこへ登るということも考えてはいなかったが、二月の上越線にすまし込んで乗っていられるはずもないので道具は持っていた。

二月十三日もあのあたりの二月の天気にしては悪い方でもなく、雪はちらちら降っていながら案外風もなく、雪がしまっていたので、一ノ倉をのぞきに行った。シンセンのコルへ出ることは少々厄介だと思ったが、一ノ沢を登り出した。しかし幾度かキックターンをしているうちに雪面が大きくずれ出し、シールをはずして下って来た。そしてその翌日、もうそろそろ東京へ帰らなければと思いながらマチガ沢をのぞいてみたくなった。天気は前日よりも遥かによくて、午前中はほとんど雲がなかったし、気温も六、七度に昇って、湯檜曽川の河原では、雪の上を雪蟲《ゆきむし》がさかんに歩いていた。フタトゲクロカワゲラである。

前日からのことであるが、雪を充分にかぶったこれらの谷が私は懐しくてたまらなかった。再び山へ出かけるようになってから三、四年のあいだに谷川岳を訪れることも時々あったが、雪のこの山は実に久し振りだった。昭和のはじめに、一日がかりでやっと白鷺の滝まで、深い雪を分けて入った西黒沢をはじめとして、それ以後、芝倉沢に成蹊の虹芝寮が建ってからは、何度も何度もこの雪の河原を登りおりした芝倉沢まで七、八時間もかかるほどの深い雪のことがあったかと思えば、春の夕暮に凍った雪を、友だちと二人で、あとになり先になりしながら、実にわずかの時間で土合まで滑って来てしまうこともあった。数年前の五月に何年振りかで湯檜曽川をひとりで歩いた時にも、あまりたくさんの想い出が、自分がどこに背負って来たとも気がつかない過去という奇妙な袋の中から一度にぶちまかれるので戸惑ったが、雪のこの谷を訪れると、その時想い出せなかったことが改めてまた私に飛びかかって来る。それらの想い出は何一つ姿を変えてはいなかった。

その日、マチガ沢へ入ってから、私はそこが山という世界ではないような気持にさえなった。山というものは、遠く離れている時にたいそう込み入った、しかし自分なりに整然と組み立ててみることの出来る観念であって、それが実際に山へ来た時にはそのままではいないで、むしろ山は消えてしまう感じをこれまでも時々抱いたことはあるが、この時ほどそれを強く感じ、水晶の宮殿の中へ迷い込んでゆくような気持になってしまったことは珍しい。私は夢を見ているというより、生きていたことが嘘だったように思われ、シンセンのあの大きな白い帽子をかぶったような岩峰がずっと下に見える本谷の正面の岩壁のところまで、そんな異常な気持のまま登って来てしまった。

その辺の急斜面はなかば氷となり、片足ずつスキーをぬいでシールをはずすのが困難なくらいだった。岩に片手をかけてあたりを見ると、雪は一尺ほどの幅で、幾重にも口をあいていたし、滑りはじめてからも、途中で幾度かひやっとするような青いクレバスを飛び越えた。

S字の上まで降って来てから改めてマチガ沢を見あげ、どうして雪崩のことも何も考えずにあんなところまで登って行ったのか不思議になって来た。ぼんやり立って、吹きおろされて来る雲の渦を見ていると、白毛門からゼニイレ沢へ落ちて行く雪崩の音が長くひびいた。

私はこの日のことはこれまで書かなかった。四十を越した私の、雪のマチガ沢見物と言ってしまえばそれで済むことかも知れないが、判断も注意力もすべて取りあげられてしまったように、ふらふらとスキーで登れるところまで登って行ったことなど、あまり堂々とは書けないことである。

（一九五七年一月）

雪の森の一夜

私たちは今やっと寝袋に入って、一応体をこの雪の中へ落ちつけることができました。南アルプス仙丈岳の東、小仙丈から東北の甲斐駒に向かって走っている尾根の、ちょうど中間にあたる北沢峠に近い地点だということだけは分っていますが、峠の方向がどうしても分らなくなってしまいました。

夜の九時にここへ来てから、まず正面の細い沢をのぼってみましたが、壁のようになっていて、とうてい登ることもできず、引きかえしました。それから、ここまで辿って来た方向を更に南へと大きな斜面をはすに登ってみましたが、それも見当ちがいのようで、また引きかえさずにはいられなくなりました。そんなふうにして、私たち三人は、峠への道を見つけようといろいろ努力をしましたけど、深い森の中で、どうにも見当のつけようがなくなり、これ以上疲れることもできないので、穴を掘ることにしたのです。

今日一日のことは、あとから書くことになるでしょうけれど、この尾根にとりつく八丁坂のあたりから、木の幹に赤ペンキが、実にていねいに塗ってあって、燈でそれを、ほとんど苦労なしにさがしては進んで来ました。新しい雪は、十五センチから二十センチ程度もぐるぐらいで、ラッセルとしてはそれほど苦労はしていないのですが、何しろここまであれほどどこまかについていた赤ペンキが、どこにも見えなくなってしまったのです。

キツネにつままれたような感じ、三人とも眼がどうにかなって、赤い色が見えなくなったのかとも思われました。十二時間以上も歩いているし、荷物だって軽くはないし、狼狽《ろうばい》して無駄に疲労することを考えますと、力が心細くなるまえに穴を掘ることが、たしかに賢明だったことになります。

＊

このあたりの地形から考えて、これは恐らく幸いだったと思いますけれども、二本の太いシラビソがちょうど直角に倒れ、雪になかば埋っていました。最初、もう少し急斜面をさがして、横穴を掘ってみようかとも思ったのですが、雪がさらさらですし、掘る道具もないので、この二本の倒木を利用することにしました。

ピッケルやスキーのストックをさかさにさしてみますと、地面まで掘り下げることは容易ではありません。しかしそんなことを考えているよりも、体が冷え切らないうちに、三人の体を入れるだけのものを早く造りたいと思いました。

穴はかっきりとは掘れません。どこまで掘っても雪は乾いた砂のようにさらさらしているので、ストックのリングでかき出す作業を続けました。私たちはツェルトザックも持っていませんでしたし、エヤーマットもありません。まさかこんなことになるとは思っていなかったので、お湯を沸かす道具もありません。ずいぶん不用意だったじゃあないかと言われるかも知れませんが、実をいうと、私たち三人は、一足先に出た、いわば先発隊で、少なくも北沢小屋までは、あとから来る七人の仲間のために道を作れると思っていたので、炊事道具だの十日ほどの食糧は、みんなその七人にたのんでしまったのです。

それで仕方がないので、穴の雪の上で、三台のスキーを、シールをつけたまま逆さにならべました。一人シュラフカバーを持っていた者がいたので、それをスキーの上に敷きました。それだけです。そして横になることは望みませんでしたから、シュラフザックにもぐり、リュックサックの中のものを全部出してその中に足を突っこみました。もちろん靴を脱ぎ、靴下を一番下から全部かえました。

かじかんでくる手を叩きながら、こんな具合に用意をするのに一時間以上もかかりました。もっとも、もっとてきぱきできたかも知れませんけれど、私は以前の経験から、夜の長いことが何としてもつらいので、幾らかぐずぐずして、じっとしている時間を短くしようともしていたのです。

＊

さっき露営に決めた時に、寒暖計を見ましたら、氷点下十一度に下がっていました。一九五六年三月一日の夜は、こんなふうに更けて行くことになりました。一切がっさいを背負って山を歩くことを、かたつむりと言っていますが、私たちはどうも少々不完全なかたつむりで、殻の中にすっかりもぐり込んで眠るわけには行きません。

それにしても幸いにして空は晴れ、森の木々の梢を見ると、星もたくさん見えています。けさ戸台を八時すぎに出発する時には雪が降っていました。それもやがてやみ、夕方になるにつれて、雲量がへり、今では快晴です。そして風がないことはありがたいというよりもむしろ不思議なほどです。いったい、私は今これを何の燈で書いていると思いますか。全くの裸蠟燭《ろうそく》を雪の上に一本立てて、それで書いているのです。

家を出る時に、新宿を朝の汽車で立って来たのですけれど、私の家のすじ向うが、日本山岳会会長の別宮さんのお宅なので、ひょっこりお目にかかってしまいました。道々今出かけているマナスル登山隊の話などをしましたが、このごろ、若い人たちが雪に穴を掘って寝ることが何でもなくなったということを話しました。これを雪洞と言っていますが、雪洞とは、「ぼんぼり」と読むならわしが昔からある以上、何とか別の名前をつけたらというようなお話も出ました。そして私自身、とうていそんな真似はできないと言っていましたのに、こうして穴の中にうずくまって一夜を明かすことになってしまいましたし、その雪洞のことを思い出し、蠟燭の燈を見ていますと、まさにこれは「ぼんぼり」です。

時々、ごくかすかな風によって、風というよりは空気の流れによって炎がゆれますけれど、雪に反射する光は、この一夜の宿りの場所を、実にあかるくしています。

露営の条件としてはまず文句は言えません。よりかかっている背中の雪が、着ているヤッケと寝袋のあいだへ入り込んで来たり、窮屈でお尻が痛くなったりしますけれど、何はともあれ、おだやかな一夜は私たちを少しも暗い気持にさせません。夜明けまでのうちに、天気が急変することは考えられないことですし、方角が分っていないとは言え、明るくなれば必ず見当もつくでしょうから、実に気持はのんきなのです。

＊

うとうとしている二人をおこして、今パンを食べました。米だの、お餅などは、食糧係でない私たちも、だいぶ持っていますけれど、すぐに食べられるのはフランスパン一個でした。

そして、さっきも言いましたように、お湯を沸かす道具を一人も持っていないので、こちこちに凍っている三宝柑をかじりました。水は持っていても、もう全く凍ってしまって、水筒を振っても何も音がしません。

今は喉がかわいてたまらないことはありませんけれど、雪の中にいても水の乏しい時にはかなしくなります。そして大切に持っていた水筒の水が凍ってしまった時に、かなしい思いを経験することがよくあります。それでテルモスがあればということになりますが、これもあとから来る仲間にたのんでしまいました。

何から何まで背負っていれば、こんな時にははたすかりますけれど、もう私には十貫を越えるほどの荷物は背負い切れません。荷の重たいことを苦にしませんけれど、腕がしびれてしまうのです。

＊

そこで私は今、仲間とも話し合って、今日の反省をしたのですけれど、どうしてこんな一夜を迎えなければならなかったのかと言えば、それはいろいろと後になってみれば考えられます。戸台に泊っていた以上、もっと早く出発すればよかったのですし、もっと早く歩けばよかったとも思われます。けれども、そんなことを言ってもみんな仕方がないことです。長い休憩をしていたわけでもないし、私たちなりに歩いて来たのですから。ただ、戸台川の左岸に夏道があることを承知しながら、雪のつもった河原をもぐりながら長いあいだ歩いたことはまちがいでした。早く夏道に出て、スキーを穿《は》いてしまえば、少なくとも二時間近くの時間をかせぐことができたでしょう。

冬のはじめにしても、こんな春先にしても、山麓をどんなふうに歩けばいいということはむずかしいことです。赤河原から八丁坂という急なのぼりにかかりますが、その辺はもうスキーを穿いていたので、それほど苦労はしませんでした。

その八丁坂を登りつめて、広い尾根に出た時に、今、牡羊座にある金星がかっきりと光り出すのを見ました。広い尾根と言っても、ずっと樹林帯が続いていて見とおしは全くききません。もう夜になれば、ほとんどうごけなくなるのですが、その赤い印があったために、どうやらここまで辿れたことを、悦ぶことにしましょう。

＊

二時。気温は零下十四度に下がりました。この分では夜明けには二十度近くになりそうです。私はさっきから眠ることを考えました。寝袋の中にすっぽりと体を入れれば、熟睡はできなくとも、少しは眠れそうですが、月齢一九の月がそろそろこの森にも訪れて来ましたので、とうていもったいなくて眠る気になりません。風がないとは言え、木々の梢をゆらす風はあるのです。幹がふれ合い、鳥かと思うような音がしたり、枝の雪が落ちて来ることもあります。

月の光。しかしここでは、その光も、木の間をとおって、雪面にまで到達するのはなかなか容易でないようです。

私は、今隣にうずくまっている友だちが想ったように、童話の一場面をここに見ているというのが一番すなおかも知れません。けれども、もっと正直に言えば、ただここにいることを一生懸命に意識するだけで、何も考えられないのです。私は今、無理に童話も詩も望まないことにしました。それらは恐らく、生まれるとすればもう少しのちになってからです。私のねがいは、自分が気づかないうちに、それらがすなおに懐胎してくれることです。

倒木の下。やがて訪れる朝。少し手先がきかなくなって来たので、あたためることにします。

*

私は十分ぐらいずつ、三回ほどごく浅い眠りに落ちたようです。その眠りをおこしたものは、冷たい大気の流れ、それから、夢を見させてくれるまでには至らなかった月の光が顔をさしたため。

そして今、最後の眠りをさましたものは、この朝の訪れです。目の前に、しかも見あげるほどのところに仙丈からの尾根がつき出し、そこが、そろそろバラ色になりかけています。

私たちは目をさましているのですが、動こうとする者はいません。なぜでしょうか。それは多分、もう一度、小鳥のすばらしい朝のさえずりを聞きたいと思っているからです。

コガラの、最初に目ざめた一羽のコガラの、あの声を、どうしてお伝えしたらいいでしょうか。

（一九五六年三月）

山のソナチネ

今年二月の下旬から三月上旬にかけて積雪期の南アルプス北沢小屋を中心に山の生活をして来た。まだ充分には整理のできない山日記から、あの甲斐駒の黒雲母花崗岩のように明るい色調のソナチネを一つ作ろうと思うのだが……。

雪洞

コメツガやシラビソの繁茂した雪の森林帯で、峠への方向を失い、二時間近くも、夜更けて来る雪の急斜面をさぐり歩いた挙句、十文字に重なり合った倒木の下に穴を掘った。最初の夜を雪の中ですごさなければならないとは、何という悲しい山の序曲だろう。そして私にとっても久し振りの露営だった。

脱いだ山靴を凍らせないために抱き、かじかむ手足を叩き、全身に力を入れてはみるものの、氷点下十四度の大気は寝袋の中にまで流れ込んで頬をさす。怺《こら》えることでいっぱいになっている私たちには、木々の梢に見える星も、夜半すぎて射し込んで来た月光も、感傷や詩想とはおよそ遠く、視界の一角で非情の息づかいを見せているばかりである。浅い、わずかの時間の眠りからさまさせるものは、夜風にゆれる木々が、こっそりとその肌を触れ合わせてはきしむ音だった。そしてそれは時々、鳥の寝言のようにも聞えた。

ところが朝の、けむるような白さがにおって来た時に、私は、青い氷の底から響くような小鳥の声をきいた。過ぎた年の残りの木の実や木の芽を啄《ついば》んで、高い山の冬をすごしている一羽のコガラの歌だった。

握手

はめている手袋をとり、右手に堅く握っているピッケルを持ちかえ、にっこりと笑って手を握り合う氷の山頂。それはただそこだけで、たった一回限りの男の手だ。そんなに力を入れるのでなくともよい。挨拶の言葉もなければ、黙っていてもよい。

千メートルの高度を、沢とも斜面ともつかない、岳樺のある雪に、電光型の深い足あとを残し、雪庇のある尾根にスキーを脱ぎ、小仙丈の頂きに出ると、私たちの仲間がやって来る。からっと底抜けに晴れ渡った天に、白峰の三山が突きあげている。遠くに富士も見え、遥かに北アルプスの連峰も赤く紫に光っている。

私は風に露出した岩に立って待ちかまえている。もうそこに私がいることを知っている彼らに、手を振り、叫ぶことはやさしいが、べっとりと雪をつけた仙丈岳の大きなカールに見入っているような振りをして、彼らの到着を待っているのはむずかしい。

重い責任と、こまごました気づかいを引き受けている今度の山のリーダーが先頭に立って、もう雪眼鏡をした顔が笑っているのも見える。私は自分からその氷の山頂を離れぬように我慢して手をさしのべる。

あっさりと、一人一人の手を握る。祝福と、感謝と、悦びと、それに更に大きな期待さえこめて……。山を愛する若い人たちが、今この頂きに立って、どんな想いを抱いているかが、私には実によく分る。清純な、しかも、よくもこれだけきたなく日焼けした顔だろう。乾パンを頬張る口の、その唇はかさかさにあれ、瞼ははれ、まぶしく眉間を寄せた眼が、それぞれに光っている。

一つの計画がなしとげられた。それではこの頂きから降りなければならない。

焚火

根拠地として選んだ小屋には薪《まき》がなく、切り倒してどうにかこなした生木がいぶる。煙がひどく、炊事の当番は苦労する。それに、今日のように、早朝三時に起きて動き続けたはげしい登攀のあと、日が落ちてから暗い小屋へ戻って来た時には、疲れた体のなかで気持ばかりがあせって、飯盒が一向に吹いてくれない。みんな変に静かに坐り込んで、冗談をいうものもいない。

明日もし天気だったら、甲斐駒に登らなければならない。仙水峠までの一応の偵察は済ませてあるが、駒津峰から六方石の痩尾根が気がかりである。

ザイルに結ばれた私たちが風によろめきながら登って行く疲れた姿が目に浮ぶ。「リーダー、明日休ませてもらいます」「天気が崩れれば諦めがつくんだが」「登るならみんな一緒に登ろうじゃあないか」小屋の中でまよう煙のように、私たちの気持もまよう。山へ来て、天気のいいのを恨めしく思う、こんなみじめなことがあるだろうか。

みんなともかくも、一刻も早く眠ろうではないか。食糧と道具の準備だけはまちがいなく整えて、体の冷えないうちに眠ることが賢明である。寝袋の紐をしめる。

仙水峠や栗沢山への尾根から眺めて、どこまで落ち込んでいるのか分らない摩利支天の岩壁と、その上に三角に盛り上がった甲斐駒の岩峰。岩の細かい裂目に食い込んでいる氷が青く光る。それはもうその夜の私の夢の部分のようでもあった。

（一九五六年三月）

仙水峠から栗沢山

北沢峠の下でビバークをして北沢へ入ったのは三月二日で、その日は雪に埋った小屋を片附け、夕方になって北沢を小仙丈への登り口あたりまで下ってみただけだった。

時々摩利支天の、樺色の岩峰が見え、はれて行く雲を見送っていると、すぐその後から縞になって雪が降ってきた。銀粉を濃くうすく散らすように、空中にありながら一つ一つの結晶が見えるほどだった。

翌朝三月三日、六時三十分気温氷点下一〇度、最低は氷点下二〇度まで下っている。気圧はあまり嬉しい変化を見せてくれないが、同じ北沢峠下でビバークをした仲間がやってきたので、仙丈へ向うことをやめ、午後仙水峠へ出かけた。北沢から仙水峠へ出るのには、一度右手の森林帯へ入り、すぐに左へと藪の中をまいて行くようにするわけだが、それがはっきり分らないので、最初、沢のかなり広い急斜面を登って詰り、あとから森林帯へ入ったが、深く入りすぎたので栗沢山の斜面へ入ってしまって、結局その日は仙水峠へも出られなかった。

あとになって見れば、ばからしい迷いを雪の山ではしてしまう。夕方、層積雲が低くなったが、夜は星が出ていた。

私たちは仙丈と甲斐駒を目的としていたので、天気の具合を見てどっちを先に登るかを考えたが、色々の条件を集めて仙丈を先にすることにした。その仙丈へ向うために四日の朝は四時に起きたのだったが、燈をつけて外へ出ると小雪が静かに降っているので、仙丈への出発は見合せなければならなかった。六時になっても雪はやまず、かえって余計に降っていたが、夜あけとともに薄陽がさしていた。

駒への登りをもう少し確実に知っておく必要もあって、もう一度仙水峠を行くことにした。積雲がさかんに乱れ飛び、青空が出て、かなりかっちりときつい太陽が出るようになった。仙丈へ出発しなかったことを残念に思う。今日もまた、森林帯を入ってから右へ道をとりすぎたために密林にまよい込んだが、駒の岩壁がいつも、雪をかぶったシラベの枝の間から見えていたので、不安はなかった。一時間半ほどかかって仙水峠についた。

＊

風は冷たくて、栗沢山の向うに地蔵のオベリスクをいつまでも見ているとガチガチしてきたが、窪地の雪の日だまりはのどかな峠だった。小仙丈には大きな雲の塊がのっていたが、頭上の碧い天の舞台に、裳裾《もすそ》をひるがえして流れる片雲を見ていると夏のような気さえした。

スキーを立て、杖をそこに渡して、腰かけて乾パンの中食をした。ここへ着いた時にはところどころ岩の露出している駒側の大きな斜面はほとんど粉雪だったが、強い陽があたり出して風もしずまると、だいぶべとついてきたし、木の枝の雪もところどころでぼっさり落ちた。

私はその日、少し悪いことをしたように思う。というのは、私たち二人は、みんなからひと足おくれて小屋を出る時、ルックザックに防寒の用意といっしょに、アイゼンをしのばせ、ピッケルも持ってきた。何か峠から引かえすことが物足りなくて、栗沢の頭まで登ってみようと思った。最初から同じ行動をとるというほどの約束もしたわけではなかったが、このことを気やすく許してくれた他の仲間の寛容には感謝もしなくてはならなかった。

峠から北沢へ滑り込んで行く人たちを見送って、午後一時、私たちは汗をかきかき栗沢への斜面を登り始めた。雪はほどよく深く、樹林帯に入るとややラッセルに骨の折れる程度だったが、時間があまりないのでせっせと登った。

この斜面は、左によると雪庇になっていたし、右によって樹林帯を少し行くと細い急な沢が一本、まっすぐに落ちていた。この沢は雪崩の危険もある。しかしわざわざそこを選ぶ必要もなく、大きく小さく方向をかえて登ると岩の露出したところに出る。このあたりまでくると、雪が急にかたくなりはじめ、夕方の下りのことも考えて、岩の間でスキーをぬぎ靴で登りはじめた。

谷から霧がのぼってきて、摩利支天がぐらぐら揺れる。私は自分の気持が霧にもてあそばれているように思った。

スキーデポが二時半だったが十五分も登らないうちに偃松《はいまつ》帯が出てきて、そこへくると氷で、アイゼンをつけた。私たちはだんだん余計なことは喋らないようになった。傾斜が急になると、氷の方を選びたくなり、ところどころ崩れるような雪があって格闘もした。

栗沢の頂上は二七一四メートルで、三つほど大きな岩が重なっていた。アサヨ峰の方まで見えるはずなのに、霧が濃くなり、それが少しも動こうとしないので、眺めは何もなかった。三時三十分。気温を計ると一度。気圧は七三三ミリバール。岩のかげで、それほど寒くもなく、飴をしゃぶり、煙草をつけて休んだ。

私たちは何を考えていたのか、もう自分のことも覚えていないが、それは多分別々のことらしかった。霧のかかった山頂にいる時には、風景を奪われているためか、何のためか、どこにいても似たような気分になる。決して残念なのではなく、かえってその場所をさまざまに想像してみる余地を与えられているので、ふとしたはずみに、地味な幸福感にみたされているが、といってやはり発散し切れないものも残っている。

四時に出発するまでの三十分のあいだ、アイゼンをつけた足の膝を抱えてぼんやりしていたというのが、ほんとうなのかもしれない。

下り始めると急に寒くなってきた。デポまで二十五分できたが、あまり寒いのでそこでもう一度気温を計ると氷点下五度になっていた。下ってきたのに気温が六度も低い。そこから仙水峠までのスキーは、回転にひやっとするようなところもあったが面白かった。ただ峠から下は昼間とけた雪が急に凍って、ガリガリとうるさいスキーになった。

親切な私たちの仲間は、熱いミルクをテルモスに入れて迎えにきてくれた。そのミルクをあたたかく両手にかかえ持って飲むころは、日が暮れ、雪の凹凸がよく分らなくなっていた。

*

私はその翌日、快晴の小仙丈へ行けたし、あとに残った仲間は甲斐駒に登ってきた。みんなきたならしく黒くなった三月の北沢の生活だった。

この十一月初旬に、私は尾白渓谷から甲斐駒へ登ったが、嬉しいほどに新しい雪があった。頂上から栗沢山が低く見えていた。その時は栗沢へ一緒に行った友はいなかった。彼の山日記の三月四日のところに、何が書いてあるか、それまでそんなことを考えたこともなかったのにちょっとのぞいて見たいような気がした。

（一九五六年十二月）

富士山

夏の富士山はまだ知らないが、雪の富士山はこれで三度目になる。今度は急に思いついて、妙な野心を秘かに抱いたのであるが、それは、この山の天辺《てっぺん》からスキーで滑ってみたかった。

今年は二月から、よく山に出かけ、上越や南アルプスでともかくころばないスキーをやや自分のものにすることが出来たようだし、この辺で、一つ誰もいない富士山の頂上から、その雪の終るところまで無事に滑ることを考えてみた。誰にもそのことは言わずに出かけた。四月下旬のことである。

＊

三、四日五合目に滞在するつもりだったので、荷物はかなり大きくなった。夜行は疲れるのでなるべく避けているが、その時は最終で新宿を立ち、吉田に来てもまだ夜が明けず、変に悲しかったが、五合目の小屋の主人の佐藤善治さんの家によって馬返しまで来た時、小鳥たちの朝の囀りが賑かで私はやっと別の世界に入って来た気持になった。シジュウカラ、ウグイス、クロツグミ、コガラ、センダイムシクイ、分る限りの鳥の名前を手帳につけ、風向や気温や、雲の状態も記録した。丹沢から御正体あたりの上空に巻雲が少し出ていたが、朝の日光とともにそれも消え、私は時々白い頂上を見あげながら、安心し切った気持でゆっくり登り始めた。

二十二、三年振りのこの道は、覚えているような、またこんなだったかしらと思うようなだらだら登りで、気儘《きまま》に日なたに休めばそのままねむくなり、土手にシラベの、いっぱいに葉をつけた枝を敷いて眠った。こんな登り方があるだろうか。自分でも時間を手帳に書きながら笑いたくなるようにのっそりのっそり登った。三合目の日本一見晴台でも、丹沢山塊にだけ雲がかかっている上天気で、八ヶ岳や北アルプスを一生懸命になって眺めた。誰もいない大きな富士の、ソウシカンバやコメツガの大樹の根もとが、どこを選んでもたのしい安息の場所だったし、ぽつぽつと残雪が道に続きはじめる五合目近くへ来て、私はほんとうにぐっすり寝込んだ。疲れているのでもないらしく、それでも眠りは深かった。

＊

二三七〇メートルの佐藤小屋につくころ、山頂は雲にかくれ、盛んに雲がかき乱されながらとおったが、夕方はまたあたり一切が青くぴんと張られるように冷たく晴れた。風が強くなりはじめた。

その翌日、日を書けば四月二十五日だが、相当強い雨と風がやって来た。その天候悪化のことを少し書いておくと、佐藤小屋の高度で計った気圧が、七七三ミリバールから七六四ミリバールまで下り、二十四日も五日も、夜はトタン屋根がめりめり言って不安になるほどだった。

二十四日の夜十時に、十四日の月が出て、西に落ちた金星と、獅子座の木星をはじめ、気味の悪いほどに輝く夜空を見て、風はいよいよ強くなっても、明日は晴れるだろうと思って眠った。翌朝三時半に起きて見ると、その星は一つも見えず、風だけが唸っていた。火を焚き、山頂に向う用意はしたのだが、薄あかるくなる四時半に外へ出ると、山頂にかかった笠雲が風のためにずれて、東北の空に大きくせり出していた。それはあまり巨大で、下にはなお河口湖や山中湖の夜明けの様子が見えていたにもかかわらず、自分が深いところへ落ちている感じさえした。五時になると、山頂からの霧がどんどん吹きおろされて来て、雨が降り始め、私はもう諦めて、火を焚きながら停滞の腹を否応なしにきめさせられ、気温や風向を記録しながら一日をすごすことにした。

そうして昼間の十一時から三時ごろまでが最もはげしく、ガラスの割れている窓から、雨が繁吹《しぶき》になって吹き込み、耳がどうかなりそうに小屋が音を立てた。そのあらしも夕方六時には鎮まって、からりと晴れなかったが、夜になると吉田や河口の燈が見えた。気圧の上昇で、低気圧の去ったことが実によく分り、翌日に期待をかけて寝袋に入った。

＊

二十六日の朝四時十五分に起きてみると、北の山々は秩父の方まで見えていたが、山頂は暗く雲にかくれていた。私は晴れた空の下の、大沢を滑ることをまだ執念深く考えていたので、そしてこのままでは山頂近くの雪質も昨日の多量の雨でどうなっているかが分らなかったので登りはじめることを躊《ため》い、暫く近くの斜面に、スキーを持ち出して滑っていた。

暗い山頂の雲が消えたのは九時をすぎてからで、小屋を出たのは九時三十五分だった。私はあれほど望んでいたスキーを持たずに登りはじめた。それはいったいどういうことだったのだろうか。

がらがらの、富士の赤い肌を登りながら、私はやはり、与えられた条件の中で出来る限りの着実な態度で山頂へ向うことが自分のほんとうの願いであることが分って来た。それはもちろん、条件が許されれば、一度抱いた野心どおりに、山頂から滑る勇気を失いはしなかったろうが、その条件が与えられなかったからと言って引きかえすことは出来ない。アイゼンをつけ、あまり遠くない過去に多くの生命を呑んだ大沢を登った。前に登った右手の屛風尾根には向わず、大沢を正直に辿って行った。三千メートルを越え左手に八合目の小屋がはっきりと見え出すころ、また強くなり出した風に氷塊が飛ばされて来る。その音は堅い雪がひび割れて行く音のようにも思われたが、よく見ていると、氷が細かに砕かれて流れ落ちて来るのだった。それがいよいよはげしくなり、また氷塊も大きくなって時たま顔にあたると、小石を投げつけられたように痛く、それを避けるために、大沢の右手に、厳冬期にも露出している二つの岩の上部へ辿りついた。

＊

息が切れ、足が重くなる。五十歩を数えては立ちどまり、それがだんだん苦しくなって、ピッケルに凭《もた》れて休むようになった。今よりはるかに元気もあったはずの二十年前でも、同じように我慢して、つらい一歩一歩を踏み出していたように思う。

振りかえれば五合目までは雲海がよせていて何も見えない。上層にも雲はあり、時々ぼやんとした陽が洩れて来た。頭痛がひどくなってサリドンをのんだ。テルモスにつめて来たミルクを飲んで、山頂を見れば、どうしても辿りつかなければならない気持になった。

最後の一時間は、氷が急に堅くなって、しまいにはアイゼンの八本の歯が不安に思われたくらいだ。そして富士に特有の空風がやって来ると、立ちどまって身をこごめなければならず、そのために五歩も十歩も登る力が奪われるようだった。

＊

四時五十五分についた山頂には五時までの五分間いるのがやっとだった。火口壁がぼんやりとしか見えないほどに、私の眼は風であけられなかった。気圧計を見て、岩かげにへばりついているのがせいぜいだった。風はほとんど息をつくこともなく、大小の氷塊を真横に飛ばしていた。

何の決意もなく立ちあがれば、そのまま氷の急斜面を落されて行くにちがいない。私はそれからどんなふうにして、風のあい間あい間に降り始めたかをうまく説明出来ない。ただ自分の体の軽いことを一瞬いまいましく思ったり、昔仲間と来た時にはこういう風の中をザイルでお互いに結び合っていたための安心さで、かえって痛快だったような気もする。風の息づかいは乱れ、おさまったと思って歩き出すと、それを知っているように、不意に後からいっそう強い風がのしかかった。そのたびに、私はこうすれば自分が重くなるというような姿勢をとって、立ちどまり、よろめいた。

*

思考がやっと私に戻って来た感じがする。自分が山頂の岩かげにうずくまりながら、日本中に今何千万かの人が生きているが、その中で一番高いところにいるという、ただそれだけの、大した感動も湧いては来ない想いが、ここまで降って来て私に飛びかかる。

夕空が晴れて来て、登路よりはやや上部で大沢へ入った私は、屏風尾根の向うに北アルプスの連山を見た。鹿島槍から白馬まで、はっきりと見えている。そしてその西空の色は、宇宙的なものに思われた。

スキーで降る夢は、氷の上をかけ降りている私には、何も残念な気持を起こさせなかった。しかし未練がましいことかも知れないが、もしこれが正午をすぎたころの暖かい陽射がそそいでいる日だったら、必ず実現させることも出来た夢だったようにも思われる。

小屋に戻ったのは七時十分。星がもう幾つも数えられた。

（一九五六年五月）

雪のある谷間

このあたりにはもう喬木はない。ダケカンバの曲りくねった幹や枝が、クリームのような色をしているが、それもあまり大きくない。谷と言っても、ここは本当に川の上流で、こうして、雪の割れ目から水音の聞こえている傍に坐っていても、眺望は実にいい。わずかばかり視界がせばめられているだけで、雲がとおってしまえば陽あたりも山の斜面と少しも変りない。

今日は五月二十三日。ここは鳥海山の中腹、ちょうど一二〇〇メートルあたりのところだが、今頃になっても雪がこんなに山を埋めている。もっとも、ここよりずっと上の、頂上近くのところでも、早く消えてしまった場所は、草も緑が濃く、花も咲いていて、腕をまくって歩いていると、ちょっと真夏の山を登っているような錯覚を起すのだけれど、昨日頂上まで登ってしまったので、今日はすっかり気楽になって、小舎の傍からスキーをつけて、こんな谷へ降りて来てぼんやりしているのである。

ダケカンバの下枝は、まだ雪の中におさえつけられている。それが気温の高まって来た静寂の中で長い諦《あきら》めから力を取り戻し、時々、雪をさらさらとはねのけて、遠くの方を眺めている私を振り向かせる。さっきからお喋りを続けていた小鳥が、すぐそこまでやって来て、うっかり枝から脚を滑らせたのかと思ったりして私は振り向くのだが、そこではまだ枝の先々に雪の光っている小枝が、ゆれているだけである。そんなことは何度も何度も経験していながら、振りかえらずにはいられない。そしてその度に、木々の生命の、繰りかえされる復活を驚いたり羨《うらや》んだりするのである。そのうちに、枝先の雪はどんどん解けて、きれいな雫《しずく》となっていつの間にか消えてしまう。

私はまたさっきから見ていた遠くの方を眺める。遠くというのは、緑の山の起伏のかなた、最上平野の霞んでいる方である。最上平野は黄色く陽があたり、鶸《ひわ》の羽毛のようにのどかに見える。私は今度の鳥海山で、幾つかの楽しみを考えて来たが、最上川が西へ向って曲るあたり、私にとって仕合せとも不幸とも言えない一年半の生活のあったそのあたりを、山から見下ろしてみたい気持もその楽しみの一つだった。過ぎた年を、ただ想うのではなく、こうして実際に、まだ見える私の眼で眺めることは、確かに楽しみと言ってよい。それも同じ場所を訪れてみるのではなく、遠くから、なかばは新しい感動をも交えて眺めることが、楽しみでなくて何だろうか。

＊

もう十年も前のことになる。まだそこの河原には雪がたくさん残っていたから三月か四月の初めころのことだろうか。長い冬がそろそろ去りかけて、その日は午後から珍しく真青な空が出た。軒の氷柱がかけて落ち、それが雪にささっているような夕方、私は炉ばたから藁靴《わらぐつ》を穿いて、近くの河原へ歩いて行った。もう雪はだいぶかたまっていたが、それでも道から少しはずれたところを行こうとすると、踏み込んでしまって、藁靴の上から雪が入って来る。右に杉の森、左にはわずかの桐畑。河原へ出ると、毎年春先の雪解けの季節に、川の水が強くなって流されてしまうような貧弱な橋がかかっている。

私はその橋のたもとから、もう深い雪にもぐるのも構わず、河原の洲の方へ歩いて行った。その川は最上川に流れ込む泉川という名のついているものだったが、川下の一番ひらけたところに、月山、羽黒山、湯殿山の出羽三山が長く大きくのびのびとしている。その附近にも、幾つか、地図にはっきり名前の出ている山もあったが、河原の樺太柳の枝越しに、私は鳥海山が夕陽をうけて、硝子細工のように光っているのを見た。北に向って、爆裂のえぐれが、この山の姿を、出羽三山に比べてずっとハイカラにしている。

そこから枯枝を集め、ちょうど今こうしているのと同じように雪の上に腰を下ろして、私は、腰の煙管《きせる》を抜いて煙草をのんだ。農村には、刻みが余計に配給になっていたこともあろうが、だんだん農夫の生活に馴染んで来てしまった私は、煙管を持って出るのが何でもない当りまえのことになっていた。ただ彼らとちがっているのは毛糸の橙《だいだい》色の帽子をかぶっていることだった。

そんなことはどうでもよいことなのだが、その河原へ来て、今私のいる鳥海山を眺めながら、自分がこれからどうなって行くか考えていた。もう、どんなことがあっても都会生活などをすることはないだろう。家もないのに、また熱心に呼び戻そうとするものもないのに、都会へ帰ってつまらない苦労をするよりも、ここで、焚木を拾い、野蒜《のびる》を採り、蕨《わらび》を摘むような暮らしでたくさんだと思った。諦めでも、負け惜しみでもなく、そういう暮らしに実際なれて来ていた。そして、そう決めてしまうと、自分のもっと前の不思議な青春時代を想い出すのだった。

私はその頃、暇さえあれば山に登っていたが、そして、山の上で、山の懐で、何の不足もない気持にひたっていたが、その時は、鳥海山がどんなに美しい色に光っていても、私を牽《ひ》きつけることはなかった。古い日の山々を、実際丹念に想い出すことは、億劫《おっくう》な感じであったことさえ告白してもよい。ただ私はその日の暮れ方、もうあたりが冷たい青に沈み出した頃、人の生涯の、とうてい予測の出来ない起伏を想って帰って来たのである。

*

その鳥海山の、雲の影が大きく動いて行く雪の斜面を背にして、かげってはまた日の照る小さい谷に私はいま坐っている。そして、十年前に、その河原から、自分とは何の関係もなくなってしまったように眺めていた山にやって来て、地上の遥かな初夏の色を眺めている。これはいったいどういうことなのだろう、私の生涯をめぐって、外にも内にも、不思議な曲線が描かれて行く。その曲線には、他人から見れば一つの癖のようなものが見られるかも知れないが、私にはさっぱり分らない。ただ今日は、それが不安でもなく、面白いこととも思われず、しばしば小鳥のお喋りにさえぎられながら、自分から離れ、どこかへ流れて行ってしまうようでもある。

（一九五五年五月）

歌と死

私はいま、同行の若い人たちと一緒に日本海に広々とした裾野の一部をひたしている鳥海山の中腹滝ノ小屋に泊っている。五月の末の、この東北の山は、冬と夏とがいたるところで、きっかりと縞を作っている。その境界には少しの曖昧やぼかしがない。今も私は、夜明けを待って、まだ雪の下にかくれている白糸の滝の斜面を横切り、西物見の草原まで行って来た。月山、羽黒山、湯殿山の、朝焼けの姿を見に行ったのだが、笠雲のかかったその山の裾は、幾らか複雑な襞《ひだ》をつくって、これも日本海へのびている。最上川は、銀の糸、海には船が一艘浮んでいた。その草原は、雪の斜面と隣り合っていながら、草の緑はしっかりと強く濃く、そのあいだからヒメイチゲソウが一輪一輪、恥らいの白い花を小さく咲かせていた。

東の空の雲の起伏や、朝焼けの変に荒々しさを含んだ色どりで、そろそろ天気の崩れ出すのが分り、この小屋での滞在を切り上げることも考えながら、ストーブに薪を入れ、頂上へ行った日の記録を整理していた。古い噴火口をめぐる外輪の山々から、最高の新山（二二三七メートル）へ登った帰り、大雪渓から河原宿へと続く斜面をスキーで下ったのだが、屋根の棟だけがやっと出ている河原宿の小屋に近づいたころ、霧の中へ入った。登りの道をそのまま下っているので、何の不安も感じなかったのであるが、私はいよいよ濃くなる霧の中で、方向を失い始め、平らな雪原を百八十度曲っていた。浅く広い谷が幾つも入りくんでいて、一つまちがえると広い裾の方ではどのくらい遠く離れてしまうか分らない。磁石をたよりに戻って、それほど時間もかからずに河原宿の小屋の棟を見つけた。そんなことも自分の失敗として日記帳に記していた。

＊

実に気持のいい、完備した小屋であるが、少しストーブの煙突がつまっているので、煙が二階へ廻り、昨日一昨日の疲れで眠り続けていた若い人が目をさます。目をさますと同時に、欠伸《あくび》しながら歌をうたっている。その歌はたまたま私が知っていて、この山へ来てから何となく口ずさんでいたものを、みんな覚えてしまって、今度は目がさめるとすぐに歌い出すほどに口癖になってしまったのであるが、フランスの民謡の『羊飼の娘』Il était un' bergère である。このアレグロの賑かな、陽気な歌は、かつて何年か前に、クリスマスの放送のために私が作った「羊飼の夢」という、何とも奇妙なドラマの中に使ったことがあって、私はふとそのことを思い出して、小屋の傍の流れに水をくみに行った時、口笛でうたったのである。

1　羊を守る
　可愛い娘
2　雪より白い
　チーズつくる
3　油断は出来ぬ
　猫がねらう
4　爪をかけたら
　ただじゃおかぬ

これは吉田秀和さんの名訳であるが、私たちは外語大学の教師であり学生である手前、ドイツ語の先生も、蒙古語の先生も、みんな私の教えるあやしいフランス語で覚えて、すぐに堂々と歌うのである。歌のあいだに、エロンロンロン、プチィパタポン、というのが入るのだが、それで調子がはずみ、お酒なんぞ一滴も飲んではいないのに、無邪気にうかれて山靴で拍子をとりながら、踊り出すのだった。

それから今度は、みんな揃って裏手の斜面へスキーをかつぎ出し、この歌の合唱に合せて、一人一人、こまかく回転しながら滑るという、単純と言えば底抜けに単純なことを考えるのだった。そんな馬鹿げたことをしながら、みんなスキーがどんどん上達して行った。

私はこうした無邪気な戯れを、情熱とは呼ばない。しかしそれは山への思慕を抱きつづけ、より高いところへ向う情熱を抱く者が、その山へやって来た時に、そしてもう目指す山頂に立ったあとに、純粋な歓喜として、大きな満足として味うことの出来る無上の解放である。

＊

若い人たちの情熱は、山で試練をうける。愛するものによって、こんなにも大きな試練をうけることを、実は一歩一歩汗をたらしながらも満足し、秘かに悦んでいるのである。それがたとえどれほど低い山であっても、それはそれなりに、また高い山であればそれもそれなりに、苦しい一歩一歩が、めいめいの内部で彩られ、生命の力として蓄えられて行く。かつての自分を考えてもそれは分る。また今の私にもそれは味うことが出来る。五分、十分と定めた休息の後で、まだ汗ばむ背中に背負いあげるあの荷の重さでさえいやではない。

山への情熱は、解放の時が到るまではじっくりと構え、自分の一切を他の力や智慧をそこに集め、周到に慎重にその身を運ぶ。これが山での行為の尊さである。これが山で経験する人間の厚みであり深さである。

＊

私は若い山の友人たちから、長い夏の縦走の時の写真を見せて貰った。彼ら三人は、なかなかあっさりとは見切れないほどの写真を持って私を訪ねてくれた。私たちの仲間は、流行のはでな服装をするのでもなく、どこかで拾った上衣や帽子をかぶって澄している。

何枚かの写真の中には、山頂に立つ少々気取った姿や、天幕の口から日焼けした顔を出しているのや、重なりすぎた三枚つづきの岩尾根のものなどいろいろあったが、私がもう一度選り出して眺め入ったのは、どこかの谷の、左にガレが落ちているようなところを、大きな荷を背負って行く後姿である。その荷は彼らの上半身をすっぽりと隠し、頭など見えているものは一人もいない。いったい、彼ら私たちの仲間は、なぜこんなことをして山へ登って行くのだろう。

私はこの頃、無理な歩調で歩くことをしないようにしているので、なるべく一番しんがりからついて行く。そんな気儘を許してもらうのも辛いのであるが、歩く時の自分のゆとりが、昔よりはずっと少なくなっているのが分っている以上、一人おくれたければおくれてもよいように後からついて行くのである。その時私は、若い人たちの、がっちりと土を踏み岩を踏み、雪を踏んで行く足を見るのが好きである。時にはその踏んで行く足許へ、汗が光って落ちる。

この若い情熱が、時には強い雨風の中を、冬の日の吹雪の中を、見えない山頂へと連れて行く。

＊

私は山で人が死ぬことを、切実な思いで知った最初はいつだったか覚えていない。しかし、山での死を想う時に、すぐに思い出すのは、立山松尾峠で遭難した板倉勝宣さんのことである。それは一九二三年（大正一二年）のことだったが、同行の愼有恒さんが綴った「板倉勝宣君の死」という文章を、最初にその『山行』で読んだ時、文学や芸術の分野では味うことの出来ない感動を覚え、自分が板倉さんになって見たり、愼さんになって見たり、もう一人の同行者である三田幸夫さんになってみたりしながら、厳冬の山での死を考えたものだった。

「……登山はヤングハズバンドが言っているように、芸術としてみることも出来よう。或はスポーツに現われた国民の若い精神の発現とも見ることが出来よう。見解や解釈は兎も角、登山は多方面と複雑な内容をもつものであって一言で尽すことは難かしいがオロマニヤという語さえある位で、山に登らずにはおられない衝動的な傾きであることは否めない。そして山岳という美しい大きな自然の懐に入って喜悦を見出すのである。それは遭難に耐える活動もあろう。或は悠々たる超脱の心境もあろう。人、様々の好尚である。しかし、山岳と天候とを相手としていることなので何等かの意味で危険の存在することは何《ど》うしても避けられない。若し登山は危険であるからと言って終《しま》えば夫《そ》れ迄である。君子は危きに近寄らざるも一つの行き方であろう。だが私は危険に対しては能《あた》う限りの注意を払って其上で進んで勇気を出すべきであると思う。退嬰的であるよりも進取的であることが、より健康であり、より本質的ではなかろうか。」

これは文章の冒頭に近い部分のものであるが、だんだんに吹雪の中で疲労のつのって来る板倉さんと、一緒の二人のことを、ただ悲劇として読みながすことは出来ない。

＊

その後私は、毎年、それも一回や二回のことではなく、繰りかえし山での遭難を報道されて来ている。

そしてそのたびに、世間は動揺し、山での経験者が、止むを得ない死であったことを弁明したり、装備の欠陥を指摘したり、そもそもの計画のまちがいを非難して来た。

そして戦後も、例えばこの一年間の遭難の例をとってみても、同じ山での死とは言え、様々のケースが現われた。私はそのたびに、新聞の報道やその扱い方に眉を寄せながらも、それが自分の知っている場所であればなおさらのこと、死んで行った人の、大きな自然の中で、一つの点となって行く姿を想像しながら瞑目《めいもく》した。

そうして山での、若い人たちの悲哀とは何かを考えてみるのだが、それは生命を失うことからはむしろ遠いことのように思われるのだった。私の経験でそれを表現するならば、山が私たちに教えてくれる人間の宿命である。私たちはもちろん情熱を抱いて山を想い、山へやって来るのだが、ただ山頂での歓喜や、雪の斜面での有頂天な気持を求めているのではない。むしろその情熱の求めているものは、山へ来る者のいっそうよく知ることの出来る宿命的な悲哀である。

*

小屋の窓から見ると、さっきまで私のいた眺望のきく岩の上に、若い仲間の一人が坐っている。背中をなかばこっちへ向けて、膝をかかえている。朝が赤くなり、青くなるのは太陽の前を霧がとおるからだ。

彼は何を眺めているのだろうか。最上平野に続く、今はもう雪のない緑の起伏や、その山脈の上に並んで発生した積雲を見ているのだろうか。

むろんそれも見ているだろう。だが彼は自分の姿を、地上よりもいっそう宇宙に近い山の上に描いて、人の感じる歓びや悲しみを越えた、宿命の揺籃《ゆりかご》にゆれているのだろう。

（一九五五年五月）

霧の彼方

A

去年の五月に、僕は山形県と秋田県のさかいに、ぐんと突きあげた姿の鳥海山に登りました。一二〇〇メートルのところにある滝ノ小屋がたいそう居心地がよいので、広大な斜面でスキーをしたり、花の絵を描いたりして、その滞在をたのしみました。

そこからの帰り、新津で上越線に乗りかえてから、まだ五、六枚残っているスケッチ・ブックに、車窓から見える山を描いていました。あまりいい天気ではありませんでしたが、雲のかかった残雪の山々が、青く深く、ところどころに薔薇色の陽もあたっていて、ただぼんやり見ているにはいかにも惜しいので、それで名前の分らない山もそんなことは気にしないで、描いていたのです。

小出、浦佐あたりから僕の目を引きつけていたのは八海山でした。五日町の駅に汽車がとまると、ホームのそばに、その山と行者の絵とが下手に描いてあって、霊峰八海山登山口という、まあ看板みたいなものが立っています。

それからしばらく、僕は魚沼三山、つまり、八海山と中ノ岳と駒ヶ岳のことが気になっていましたが、夏はこうした信仰の山は白装束の行者たちによって賑やかになりすぎるので、冬になるのを待ちました。ところがこの三山を冬に縦走するのは非常に困難のようで、どうしても一度は、積雪期以外の時に知っておく必要がありそうでした。

実をいいますと、今年の二月、一番雪の多い季節に、浦佐から一里ほど入った藪神村というところへ、話をしに行ってくれないかという依頼をうけました。僕はそれを承知しながら、野心を抱きました。もし天候がよかったらば、そして雪の状態がよかったらば、少なくも途中ぐらいまでは登れるかも知れない。そして頂上の方が、より近いところから眺められるかも知れない。そう思って一応の道具を持って出かけましたが、雪がいつやむともなく降り続き、灰色の空からは、何一つ山の姿は見えませんでした。その時は上越線で土合まで戻り、久し振りに谷川岳の雪の一ノ倉と、マチガ沢を、かなり上部まで登って帰りました。

B

八海山という山の説明なんかは要らないかも知れませんが、一応お知らせします。この山のちょっと南、中ノ岳から尾根つづきの兎岳、丹後山など二〇〇〇メートルに少し足りない山々は、利根川の源泉の谷を囲んでいるところですし、三山の脇から流れ出る三国川、水無川などは魚野川となり、信濃川に合流します。ですから、こんなところはほかにも幾らだってありましょうけれど、太平洋に流れ込む大きな川と、日本海へ向って行く大きな川とにまたがっている感じです。

山の名前は、日池、月池、瓢簞《ひょうたん》池などという八つの池があるからです。また僕にはあまり興味もありませんけれど、八海山には国狭槌尊《くにさつちのみこと》と瓊々杵尊《ににぎのみこと》、中ノ岳には国常立尊《くにとこたちのみこと》、駒ヶ岳には豊斟淳尊が祀ってあるそうです。興味がないばかりではなく、信仰の山というものは、何だか薄気味が悪くさえあって困りますけれど、そんなことをいっていたら、日本の山では登る山が、だいぶ少なくなってしまうでしょう。

C

僕は、この頃スキーというものが、スケートか、時にはダンスみたいなものになって来たように思います。ほとんどスキー場と名のつくところは知りませんけれど、ちょっと横目で見ますと、色とりどりの服装の人たちが大多数は雪の斜面に立っていて、そこを上手な人が次々と、体をゆらせて滑って来ます。そしてスキーヤーといわれるような人と汽車に乗り合わせた時に、山へ行く連中との気持の大きなちがいをはっきり感じます。

けれども、山をスキーで降って来ることは非常にたのしいことなので、今度もひょっとしたら滑れるのではないかと思い、出発の前に問い合せました。そうしたら、今年は里には雪は多かったけれど山は案外少なかったらしい、頂上の小屋の附近では滑れないという返事を貰い、置いて来ました。

ところで、もう一つの僕の大きな願いは、麓に到着するその日がちょうど月食でした。一昨夜五月二十四日の二十一時三十五分から、翌朝の三時二十七分まで、しかも満月の前日で、それを八海山へ登りながら眺めたらどんなにか印象も深かろうと思って、実はたのしみにしていました。ところが、東京を出る時から雨で、天気図を見ても、晴れる見込みはありません。五日町に夕方おそく着き、すぐに出る大崎村行のバスに乗りましたが、山は煙っていて見えないばかりか、バスの窓ガラスには小降りになったとはいえ、雨があたっていました。

ランプはもちろんですが、夜の山径が分らなくなれば草むらに寝てもいい覚悟でいたのに、こんな天気ではとうてい月食を見ることも出来ないので、大崎村にたった一軒ある古風な宿屋に泊りました。古い農家のように、泊った部屋の柱は赤黒く光っていました。

D

それでも天気のことが気になったものですから、夜中のちょうど十二時ごろに寝床から出て障子をあけました。何しろその宿の前にもきれいな水が音を立てて流れているので、雨が降っているものやらもうやんだものやら、寝ていては見当がつかないのです。

多少ぼやんとした頭で、夜空を眺めたので、三日月が出ていると思いました。雲のあいだから、もっと正確にいえば、西北へ流れる層積雲のあいだから、月が見えかくれしていました。そしてこれは三日月ではなく、ほとんど地球のかげをうけて暗くなっている月なのです。

僕はそれを山の中で眺めようとたくらんでいたのですが、こんな宿の窓から眺めるのも悪くはなく、残念だとは思いませんでした。そして夏蜜柑を半分食べ、煙草を一本のみました。そんなことをしているうちに、また雲が厚くなり、月はすっかりかくれてしまいました。

残念だとは思わなかったとはいえ、もし、もう少し晴れる予測が出来、山径を辿りながら、このわずかに現われた月食のことをお伝え出来たら……。

E

それでは昨日、ここの山小屋まで登って来た時のことを書くことにしましょう。天気は思いのほかよくて、かなり遠くの山まで見えました。僕は、この節は、その日例えば六時間で行けるところでもそこから先へ行く予定がなければ、その行程に一日をいっぱいかけます。水があって楽しい場所があればそこにゆったりとし、歩き出したところで珍しい花を見つければ、また荷物をおいて写生をするといった具合に。そんなことをいえば体裁はいいのですが、疲れないようにゆっくり歩く口実かも知れません。それで時間の記録などはお知らせしません。せっせと登れば五、六時間もかからないでしょう。

僕の登ったのは大崎口といいますが、そのほかにも大倉山とか城内口とか径はあります。ただ、この辺の人たちは、七月一日の山開き以前に登ることはほとんど考えないので、夏は賑かになる山も、今ではほんとうにしんとしていて、ウグイスがどうして逃げないのかと思うほど近くで啼きつづけていたり、カッコウの声などは幾重にもこだましていました。大崎から三十分ほど、ほとんど登りともいえないひろい道を行くと、里宮があります。カワセミが川の流れの上で虫をつかまえようとして、一箇所で翼をうごかしていました。そこから急な登りで、ひと汗かいて尾根に出ると、梯子と鎖があって、二合目の十二倉の森です。操霊神とか、いろいろの山神が、少々気の毒な顔つきをして立っていました。それから、尾根のだらだら登りで、やがて金剛霊泉という名の水場に出ました。

ここには、ちいさいけれどもなかなかよく出来た小屋があります。冬にはここも利用出来そうです。

僕はその小屋の屋根にのぼったり、草むらの蛇をいたずらしたりして、何だか当然のことのように長休みをしてしまいました。

F

それでは、その泉からひと登りした三合目で、あたりの山々を眺めることにします。

まず第一に、ここへ来てはじめて八海山の全貌を見ることが出来ました。左から薬師ヶ岳、不動岳、そして八ツ峰のぎざぎざの岩から大日岳、丸岳、五竜岳、そこから右へずっと下ったところが八海の苗場ともいわれている阿寺山で、ほとんどここと同じ高さの高倉山に続いています。

その八ツ峰を中心にして、かなり沢が入り込んでいます。僕は翌日あの岩尾根を歩いてどこまで行けるだろうと思いながら一生懸命見ました。中ノ岳と駒ヶ岳に小屋があるのですが、中ノ岳の小屋は風で飛ばされているらしいことを麓できいたので、夜明けの早い今なら、駒ヶ岳まで行けないものか、そんなことを考えていました。

それから巻機《まきはた》から金城へ続く岩山が、その手前の大兜などと重なり合って、ちょっと荒々しい雲をかぶり、なかなか立派に見えました。雪が岩のひだに細かについています。

北には守門岳が見えます。それよりも美しいのは魚野川とその流域の水田で、地図を開くと二月に雪道を歩いて行った藪神村も遠く小さく見えましたし、魚野川と信濃川とのあいだに、ほとんど同じ高さで続いている山脈の向うに、火打、妙高、黒姫が出ていました。

G

そういえば、花のことを何も書きませんでした。里宮の裏からしばらくのあいだはヒメシャガがちょっと気取った容子《ようす》で涼しく咲き、尾根に登るとオオバキスミレ。山で見かける黄色のすみれといえば、このほかに、タカネスミレ、キバナノコマノツメがありますが、ともかくオオバといわれているとおり葉が大きいので分ります。灌木ではタニウツギ、ツツジ、シャクナゲの類。イワカガミとイワウチワのピンクに、頂上近くではカタクリがまだ咲いていました。

こんな具合で、特別珍しいものもありませんでしたが、一年ぶりで会うもの、二、三年ぶりのような気のするものもあって、山の花は懐しい気持を起こさせます。

多くブナの林の中を登るのですが、三合半あたりからぽつぽつ残雪を踏むようになりました。径が出ていたりかくれていたり、出ている径は、雪解けの水で川になったり、倒木があったり、雪が多くなるにつれて木々の淡い緑が、強く匂うように思われました。

その緑に酔わされたためか、径が二つに分れているはずの五合六合の中間で、深い樹林帯へ小一時間ほど迷い込みました。上へ行けば再び二つの径が合わさっているのですけれど、胎内くぐりの径がどうしても見つからなかったのです。そして最後はまたところどころの鎖のある急な登りと、かなり広い斜面で、薬師岳の上へ出ると、駒ヶ岳が水無川の、雪と岩の深い谷をへだてて大きく、中ノ岳も、霧のまん中に時々見えました。

H

僕は、これを最初に書くべきだったのですが、千本檜小屋といわれている、不動岳の根本にある小屋にいます。かなり荒れていて焚木も近くで集めなければなりませんし、水もありません。八海山の池は、ここまで登って来るうちにも幾つかあったはずですが、全部雪の下で、小屋へ着くと、雪をとかす仕事がありました。

それで昨夜は、炊事にかなり時間もかかり、夜の風景を眺めようと思って、着物をあたたかく着込んで外へ出て見たのは十時近かったでしょうか。夕方ここへ着いた時には、まだ雲は高く、翌日も快晴とはいえなくとも同じような天気だろうと思っていましたが、夜、外へ出ると、星雲のように見えていた里の灯も見えなくなり、月も、ちょうど最後の光を大きな雲にさえぎられるところでした。

大波のように谷からもり上っている霧は、ついに僕の目の前を流れ始めました。それが八海の峰々をこえて、谷の底まで雪の続いている水無川になだれ込み、その霧の中でかすかにヨタカの声がきこえました。

蠟燭の灯を消すと、小屋の中は真暗です。比較的かわいている筵《むしろ》を敷いて、シュラフザックにもぐり込みました。焚火であたたまったので、寒くはありません。しかし、天気はどうも悪くなりそうで、うとうとし始めると、風が小屋を包んでいるトタンを騒がせ、時々、飯盒の蓋で雪をかきとっているような音を立てました。そしてもう一度、眠りに誘われて行く時に、大粒の雨がはげしく小屋にぶつかって来るのを聞きました。

I

今朝は、四時前から起きて、天気を気にしていましたが、霧はいよいよ濃く、二、三メートル先の、うなだれているカタクリの花がやっと見えるほどで、どうにも出かける訳には行きません。それが時々雨になり、雨の音がやむたびに外へ飛び出してみますけれど、何も見えないのです。僕は八峰から、少なくも五竜までは往復するつもりでいたのですけれども、こんな日に岩場を辿る勇気はありません。倒されるほどには風は吹いていませんけれど、結局はここにじっとしているより仕方がないのです。

霧。この濃霧について、僕は何を考えているのでしょうか。夜の明けるころには、ただ急に晴れ渡ってくれることをねがって、苛々《いらいら》していましたけれど、もう諦めるより仕方がないと決まると、ただ、山での行動を奪われたことを嘆いてばかりもいられません。

僕は、人間が、より多くのものを、より遠くのものを得ようとする意欲がどんなに強く、そして、その中で自分の行動を測りながら生きていることを考えていました。それは改めて考えるほどのことでもないのですが、時には、自分から望んで、自分をこのような霧の中へ追い込むこともしているのではないかと思ったのです。見てはならないもの、見えても見てはならないもの、耳を持っていても聞いてはならないものがある時、その人は思うがままに焦点を合せること、耳をそばだてることを自分から禁じなければなりません。

その時、霧の向うにあるものに期待をよせていることがどんなに辛いことかを知ります。霧の彼方にはすばらしい山があるはずだと思って自分を不幸にするよりも、今は感覚の一部分を自然にあずけてそれを特別に不自由なことと思わず、許された範囲のことを、許された力だけで考えるのを悦ぶことにしましょう。全部そろった絵具で絵をかくよりも、時には青とグレエだけで描く絵が自分に何かを発見させてくれるかも知れませんから。

（一九五六年五月）

夏草の匂う日

この五月の末に、新潟県の魚沼三山の一つ八海山へ登ったが、至極のんきな登り方をして途中で昼寝などをした。四合目あたりからぽつぽつ残雪があり、頂上近くにはずいぶん大きな雪の斜面があったが、麓に近い方は夏草の匂いがしきりにした。藤の繁みに鶯がいて、すぐ近くを通りかかっても、逃げることもなく三つ音を繰りかえしていた。そんなところから特別涼しい風が吹いてくるように、夏草の匂う日なたは、いきれがひどく汗もよくかいた。

途中、木かげに重い荷をおいて居眠りをしている時、ふと目をさますと、そこは、ふるい夏の日に毎日午後の三、四時間をすごしに来た松林の中のような気がした。そういうことは、私には時たまあることで、二十年、三十年とすごしてきたことがみんな夢で、今、自分はまだ十幾つかの少年であるのがほんとうのように思える。もちろんそれは、瞬間のことで、いつまでもそんな気持になってはいないのだけれど、それからしばらくの間、忘れていた遠いことを細かに思い出すのである。

＊

そこは鎌倉の、海岸からは、ずっと離れた山の中で、土用波などが立つ時分になると、夜、風の加減で波の音も聞えることはあったが、潮風がべとべとと肌を塩からくするようなこともなく、まあほとんど山間の生活をしているような気分だった。

そこからさらに山径を登ると、二、三段平らなところがあって、その奥に古い宝塔が立っていた。関東の大震災の時にその塔は倒れ、何年もそのままになっていたが、それを所有していた寺でまた建てなおし、そのころはまた苔がはえて、昔のまんまのように見えていた。

その宝塔のところは、なんの眺めもないし、じめじめしていて、時々蛇など長々としていたから、坐り込んで本などを開くのには不似合のところだったが、少し離れたところは松の梢をとおしてくる夏の陽光がやわらかく、遠く海も見え、枯れた松葉や、かわいた草などを敷くと、たいそういごこちのよいところで、そこへ私は夏のあいだやって来ては、本を読んだり、ノートに何か書いたりしていた。その小山の下には、そのころハイカラの洋風の家が三、四軒あったが、そのそばの道をとおる時に、放してある犬に見つかると、最初のうちは吠えついたりしたが、自然に慣れて、しまいには山の上まで先になり後になりしてついてきたものである。

けれども犬は、私がいつまでも相手になっていないので、退屈して眠ってしまったり、つまらなそうに下へおりていった。

＊

私は八海山の山麓で、ふるい夏のそんな草原を思い出していたが、それよりも、旅に誘われながら頑固に出かけずに、平凡な夏をすごしていた自分の心の、そろそろひねくれ始めた息苦しさを想い出していた。もう今は死んでいない友だちだが、私のそんな夏のすごし方がいかにも愚かだと戒めるように、何度も手紙をくれたり、時には訪ねてくれたりしながら、もっと大きな山々にかこまれた湖の畔の、たった一軒ある小屋へ行って、もう少し変化のある夏をすごそうではないかと、しきりに誘ってくれるのだった。

私は、実をいうと、まだ知らないその湖の生活にひかれた。朝霧を考え、夕映えを想像し、湖上を舟に乗ってゆく気持を想い、今度手紙がきたら、快く承知して出かけようと思った。

けれども、誘いの手紙を受け取ると、何だか出かけることをためらう。それは、友だちの手紙が気に入らなかったのではない。彼の手紙が、あまり私の気持を動かそうとするのに熱心だったからなのだろうか。どういうことだったか、説明はできない。私は自分のしたいことを避け、その前の年あたりまではあんなに山の中を嬉しく歩き廻っていたのに、さっぱり動きたくなくなってしまったのである。

＊

松の梢はいつも金色に細かくゆれて、まぶしかった。そして下草の中には、金貨の散らばっているように、丸い小さな光が幾つも幾つもうごいていた。

夏草の匂いを、私はしまいにはそれほど強くは感じなくなってしまったが、久し振りにそれを嗅《か》げば、昔を想い出して、限りなく遠い日を追い始める。正確に、正直に。取りつくろうこともしないで、草の中に寝ころんで、いつか落ちてくる松葉がこうして目ばたきをしないでいる自分の瞳にささって、目を潰してしまうかもしれないなどと思いながら、何時間でも動かずにいたことを考える。

友人に誘われた湖は、その後もついぞ訪れる日がないが、何だかそこは、夏に出かけるよりは、もっと寒い春のはじめに、よごれた古い雪を踏んでいってみたい気がする。

（一九五六年七月）

旅人の悦び

毎年十一月に入ると、晩秋というよりは初冬と言った方がよいような冷たい天気がまじって来る。僕は今年、十月のはじめに信州と甲州の境を歩いている時に、前の晩まで降っていた雨が富士山では雪で、八合目あたりから上が、新しい雪を冠っているのを見た。それから、山のたよりを受けとるたびに、もうアルプスが白くなり始めたというようなことが書いてあったり、最近山から帰って来た仲間は、新しい雪を踏んで来たと言って、山の紅葉が日ごとに麓の方へ追われて、もう上は冬だった話をしてくれた。僕たち好んで山へ登る者は、冬の来るのを待つというよりもこうして、待ち切れないように冬をさがしに行くようなことをする。僕もこれから、冬の山の支度をして出かけるつもりだ。どの辺から雪がついているか、今年の雪を最初に踏む時の気持は、それを知らない人にはちょっとお伝えするのがむつかしい。

僕は今年は十月には二度山へ出かけた。山へ行くことにかけてはまだ欲張りだから、たった二回しか出かけられなかったと自分では思っている。けれども、これはもちろん僕だけではないのだろうが、たとえ山は頂きに辿りつくことが出来なくとも、雨に降られて小屋にとじ込められていても、山の中にいること、そのことが嬉しい。

一番近くは、伊豆の天城へ行って来た。ある温泉で僕のつとめている学校の職員会があったので、翌朝早く宿屋をぬけ出して、一日ずいぶん歩いた。あまり天気がよくなくて、海も、海岸線もほとんど見えなかったし、山頂は霧に包まれて、しっとりと濡れていた。原始林といわれている森林帯をぬけて行くような径が多いが、大きな橅《ぶな》にまじって、ヒメシャラがあった。これはサルナメリとも言うものだが、幹の肌がサルスベリに似ていて、つるつるである。しかも、茶褐色でなかなかいい艶があって、そのまま部屋の床柱にでも使えそうに見える。葉をよく見たいと思ったけれど、何しろ丈の高い木で、それに登ることも出来ない。しかし、森の中にそういう木がはえているのは、時々おやと思うようになまめかしい感じがした。街をあるいている時に、布地を売る店のウインドウなどに、裸の人形が立っているのを見て、びっくりすることがあるけれど、そんな感じさえした。

秋の景色は、それはむろんほうぼうに見ることが出来たけれど、何といっても暖かい土地なので、信州や東北の秋のように、かっちりと冬へ向って行く姿はあまり感じられなかった。小鳥の声の中を、幾つもの頂きと峠をすぎて、もうそろそろ暗くなりかけるころ、水音をきいた。沢が近くにあるらしいので、水を汲みに下りて、ついでに顔も洗って、夕食の仕度をした。御飯が炊けるころにはもうすっかりと日も暮れて、灯をつけなければならなかった。薄《すすき》の繁みにねぐらを作っている鳥が時々かさかさと音を立てるほか、何も聞こえなくなった。お湯も沸かして、たいそうおいしい夕食をしたら、また元気が出て、どうせ今日のうちに宿屋のあるところまでは出るつもりもなかったが、灯をたより、再び林の坂道を登って、天城のはずれの遠笠山の頂上までやって来た。

そこは三角点の櫓のある、草の丸い頂きで、気持のよさそうなところだったので、今夜の野宿はここに決めた。冷たい風が吹きあげて来た。どうやら霧もはれ、遠くに一日辿った山々の姿が大きく見えた。月が出たのだ。少々気になるような暈《かさ》をかぶっていたけれど、星も所々に見えて、なかなか楽しい夜になって来た。海岸線に沿って並んでいる大小の町のあかりもきれいに見えた。

どうせこんなことになるだろうと思って用意して来たシュラフザックにもぐって、眠ってしまうにはまだもったいないような夜の中に、しばらくぼんやりしていると、僕は、我慢出来ないような可笑《おか》しさに襲われてしまった。屋根のある家に泊れないわけでもないお金が足りないわけでもない。それなのにわざわざ好んでこんなことをしている自分が何だか可笑しくてたまらなかったのである。いったいこれはどういうことなのか。手帳を出して時間と気温を書きつけた後で、何かおもしろい考えでも浮んで来たら、ねむくならないうちに書きつけておこうと思った。けれども、しばらくしてその可笑しさがおさまった後も、別にこれと言って書きつけておきたいような考えもなく、ただ安心し切ったような気分に、だんだんと酔って行く感じだった。

山中の、小屋もないところで、よく寝られるもんだ、こわいようなことはないだろうかと、訊ねられることがある。

僕は幸にして、というべきかも知れないが、野宿をしながら恐ろしいと思ったことはない。雪の山で、穴を掘って寝るような時には、どれほど用意をしていても、かなり寒くて、一晩ふるえているようなことがあるが、充分に着込んで眠ってしまいさえすれば、天井のないつつぬけの山の上ほど気持のいい寝場所はない。

僕はその時も、久し振りにぐっすりと眠ることが出来たように思うし、前の日の温泉宿に比べたら、この方がどれほどたのしい一夜か分らないように思った。そして夜半に、どうも顔から首のあたりが冷たいと思って目をさますと、月がどこかへいなくなってしまっただけではなく、霧の中に雨がまじって降っていた。これは朝までにずぶ濡れになってしまうかも知れない。何とか考えなくてはと思っても、そんな中で眠っている快さの方が強くて、またそのまま眠り続けてしまうのだった。

幸にして雨はいつかやみ、白んで来るのを待ってシュラフザックからぬけ出してみると、夜半の雨にしっとりした山頂からは、また山々が見え、富士山の姿も実に立派だった。

この山は、赤や黄色のだんだらで目がくらくらするような華やかさはなかった。咲き残っていた花ももうわずかで、トリカブト、アザミ、リンドウなどが少し目立つくらいだった。木の実も期待していたほどは見当らず、僕はのんびりとホオジロの飛び立つ草原の小径を、遠く海を見ながら降って来たが、その時突然うれしいものを見つけた。それは、初秋に咲いていたはずの花をもうすっかり落して、銀色の羽毛をいっぱいにつけている仙人草だった。少しひからびた西瓜《すいか》の種子に、品よく赤と金とをさらりと塗ったような実から、何か見ているといじらしさを感じるような巻毛が生えている。平たい頭をそれぞれにかしげて、何を考えているのか分らないが、強い風の日に飛び立って行く時のことを思っている様子である。この草にとって、それは最後の夢のようにも思われた。その夢を托している銀色の羽毛を見ていると、僕は宮沢賢治の童話に出て来るオキナグサのことなども思い出した。その童話の中では、オキナグサの銀色の毛の房が風にわれて、いまにも飛ばされそうなのである。そこへ、ヒバリがやって来て、「どうです、もう飛ぶばかりでしょう」と言うとオキナグサの種子はこういうのだ。「ええもう僕たち遠いところへ行きますよ。どの風が僕たちを連れて行くかさっきから見ているんです。僕は息がせいせいする。きっと今度の風だ」

風に散って行く枯れ葉には、また別の気持が感じられるが、飛ばされて行きそうにしている種子には、一種のわくわくするような夢があるように思われる。

僕がこの仙人草を見付けて悦んだのは、そのこともあるけれど、英国人は、この植物にごく近いものを Traveller's Joy つまり、「旅人の悦び」という名で呼んでいる。絵や写真で見ると、この仙人草とか、ボタンヅルによく似ていて、やはり花よりも種子の羽毛の、美しいというよりは、夢の味のあるところを好んでいるらしい。いったいなぜこれが「旅人の悦び」なのか。実は前に僕は自分の詩集にこの名をつけたことがあるが、はっきり理解していないところがあった。何となくその名のいわれが分るようでありながら恐らく、英国人をつかまえて、君の国ではこれをなぜ「旅人の悦び」と呼んでいるのかと訊ねても、仙人草の種子のように首をかしげるにちがいない。ところが、たとえ短い旅でも山頂の草に眠ったりして、こうして山を降って来た時に、突然この夢を見ているような種子の容子を見ると、なるほどと思うのである。

その名をつけた英国人は、どんな運命を背負って、どこを歩いていた誰だったのか分らない。けれども、これを見つけて何かの夢想に耽りながら、ごく自然に Traveller's Joy という言葉が口に出て来たのだろうと思う。私は自分のうちにもその心がそっくりあったことが嬉しくて、地図を開いて、僕にとって記念すべき場所に小さい印をつけた。

（一九五五年十一月）

高原にひそむ詩

今年のはじめ、中学一年になる子供が新鹿沢へスキーに出かけた。お父さんは幾つからスキーをはじめたの？　というので、あやしいと思ったが嘘をつくわけにもゆかず、中学一年の時からさ、と言ったら、さっそく私の道具を持ち出して、さっさと出かけた。東京から往復とも、貸切バスで、学校の人たちと行った。帰って来た晩、少し言葉つきまで変って楽しかった話をしていたが、突然だまって考え込みはじめた。帰りの自動車が長い橋を渡っている時に見た雪の山の景色がたいそう印象的だったらしいが、それを詩にしたいと思っている、そういう告白をしてから、二、三日のちに、私は彼のノートに次の詩を発見した。盗んでみたわけではなく、見せてもらったのだ。自分の子供の作ったものなんかを引っぱり出すのは、ずいぶん愚かな父親のように思われるけれどそうではなくて、この詩によって、私は自分の知っている上信越の山々を、思い出したのである。「冬枯」などと気取った題をつけてあった。

川が赤い

へんに赤い茶色の
西部劇の
あれ野の
そのまた遠くに
青い山が雪をひっかけている
赤い川には
でっかい雲が
ふかぶかと
にじんでいる

私はそれより少し前に、上越線の急行「越路」で新潟へ行く時に、同じような景色を、窓からぼんやり見ていた。関東平野が終るこの辺は、「西部劇の」という感じがしないでもない。右に赤城、日光の山々がむしろ目をひくこの辺から、榛名の山のあいだから、そのまた遠くの山を見るのは、そこを知っているものには嬉しい。

私は小諸に泊ったことはないが、信越線でここまで来ると、どうも汽車を下りたくなる。軽井沢あたりへ避暑に行く人たちは、浅間山を毎日どんな気持で見ているか知らないが、私にはその眺めが懐しい。

というのは、大学三年のころだったか、この山麓の少し奥まったところに住んでいる友人を訪ね、一晩その友人から、奇妙な打明け話をきくという、小説を書いたことがある。そんな友人なんか実際にはいないのであるが、千曲川へと落ち込むこの辺の明るい斜面にもしも自分がずっと住みついたらば……と思ってみたことは事実で、その時も半日ばかり、小さな部落から部落へと歩いて、その生いきな小説の材料を拾って来たことがある。

二、三年前に、やはりここを通りがかりに汽車を降りて、三、四時間スケッチをして歩いたことがあるけれど、その時のスケッチの色を見ると、うまく文章にしては言いにくいが、他の場所をかく時とちがった、ハイカラな色を出して着色してある。そしてそれが、自分の、この辺のいつわりのない印象なのかと思った。

鳥居峠から白砂山までの、群馬と長野との県ざかいの山々、四阿山、草津白根から岩菅山、これがこの高原の中心部で、ここをこそ私は書かねばならないと思っていたのであるが、どういうものだか、その全部をうまくつかんで表現することができない。しいて言えば、ある年の五月に、もう雪もほとんど消えてから訪れた時に、そこの山々があんまり春にみちたりている感じをうけ、熊笹の中に寝ころんではみたものの、私は何かしら取りのこされてしまったような気持で、大げさに言えば憂鬱になった。こんな経験は、私にとっても他にはなかったことであるし、多分、その時の自分がどうかしていたにちがいないと思うので、もう一度改めて出かける機会を作りたいと思いながら、どうもその時のことが気がかりになって足が向かない。

自然というものは、どこへ行ってもいつも私を遙かに越えていて、取り澄ましているといえば、こんなに非情なものはないのだけれど、その中に自分一人が入って行った時に、かすかにふるえるものを発見し、とりすがるものを見つけ出すものなのだが、そこの山々は、私を一向に相手にしてくれなかった。こんなことを書くのは、どうもいやなのだが、すべての人間に対して信頼をよせられる構えが私自身にありながら、ある種の人々に対しては、どうも打ちとけにくいということがある。それもこれも偏見ではあろうが、この方はどうしても近い将来に拭いとってしまいたいものである。

ところが、この国立公園の北端の、谷川岳は、ある意味では、私を育ててくれたところである。三国峠から苗場山をも含めて、このあたりへ出かけた回数はもう思いだせない。このごろのように、どんなに人々が押しよせるようになっても、そこへ行けば、山頂も谷も、越後からの風も、みんな私のものという感じをいまだに深くのこしている。

四季を通じての谷川岳を中心とする山々は、私に山の経験を積ませてくれたし、人生についての経験をも深めてくれた。それをここで語ることもまた、控目にしなければならないと思うが、四年ほど前の晩春に、こんなことがあった。

久し振りに訪れたその谷には、昔のように雪がいっぱいつまっていた。冬から春にかけて、周囲の急な斜面を落ちて来る雪は、どのくらいの厚みになっているか分らない。そこを私は、一人で登って行った。あせる気持があったわけでもないが、思うように足を進めて行くことができなくなった私は、その雪の谷の真中に、比較的新しく落ちて来たらしい岩に腰を下ろして、煙草をのんだ。

雲がさかんに飛び、そのかげが、上に向かうにしたがって扇状形にひろがる雪の斜面を暗くしたり、明るくしたりしていた。それは私自身が期待して来たことではなかったのだが、自分の長いあいだの過去の道が蜃気楼のように見えてきた。そこには好運があり、過ちがあり、不運といえばいえるようなものもあるにはあったが、そのようには現われず、ただ私という動物の、まっすぐには歩いて来なかった足あととして見えてきた。

私はその自分の過去の幻影を見て、誇ることはもちろんしなかったし、また徒《いたず》らに悔むこともしなかった。そしてまた、それをもって未来の自分を推しはかるようなこともしなかった。自然はしばしばそのような配慮を私にあたえる。それは過去に親しんだ土地のせいであるのか、私を育てた山々を再び眺めたためであるのか、よく分らない。

だがそれは、人に移して言えば、長い間会うこともなく、またほとんど忘れてもいたような友人に出会って、それとなく和やかな反省の機会を与えてもらえるようなものだろうか。お互いに、それとなく、そのもののために生きていたこと、存在していたことを知って、静かによろこび合うようなものなのだろうか。

私はさっき、上信越高原のうちに、自分のなじみ難い山も多くあるように書いたけれど、そこからも、かえって意味のあるさとしをうける日が遠くはないだろう。

（一九五六年五月）

八ヶ岳の見える旅

八ヶ岳という山は、ともかくいい場所に、相当横柄に吹きあげてできた山らしく、登ろうとする裾野が長いのでうんざりする。来なければよかったとは思わないが、いつになったら頂上に近づくのか心細くなる。

この山塊をだいたい一周しながら、山の姿を眺めて旅するのは、八ヶ岳の山頂を実際に知っている者にとっては懐しく、知らないものにとっても豊かに旅の心をみたす。

都会に春が訪れてから出かけても、山国を走る汽車の窓からは、まだ豪華に白さをほこる山々がずらりと並んでいるばかりでなく、土手の日かげには、霜柱が倒れているのも見るだろう。

信越線の小諸から、北信の山なみや盆地をみながら大屋まで来る。

ここから丸子鉄道で丸子へ来てもいいし、上田へ寄って上田電鉄を利用してもいい。

ただこの辺には、別所とか、鹿教湯とか、ちょっと行ってみたいような温泉があるので、時間表を見ながら、まようことになるだろう。

私はかつて丸子まで夜おそく来て泊り、ここを一番の国鉄バスで和田峠へ向った。唐沢という部落のあたりから、右手に扉峠をとおって美ヶ原へ登る道があり、これもまた誘惑をしないこともないが、またの機会にゆずって峠へ向う。

この峠では、ぜひとも峠のすぐ手前の東餅屋で下車することだ。

こういうところでいくら時間をつぶしても惜しくはない。

…………

さみだれに濡れておもたい新緑の山みちを
論理的に、ぎりぎりに、
ねじ上って来た大型バスがゆらり停った東餅屋の茶店前、
ふらふらと出て行く乗合の客のあとから
御苦労と撫でてやりたい車を下りれば、
あたりは変にあかるく、温かく、
此処はまだ芽立のままの樹々の梢に
霧の襤褸《らんる》がからまっている

…………

これは尾崎喜八さんの昔の「和田峠東餅屋風景」という詩の一節だが、私はこの茶屋に残ってバスを見送り、餅をひと包み買って峠の方へぶらぶら歩き出した。

峠は土砂の崩れがはげしいので、バスの道はトンネルになっている。その上をしばらく歩いて、左手の鷲ヶ峰へと続く尾根を、気ままに登る。その日が山の春に訪れた暖かい日なら、シジミチョウや鮮かな色の黄アゲハが飛び、そろそろショウジョウバカマの咲きはじめているのを見つけるだろう。

その広い尾根をいい加減登って腰を下ろすと、雪が大きくまだらに残っている霧ヶ峰、車山の向こうに八ヶ岳の岩峰が頭を並べている。

ここからはあの長い裾が全然見えないので、実に鋭い山に見える。向こうもああして顔を見せているなら、こっちも背のびをしたくなり、つま先立って、あれが権現、あれが阿弥陀、あれが赤岳の岩壁かと、気がつけばいつかこっちは笑っている。

眺める山にもそれぞれひいきがあるので八ヶ岳のことを特別に書いたのだが、蓼科はもちろん、遠く浅間の煙もかすんでいるし、美ヶ原熔岩台地もすぐそこにある。

それに諏訪湖はここからは見えなくとも、その向こうに連なる木曽駒はまことに大きく、高く、白い。

全く歩かずに来られるこの一五九一メートルの峠が、私のこの旅のまず第一の、また最もたのしみにしていた目的地だった。それでまだつめたい風は時々吹いてきたが、その日のうちに下諏訪まで下ればいいことにして、餅を食べたり、スケッチをしたり、誰もいない草原で勝手な、贅沢な昼寝までして一日をたのしんだ。

何からも遠く離れている自分が、何やら不思議にも思われるほど、ここはいい峠だ。そしていっぱいそこらに落ちている黒耀石を、欲張らずに一つ二つ記念に拾うことも忘れないことだ。

私はその日、ヤマガラなどがしきりに啼いている谷を歩いて山麓の村をぬけ、夕方遅く下諏訪まで歩いてしまったのだが、歩くのを好まない人は、再びバスにのって、夕方の湖畔の風景を見るのもいいにちがいない。

下諏訪の町は、上諏訪に比べてはるかに静かでいい。

山の天気は続くことを予定に入れておくわけにはゆかないが、中央線の上りに乗ったらば連絡を見て、小淵沢から小海線に乗りかえ、甲斐大泉、清里、又は野辺山のいずれかで下車して、ここの高原の春風を吸うことも忘れてはならないだろう。

日程をのばすことが許されている旅なら、私はこのあたりに幾日滞在してもいいと思う。

その一日は、川俣谷を上から眺め、甲府盆地の向こうに富士のツンと高い姿を眺め、また一日は、野辺山の原か念場ヶ原、あるいは、八ヶ岳をよりいっそうしみじみと眺めるために、飯盛山まで出かけてもいい。小海線も、信濃川上から北は、山がせばまり、また更に小諸へ向かっても、八ヶ岳東南面の麓ほどの広大な風景は見られないので、野辺山までのうちにゆっくりと時間を潰してしまった方がいいようである。

私は、何かの機会に北信の方へ行くと、どうしてもこの小海線で南へ下らずにはいられなくなる。松原湖も、その上の牧場まで出て北八ツの山容をみるならばともかく、湖だけにはあまり魅力もなく逆に海ノ口の方からのろい汽車でやって来て、赤岳から出ている三つの尾根がひろがっているここまで辿りつくと、またここへ来たという、故郷の感じが強い。

そして、甲斐駒やそれに続く峰々が、和田峠の上からの八ヶ岳のように、草原の向こうに見えている。だからこの一周は、例えば小諸を起点とすれば、どっちから廻ってもいいと思う。

山を見て登れずにいるのは私にとっても、まだ相当つらいことなのである。だから、そのいら立ちをやすめるためにも、旅のうちには、できることなら自分の足で登る山の一日を組み入れたいと思っているが、しかし、車窓に地図をひろげて山を眺める旅も、このごろではたのしくなってきた。

それは山々がすべて私にとって未知のものではないからかも知れない。眺められる山々には、それぞれ近く遠く思い出があり、その日山頂をかすめてとおる雲のように、私の懐しさが一片の雲となって飛ぶ。

また山々が、私にとって、すべて登りつくしてしまったものではなく、未知の尾根や谷に、夢が宿されているかも知れない。そうして私は、必ず再び訪れることを山と約束しながら、汽車が停ればホームに下りてそこを歩きはじめる日の近いことをねがう。

私がこのコースを一周した時にも、最初からすっかり計画が立ててあったわけではなかったが、牽《ひ》かれるままに、こうして八ヶ岳山麓をひろく一周して、夕方おそく小諸へ戻って来た。

霧がいっぱいに流れていた浅間の山麓で、汽車の赤い灯が消えて行った。そんな印象が残っているところをみると、私はぼんやりしていて汽車にのりおくれでもしたのかも知れない。

私は旅の収穫というものを無理には考えないことにしている。ただ山々をこうしてゆっくり眺めてくると、自分の知っているものへの愛着や懐しさがどんなものであるかを改めて考えるし、未知なものに対して、自分の心がどんなに動くかを測ることができる。

多分それは、人生の中でも同じことだと思う。

（一九五六年一月）

高原の山小屋

霧ヶ峰の車山の肩に、私の知っている青年が山小屋を建てた。この夏に間に合せるのにだいぶ苦労をしたらしいが、小屋開きの祝いは秋になって、山が静かになってからにするということだった。

数日前に私の都合を訊ねて来たので、仕事のことなどを考えてみた上、十月一日に行くという返事を出した。

昨日、Sさんが来た。出がけだったが、私たちの仲間の一人が詩集を出し、その出版祝いを今月二十九日にすることに決めたと、そのことを知らせに来てくれた。私は手帳に書きながら、三十日の晩あたりからちょっと霧ヶ峰へ行って来るかも知れないと言った。Sさんは、それじゃあやっぱり本当なのかしらという顔付になって、霧ヶ峰に別荘を建てたんですかと私にたずねた。

私は、まさかと言いかけて口ごもっていると、Sさんは、そんな噂を聞きましたけど、やっぱりほんとですかと重ねて訊ねている。Sさんのことを少し書かないと、その声の感じは分らないが、もう何年にもなる友だちで、よく会ってもいるし、私がそれを言わずに別荘などを建てるわけもないことを承知しているはずである。すすめられても少なくも今の私はそんなものを建てるはずもないこともよく知っているはずである。それにもかかわらず、真剣になってそんな訊ね方をするのは、どこからどう出た噂か知らないが、きっとうまく創作して、うがった話が伝わっているにちがいないと思った。それとも、Sさんの、私の気がついていない半面に、疑い深い気持でもあるなら、また話は別だ。

私は一文もお金を出さずに、何一つ交渉もしないで自分の別荘が高原に建てられるのだったら、これはありがたいことだし、何だかそんなことを考えているうちに噂だけでも悪くない気がして来た。Sさんを混乱させるのは気の毒だったが、噂を打ち消すのはいかにももったいない気がした。

霧ヶ峰の、コロボックル・ヒュッテという名のついた山小屋はまだ私は知らない。間取りなど、手紙で知らせて貰ったが、やっと八人ほど泊れる小さなもので、今度出かけて、一晩厄介になるのがたのしみである。もう夜はずいぶん寒いので、今ストーブを注文してあるけれど、それが間に合わなければ炬燵《こたつ》を作ると葉書が来た。その葉書に、今はもう訪れる人もなく、静かな夜は星の音がきこえるようだと書き添えてあった。

私はその山小屋を、またその一夜をいろいろに想像している。そしてあの高原に、そのころ咲いている花、咲き残っている花、そこを低くまた高く飛ぶ小鳥のことなども考えている。旅に出る前のぼやんとした楽しみである。

けれども私は今、どんなよい場所があっても、そこへ自分の山小屋を建てる気持はない。ほうぼうの山を歩いて、特別に気に入った場所がないわけでなく、そんなところに腰を下ろして休んでいる時、ここへ小屋を作ったらと思うことはよくあるけれど、真剣にそれを考えたことはない。私はまだ知らない山々を歩いていたい。知らない山を行く悦びの方がずっと強い。

今度霧ヶ峰を訪ねてからも、二、三日暇を作れたら、どこを歩こうかと思って地図を見ている。天気がよければ野宿もいい。寒いと言ってもまだ氷がはるほどにはならない。月がないのが少しは残念だが、星がきれいで草の中の私を眠らせないだろう。そんなことをするのは美ヶ原のあたりか、それとも甲斐駒あたりか。

山小屋もたのしいが、自分の別荘をもつようになったら、今のようには山歩きは出来なくなる、やっぱり噂だけでたくさんである。

（一九五六年九月）

雪を待つ草原

たとえば上越線に乗って六日町あたりまで行くとする。水上あたりから、清水トンネルをはさんでスキー場が左右に次々とあるが、はっきりいえば実に貧相な姿である。特にリフトなどが立っているところでは、その斜面もいやにせまく感じられ、よくもこんなところでごたごたと滑れるものだと思う。それでも岩原くらいになると、あの三角形の斜面の緑がいかにもスキーにいいように見え、雪があったら……とその時のことを想い浮べる。

秋のはじめに上越の七ツ小屋山の鞍部の草原に天幕を張り、大源太へ登った時目の前の上田富士から、不自然なほどにきれいにのびた岩原スキー場が印象的だった。そしてその後続いて巻機山などに登り、数日後に六日町から上越線で戻って来る時、いつか雪のない時にこの草原を歩いてみたいという気持になった。

ずっと昔のことだが、大勢でこのスキー場へ出かけた時、やはり人ごみはたまらなくなって、深い雪を膝で押しながら細い尾根づたいに上田富士へ登りかけたことはあるが、裏側に岩も出ているこの頂上にはまだ登っていない。

私は原則としてはスキー場へは出かけない。全く知らない訳ではないし、お金を出してリフトへ乗ったことも一度ある。不精になって行く人間がこんなことを考え、またそうなると、リフトを作ってないスキー場などはスキー場といえないと思うようになるのもあたりまえだが、一日中こんなものに乗っては滑り、また順番を待っていて乗っては滑りしていたいとは思わない。一回でたくさんである。

*

スキー場の悪口をいうのはいやだが、今年の三月はじめに、十日ほど南アルプスに入っていたが、どうも都へ帰るのがいやで、一度中央線に乗ったのであるが上諏訪で降りて霧ヶ峰へ来た。スキーのお客さんたちと一緒にバスに乗っていた時にはそれほどでもなかったが、バスの終点の強清水で降りた時、ほんとうにとんでもないところへ、来てしまったと思った。

温泉場と同じように、印絆纏《しるしばんてん》をきた客引の番頭さんが並んでいたし、目の前の雪の斜面は、夏の海水浴以上にはなやかだった。その華やかさも、どうもすっきりしたところがなくて、服装ばかりでなく、休憩所の中から聞えているレコード、何から何までちぐはぐで、友だちと二人でどうしたらいいのか分らなくなってしまった。

その晩、高橋達郎さんのヒュッテ・ジャヴェルに泊って、山の最後の夜を快くすごすことが出来、翌日は風の強い車山から、自分のいた南アルプスの山々を眺めた。そして仙丈岳の上から、この霧ヶ峰の広大な雪原をみた時のことを想い出した。

＊

その霧ヶ峰へ、私はまた最近出かけた。今年の夏、その長いあいだの夢を実現してヒュッテを建てた手塚宗求さんが、ぜひ静かになったころに来てくれというので出かけた。この小屋はアイヌの伝説に出て来る小人コロポックルの名前がついている。

ヒュッテ・ジャヴェルのある沢渡りからだいたい東南東に向って、車山へ登る径があるが、その径を辿って肩へ出たところ、夏にはここまでバスが登って来るというその肩に、赤い屋根の小さい小屋が建った。私はその小屋の建築中に手伝いに行っていた人から、また手紙で図面などを見ていたので、霧雨の中にこの小屋を見つけた時、祝福したい気持と一緒に奇妙な恥かしささえ覚えた。そして小さいながらよく出来たと思った。

その晩は、甲府や長坂からやって来たお嬢さんたちと歌をうたい、私はそんなこともあろうかと思って忘れずに持って行った笛を吹き、私の文章を読んだりして二時すぎまで起きていた。雨が霧に変り、霧がまた雨になってトタン屋根を叩いていた。ランプの灯があかるい晩だった。

新しい小屋の屋根が赤いので

霧は雨となって歌うこともあるし
私は寝床の中でうっすらと静かだ
それにどうもこの雨の音を
新しい発音どおりに聞いているのはこっちがさばさばしているせいで
私は明日がどうなるかも考えない
こんなことを細くしたランプの灯で手帳に書いていると、若い人たちの寝息がそろそろ聞え始めた。

＊

そのあくる日もいい天気にはならず、何だか明るくなったので、それ薄陽がさし始めたぞと思ってすり硝子の窓をあけると、一面の霧だったりした。それでも雨のはれ間に車山まで行った時には、蓼科山と南アルプスの一部と木曽駒の方がうすく見えていた。雨の多い秋なのだ。前日の登りのバスの中で偶然会った高橋達郎さんは、九月には晴れた日が四日しかなかったといっていたし、落葉松が金色に光る秋は、この高原にはなかった。もちろん私にとっては雨の草原もそれなりに嬉しくはあったけれど、落葉松の林はじめじめとして、その色も腐って行くものの感じだった。

それにこの高原の草刈が終ったところで、雨の草原を歩く者にはよかったけれど、花がほとんどないのも淋しかった。リンドウとマツムシソウがところどころに残っているくらいだった。ただその時私のために、下の沢から摘みとって甘く漬けておいてくれたツルコケモモの実は充分に熟して黒っぽくなっているのも、片面がまだ白いのも、みんなつやつやとしていて実にきれいだった。甲府からの葡萄もうまくてずいぶん食べたが、このツルコケモモのすっぱさも、秋の味だった。

*

私は昔から、草の広大な斜面をみると、これが雪だったらどんなふうに滑ってやろうかとすぐに思う。そしてぼやんとそれを考えていると、胸がわくわくして来る。

この車山も、三月の晴れた日に、硬い雪とやわらかい雪が縞になっているところを滑って来た。頂上附近には岩が出ていたが、肩のあたりから北西に向った谷にはほとんど何もなく、どこをどう降って行ってもよかった。ほとんどといったのは、ぽつんぽつんと頭を出している去年のオヤマボクチが、枯れたまま立ってその一方に海老のしっぽをつけていたのである。

今度の冬に、この霧ヶ峰を訪れることがあるかどうか、それはまだ分らない。山がいそがしくて来られないかも知れない。しかしまた、その山のかえりに、ひょっと、ここまで登って来る気にならないとも限らない。

偉そうないい方だが、スキー場に人が集ってくれるのはかえってありがたい。リフトが出来て、誘蛾燈に夏の夜の虫たちが集まるように、はでなスキー服の人たちが集って、ダンスのようなスキーをしていてくれることはありがたい。そうであってくれるなら、この霧ヶ峰にも、いつも純白な雪が残されるだろう。

霧と雨が降り続いて風がない。私はお嬢さん四人と一緒に白樺湖への径を歩いた。山靴を穿いているお嬢さんたちは、草原を時々かけおりて行った。私はその姿を後から眺めながら、雪の日にこの尾根、この沢を降りて行くことを想った。

高原の秋はもう終る。これらの草が、もう一度や二度、秋の太陽に光ることはあるかも知れないが、もう雪を待っている容子が、一本一本の枯草の姿のうちにも見えていた。

（一九五六年十月）

山小屋の書棚

今度の正月は、ほうぼうのおつとめが始まるころから一週間ほど、ある山小屋で、お嬢さんたちと合宿である。山へ行く人たちが、冬山ではどうしてもスキーがある程度うまくないと困るので、この山小屋を借りてスキーの練習をすることになった。僕はその指導をたのまれたのであるが、ただスキーを楽しむという気持ではないので引受けた。

なるべく荷物を重たくして滑ること。滑るというよりスキーを足に馴染ませるためだから、一日中ただ歩き廻っていても文句を言わないこと。小屋では自炊をするので当番を決めてきちんとして生活をすること。

僕はそのほか、いろいろのことを考えている。小さい小屋だが僕たちだけで占領してもいいことになったので、夜なども気がねなしにいろいろの遊びや面白いことが考えられる。もっとも吹雪ででもなければ、ランプを持って夜間のスキーを練習することも計画しているから、小屋へ入れば疲れて、何をする元気もなく眠ってしまうかも知れない。

けれどもこの小屋で、本をよむことを考えている。何を持って行こうか。どんな山の本をよめばいいいか。

実はこの小屋は夏に出来上り、小屋開きの時に招かれて、秋の霧の深い晩に泊ったことがある。その時、小屋の主人の若いTさんは、壁の一部分を指さして、あの辺に一段、本を並べる棚を造ろうかと思っていると言った。僕はもちろん、無条件に賛成し求められるままに、自分の本も若干送ってある。

書棚があり、そこにいい本が並んでいて、誰もがそこから好きな一冊を取り出してランプの灯でよむことが出来る。これは素晴らしいことである。だから僕は、特に自分で本を持って行かなくともいい。

「それではみんな眠るまえに、五分か十分僕に時間を下さい」といって、ジャヴェルの『一登山家の思い出』から数頁をよんできかせたり、ティンダルの『アルプス紀行』の中の、あの雲のことを書いた美しい頁をよむ。僕は朗読の勉強はしたことがないが、そこにマイクが立っているスタジオの気持で、ゆっくり落ちついて読むだろう。

山小屋のランプの下で、親しい仲間が集まり、紅茶をあつくいれて本を読むたのしみがどんなものかを僕は知っている。そこにどんな雰囲気が生れるかも知っている。雪の山小屋の夜の話と言えば、その日に覚えかけたスキーの技術のことなどが多く、それももちろんいいのであるが、ある一つの文学が持っている力、ことさらに人の心を奪うのではなく、人々にそれぞれ静かな思いを抱かせる力を充分に、尊い匂いのようなものとしてただよわせることが出来たら……とそんなことを、あれこれと責任のある計画を立てながら考えている。

（一九五六年十二月）

私の山とスキー

私の部屋にスキーがおいてあるのを見て、スキーにもお出かけなんですかと訊ねる人がある。いくら物好きでも、使わないスキーを書棚の前にさかさに立てかけておいても、何のおまじないにもならない。もちろんそのスキーを穿くのではあるが私は頑強に、スキーには参りませんと答えることにしている。どんなに滑ることが面白くとも、スキーだけをしに出かけることは私にはまず絶対にないので、その答は至極正直なつもりである。宿屋に泊って、寒い夜は何度でもお湯につかって、そして雪とも何とも言えないこちこちのものの上を滑るのは、私の行動半径のうちには入っていない。

最近古本屋で、外で時間潰しに読もうと思って、Treasury of Outdoors という題のアメリカで出版された小型本を買った。釣り、猟、キャンピング、舟あそびなどと一緒に山登りやスキーも入っていた。きれいな色刷の写真と絵が多いので、値段の割にこれはもうけものをしたと思った。その中に、Summer Ski Lift という章があって、本来スキーのために作られたリフトを利用して、夏でも歩かずに山頂に登ることが出来て、そこでキャンピングをしたり、またそこから尾根づたいにハイキングをしたりするという、ただそれだけの記事である。

実は、私がはじめてリフトにのったのは、もうそこには雪がなくて、春先の花々がぽちぽちと見える四月中旬、八方尾根から唐松へ登った時である。あの細野の、急な坂にかかろうとする時、リフトをうごかしてくれるというので、数人の仲間と一緒に乗ったのであるが、ばかでかい荷を背負ったまま乗られてはロープがあぶないと言われ、人間が先に登ってから、一つ一つ荷をあらなわでしばりつけてくれた。それを上で、うまくほどいているのがなかなか厄介で、まごついているとまた下へおりて行ってしまう。この小型本の夏のリフトの写真を見ながらそんなことを思い出した。

その後、私は雪の山のかえりに、スキー場をとおりかかることもあり、また汽車の窓から、どんなふうにスキーをする人たちがこれを利用しているかを眺めて、スキーに出かけるという言葉は自分の口からは使うまいと思ったし、それだけを目的として出かけるようなことは絶対にしたくないと思った。

頑固なことを言うようで、笑いものになるのも承知しているけれど、椅子へ腰かけて、機械仕掛のものに厄介になって山の斜面を登るというのは、たとえそれが冬の山の、スキーの練習とは言え、少なくも私の考えている山登りの精神に反することである。それなら、山麓を走るバスにも乗らないかと言えばそんなことはしない。それでは同じことではないかと言われても、私は絶対にちがうと言い張るだろう。

スキーがうまくなりたくないなら話は別である。そしてまた、テラテラになったところを、ダンスでもしているように、降ってはのぼり、降ってはのぼり、ただそれだけをしているのがたのしいならば、それもまた話は別である。けれども、スキーを道具として、山へ登り、山を降る道具として、足にならすことがほんとうの願いであるのなら、これは一歩一歩登ることも同時に考えなければならない。

楽をすることばかりを考える人間が、次々に驚くような便利なものを考え出して行ったことも私にはよく分る。そしてこれらのものを毎日利用させてもらっている。けれども、そのことと、リフトのないところへはスキーをかついで行きたくないというのとは少しちがうようである。

*

つまらない理屈だか、負け惜しみだかをいつまでも書いていないで、私のスキーのことを書くことにしよう。「スキーにもお出かけになるのですか」と訊ねられるのも困るが「スキーはお上手なんですか」と訊ねられるのも困る。まるっきり下手で、ちょっと滑れば必ずころび、右へも左へも廻れず、とまることも出来ないなら、返事は簡単である。

しかし、ともかく、途中何年間かスキーをはかなかった時代があるとは言え、中学一年の時からはじめて、毎年、五月、六月ころまで、雪の残っている谷をさがし、山へ登る時には、持って来なくて残念だったということのないようにスキーをかつぎあげていたのであるから、そんなに下手でもないつもりである。それで返事に困る。あなたは頭がいいですかときかれれば、やっぱり自分では、頭がいいとは言えなくとも、それほど馬鹿でもないね、と、そんなことを訊ねられた自分を慰めてやりたくなる気持に似ている。

その中学一年の時には、確かにスキーに連れて行ってもらったのである。その時から山へ登ることなどは考えていなかった。少年時代だったので、ひとのするのを見ていろいろの真似が出来るようになったし、たとえどこでどういうふうにしてとまったらいいかが見当をつけられなくとも、えいと思って滑り出す勇気があった。

それは吾妻山麓の五色でのことだったが、槇さんが、妹さんと御一緒に来ておられ、私が変なまねをしていると、どんなふうに注意して下さったかは覚えていないが、ゆっくり、ころばずに滑ることを教えて下さったように思う。そして、乱暴な人たちがすっとばしているところへは行かず、雪の深い林の中を、これ以上安全な姿勢はないというように、ボーゲンで滑っておられたのをよく覚えている。

その時のことでもう一つ忘れられないのは五色から新五色まで、雪のはげしく降っている時に大勢で出かけた。六華クラブにいた十数人の人がみんな一緒に行ったのだと思う。私は愼さんに言われてその先頭に立つことになったので、スキーをはいていても膝近くもぐる雪を、踏みかためるようにして進んだり、下から蹴あげるようにもして、ともかく後につづく人たちに何をぐずぐずしているのかと思われないように、それればかりを気づかって奮闘した。私はもちろん汗ぐっしょりになっていたが、私のすぐあとについて来て下さった槇さんは、先頭に立つものは、ただ夢中になって道をつけて行くだけが役目ではなくて、うしろに続く人たちが、何も故障がないかどうか、スキーの締具の具合の悪い人、疲れている人がいないかどうか、それをいつでも気をつけていなくてはいけないと言われた。私はそんなことが出来るのかと思ったけれど、先頭に立って行くものの責任というものがよく分ったような気もした。

そして新五色についてから、一行のものは、みんな槇さんからおしるこを御馳走になった。

私はこのあいだ、マナスルの記録映画を見ている時、隊長の姿がうつると、この昔の雪の中で言われたことを思い出した。そして、みっともないことだったが涙が出て来た。

＊

そんなこともあって、私は山よりは早くスキーを覚えながら、その最初の機会に、非常に大きな教えを得て戻って来た。その年の春にもう一度五色を訪れた時には、もう青木小屋まで入って、家形山あたりの、大きな木の間を滑ることにもっと大きな悦びを味わったが、雪が消えてからも休みを利用して山を歩きはじめ、中学二年の夏には北アルプスへ行き、それ以後、どんな季節を好むということもなく、また仲間と行く時にも一人で出かける時にも、出かけるというより帰って行く気持だった。

雪の山の想い出からその幾つかをひろえば高校の入学試験を終った夜に出かけた乗鞍がある。肩の小屋の、ほとんどいっぱいにつまった雪を一部分掘り出し、そこをねじろにして位ヶ原をすべり、夕方になると、雪の斜面を長い自分の影を見ながら登って帰った。ストーブもある冷泉小屋を使わずに、わざわざ肩の小屋に頑張っているのも嬉しかった。

山の記録を戦争で失って、何年の何月かはもう想い出すことも出来ないが、吹雪の続いた白馬や唐松があり、大雪渓の下で雪崩に押しながされたことがあり、春の富士の遭難事件がある。この富士は第一次のマナスルへ行った高木正孝さんや、今度の南極へ出かけている渡辺兵力さんや立見辰雄さんも一緒だったが、どういうことからか遭難したという記事が大きく新聞に出て、頂上へのぼってから大沢の大斜面でスキーを楽しんで来た私たちは、吉田へ来てびっくりした。

富士と言えば、雪の降るのが待ちどおしかった頃、東京から毎朝白くなるのをねらって出かけたことがある。ひどい風の中を、強情にスキーをかつぎあげたが、アイゼンをつけている足もとも覚束ないほどの氷で、風の中をアンザイレンして頂きへは行ったが、結局スキーを穿かずに持ちかえったこともある。

それから谷川岳の芝倉沢に虹芝寮が出来、カタズミの岩峰の真下から、急な斜面を降るのがうれしかった時代があったし、たのまれてドイツ人を案内したこともあった。蓬峠《よもぎ》へ、北海道の粉雪も忘れられないし、想い出せばあとからあとから際限がない。

*

戦後、久し振りにスキーを穿いたのは八方尾根で、二十年前の雪の不帰や鹿島槍を見た時に、懐しさと、もうこれからさき再びこんな山を見ることは出来そうにもないと思ったが、それからまた鳥海山まで五月になって出かけたり、二月、三月の十日を南アルプスの北沢小屋を中心に滑り、どういうものかまた気違いじみた山の熱にとりつかれている。

しかし時代は変って、先に書いたように、スキー場はすっかり華やかになってしまうし、フランス流のスキー流行で、私がうれしそうに腰を落して滑っていると、みんなが笑う。古本屋でアールベルグ・スキー術という本をのぞいていたら、これだと思いましたよ、と若い学生さんたちはいう。しかしいい加減重い荷を背負って、雪の質がいろいろと変る急斜面を、ころばずに疲れずに降ることを考えるなら、それが何流であってもいいはずである。一切、講釈は不要である。自分流に、無理がないように、出来ることならたのしげに滑ることである。

私はそういう意味で、スキーは山登りの道具であると、少なくも私の場合は考えているけれど、少し面白すぎる道具であって困る。自慢にはなりそうもないが、二十七、八年のあいだ、スキーのために怪我をしたこともないし、スキーを折った経験もない。一度こんなことがあった。それは、私の家に二階があった時、ついふらふらと階段を滑りおりて折った。階段を滑りおりて折れるようなスキーでは仕様がないと言って、買った店へ取りかえに行った。知り合いの店員だったので、文句も言わずにかえてくれた。たしかシュナイダーが日本へ来たころだったと思う。

この冬は、学校の山岳部の女子部員十人ほどと一緒に合宿である。スキーダンスをやりたいものは御免である。山小屋へ、食糧一切をかつぎあげるところから始めるつもりである。思えば高校時代に、友だちとスキーのコーチをしたことがあるが、ひとつところで、体重がどうのこうのと言っても通じないことは今も昔もかわりはないだろうから、なるべく重い荷を背負わせて、あの山この山と登ったり降ったりして、藪の中をかきわけながら滑る悦びを味わってもらうつもりである。そうすれば、日本中の雪のあるところはすべてスキー場だと思って彼女たちはリフトへ乗ることなど考えなくなるか、あるいはそれにこりて私にコーチなどをたのまなくなるかどっちかである。

（一九五六年十一月）

冬山の旅

今年の初スキーはどこにしようか、そう言いながら私たちは高いビルディングの屋上から背のびをするような恰好で、山の色を気にかけていた。東京から見える山で最初に白くなるのはもちろん富士山であるが、雪の状態は双眼鏡で眺めたくらいではなかなか分らない。富士山の雪にさそわれて、十一月中旬にスキーを持って出かけたことがあるが、五合目の小屋に一泊して、翌朝早く登りはじめると、足跡がつくような雪はほとんどなく、かたい氷ばかりだったことがある。目じるしになる岩の陰にスキーを置き、アイゼンとピッケルでともかく頂上まで登ったが、しまいには念入りに尖《とが》らして来たアイゼンもきかなくなるほど氷は青くかたく、吹きおろす風で息がつけなくなったことも何度かある。スキーは全然使わずに帰って来た初冬の富士山である。

最近、今はいない従兄の山の写真帳を見た。想い出すその時その時の山々が、一冊のアルバムで私を三時間でも四時間でもつかまえていた。その写真の中で、初冬の山行と白インキで書いた頁に、スキーをかついでいるが、あたりの山々には何も雪がないのがあった。東北大学にいたその従兄は、仙台にいて、山がちょっと白くなったと見ると、もう我慢していられずに、ひょっとすると山頂付近は思いのほかの積雪があるかも知れないと思って蔵王あたりへ行ったのであろうか。

私もそんな気持をどうすることもできずに、山の上までスキーを担《かつ》ぎあげ、藪に頬っぺたをひっかかれながら、わずかの新雪の上を小犬のようになってうれしがって滑り廻った想い出が幾つもある。

しかしまた初スキーでうまく成功したこともある。もっともそれはもう十二月に入っていたかも知れない。紹介されたフランツというドイツ人を案内して、上越国境の蓬峠へ行った時だ。私は背が低い方だし、そのドイツ人はバヴァリア生れの背高のっぽで、汽車の中でも自分の足をもてあましていた。夜行で上野を立ったが、話のよく通じない外国人と一緒で眠る気にもなれなかったし、夏でも手入れを怠らなかったスキーを久し振りで持ち出した嬉しさで、眠ろうと思ってもそれは無理だった。

片言まじりの話が通じたり通じなかったり、スティームでくもった窓ガラスに、彼はバヴァリアの山を指で描いて説明する。そのガラスの上が時々滴をたらす。そのころ土合は信号所だけで、正式の駅ではなかったが、夜明けに降りると星がきらきら光っていた。

すぐランプをつけて、慣れた湯檜曽川を遡《さかのぼ》り、明けて来る山を見ると真白だ。そんな時の悦びは、言葉とは別のところでたいそうよく通じ合うもので、大股に歩く彼を案内しながら私は汗ぐっしょりになって雪のあるところへと急いだ。

その蓬峠の一日は、そのころの普段の山とはちがってチーズもソーセージも、パインナップルの罐詰も豊富だった。コッヘルで幾度も紅茶を入れ、ウイスキーをたらし、私はその外国人をもてなした。

フランツ君は雪の斜面に立って、谷川の岩壁の氷に光る美しい姿を眺め、嬉しそうな、何か故国を懐しむ表情も浮べて、折々は楽しそうに滑って、口笛を頻《しき》りに吹いていた。バヴァリアの山を登った時に、誰か若い友だちと口ずさんだ歌を想い出していたにちがいない。

その日、雪が豊富で、しかも温かく、私たちは裸に近い姿で滑った。フランツ者は、脱いだ海老茶のスウェーターを頭にまいていた。それから、ほんのわずかの時間だったが、食事のあとで毛皮を雪の上に敷いて午睡をしたことも覚えている。そしてもっと印象に強く残っていることは、帰りの汽車の中で、フランツ君はリュックサックの中から一本の葉巻を取り出して、それを長いことかかって、実にうまそうにのんでいたことだ。前日、上野を出発する時から、山の上でも、彼が煙草をのんでいる姿を見なかったのであるが、この帰りの汽車で食事を済ませてから、その一本に、満足の絶頂で火をつけた。彼はどうしたか、その後のことは全然知らない。戦争のはじまるずっと前のことである。

私たちにとって、新しい雪は何だろう。新しい雪の斜面とはいったい何だろう。

山は冬になると、夏や秋の一種の、情熱的ないきれをさっぱりと棄て、生命のぬくもりをもっと薄く、しかももっと鋭く生きはじめる。

私たちは滑るたのしみにも心を牽《ひ》かれる。しかし更に多く、この山の、極めて高いオクターヴの息づかいに触れようとする。

頬に痛い横なぐりの風と雪を待ち焦がれる心を、山を愛する人々は黙って抱いている。

（一九五五年九月）

雪・氷・風

二月の山は初冬や春先とちがった容相を見せる。そこに吹きつけられる雪は銀の針のようだ。厳冬の山は、山自身で深く埋もれて冬眠し、雪と氷と風が狂ったように、また一切の生物を嘲笑するように、一つの生命を作り出している。

それから山々を、山麓の村から晴れた日に眺めることができれば、それは一つの殿堂のようにも見えるだろう。大きな伽藍《がらん》とも思えるだろう。しかし、多くの日には、昼といわず夜といわず、灰色のあつい雲の中にかくれ、姿を見せない。

＊

荷を背負ったままではとうていスキーをはくことができないほどの、血を吸った大きなダニのようなリュックサックを担いで、山麓の林の小径を歩いてゆく時、私たちは山で当然異常な変化を起すにちがいない自分自身の精神に対して、準備を整えようと思う。しかしそれは、わくわくとして、胸の内側をやわらかな羽毛で撫でられているような、私たちに落着きを失わせるような、そんな焦躁のためにうまくゆかない。考えてみれば、準備はもう整えられているのだ。

真冬のこんな林の中に小鳥がいる。なにを求めて鳴いているのだろうか。

どんよりした朝からの曇った空から雪が降りはじめる。細かい、灰のような雪だ。そして時には木々の枝に音立てて降る氷の微小な粒だ。

重たい荷が肩にめりこみ、息が切れ、山の深さを想って不安になる。しかし、たとえ不安になっても、私たちはその不安を打ち消し、追いやる自信がある。なぜなら、幾度かのこうした山行で、同じように不安を最初は抱きながらも、上へ上へと雪の続くかぎり、山の続くかぎり登って行って、ついには山頂に到達した経験があるからだ。

その時、私たちの体のうちに蓄えられている力が、なんと豊富なものに思われるだろう。そしてそれらの力を最も立派に使わせる大きな、晴ればれとした意欲を感じながら、だんだん深まる雪にスキーのあとを残して行く。

＊

小屋の夜。その小屋には誰もいなかった。しかし鉄板ストーブと薪があったので、私たちはそこから幸福のほてりを味わって、歌をうたった。風の唸りが遠く近く、木々の枯枝が折れる音もした。私たちは、その幸福のほてりの冷え切らないうちに、寝袋にもぐりこんだが、そこで顔をうずめて抱いていたのは、渦を巻く銀の烈風の中での緊張だった。

＊

そして幾日かののちに、私たちは雪庇が大きくできている痩尾根を一歩一歩進んでいた。雪を掘って張った天幕から、早朝出発した私たちは、アイゼンをつけた靴の中の足が時々こごえそうになり、ピッケルを持つ手は、二重にはめた手袋の中で感覚を失う。

露出した岩があるかと思えば、青白い氷があり、雪の吹きだまりがある。雪をふくんだ雲が盛んに往き来する。そして時々薄陽があたり、雲を透してみえる赤い太陽がすぐその尾根の上にある。

氷片が落ちる。ガラスを踏むように氷をくだくと、それがからから音をたててそぎ落した谷へ落ちて行く。それらの音や、氷の光や間歇的に吹いて来るはげしい風に、私たちの頭に浮ぼうとする想念は崩れる。

＊

私たちからあらゆる想いを奪う風は、山頂に近づくにつれていよいよ強まり、踏み出す足を思うようには進ませない。そしてある時、私たちの視界に入っているものは、自分の腕と膝と、お互いのぼんやりとした姿だけだ。

だが私たちは、なぜこのような痛い苦しみのうちに自分を連れて行こうとするのだろう。

それはわからない。なんと言っても本当ではないように思われる。

私たちにはこの突きささるような痛さが必要なのである。この世界の中で、最も清らかなものによって、最も苦しい試練を受けようとする心が凍る山へ誘って行く。

私はみずから鞭《むち》をもって自分の肌を打ち、血が流れてもなお打ち続ける苦行僧の心を知らない。寒中に滝の水にあたる人たちの心も、ほんとうには知らない。しかしそれを考える時に、山の上での、あの雪と氷と風による試練は、より高い、より深い、一つの恍惚のような気もして来る。

山の木々も今は雪の下にある。そして雪がそれを埋めつくすことのできなかった木々は樹氷となって、夏のあの緑のそよぎからはおよそ遠い、全く別の表情をしている。

（一九五五年十一月）

春の山

三月と言っても、雪の山はまだ吹雪が続いているし、山国に春らしい春が訪れるには、まだ早い。しかし、どことなく冬の山の厳しさがうすれ、めぐまれた日には太陽がかっと照る。

私は厳冬の山々も好きだが、三月から五、六月までの雪の山を、昔から好んで登った。三月が山ではまだ冬だとは言え、長く広い山麓をのばしている山々は、ちょうど遠浅の砂浜のように、春が早くからひたひたとよって来る。そしてまず河原に坐って、その水音を聞くがいい。山肌と接している雪がほうぼうでとけて、川の水嵩《みずかさ》は確かに増していることが分る。その河原には、まだ雪の凍ったかたまりがところどころに残ってはいるけれど、枯れた去年の草のあいだから、新しい芽がまるで歌のようだ。

石はぬくもり、土手の霜柱も翌日までとけずにいることが少ない。そして灌木の、その芽が紫にちらちらする中を、小鳥たちは地鳴をきかせながら渡って行く。みんな春を待ちどおしがっていた、少し気短かな連中のうごきだ。

そんな山麓の雪のとけ方を見ていると、春と冬とのあいだにかっきりと引かれた一つの線の上で、なごやかに一つの力が他の力にその場所をゆずって行く容子さえ見える。衰えて行くそこここの雪には、枯れた去年の木の葉が、葉脈だけをのこして貼りついている。雪のほこるその白さは、もうどこにもない。そしてその雪の表面は、夏の山の谷間に残る雪渓のように波を打っている。

試みにその雪をけずってみたところで、中から純白なものの名残りがあらわれるわけではなく、何か不精者のように水になって行くばかりである。

春の山をスキーで降りて来ると、藪の枝に頬をはじかれたりしながら、足もとの雪がだんだんに覚束なくなり、ぐずぐずに腐って来るのがよく分る。それでも晴れている日には山にいる私たちは、自然のうつりかわりに心をあわせながら、別の気持を整えて行くこともできるけれど、雨でも降って来ると、春になることが、まよいのように心もとなく淋しい。そして実際、こうして春の雨に会うことが多い。

冬のはじめにも冷たい雨が降るが、これはかえって雪の前ぶれとして、山頂の雪を夢みることができるが、春の雨は同じように冷たくてさびしい。それは特に雪の山々を滑りながら、それをはっきりとした手段として歩く者にとって、季節の終りを宣言されているようでつらいのだ。

そんな時に、もう穿いていても仕方がないスキーを脱ぐと、そこに腐った木の葉だの、どこかに顔を出していた赤土などがぬれてついている。未練がましくしているのもかえっていやなので、リュックサックにスキーをしばりつけ、荷を背負いあげると、襟首へその雨水が垂れ込んで来たりする。やっぱり寂しい春の雨だ。

＊

私は低い山もそれなりに好きだ。日帰りの駅を降りてゆっくり歩いて、再び日ぐれの駅へ戻れるような山歩きでは、三月ともなれば、草木の芽もかなりはっきりと見えている。そこは冬のあいだ雪におおわれているのでもなく、緑の木々も多い。

霜どけの道はまだすべるかも知れないが、越年の蝶も暖かい日に誘われて飛びはじめるだろう。真冬の晴れた日に訪れた時、遠く黄土色に見えていた斜面に、今は麦がうっすらとのびている。こんなに暖かな日だまりがあるのなら、冬にももっとたびたび日帰りの山歩きをすればよかったと思うような、そんな草原にねころんで、空をとおるさまざまの形の片雲を眺める。

そこが部落に近ければ、いそいそと仕事をはじめている人たちの物音を聞くこともできるだろう。そして小径を、迷うことも気にかけずに、谷へ下ったり、尾根を見かけてひと汗かきながら登ったりしているうちに樵夫に出会う。彼らは、まだ忠実に煙管を腰にぶらさげている。

そこは雪とはあまり縁のない山である。雪どけの水音のしない、日光がただちらちらと遊びながら、日ぐれになるとあたりをぼんやりと橙色《だいだい》に霞ませる。そういう山である。
そういう山なら、たとえ私はひとり出かけるにしても、サブ・ザックに魔法瓶を入れ、あつい紅茶をすするくらいの贅沢をしてみる。つぶれないように入れて来たシュークリームを、弁当箱の蓋の上に出して、ノートに覚え書の数行をかきつけながら、そこからはみ出したクリームをなめるだろう。そういう山で描くスケッチには、いつもそこでかなりていねいに色をつける時間があった。

（一九五五年十二月）

息子の山登り

先生ちょっとおねがいがあるんですけれど、僕のところへ葉書を出して下さい。今度の山はのんびりしたところだから一緒に行かないか、とそれだけ書いて出して下さればいいんです。

なかば冗談に、手数料はタバコ一個と決めて、私は引受ける。私はG大学の山岳部長をしているけれど、学生さんたちが山へ出かける時に、心配する親たちに気がねする気持が分りすぎるほどよく分る。自分もそうだった。夏の休みに十日から半月も山へ入っていて、夜行でかえってきたその日の晩に、またお金をもらって出かけて行く時などは、自分が放蕩息子のような気もした。親の心配は、しばしば見当ちがいであったり、猛烈にうるさいものだったりするけれど、山には山で、危険もあるし、山を知らない親たちが、ちらッ、ちらッと子供の遭難を考えてみることも、少しは理解出来てしまうと、うそをついても安心させて出かけた方が気が楽だということになる。

ところが、私は、今度は立場が逆になって来た。十三になる息子は、今年の正月に、私の道具を持ち出して学校のスキーの合宿に出かけた。帰ってから雪山の詩なんか作っていた。私はこのごろのダンスみたいなスキー遊びは大きらいだから、正統なアルピニズムを教えてやりたい気持がわき、三月に谷川岳へ連れて行った。雪に埋った小屋にもぐり込み、たき木を作り、煙で目を真赤にした。そして幸いに天気がよかったので、アイゼンをつけ、ピッケルを使って頂上まで連れて行った。急斜面でスリップをして少し青くなった。頂上近くで、息をひゅうひゅういわせていた。そして夕方ちかく、凍った雪をスキーで降る時、荷物も一応同じように背負わせていたので、むちゃくちゃにたたきつけられていた。

実をいうと、これでこりるものならすっかりこりて、もう山のことなんか考えない方がいいとも思っていたのだが、私のこのひそかな願いはすっかり裏切られた。それからというものは、もらった小遣は地図になり、山の本になり、クツの油になり、彼の二畳の部屋は急に混乱した。

四月、五月、六月、休みの日で息子が家にいたためしがない。翌日試験があるという時一度だけ出かけなかったが、試験勉強などはしないで、ピッケルをみがいて地図をひろげていた。今日は雨が降っているから……と思ってのぞいてみると、部屋は空っぽで、夜になって、よくぬれたよ、といって帰って来る。ひとりで、ハーモニカを持って、リュックサックをわざわざ重たくして担いで行く。雨の中で、飯はうまくたけたかい？　とたずねると、ウンというだけである。

私はこういうことを、少々得意な調子でひとに話すらしい。しかし、今からそれじゃあ、一度は落ちるぞ、などと山の仲間にいわれると、どきっとする。そして十三の男の体力と、思慮分別を考える。まだまだ一緒に歩いてやらねばならないと思う。彼はこんなことをいっていた。

僕が山へ行くこと、だれも心配しないからつまらないな。反対を押し切って出かけるっていいもんだろうな。山へ行くというと、親爺の方が浮足立っちゃうんだから、話にならねえや。

この夏はいったいどうするつもりでいるのだろう。

（一九五六年六月）

山の地図

あ。いけねえ。あした英語のテストだった。なんとかなるな。
そんなことを私にきいたって分らない。ともかく落第だけはしてくれるなよ。そういう
と息子は、私の仕筝をしている傍で、昨日その著者である友人から送って来た山の本を見
ていたが、それを荒々しくぽんと置いて、詰らなそうに部屋を出て行った。私はその本を
読みかけだったので、立ちあがって取ろうとすると、彼はまた戻って来るなり、これ一応
借りてくよ、そう言いながらその本を持って行ってしまった。私は独りで苦笑しながらま
た仕事を続けていた。
もう夜中の一時が鳴って暫くした頃、台所でごそごそ音がしていた。お湯を沸かしてい
るらしい。そして驢《やが》て、へっぴり腰をして紅茶を入れて来た。そんなことをしてくれたこ
とは、これまで一度もなかったので、私は少々狼狽した。いったいどういうことなんだ、
というと、息子は、こういうことなんだ、と言って、自分も紅茶を持って来て飲んでいる。
彼は今中学二年であるが、体重は半年ほど前に私を追い越し、背丈は今、ちょうど同じ
くらいである。冬に私の道具をそっくり持ち出してスキーの合宿に行ったが、どうせ山へ

行くなら遊び半分にはさせたくないと思った。そしてこの三月、まだ雪の多い谷川岳に連れて行った。雪に埋って、やっと屋根の一部が出ていた天神峠の小屋にもぐり込み、その翌日が運よく快晴で、ピッケルやアイゼンを使って頂上まで行った。よほど感動をしたとみえ、それ以来すっかり山につかれてしまった。それで私も少し心配になって来た。日曜日は家にいたためしがなく、雨が降っているから今日は出かけまいと思って寝床を覗くと空っぽである。そうしてぐしょ濡れになって夜、澄して帰って来る。彼はたいがいひとりで、ハーモニカなんかをリュックに入れて持って行く。雨の中で飯盒の飯がうまくたけただろうかと思って訊ねると、たけたさと言うだけだった。御飯粒のくっついた飯盒がころがっているところを見ると、嘘ではないらしい。

それで、私のところへ紅茶なんぞを持って来たのは、夏の山の相談だなということはすぐに分った。私はまだはっきり決めてはいないが、剣の方へ行くかも知れない話をしたので、どうもその辺が気になって仕方がないらしい。

この剣沢っていうのは雪があるの?

あるよ。ここの真砂沢の出合までは多分続いている。この辺に一週間か十日ぐらい天幕を張ってね、それでここから八ッ峰とか、クレオパトラ・ニードルとかへ出かけるのさ。僕はもう岩登りは駄目だろうから、剣沢でスキーでもしているのさ。

スキー持ってくの?

持って行きたいけど。だけどまだ行くかどうか分らないぜ。

彼は、うちの親爺は息子の山をとめないで、自分で浮き足立っちゃうんだから話にならねえや、と冗談を言っていたそうだが、なるほど息子を相手に山の話を始めて、こんなに地図なんかをいっぱいひろげているのでは、全くお話にならない。私の古い地図は戦争の時に焼けてしまってない。沢の名を書き込んだり、山径を訂正したり、赤い鉛筆で辿ったところに線を入れたり、それが雨に濡れて滲《にじ》んだりした古い山の地図はもうない。丹念に、細かにつけていた時間や天気の記録もない。私のする話を彼が信用しないわけではないが、私ももう昔のことで、細かい話が出来ない。

いったいこれはどういうことになるだろうか。三時が鳴った。ヒマラヤの山が毎年こんなにどんどん登られると、僕が行けるころはもう登るとこなくなるな。いい加減にしておいてくれないかな。お父さん。今のうち、早いとこ登っとくんだね。言わせておけば彼は夜明けまで喋《しゃべ》り続けるだろう。

彼の頭の中は山でいっぱいである。ほとんど何も入り込めない。英語のテストのこともすぐはじき出されてしまう。弱ったことになった。私はもう仕事もこのくらいにして、寝ることにしようと思い、日記をつけた。日記には嘘がないとは言えないが、読みかえして見ると、自分が息子の気持を羨んでいることは否定出来ない。

私はせっかく山へ出かけるのだから、あまり人に会うようなところへ行きたくない。それで大きい山は冬と春にして、夏はあんまり目立たない山をさがして歩こうかと思っている。去年は岩手県の方の、千メートルにも足らない高原を歩いて誰にも出会わなかったが、今年もそんなところを二つ三つ見当つけている。その辺の地図も買ってあるが、これはまだ息子には見せない。危険なところとか、まだ中学二年ではというのではない。そろそろ私は、自分の体力があやしくなって来た時に、ここならばという山をさがしている気持がいかにも恥かしいので、それでその辺の地図は別のところにしまってある。

（一九五六年六月）

不安の夜

雪が降り始めてから二、三度山へ出かけたが、ことしの冬の雪の降り方はひどい。暮のうちに後立山の五竜岳へ出かけた友人は、雪と風が強く、尾根の上に設営した天幕に頑張って、やっと十日目に頂上に登って来た。よほど天候にめぐまれた人、そしてその時の雪の状態もよかった場合には、思いがけなく簡単に登ったという人もいるだろうが、だいたい冬の山では、そんな虫のいい話は考えるべきではない。山へ入ってから再び山麓へ戻るまで、我慢の連続であるのが普通である。

なぜそんな苦労をして冬の山へ登るのか。私自身も、幾たびかそういう質問をうけた。そしてむろん、満足な返事をすることはできなかったが、山へ登る人たちは、山を知らない人から見れば、考えられないような、どう考えても愚かなことをしに出かける。その愚かと思われていることが実に尊い行為に思える。自分から求めて、苦しみの中に入る。それも、人間の中での、もみくちゃになるような苦しみとはちがって、相手は大きな自然である。自然の、人間の行動に対して何の手心をも加えることのない強烈な力とさし向かいになって、体の力、その場その場の正しい判断、それと我慢強さ、そういうものを自分から進んでためそうとする。

実際、山の装備についていえば、私の若いころと比べると、非常に進んだいいものが出来ている。以前では、雪の中で一夜を明かすことなどは、全くやむを得ない時にしか行わなかったが、今はその用意をして、計画のうちに雪中露営を入れて、より困難な山へ向かおうとする。身につけるものも進歩している。

けれども決してそれだけで、山へ登ることが容易になったと思うことは出来ない。

＊

私は今夜、正直にかくさずいえば心配でたまらない。子供が山へ行っている。私は、永瀬清子さんの「母の心配」という詩を思い出した。子供を、夏雲に囲まれる富士山に出してしまったその母の心配をつづった長い詩である。雨が降り続いて、ただおろおろしている母親は、その子供を産んでからの回想にふける。そこへ子供が帰って来る。

結局それはいい事だった
ほほえむ富士をみたあとで
荒れた富士をも知るがいい
やがて母親の心配はいつの日か
最高の道を求めて戦う子供のまわりで燃えるだろう

その時までに母親も涙のうちに鍛えられ

又祈りと共に悟ることだろう……

私はおろおろはしていないつもりだが、幾分しかめ面をしてぼんやりしている。体は大きくなったとはいえ、まだ中学二年の子供が、厳冬期の穂高に登る。それは私たちの時代には少なくも容易には考えられなかった。吹雪と雪崩と氷の岩尾根。たとえ寒さの一夜に我慢は出来ても、判断がにぶり、アイゼンをつけた足をふみちがえることがあるのではないだろうか。ザイルの使い方もまだなれてはいない。

しかし私はとめる理由は見あたらない。冬は上高地へ入ると話していた私の若い友人にひとりで電話をかけ、出かけて行って打合せをし、帰って来て私にいったことは「奥穂へ行くことになった」というられしそうな、さすがに緊張もした言葉だった。それから、玄関や廊下に散らかした道具と食糧と燃料。それをつめてくくった荷物は、簡単には腰がきれない重さだった。私はこっそりそれを持ってみる。九貫は越しているらしい。夏の山ならこの子もこれくらいは背負って、私と幾日もいっしょに歩いていたが、雪の中では荷の重さはまた格別だし、スキーを使って登るにしても下るにしても、これを背負って倒れれば起き上がるのにも一苦労である。

＊

今夜、新聞の天気図を見たり、ラジオの気象通報を聞いたりしている。遠くへだたった雪の山とここことでは、それ以外に想像の材料となるものはない。日本海に前線が走り、気圧の谷が出来ている。これで季節風は幾らかおさまっているだろうし、ひょっとすると山の天気はよくなっているかも知れない。きのう上高地をとおって横尾まで行っていれば、きょうは登ったはずである。

夜明け前、二時かおそくも三時には出発して、出来ることならビヴァークをしないようにするといっていたが、その辺のことは、すべて行ってみなければどうにもならない。私の頭にはさまざまの姿が浮んで来る。雪に穴を掘って、ツェルト・ザックをかぶって、にこにこしている顔が見えて来るかと思えば、氷の張りついた岩かげに、ザイルを結び合ったまま寒さにふるえている姿だの……。

ビヴァークをするようになったら靴下をすぐ取替えるように、ぬいだ靴を凍らせたら大変だから気をつけるように……そんな事を私は言ったが、冬の山ではいっそう何をするのも面倒になり勝ちだから、うっかりして凍傷になるのではないか……。

出発の時、駅のホームまで見送りに行ったが、友だちに、気をつけてやってくれとはいえなかった。

派手な衣裳でスキーに出かける多勢の人たちの、にぎやかな笑いの中で、大きな荷をかついでうすぎたない様子のこの連中は小さくなっていた。

「君が山を知っているだけに、かえって、よけいに心配だろうな」

そういってくれるものもいる。何も冬の山の様子を知らないのなら、なるほど私も心配がもっと漠然としていて、ただおろおろとしているより仕方がない事かも知れない。けれどもあいにく、子供の登ろうとしている山を知っている。どこからどんな雪崩が出そうだということも考えられる。そしてもっと悪いことは、どんな思いがけないことが、突如起るかわからないということも知っている。

しかし今はもう、何のためということもなく、うまく登ってくれることをねがっている。よく頑張ったといえるように、三一九〇メートルの頂上に登って来てくれることをねがっている。

その話を、私はまた別の山小屋で聞くことになるだろう。私は明後日山へ出かけるが、それから三日後に、私の滞在している小屋へ、子供がやって来る約束になっている。白い雪の斜面を、友だちから別れて、ひとりで登って来るだろう。そして一晩同じ小屋に泊まって、私はまた別の山へ登るつもりである。

親子でいったい何をしているのだといわれても仕方がない。

*

だが私は今度かなり切実な親の心配というものを味わった。味わいながら、その心配をどこまで知らせたらいいのか、またその心配自身が、かなり見当はずれのものかも知れないので、そのことも忘れないで気をつけておくことなどを知らされた。ただそれがどんなによくわかったにしても、それだけの理屈で自分の気持がしずまるわけのものでもない。私自身、少年時代に山へ出かけた後の、親の様子を時々、はたのものから知らされたものである。間違って遭難の記事が新聞に出てしまった時に、父は腕を胸の上に組んで、こわい顔して黙っていたということだ。その父は、山を知らなかったために、私の心配とは違ったものだったに相違ない。雪崩に流されても、岩から落ちても、そんなことは一切話さずにいたが、私はそうは行かない。

そしてまた、ちらっと感じたことは、私自身がもうしばらく山のことを教えてやろうと思っていた子供に、あっさりと出かけられてしまった私は、何だか嫉妬めいた気持さえも抱いているらしい。

どんな方面ででも、それが望ましい方向ならば、自分を追いぬいた子供を喜んでながめていなければならないのに、それが出来にくい。

商人が商人に仕立てる子供に先を越された時、医者が医者となった子供に追い越された時、もっと一般的に考えて、親が、自分の知らないことを子供から話されたり、自分の出来なかったことを先に子供にされた時、それを冷静に判断して、最も適切に喜ぶことはむつかしいことである。

私の今夜の心配は、いったいどこまで正当だろうか。今度の山から、無事に帰れば、それで一切が終るわけでもない。

（一九五五年十二月）

エーデルワイス

一九二九年頃のことである。私が山へ行き出して二、三年目、部屋はいつも馬油と亜麻仁油の匂いでひどかったし、山の写真を壁にいっぱい画鋲でとめ、気ちがいだった。それはほとんどすべての、山につかれた者が一度は通過する一つの状態だが、この私の部屋を初めて訪ねる者はそれを見て驚き、そのたびに私の方は、特殊な世界を知っているもののように一種の悦びを味わった。

その訪問者の一人で、ほかの人に比べると全く驚きの色を見せず、丸善かどこかでクリスマスに買ってもらって壁につるしてあったスウィスのカレンダーをぱらぱらと見て出て行った女性があった。外交官のお嬢さんで私よりはずっと歳の上の人だったが、名前は覚えていない。その時から名前なんか知らなかったのかも知れないが、その人が、二、三日してから、私に贈りものを小包にして届けてくれた。黒い平たいボール箱をあけると、エーデルワイスが出て来た。手紙なんかは何も入っていなかったし、その小包にも名前が書いてなかった様な気がする。

私はもちろん有頂天になったし、それをすぐ額に入れて飾るのもいやで、机の抽斗《ひきだし》に入れて大切にしていた。台紙の二箇所をエの字形に切り込み、そこへ、暖かそうに自分自身をほんのりと細かい毛で包んだエーデルワイスがはさんであって、いかにも無雑作だったが、真黒なボール箱が非常に気のきいている感じだった。

その人は、外交官の家族としてスウィスに四、五年いたことがあったらしいが、初めて会って何ということもない少年の僕にそんな贈りものをしてから、今度は一人でスウィスへ立って行ったということを父からちらっと聞いた。どうしてなんでしょう？　と僕が訊ねると、スウィスを知っていた父は、その山の美しさを話してくれて、その人がひとりで再びスウィスへ行ったわけは話してくれなかった。それでも僕はあんまり不満ではなかった。

僕は暫くしてからエーデルワイスを真白い額ぶちに入れ、硝子をとおして毎日眺めるようになった。そして数年後、大学へ入って山を一度やめることにした時には白い額も何となく黄ばみ、久し振りに壁からはずしてしげしげと見ると、硝子とその花の間に小さな虫が歩いているのを見つけた。花は何ともなっていなかったが、茎と葉がだいぶ虫に食われていた。それでも僕は、もうどうでもいいような気持で、放っておいた。この花を僕にくれた人は多分スウィス人の奥さんになって、大して仕合せな生活もしていないというような、勝手な想像もした。

そのエーデルワイスを僕は、僕にくれた人と同じように無造作に、山の好きな、友だちの弟にあげた。その少年もずいぶん悦んでいたそうだが、一度も会わないうちに、戦争のころ死んだ。

（一九五六年五月）

スウィスの山

私は外国へ出る機会がなかったので、スウィスの山も知らない。少年の頃に、スウィスに行きたくて、山の名や高さや、その姿を知っていた。地図を壁に貼り、貰ったエーデルワイスを小さい額に入れて、毎日眺めていた。今でもその機会にめぐまれたら、もちろん出かけたい気持は失っていない。

最近二度、私を訪ねてくれたS君は、まだ大学受験準備中の若い人だが、この人が昔の私のようにスウィスを夢みている。私どころではなく、非常に具体的にそれを考えている。何十年先のことになるか、ともかく貯金はしないよりしたほうがいいということで、月々一定の額をそのためにためている。

彼はスウィスの青年と文通していて、受け取った手紙を五、六通持って来て見せてくれた。外国人には珍しいきれいな、読みやすい字の英語で、ちょっと目にふれたところを読むと、日本の船の名前は、みんな最後がmaruで終っているけれど、これはどういうわけかという質問が書いてあった。

その相手の外国人はあまり山に興味を持っていないらしく、盛んにこっちからは山の話を書くのだけれど、返事にはそのことが書いてないと言ってS君は少し悲しそうな顔つきだったが、それでもまた自分の夢の中に入って行くらしく、今にきっと何とかしますと言ってにこにこしながら手の汗を拭いていた。マルセイユまで行く船賃さえためてしまえばあとは何とかなるという自信を持っている。こうして親指を出すとね、トラックがとまるんですよ。それで少しずづスウィスへ近づいて行って、行きついたら牧場で雇ってもらうんです。ただミルクの樽の目方を調べたんですけれど、かなり重いから、もう少し腕の力をつけないと……そう言って白いワイシャツの上から自分の腕を撫でていた。

S君は、最初手紙で私の都合のよい日と時間を訊ね、返事を出すと、世田ヶ谷から、私のいる井之頭まで自転車でやって来た。そしてキャラバンシューズを穿いていた。

ほかにも二、三話題は出たけれど私はS君のその夢の持ち方が気に入り、時々可笑しくなるほどだった。こんな夢の持ち方をしている青年はちょっと最近珍しいと思った。私は何回か若い方々との座談会などで、現代、夢なんか持ったって仕方がない、むしろそんなものなんか邪魔になるというはっきりした意見をきいていたので、余計珍しい青年だと思った。スウィスの山を眺め、そこへ登るという遠い夢を、話しているうちに明日のことのように思ってしまうそれは、実に嬉しかった。

ちょうど二度目にS君が来ている時に、午前の郵便が届き、その中にエギーユ・デュ・ミディへ登ったという友人からの絵葉書があった。もっともこの友人はロープウェイで登ったのであるが、目の前でモンブランが輝いていると書いてあった。

その絵葉書をS君に見せると、コル・デュ・ジェアンからグランド・ジョラス、この真黒く日かげになっているのが北壁ですね、それから、ずっとこの左のがモンテ・ローザで、あ、これ、この遠くに尖っているのがマッターホルンですよ、とこんな調子で、べらべらと山の名を並べられたのには私も呆れた。

彼はスウィスの山なら何もかもすっかりと知っている。この氷河が終ったところからどのくらい歩くと何という村があるかも、みんな知っている。

私は彼と話をしている最中に、何年か後に貨物船の甲板で手を振りながらスウィスへ立って行くS君の姿を想像した。そして結局それまでにもスウィスの山々を見ずに、ただぼんやりと羨ましがりながら波止場で見送っている自分の姿をも想像した。


（一九五六年七月）

山の夜風

　この頃、少し深い山へ長期間に亘って入っている時には、携帯用ラジオを持って行く。七、八貫をこえる荷物の上にラジオはちょっと重いけれど、気圧の配置や天気予報を聞いていると、心強いわけである。そのほかの放送は聴かない。ニュースなどもそれを聴かずにすむようにせっかく山へ入っているのだから、絶対にスウィッチを入れない。

　私は最近上越の、あまり人の行かない山から戻ってきた。一七〇〇メートルほどの高さの尾根に天幕を張った晩があった。目的の山の一つを登り、沢へ水を汲みに入ったりしてもう暗くなったが、風が強くて手間どり、何かしら不安な夜だった。風をよけて張ったつもりの天幕が、方向をかえて吹きあげてくる夜風にばたばた言い続けて、時々倒されるかと思った。濃い霧が雨に変って、間歇的に降りかかって来た。私は翌日のことも不安だったが、夜中に天幕の支柱が倒されたら、どういうことにしようかと思ったりしているうちに、疲れているはずなのに眠れなくなった。

　そんな時に怖い気持ではなく、かえって変に勇み立って目が冴えて来るようだ。私は気象の放送以外には絶対にラジオを聴かないようにしようと約束していたのに、眠っている友の傍からラジオを引きよせ、シュラフザックの中にもぐってスウィッチを入れた。

今はじまって間もないモーツァルトらしく、レースのような繊細さで、小さく、また力のこもった波紋を作っている。

＊

私はもともと山と音楽の世界とは非常にかけ離れているものと思っている。ヴァンサン・ダンディばかりではなく、山を主題にし、また山人のために作られた音楽も多いが、私の中ではこの二つの世界はうまく結びついてくれない。むしろそんな努力をしても無駄なことだと思っていた。これは私だけの意見ではなく、同じようなことを考えている人もいたので言うのであるが、山の中で、実をいうと音楽はあまりに貧弱なものになってしまうのである。それは風に運び去られる一枚の枯葉にすぎないようになってしまう。その枯葉にも細かい繊維や色の美しさがあるように、音楽の美しさは失われるとは思わない。けれども、山の中では、その技巧も、その芸術全体も、一羽の岩雲雀《いわひばり》の囀りにも及ばないものとなってしまうのである。

ところで私はラジオをかかえて聴いていると、モーツァルトは第二楽章へ移ると同時に、ヴァイオリンのピチカットがはじまった。フルートは細いウルトラマリンの線となって光るように流れ、その背後にこのピチカットは、ちょっと今では想像もしないほどの素朴さを以て、時にはハープの如く、時にはマンドリンの如く、伴奏をしている。

私はそれまで、山の世界と音楽の世界のことで、これがもし、モーツァルトではなくて、バッハだったらどうだろう、などと考えていたのであるが、その考えは、この私をひき入れたアダージョによって、きっぱりと中断されたことだけはよく覚えている。

二つの世界はここで、ごく自然に近づいていたのであろうか。それとも、そういう世界を別々に考えていたことの愚さを指摘されたことになるのだろうか。

＊

これは「フルートと絃楽のための四重奏曲ニ長調　二八五」だったのであるが、続いてもう一曲聴いたモーツァルトは、彼が世を去る数カ月前に作ったという「グラスハーモニカ、フルート、オーボエ、ヴィオラとチェロのためのアダージョとロンド　六一七」だった。グラスハーモニカの代りに、ハープシコードが使われていたようだが、それはオルゴールの響きをもっていた。いつかスウィスのオルゴールをわざわざ持って来て聴かせてくれた人がいたが、それを想い出し、どこかで鈴が鳴っているようであった。

私は今度は大変すなおになってモーツァルトをきいた。むしろ普段よりもすなおに、遠慮も虞《おそ》れもなしに聴いていた。虞れというのは私は、モーツァルトが非常にきれいで、快く、高貴な匂いさえして好きなのであるが、そのためにかえって、酔わされてはならないような、警戒心が起るのである。そのまま聴いていたのでは、私は何一つ自分の欠陥を示してはもらえず、むしろ甘やかされて、そのままになるような気が絶えずしている。それは何も過去を想い出せない、一つのすばらしさで私を忘れさせる。こんな恐ろしいことがあるだろうか。

＊

私は山の夜風が無遠慮に吹きつける天幕の中の暗闇の中で、ころがって行く幻を追っていた。清浄な魂をはるかに高くこえた、きらりと光るアキアカネの翅《はね》を想った。

そう言えばその日の午前、霧深いかやとの尾根を登り、モウセンゴケなどの生えている湿地のわきに坐っていると、この蜻蛉《とんぼ》の無数の群が、風の方向とはほとんど関係ないように、一つの、共通した意志によって北の峠へ向って飛んで行った。

（一九五六年八月）

II

岩壁

その岩壁の下で、私は草の中に腰をおろした。草が深くてその中へ没してしまうようだったので、目の前の草を足で何度か押えつけるようにした。するとそこから一匹の貧弱な蛾が舞いあがって、朽ち果てたずっと昔の枯葉のように、すぐ近くの草の中へ落ちて行った。それはほとんど翅《はね》を動かしているようには見えなかった。

太陽はすでにない、ただ明るく晴れた夕方で、山の風景は遠くも近くも心細くなって行くばかりだった。その心細く見える山の姿は、もう以前のようには私の心へ映って来なかった。昔はこんな色あいの山々を前にして、自分の未来を、恐らくそうはなり得ないように想い描いてみて、何か無理に心細さを引きずり込もうとしたものだった。それは余りいいことだとも思わなかったが、惨めな自分を感じる前に、惨めな存在らしく創らなければならなかった。だから本気になって淋しがることもなく、つくりものの気やすさに包まれてそれも愉《たの》しいことだったが、今は心細さが心の底の線をふるわせるように直接に入りこんで来る。時には無作法なほどに、乱暴に飛び込んで来る。

それはこんなに高い、しかもその上には見事な胸壁が立っているようなところまで登って来なかったとしても感じたことに違いない。もっと簡単な言い方をすれば、普通の生活を送りながら、何かの折に襲って来るような心細さが、山へやって来ても同じように襲いかかるのであった。

だから私はかえってまごつくこともなく、馴染み深いものの、ごく見なれた顔付を見るような気分でもあった。

＊

もしもかつての山で激しく感じたような自分の内部での予想外の動揺などに期待して山へ登って来たのだったら、私の山登りも最近はだんだん平板なものになり果てて行く。私は山へ来て、普段と少しも変らない自分を見るようになって来た。

山へ入って来ても脱皮が出来ない。

十二貫の荷物を何日間背負い切ったということも、岩を登ったということも、時には食糧がつきてなお一日歩けたということも私には脱皮の意味を持ち、他人には話せない愚かなものでも自信の足しになり、小さいこの存在の中に宿る生命を充分に楽しませることが出来た。有頂天になって悦ぶ生命を抱いて山から下って来た。登る前の私はもうどこにもいなかった。山を歩きながら過去を切り落して行った。

私は、今、登る前の自分のままで戻って来る。これが心の底にじかに触れる心細さと言ってはいけないのだろうか。

余儀ない滞在を続けている山麓の村から一時間半ばかりのほそいみちを通り、そのみちが消えて草をしばらく分け、それをつかみながら登るとこの岩の下まで来られるが、私はまたその翌日も同じようにしてそこまで登って来た。

その岩の下へ来る途中で、上部の方はよく見えないがだいたいの岩の図を描きとれるところがあって、私は昔石膏ヴィーナスを描いた時の気持まで想い出しながら岩のスケッチをはじめた。

石英閃緑岩の、凹凸や割れ目がほうぼうに見られる。私は岩登りを専門にする人たちが使う用語をそこに書き込もうかと思った。「クラック状の草付」とか、「細いバンド」とか「ハング気味」などという、山に関心のない人たちにはさっぱり見当のつかないことをその図に書き込むと、ごじゃごじゃになってしまった線や斑点が急に生き生きとした、人によって登られる可能性をその表面にぬりつけられた岩に変ってしまう。

しかし私はそれをしなかった。私には岩の見取図がもう描けなくなっていた。その時急に、以前何よりも大切に持っていた黒い布表紙の、大判のノートを想い出した。

北鎌尾根のルート図を、虎ノ門にあった日本山岳会のルームへ行って、ある学校の山岳部の部報から写して来たのがはじまりで、カクネ里とか不帰とか、剣、穂高、それから谷川岳東面のものもいっぱい描いてあった。それは絵ではなくて図であり、それを見ながら考え込み、いわば具体的に作戦をねるためのものだった。

実際にはそんなにほうぼうの岩を登りはしなかったが、そのノートに描かれたものは、結局は私の意欲のあらわれだったのかも知れない。岩の図はこの意欲がなければ描けないものだということが、草の中に立って熱心に描いている最中に私に分ったのだった。

＊

私はその岩を自分で登るつもりは全くなかった。だから図がいつの間にか絵にかわりかけて、中途半端の奇妙なものになってしまった。自分で登るつもりもないのになぜそんなことをしたのか。

私には、岩を見れば顔全体をまるで別人のように輝かせる若い友人がいる。私は思いがけず見つけたこの岩のことを彼に話す時に見せようと思って描く気になった。そしてわざわざそのためにここまで来てもらうことも気の毒ではあるけれど、ほんとうをいうと彼に登ってもらって、それを下から見ていたいと思ったのである。

私はもう図を描くのを諦めて、その友人が登っている姿を想像しはじめる。それは基部から見あげて行っても五十メートルはないだろうが、石英閃緑岩と一部分は石英斑岩のようにも見えるいかにも硬そうな岩で、登ることになれている人ならば、そんなに特別の苦労はしないですむかもしれない。

友人は幻となって、数メートルの上のところに貼りついて、少しずつ右へ寄って行く。下から見ると左の方には岩の凹凸が多く見えて、はるかに楽そうだが、それを避けて右へ寄ろうとしているのは、わざわざその先に見えているオーバーハングを、あぶみを使って登って見せてくれるのかも知れない。

*

その幻は時々私自身になる。つま先をわずかにかけている足が、細かにふるえているのは確かに私の足であり、見えているのは私の靴の底である。あれでは思うように移動して行けるわけもない。残念だが、それはしがみついている姿であって、バランスというものはどこにも見えない。以前はこんなにみっともない姿をしたことはなかった。登れないところにぶつかれば引き返して可能の道をさがし出すことに懸命になり、そこ以外に登るところがないとなれば、改めてとっておきの勇気を出した。ごく特別のところに来て、その時だけ仲間に真剣に頼んだ。落ちるかも知れないからたのむ。そして落ちても大丈夫だという気持でそこを通り抜けた。

しかし、幻としてみるこの自分の姿では、始終落ちるかも知れないという気持がひと目で分る。それはもう漫画に近い。実際の自分がその通りであるかどうかは本当のところ分らないにしても、意欲は明らかに心もとないものになっている。

＊

私は再び岩壁の下まで辿りついた時に、岩に手をふれた。自分の体をささえるには、問題にならないほど小さい一つのホールドに指先をかけてみた。体の重さをこの指先でささえるには、腕の力がどんな工合に肘《ひじ》から肩へと伝わって行くかをためしてみたが、それは全く意味のないことであった。

指先と手のひらの一部分に岩の細かい凹凸が残る。角閃石の緑色は手について来ないが、それがちょっとふしぎな気がする。

岩の形に興味を持ち出したり、その亀裂をつなぎ合わせて抽象的な形をたのしんだりするようになった時、岩は登れなくなる。天狗岩とか烏帽子岩とか、岩の形に名称を与えた人たちは、岩を眺めていて、決して登ろうとはしなかった連中に違いない。また岩石をハンマーでかいて持ちかえり、それを顕微鏡で見られるまでにすりへらして行く人たちも、岩を登る悦びとは関係がない。

岩について、それを登るために必要な知識は、その岩が硬いか脆《もろ》いか、もっと単純に言えば、ただ自分の体を支えられるものであるかどうか、それだけのことになり、あとは、登る人間に対して、どんな邪魔な出っぱりがあり、どういう抜けみちがかくされているか、それをさぐって行くことである。

私には岩の形やその積み重ねがおもしろく見えるようになって来た。それは確かに残念なことではあるが、残念がる気持ももう私を困らせるほどには残っていない。

＊

その岩の下の草をつかまえながら、右手のかげになっていた藪の中へ入り込む。ところどころに岩は出ていても、ここならば石楠花の枝をつかまえ、それにはじかれたりしながらなお私でも上へ上へと登って行ける。

そこは岩壁のようにさばさばはしていない。湿気臭い匂いの中から陰性の虫たちが出て来る。ブヨがうるさくつきまとう。だが登りはじめるともう引きかえす気も起らない。

笹の小さい鞍部があり、そこから岩の頂上まではそんなに不安も感じないで来られた。五十メートルばかりの高さで、あたりの景色はがらりと変る。ここは天辺である。私は岩にまたがっている。申し分なくいい気分になって来た。

こうして登ってみない限り、自分にふさわしい山がどこにあるか分らない。この満足は昔も今も変らない。もしも岩登りの好きな友だちがこの岩を登ると言ったら、私はこの、私のみちをとおって一足先に頂上についていることにしよう。岩を登るのを、ぽかんと下から見あげて見物しているだけではかなわない。


（一九六一年七月）

残雪の頃

昨日たっぷり降った雨で、丸木橋もないその川は、少しばかり渡りにくかった。やっと乾いた靴に、はいたまんま寝てどうやらしめり気のなくなった靴下を、ここでまたどっぷり水につけてしまうのは辛いので、飛びついてもぐらつかないような、足を斜めに置いても滑らないような石の並んでいるところを、あっちこっちとさがし廻ったが、それは誰かが見ていたら、何という用心深い、いや臆病な奴らなんだろうと思ったかも知れない。だから渡り終ると、そこから道は、尾根へ向って、やたらに急な登りになっていたが、私たちは一服やって行こうなどという気持にもならずに、息をはずませて登り続けるのだった。ところが私は突然足をとめて叫ばなければならなかった。水を汲んで来るのを忘れた。何というばかげた頑張りだったのだろう。と言って、頂上からよほど下にも雪は残っているのは分ってはいても、この五月の、青い空が黒く見えるほどに晴れ上った今日、水なしに登るのは、引きかえして水を汲みに行くこととは比べものにならない愚かな行為だった。

無雑作に肩からはずしてザックを下ろすと、ころがり出してしまいそうな坂の途中で、へこんでいるのが印の私の水筒を出して、二十分は損をすることになるぞと思いながら下って行こうとすると、彼は、二人行ったってつまらないと言いながら、私の手から水筒をさっととって、どんどん駈け下りて行った。先の長い急な坂の、およそ休むのには不都合な場所で最初の一服をやるのはまことに残念だったが、倒れかけの木の幹にまたがって、煙草のけむりをぽかっと流すと、若い緑の五月の朝が甘かった。やがて、再び彼が、両手に水筒をぶらさげて、道の下の方の、涼しい繁みの中から現われるのに、どのくらい時間がかかるか腕の時計を見てやろうかなと思ったが、それはあんまり気の毒で、うんと遠くで鳴いているヒガラの声を聞いていた。そして、水を汲んで来てくれた彼の好意を悦ぶ気持で、冷たい粒々がいっぱいについた水筒をうけとると、蓋をとって、ごくりごくりとはやらずに、水を口いっぱいにふくんで、静かに川の水を味わった。

私たちは、その愚かだった出発を、気分の上で取りかえそうとしていたらしく、もう当分は休むまいとお互いに決めて、汗の登りを黙って続けた。アカゲラが飛んで行った時と、さっき渡った川の上流の、雪にうまったうねうねが一度に見渡せた時と、それ以外には多分話もしないで、熱心に登った。

そのために、二時間かかって木のない尾根に出た時も、いやに早く来てしまったように思ったし、そこで休む気持にもならなかった。それに、上部がすっかりと見えるそこまで来た時に、二つ上の瘤《こぶ》を、三、四人の人が立ちどまり立ちどまり、いい加減疲れている容子で登って行くのが小さく見えたので、別にその人たちを追い越してやろうなどとは思わなかったが、何か多少は引っぱられる気持もあった。

残雪が、左手の谷に向って、ねそべっているけものの足のようにのびていた。その足のすぐ下の草付は、つい二、三日前までは雪の下になっていたらしく、全体に鼈甲色《べっこういろ》をしていたが、それでもよく見ると、新しい緑が、にじんでいた。そしてそのあたりは、恐らく雪解けの水がしたたり流れているせいでちかちかしていた。

さっき人影の見えていた手前の瘤《こぶ》を越す時に、あれ以来、一向にその人たちの姿があらわれないことを、私たちは同じように気にしていた。どうでもいいようなものだが、上の斜面にあらわれないのは、幾ら何でも遅すぎると思った。

ところどころに首をかしげたような岩のある尾根は、照りつける太陽をさえぎる緑の仕組はなくなったが、体が少し軽くなってのびた感じで、いそいそとして来たのだった。

ちょっと気になった人影のことなどもう忘れかけたころ、もう一つの瘤《こぶ》を越えて、わずかの日かげをつくっている岩かげを廻り込むところに、三人の若い女の人と、その三人を連れて来ているのか、それとも連れて来られているのか男の人が一人、黄色や赤のザックから御馳走を出して食べていた。

私たち二人は一瞬立ちどまった。というのは、そこは、道いっぱいに御馳走をひろげられていると、わきを簡単には通りにくいような、右手の谷に向って、かなり強い傾斜が続いているところだった。その人たちは道をあけようとして、もじもじしはじめた。すると私の相棒は、どうぞ、どうぞ、そのままとか何とか言いながら、谷に向ってあぶなっかしく傾いた一枚岩の上を、ビブラムの底をひたひたと吸いつけるようにして歩いて行った。私も仕方なく同じようにして渡って行ったけれども、こんな咄嗟《とっさ》の行動を強いられるのでなければ、そんな岩の上を歩くのは首をかしげるような場所だった。振りかえって、それではお先にと挨拶をしてまた登り出そうとすると、その人たちは、私たちはここから戻るんです。この先には雪があって、私たちには登れそうもないから……と言っていた。一瞬私たちは、ピッケルをそれぞれ持っているので、彼女ら三人と一人の彼のために、登れるように足場を作ってあげようかと思ったが、にぎりめしを二つずつとさっき汲んだ水しか持っていない私たちは、足場を作った代りに、その人たちから、うまいお菓子でも貰うことになるのも具合が悪いと思って、それではさようならと別れた。

慣れない足取りで急な雪の斜面を登っているのを見ずに済んだこともありがたかったが、その人たちも正しい判断をした。彼女たちは運動靴をはいていたが、私の友だちが一枚岩をさっと歩いて見せた時に、早く登山靴を穿いて歩けるようになりましょうと話し合っているのが聞こえた。

なるほどそれからしばらく登ったところで、道は雪の中に隠れていて、私たちは、ざらめの赤っぽい雪を登った。怖いような傾斜ではなかった。

こうして私たち二人が登って来た山は白毛門という。にぎりめしを二つとも食べて水をごくごく飲み、煙草を吸って谷川岳だの、笠ヶ岳だの、もっと遠い山も見ながら、断片的な話をした。山の上での断片的な話というのは、想い出そうと思っても駄目な代りに、またどこか別の山へひとりで登ったりした時に、突如として甦《よみが》えることがある。だから今は、山頂での会話は想い出せない。

それよりも、さっきから気になっているのは宝川の方で、谷には雪が実に多く、山頂に到着してすぐそれを見た時から、今日の計画の中には全く考えてはいなかったことだが、どうも結局は、この谷を下ってみることになりそうな予感がしていた。そして何だかそうしなければ、白毛門まで登って来た意味もないように思われて、にぎりめしを包んで来た紙をザックに入れると、私たちは雪の上に出て二人で谷を眺め出した。

五、六分グリセードを続けると、もう稜線はずっと高いところに見えて、引きかえすとしたら、一時間はかかるだろうねと話した。それはここまで来てしまえばもうどうしたって谷を下るより仕様がないことを二人で悦んでいるようだった。雪崩が何度も両側からうめた谷の雪は豊かだったが、それでもところどころ割れて、水のはね上っているのが見えているところもあった。

広い河原にやって来た。こわれかけの小屋があってのぞき込んだ。少し掃除をしさえすれば、ここは根拠地として上等だと思った。

右岸の雪のない藪に道を見つけ、また雪の上を行った。あぶなっかしいスノー・ブリッジを渡って左岸にうつり、高まきをはじめたが、その道は広い橅林《ぶな》の中で残雪の中にかくれ、藪漕ぎをはじめた。尾根と溝のようなせまい沢が何本もあった。こんなところに道をつけるわけはないような地形が続き、まあこうなれば仕方がないから上州武尊を目あてに進んで行こうと、あせらないことにした。

私は枯れた竹にひっかけてズボンをさいた。彼は、おれのは上等で、そんなことでやぶけるようなものではないと威張った。その代り、二、三時間後に道を見つけてからのことだが、橋の流されている川を渡渉する時に、彼は尻皮を流してしまった。向う岸から、まあ都合よく倒れて来ている木に、身軽に飛び移った時、紐が何かにひっかかってとけたのか、うしろから見ていた私には、激流に小犬が呑まれて行くように見えた。

それは私がズボンをさいたことなどとは比べようもないほど、彼にとっては残念だったに違いない。流れはかなり強かったが、尻皮に身がわりになってもらうほどの渡渉でもなかった。

彼はいつもその尻皮をつけていたので、彼の尻のあたりは、何だか尻尾のぬけた動物のように見えた。

（一九六一年五月）

幻影

もう四月だというのに、今年はほんとうに雪が多い、と私も彼も話がなくなると何度も言った。私はたまたま一昨年ここへ来た時も同じ頃で、その時はこの小屋のまわりにはもうかなりの草地が出ていて、そこへ寝ころんで春の陽をうけながら、解けて行く雪を惜しんでいたことを想い出して今年の雪の多さを、まあ驚いていたのだが、彼の方は小屋になかば住みなれたものとして、まだ当分は山を下りることなどを考えなくとも済むのんきな気分から、いちめんの雪を見渡しながらそう言っていたのである。

それでも下の谷の流れはほうぼうわれはじめて、ある場所ではごぼごぼと言った低い音を立てていたし、そこから少し離れたところでは、きれいな水が岩のあいだの細い溝を伝わって、その一段下のたまり水の中へじょうじょうと飛びこみながらたくさんの細かい泡を作っていた。その水音のきこえる流れの近くにいる限り、山の春はかなり強く感じられるのである。

昨日私がその水のところに暫くいて、それから森のへりを一時間ばかり歩いて戻って来た時に、彼は、あの人たちもあそこの谷が好きで、一日に一度は必ず下りて行って紅茶か何かを作って呑みながら、長いことたのしそうに話をしていたと私に話した。それは別段に、あの人たちと彼が言って、名前を言うこともしなかった者を、羨んでいる口調でもなければ、まして私にそれを言って特別の返答を期待している話し振りでもなかった。

だから私も、そうかいと言って、珍しく荷物の中へ入れて来た普段の日記帳をひろげて書きはじめようとしていた。

私はその前日、この小屋へ来る前に登って来た山のことを、その帳面に詳しく書いておこうと思っていたので、もうペンをにぎって山麓の宿を出発する時の、軒のトタン板にあたって霧雨のように落ちて来る屋根の雪解け水の雫《しずく》のことなどを書いていた。彼はストーブの上の薬罐《やかん》に水を入れ、薪を三本ばかり投げ込むと、扉までは閉めなかったが、自分の部屋へ入って行ったので、私も窓のわきへ場所を移して、普段よりは書くことも多い一日を細かに想い出しながら、何頁にもわたる日記を書くことに熱中した。

もともと、いつも自分の机の上に置いてある日記帳を山へ持って来ても、疲れていて書こうともしないか、書いてもひどくぞんざいな書き振りをしてしまいそうで、これまで持って来たことはなかったのだが、こうした気心の知れた、ほかにお客の泊ることも極めてまれな小屋へ来て、時間を全く自由に使えるとなると、平素よりは遥かにその帳面に何かを書くのが嬉しく感じられる。

家にいて、原稿紙をひろげて仕事をする時にもたまたまそういう場合があるが、ある文章を書いているうちに、書いている内容の周辺の事柄ならともかく、全くその内容とは無関係なことを考え続けて行くという癖が私にはある。

私は確かに前日登った山のことを書いていた。ポケットの手帳に書きつけておいた時間や備忘によって時々確かめながら、想い出すというよりもまだ忘れない一切のことをせっせと書いて行った。

そのあいだ、私は何を考えていたかというと、山の中を歩いている最中に現われる人間の幻影のことだった。書いている前日の山とそれとが何の関係もないことをここで特別に強調する必要はないが、私にそんな考えを起こさせたのは、さっき彼が、あの人たちもこの谷が好きで……と言った言葉であることはまず間違いない。

こんなことを考えた。山をあまり知らない小説家、あるいは山歩きの経験はあっても、それの大切な部分をいつも切りすてて話をいかにも山での出来事らしく創ることを悦んでいる小説家は、一人の人間が、ある心のつながりを持った人間と、ある特別の心の状態を抱いて歩いた道を、もう一度ひとりで歩いた時に、そこに心理的な、心の核心にいつも触れて離れようとしない、そのために苦しい気持を抱くことを想像するだろうが、私がその時に考えたのは、山の中にあらわれる人の幻は、たとえその人間が自分とは特に深い関係を持っていたとしても、心に痛みを与えるようなしつっこさを持っていないのではないかということである。

日記をつけながら考えたことなどを一般論として通用させようなどとは思っていないので、自分の心の状態としてここに書くことにしよう。

私は、もうかれこれ十年ほど前に、初冬の上高地を久し振りに訪れたあと、雪が薄くたまっていた河童橋にひとり立って、夕暮れの穂高を眺めながら、昔のことを想い出し、戦争で失った、山友達のことなどを追憶する文章を書いたことがある。かつて何事かがあったその同じ場所へやって来た時、何事も想い出さないはずはない。忘れていたことが飛びついて来るように甦《よみが》えり、懐しさに一瞬あたりがふしぎな色に変ることも、あるほうが当然である。

しかし、その一瞬の感動がどんなに深く大きく、また細やかなものであっても、それはほとんど一瞬で終る。そのまましばらくのあいだ、かつての世界へ牽《ひ》き入れられて行くことはないのである。その上高地での追憶を綴った文章は帰宅後の、机の上での整理を経て書き得たものであって、山の中で一時間も二時間も古い日を追うなどということは考えられない。山では現在が私を強く取り囲んでいる。

手伝わなくてもいいかい？　と私はまだ日記を書き続け、そして一方では人間の幻を考えながら、たいそう形式的にそう言うと、彼はまたストーブに新しく薪を投げ込んで、いいともと答えた。そしてランプを持って来てくれた。もうあと二十分ぐらいあれば、前日の日記は書き終る。しかしもしそうしていいのなら、彼と二人で夕食をして、煙草に火をつけて何かを語る必要もないのなら、私は、珍しく山へ持って来た帳面へ、今日の日付にして、山での現実と古い幻影について書き続けていたかった。

だが、私はそれを書いても無駄だったろう。なぜなら、日記を書きながら考えていたことは、今から想えば、やっぱり創作であった。私だか誰だか分らないある男が、ある人間の幻影を追って山を歩くことを想っていたのだった。その男も実は影の人間であって、そのために山の現実の強烈な視線をのがれて、勝手気儘に追憶の世界をさまよい歩いて行くことが出来た。

食事にしないかと彼に言われて、吸取紙をはさんで日記帳を閉じ、ペンをしまった時に、私には山の中で、たとえごくひそかにでも、あまりロマネスクなことを考えると、あとになって自分が滑稽に思われて来ることが分った。自分以外に誰もいなければ、それは一人の山である。日が照れば、私の前や後に自分の影がうつる。ふたりで歩けば影は二つである。

私は友だちと山を歩いている時、彼の足もとを見て歩く。はねをあげてよごれた靴からズボン、それから時々は襟首のあたり。そうして何時間も、何日も。しかしその後姿は山みちの、その時の一つの要素ではあっても、再びそこを訪れた時の、ひとりの私の要素とはならない。

さっき彼が、「あの人たち」のことを言った時に、私はこんなことを訊ねてみようかと思った。いろいろな人が小屋へ来て、いろいろの人がこの近辺の斜面や谷で遊んで行くけれど、その人たちの幻影が、予期しない時に現われて来るようなことはないか。そして君に普段とは少し違った鼓動を起こさせることはないか。だが私にも、それをさらっと訊ねられるほどに、質問の内容が整理されていなかった。

食事がすむと、お茶の入った薬罐を渡しながら彼は言った。おととし行った北斜面は、まだべっとりと雪なんだ。午後から山をくだるんなら、午前中行ってみないか。私はそれに賛成する。そして一昨年は、あそこまで行けば、きっとまだ雪がいっぱいあるに相違ないというので、途中スキーをつけたり脱いだりして行ってみると、斑らに草が出ていて、こりゃあしようがないと言いながら、ちらっと彼は恐縮をした。

それから二年たった明日、その時と同じスキーを担ぎ、同じ身なりで出かける私たち二人は、今年の残雪の上を歩いて行って、昔の誰のことなども想い出さないだろう。

（一九六一年六月）

牧場の光

再び私には、あのような牧場を訪ねる夢を見ることは出来そうもない。深い秋が、驟雨《しゅうう》のような光線になって降りそそいでいるヴィオラの音に似た明るさの奥の、雲の中に、天使が住んでいるというような信じ方はもう不可能であろう。

しかしその夢はかつて非常に鮮かであって、私が通りすがりに見たどこの山の牧場よりも、精神を滞在させることが長かったために、今も尚こうして想い出すことは出来る。

*

牧場は少なくも私にとっては、夢の光を漂わせているところであって、ティテュルスが、橅《ぶな》の木蔭に横になって芦笛を吹いていさえするような、諦めの向うの楽園である。

そこは牛たちが足でこねまわしている泥や、戦に負けた武士のような臭気もあることは知っていても、牧場は「歌」の領地にいつまでも広々と花の香をまいている。

「聖なる牧場の栄光」のために、私のかつての夢は失ってはならないものであり、今の夢として常にそれを甦《よみが》えらせなければならない。

「聖なる牧場の栄光」は、私にとって空想的な領域にあることを、いつまでも承認し続けていてもいい。そこでは自然は魔術を見せるし、一方ではおとなしい動物たちを介して、人間の心の気紛《きまぐ》れな変化に微笑を投げかけるものになる。

＊

牛や羊たちのための牧草は、時には囲いの中でやわらかに伸びている。これは地上の黄金時代には行われなかったこととは言え、牧人たちが止むを得ず、自分たちの土地に都市に住むものや、山麓のもっと下に住む物珍しがりやたちの訪問を受けなければならなくなった時から始ったことだが、草が囲いの中で、人間の無作法な足から護られながら、動物たちの悦びに湿った鼻面と舌先を待っているのは、人間と自然との約束事が、牧人の知恵によって行われ出したからだ。

＊

「牧歌」を情緒の世界で書き出したテオクリトス、それからウェルギリウス。そのウェルギリウスの詩の二行を、アンドレ・ジイドの『パリュウド』の中の「僕」は親友ユベエルにまず読んでからこう言う。

「訳すぜ、――ある羊飼が仲間に話している、私の牧場は、確かに石ころと沼だらけだが、これで充分結構だ、それで満足しているからまことに仕合せなんだと。――牧場をどうしようもないとなれば、こう考えるより賢明な考えはあるまい？　どうだ？」

私には、この『パリュウド』の中の文章との出会いは大事件であって、混乱した。しかし意欲がその中から湧いて来て仕方がないような気分で、ウェルギリウスの『牧人の歌《ブコリカ》』を読みはじめたものだった。

＊

『牧人の歌』は、榛の木《はんのき》蔭で、山羊が双子の子を安心して産めるような天国的なのどかさと、牧人の笛が遠い山に遊んでいる動物たちにも届くような澄んだ空気の中から生れたものではあろうが、作者はそこで羊たちを追う人の中にはいなかった。

『牧人の歌』は、人間の集りすぎた低地の生活に身をもてあましながら、牧人の生活を憧れた心から歌い出したものであった。

心の苦しみは歌われても、そこでは牛を飼う労苦は語られなかった。

＊

石ばかりの土地に、家畜の食べる草もなくなった時、ある牧人は、ひとりでは育たないことを承知しながら、岩山の上へ仔山羊を置き去りにして山を下った。彼にとってはその方が賢明に思われたからだ。

ティテュルスの友だちのメリボエウスは、心身ともに疲れ果てて、山羊を連れて山を下る力もない。しかし牧場にこれ以上とどまるよりは、そこを去る方が賢いことだと思った。私は牧場を訪ねることを恐れる。そしてそこの牧夫から心情を訴えられることが何よりも恐ろしい。たとえ彼が、苦しみや疲れに関しては沈黙を守っていてくれたにしても、それを感じずに済ます訳にはゆかない。

彼らは、夢の世界を訪れるつもりでやって来る私たちの相手になどはなっていられない。私にしてみれば、その夢が大切になって来れば来るほど、それが牛小屋の軒先にかけられた蜘蛛《くも》の巣に光る朝露ほどに儚《はかな》いものであることが不安になり、私は牧柵のわきの細い道を、遠く牛の鳴き声を聞きながら通る。

＊

だが羊飼が、自分の夢を何者かに訴え出した時には、山に向い、森に向って、情熱的な雄弁を聞くことも出来る。羊飼の、死に追い立てられるほどの苦しみからは、自己を讃美する歌が生れる。彼はその時に発見する。

たとえそれが心の中でのみ見棄てられたものであっても、草むらに隠れる蜥蜴《とかげ》の緑の艶が、さびしい言葉になって反射する。夏の蝉は、彼の歌を拒むように鳴き続ける。

アラキュントスの山から家畜たちを下ろしたアンピオンの歌を彼もまた歌えるのに、誰も耳を傾ける者はやって来てくれない。

＊

牧人たちが自らの歌を発見した時、彼は籠へ花を摘みとる。籠からは百合や、アラセイトウや罌粟《けし》がもうこぼれそうになる。また別の籠には、マルメロや栗やスモモが山になる。この花や果実の香を誰が嫌うのだろう。

だが大切なことは、このような贈物を人に与えて、悦ばせることではなく、自ら牧場に宝を発見したことだった。

もしこうして牧人たちにとって、ほんとうに泉が清らかであり、何にもまして森が悦びそのものになる時、私には牧場を訪れる勇気も生れるだろう。

＊

私たちは「交感」を望んでいる。山の牧場に住む人たちと語り合うためには、彼ら自らの発見を促すような語り方でなければならない。それが出来ないうちは、黙って草を食う家畜たちの傍へ黙って立って、彼らの全身を蔽《おお》う毛が、山の風にどんな踊りをするかを見ていよう。そこにからまった草の実が、どんなにして遠くまで運ばれて行くかを注意していよう。

牛は仕事として乳を搾られ、羊は毛を刈られる。彼らはそれを何もいやがりはしない。乳を搾る手や、毛を刈る鋏《はさみ》を彼らは信じているので、目を細めて牧人に協力をし、愛を捧げている。

＊

だがついに私にも、山の牧場を訪ねる日がやって来た。これまで幾度となく、そこへ手までかけて、押し開くことをためらっていた、牧柵の中央の扉を開いた。乾いて白骨のようになった横木はそんなに重いものではなかった。

牛たちは少しも不思議そうにはしていなかった。彼らは普段のままの足どりで、足あとのたくさんついている土の上を歩いているだけだった。

＊

私と牧人とは名刺を出して挨拶をするような間柄ではなかった。と言って肩を叩き合って昔を懐しむような、古い友人でもなかった。私たちは数回の、手紙による心のやり取りがあっただけで、その一回ごとの間隔も恐ろしく長いものだったが、親しさはそのたびごとに、いい加減なものではなくなった。

牧人は私を誰だか分らなかった。それはもし私が彼に突然訪ねられたら、同じことだったろう。早速私は、牧人との附き合いのお互いに定めなければならない限界を決めたいと思った。それは彼もまた同じことだったに違いない。

＊

私は牧人の仕事の手伝いをしてみようなどという浅はかな考えは抱かなかった。仮にどんなに私が熱心にそれをやっても、そして幾らかの手助けになるようなことが出来たにしても、遊びの姿としか映らないことを知っていたからだ。私には恐らく生涯、牛の乳を搾ることは出来ないだろう。それを教わる機会はあっても……。

けれども私は牛小屋をのぞいて見たかった。その板囲いが、牛の体との摩擦で、どんな色をしているかを見たかったし、もう少し注意深く見たかったのは、飼われる牛と、飼う人との生活にどんな違いがあるかを、出来ることなら見極めたかった。

＊

牛は何も持っていなかった。頸に吊した鈴は、数年前にここへ立ち寄った外国人が国へ戻ってから送ってくれたものだそうだが、それも牛には大してありがたいものではなかった。

牧人にも大切な所有物はなさそうに見えた。彼は牧場をひろげるとか、牛の数を増やすとか、そんな考えはなかった。彼は牛と共に暮らしていさえすればよかった。それは淋しいほどに静かな生活だった。

＊

私は彼から山への道を教えてもらった。彼の教えてくれた水場は、牛たちの体を洗う流れの上流の木蔭の中の泉だった。私はそこでひと掬《すく》いの水と、水筒一杯の水を汲みさえすればよかったが、あの牧人は焚木を取りに山へ来た時にここで休むことにしていると言っていた。

彼も最近は来ていないのか、湿った土には足跡らしいものは何も見当らなかった。私はいつもと同じように山歩きをした。尾根に出て風の中を遠くまで歩いた。広い秋の尾根だったが、私はもう一度、その翌日に山を下って牧場に立ち寄る約束をして来たことが馬鹿らしいほどの嬉しさだった。

＊

私が再び訪れるこの牧場は、すべての人をよろこばせるものではない。けれども、よく見れば、そこだけに別の世紀があることを認めないわけには行かないだろう。

その時その牧場を、黄金時代の名残の地にしておくためには、再び夢の領域へ引き移してしまわなければならない。なぜならそこにも決して偉大な月日が巡って来ているわけではないからだ。

もしそうならば、そこには牧柵はなかったはずだ。牛は自分から進んで草を選びながら食べ、乳房をはち切れそうにして戻って来るはずである。

（一九六一年十月）

意地の悪い山案内

そこまで来ると道はもう二人並んで歩けるような広さではなくなった。私はもともと、よほど広い平らないい道ならばともかく、山道を肩を並べて歩くのは好まない。道は広くとも、歩きいい部分はたいがいは一人分しかないからだ。それで彼女が、無理に並んで歩こうとするので、私はもうかなり長いあいだ道の悪い部分を歩いていたのだった。しかしさすがに、そこまでは並んで歩くものではないと言い出せなかった。

幸いにして道は狭くなってくれた。ここからはもうどうしたって並んでは歩けない。私は彼女に言った。「私の前を歩いて下さい」。その言葉に、自分でも少し厳格な口調が感じられたほどだから、彼女にはかなりはっきりした命令のように聞こえたに違いない。彼女は「はい」と答えて言われたとおりに私の前を歩き出した。

何という従順なそのうしろ姿だろう。その足取りには、もっと歩調をはやめた方がいいのか、それとももっとゆっくり歩かなければいけないのか、さっぱり見当もつかなくなっている不安定な気分が感じとれた。その歩き方を見て私は一瞬気の毒に思った。それなのに私の口からはさっきの口調に続く言葉が出た。「ぼくがあなたの前を歩いたのでは、あなたの歩き方を見るわけに行きませんからね」。

彼女は「はい」とも「そうですね」とも言わなかった。私はその時以来、厳しい山歩きの教師になってしまった。厳しい教師は、あらゆる欠点を見付けなければならない。道はだんだん登りにかかる。石ころが多くなり、木の根が行儀悪く節くれ立った足をのばしている。彼女の新しい山靴が時々石を蹴飛ばしたり、木の根につっかかったりする。そこでさっそく私は言うべきことを見付けた。「一歩一歩、自分の足を置く場所をよく見極めて歩いて下さいよ。時々爪先で歩いているようだけど、靴の底をしっかりつけて。つまりね、一番楽な歩き方をよく考えるんだな」。

彼女が私の言葉にすなおであればあるほど、どう歩いたって楽な歩き方にはなってくれそうもなかった。靴の底をぴったりとつけて、足くびを適度にまげて楽な姿勢をとって行くのはそう簡単なことではない。私はここで、昔嘉門次が槇さんと歩いていて、猫のように歩けと言った話をしようかと思ったが、それはもっと有効に使うべきかも知れないと思った。ずっと登って、石ころだらけのところを歩く時に、きっと石をごろりとやってころびそうになるか、石を落したりすることもあろうから、その時に話した方がいい。

私が汽車の中で詰めなおして、持って来たものを一つも減らさずにおいた彼女の荷物を背中の上の方へきちんと背負わせ、少し背負皮が、ふくらんだ胸の両側で窮屈そうに見えたが、そのために手がしびれて来るほど重い荷物でもないのでそのまま歩かせていた。もっとも私は、荷物をだらりと背負うほどみっともないことはないし、多少苦しいようでも背中の上の方にぴったりついているようにした方が、長い山道では結局は工合がいいのだとは言った。そうしてどこか痛かったり辛かったりした時には必ず我慢をしないで言ってくれと、それもつけ加えておいた。

私には彼女の我慢がどの程度のものであるかが判断出来ると思った。だから我慢をしないでと言ったのだった。

道が急になり、雨がえぐった赤土の細い溝や、木の枝に手をかけてよっこらしょと体をのし上げるようなところもしばらく続いた。もうこのあたりまで来ると、枝に木の葉が残っているのも少なくて、冬の日ざしが素通しの明るさだった。小鳥の声もないし花もない。木の実にしても時々は目に入っても、それを指さしてその名を特に教えるほどのものも見当らない。それでも私は自分のために時々立ちどまって手帳へ、落葉の間からのぞいていたきのこの、やっと思い出せたその名前や、ひと言ですむメモを記した。私の足音がとまると、彼女は立ちどまって振り返る。それは呼吸を整えるのに好都合のようだったし、普段は決して使わないような大きなハンカチを出して、赤くほてった額や頬の汗を顔を掻き廻すように拭いとって、深い息をする。

「もう少し登ってしまいましょう。立ちどまりたくならない程度にどんどん登って……」

私の言葉はどれもこれも無慈悲のようで、その埋め合わせをする優しい言葉は何も出て来ない。優しい言葉でなくとも、よく私たちが山を歩きながらごく自然に出て来る言葉を、私はどうも無理に出すまいとしているようである。それは彼女に、山を登りながら考える時間を作ってやるためでもなければ、故意に山歩きをおもしろくないもののように感じさせるためでもなかった。

彼女の父である私の友だちは、自分の娘に私のことをどんなふうに説明したか知らない。ふるい友だちだから、そしてずっと昔何度か一緒に山に登っていることが私の方の記憶だから、向うもそんな時の話をしたかも知れない。彼はもう山登りをやめて久しくなり、今さら、娘にせがまれて歩いてみようという気にもなれず、私が山登りを続けていることを想い出して、それで彼女の山案内の役を引き受けさせたのだった。その話し合いにいい加減のところがなかったので私もこうして、普段話をしたこともない友だちの娘さんと山を歩きに出かけて来た。

そろそろ前を行く彼女の足もとに、辛そうな疲れが見えて来たので、十分ばかり休んで行こうかと思ったが、尾根に出るのにもうそんなに時間がかからないので、「どうしますか？　ここで休みますか、それともあそこの尾根まで登ってしまいますか」と言うと、彼女はまた汗を拭きながら「登ってしまいます」と答えた。何か教理問答のようだった。

「あそこまでどのくらいかかるかと思いますか」彼女は自分の答えが不正確ではいけないと思ったのか、じっと上の草原を睨んでから、急にまた登って来た道を振りかえり「二十五分かな」と言った。そして私に言われる前に歩き出した。

もう木がまばらになって、太陽のまわりを豪壮に流れる雲がうれしく見えて来た。こういう時には案外疲れた足も軽くなるものだ。彼女は二十五分と言ったそのことが気になるのか前よりは大幅に歩いた。そうして二十三分で尾根に出たことが、試験で、考えていたよりもいい点をとれた時のように思えたらしく、うれしがっていた。

ここまで登るまでに二回は休んでも止むを得ないと思っていたのに、よく歩き続けたので三十分の休息時間を決めた。「水を飲んでも、お腹がすいたら何か食べてもいいんですよ」と言って、私は煙草をのみ、向うの山の重なりを眺めていると、彼女はスポンジケーキを出して私にもすすめた。私はその少しを貰うことにした。案内人というものはこういう休憩の時に、あまりがつがつ食べないようにした方がいい。それに私は、大切な友だちの娘をあずかって来たせいか何も疲れない。

立ったままで煙草をのんでいる私に、彼女は、「ここへお坐りになったら?」と言ったが、私は坐らずに彼女の歳を訊ねた。十六だと言った。ざっと三分の一。それでもう一人前のような姿をして風に目を細めてスポンジケーキを食べている。何にも不思議なことはないのだが、自分はもうずいぶん長く生きて来たものだと思った。そんなことを山なみの一つ一つの襞《ひだ》の、冬らしい影を見ながら考えていて、三十分のあいだ、私はほとんど口をきかなかった。何という無口で無愛想な人なんだろう。彼女にそう思われていることもよく分かる。私に前を歩かせるなんて、随分意地の悪い案内だとも思われていそうである。

荷物を、私が汽車の中で教えたようにくくりながら彼女は「あと二分で三十分になります」と言った。「やっぱりこの先もわたくしが前を歩くんですか?」「そうです。ずっと。そうすれば一人で山が歩けたことになるでしょう? 道が分れていたら、あなたが判断するんですよ。頂上へ行く道はどっちかっていうことをね」。

私たちは歩き出した。尾根へ出ると道はずっと楽になった。立ち上ってから払わなかったと見えて彼女のズボンのお尻に枯草がついていた。そうしてずっと下で私が言ったように、一歩一歩を気をつけて踏み出していた。彼女は多分こんな苦労の多い気詰りの山を考えてはいなかったろう。もっとおもしろい山登りを期待していただろう。そういうふうに私が奉仕することは至極簡単なことだった。またそのように扱えば少女のようにもなれる彼女に冗談をいったり、一緒に歌をうたうこともやさしいことだった。

けれども私は意地の悪い山案内であることを自分から決めて歩いた。それは時々、彼女には私が、まあどちらかと言えば無害な動物がついて来るような気分にもさせたかも知れない。そうであれば私の心組は成功したことになる。たとえ、十六歳の彼女の未来について、漠然とした私の祈りの気持が伝わらなかったとしても、そしてまたたとえ、何年か後に彼女と歩く若い男の人が、親切で頼もしい案内者として、先に立って歩く姿を考えてみたことが、今の彼女に何の意味をも持たなかったとしても。

（一九六一年十一月）

峠・高原・風

私の、その峠への最初の予感は谷のどんづまりの、水の音も人のひそひそ話ほどになってしまったところからの、何だかはっきりしない登りがはじまった時に起ったのだった。河原のごろつく石を踏んでやって来た足は、ざらざら崩れるその径のとっつきでまごついた。

右に五十歩進めば左へ百歩、登ることがこんなに早く高度をかせげるものかと改めて呆れるように谷はもうずっと下に暗くつぼまっている。右へ短かく左へ長く、川を掬《すく》って飲んだ水がすっかり汗になる時に、径は平らに明るい峠へと突き進む。

*

小さい峠が高く深い山にあり、のどかにひろびろとあたりの見渡せる峠が低い丘の起伏のかげにある。それは悦びの二つの種類として、私の心に残る。

たやすく辿りつけた広い峠では私は立ったまま風に吹かれてそのわずかな高さに満足するだろう。長いあいだの汗と鼓動のあとで辿りつけた峠では、荷を下ろし、水筒の水を口にふくみ、膝をかかえて天の近さを感じよう。

＊

この峠を何人もの人が越えた。こっちから向うから。荷物のほかにそれぞれの想いを背負って。だが人のつくったその径を、けものたちも通った。日あたりのいい斜面で朝の日射に目を細くするために、あるいは星一つ見えない暗い夜に、けものの匂いを小枝にふりまきながら。

そしてこの峠を小鳥たちも越えた。青い空に銀の矢を放つような声を立てて越えた。

＊

峠はある日見捨てられた。そこを歩いて越すよりもはるかに楽な隧道があけられ、人々はそこを抜けながら夏は冷たい空気をよろこび冬には風やみぞれをよける。一歩一歩の峠の予感を覚えるものもなく、やがて峠の径も消え、それは全く名前ばかりのものになった。昔の人たちが、それぞれひとり峠を越えながら、想いあまって祈ってみたその場所はもう草の中に消えた。

地図からもその点線の径を抹殺してしまわなければならない。そして隧道の入口のわきの、かすかな踏あとに、廃道という立札が立てられた。物好きな登山家が鉈を片手に入って行くようなところになった。

＊

君は旅をよくしている。山のみちを歩くことがうまい。時にはみちのないところをも、不安なしに歩いてみせる。しかし、どこかに滞在をしたことがあるだろうか。すばらしい滞在を。それも余儀なくさせられて結果が満足にあたいするようなものになったというのではなく、一つの計画としての滞在を、もしそれをする気なら、君に最もふさわしい高原を教えよう。そこをただ通りすぎようとしても、あまりにもったいない豊かな高原を。

＊

人々が御馳走持参でどっとやって来る見晴らしのいい原っぱを、やたらに高原と名付けてしまうけれども、私はそういうところからは退散だ。数え切れないほどの若い人たちが、あっちにもこっちにも車座になって歌をうたっているところには、気おくれがして、工合が悪くて、とどまっていることが出来ない。そこは山の遊園地であって高原ではない。

＊

高原は太陽が遊び、その光が細かに散り込むように降りそそぐところだ。そこに三日ほど滞在をしていると、草原を、今もなお悲しげにさまようオルペウスの影が見えて来るだろう。彼の過ぎた足もとに小川は草をよろこばせながらその葉先をもてあそんでいる。

そして幾日目かに小鳥の水浴みをする場所に出会うだろう。

湿った土の上に小さい彼らの足あとと、さわぎながら、うっかり落してしまった羽毛を見つけるに違いない。

＊

私はそこで、大きく手をひろげる。何に向ってそんなことをするのか。多分君も同じようなことをするだろう。君のその姿を見て私は気がつく。自分の意識がもう不必要になって来たからだ。

人間生活では大切なものが次々に不必要になり、時には邪魔になって来ることに気がつく。

この静かな自然の豊かなひろがりから、高貴なものを得るためには、どうも自分の存在につながる意識を、捨てなければならないだろう。

雲を飛ばせている高原の颪は、不要なものを運び去り、もしそれを望むならば颪は転身に優しい手を貸してくれるはずである。

（一九六〇年十月）

断想

停滞？　いいよ、僕は。だが停滞と決まれば僕はその辺を少し歩いて来る。二時間ぐらいしたら多分戻って来る。

私はそれまでがばごぼとつっかけていた靴を穿きなおして、紐をていねいに締める。それからさっそく歩き出す。昨日ここへ来てから気になっていた尾根を登る。傾斜はないけれども骨張った尾根である。荷物がなければないでやっぱり息ははずむ。私は振りかえりたい。みんながごろごろしている天幕がもうどんなに小さく見えるか、誰かこっちを見ている者がいるのではないだろうか。

私は時々手を使って、稜線が近づくにつれて速度を増しながら登る。そしてついに這松の中へ飛び込む。向うが見える。向うの谷では霧のかたまりが互いに倒れかかって遊んでいた。

＊

乗越から下って来た道が、もうまっすぐには下れなくなって、急に電光形に曲りはじめたあたりから下がやっと見えている。私はその乗越もそこから両方へごつごつと高まった山々も、充分に知っているが久々にここまでやって来てもこんな工合に雲の中にいると、挨拶をする前におどかしてやりたくなる。

絶対に私の訪問に気がついていないのだ。黙って雲の中へ、そっと登って行って、おどかしてやらなければもったいない。

足が軽くなる。一刻も早く雲の中に入ってしまわなければならない。

＊

考えていても、実際に来てみてもたのしい山麓に朝が来た。それはゆっくりとは明けて行かなかった。幾らか白みだしたかなと思った時には、山々はいっせいに影として並び、それを一応見まわしているうちに、こっちへ向って突き出した尾根が、相変らず行儀悪く足を投げ出した形だった。

夜明けを知らずに寝すごしてしまわなかった悦びが、もうそろそろ赤く滲《にじ》んで来た東の空へ飛んで行く。小鳥たちの囀りが近くの方にある。草原の鳥たちは草原にはいなくなったのだろう。

前の晩にこの草原まで来ていたことが、そして山々の目ざめをちゃんと見届けたことが、少なくも今日一日は確かに私に先輩の気分を湧かせた。その山へ向って登山者たちがどんどん登って行くのを見ても、一向にあせらない。山へせっせと登って行く人もいる、とそう思いながら、朝霧の草の中にもう一度ねころぶ。それがまるで私の特権のように満足しながら。

＊

荷物が重く、道が苦しい登りになって来ると、私は決して立ちどまらずに胸のポケットの煙草から一本を抜き出して火をつける。

こういう煙草は大してうまくはない。しかし大きな必要に迫られているのである。正しい一歩一歩を踏み出すために、煙草によってゆとりを自分に知らさなければならない。

二人の時でも一人の時でも、それは全く自分自身の問題である。ところが、それが友だちの目には時々癪にさわる行為と見られる。小癪《こしゃく》な行為に見えると言った方がいいかも知れない。煙草なんかのんで、ばかにのんびりと登るじゃあないか。友人がそう言った時、私たちは十分おきに天幕を交代で背負って歩いていて、私の方の荷物の上にそれが載っている時だった。友人の口調には、そんなに元気ならば交代しなくともいいよという意味が含まれているように思われたので私は何とか言わなければならない。だがほんとうのことを言って果して通じるだろうか。

あとでゆっくりと説明しよう。私は時計を見る。天幕を彼に黙って渡す。根っこと石ころの、うんざりするような登りがまだ当分は続くだろう。

＊

突然現われた滝だ。私は登る場所を考えるまえにその滝に見とれる。谷川の水が楽しげに、くすぐったそうにここまで流れて来て、どうしてこんな自殺のまねなどしなければならないのだろう。

自殺？　そんなことを水がするわけはない。よく見てくれなければ困る。ぼくだって、驚いたんだ。まっさかさまに落ちることをどうして自分から望んだだろう。

滝壷では水はたしかに目をまわしている。しかし気がついて再び流れ出した水は少しもおびえてはいない。またこんな目にあうかも知れないという不安などはなく、岩のあいだを肩をすぼめて通り抜ける。私はそれを掬って少しばかり呑む。

濡れた岩か、それとも藪か、いずれかを選ばなければならない。藪を漕いだって別に卑怯ではないのだと自分に言いきかせながら。

＊

君だったらあの岩に何という名前をつけるかい？

そう言われて私は困ってしまう。何というたくさんの烏帽子岩があったことだろう。岩などというものは見ようによったら何とでも見えるさ。だから適切な名前なんかつけられっこないんだ。

だから君だったらと言ったではないか。

僕だったら……。

私は名前をつけるために改めて岩を見るなんて全く下らないことだと思いはじめる。そしてこんな質問は慎むべきものだと思う。その時ほど、岩が岩にしか見えないこともなかった。

そこで少し腹立たしくなった私が彼に訊ねる。あの岩はいったい何という名の岩なのかい？　水成岩にはちがいないだろうけれど。

私の質問は別に慎むべき種類のものではない。正しい答えが一つあるはずだからだ。

けちな岩だ。そう言って彼は歩き出す。

＊

その雪はついに秋が深まるまでとけなかった。ごみや岩屑《いわくず》の類をいっぱいのせて頑張っていた。それでも全くとけずにいるわけには行かなかった。雪はいたるところでみそっ歯のようになって、いかにも残念そうに一滴一滴水をたらしていた。雪の涙だった。

見廻したところ、仲間の雪はどこにもない。ついこの間まで、ずっと遠くのルンゼに見えていたのも消えてしまった。

雪は最後まで残る光栄を夢みて、夏の日の青黒い空を心も知らずに通って行く太陽をにくんでいたが、今は全く孤独になって、最後までとけ残ったことを後悔しはじめている。

これは万年雪でしょうねえ。ある登山者が彼のやとったガイドに訊ねる。どういう加減だかな。こんなところに残ることは滅多にないことだが……という。

万年雪と言われて雪はすっかり戸惑ってしまう。冗談じゃあない。来年はこんなばかなことはしないぞと思う。

冷たい秋の雨は雪をとかさなかった。むしろ氷に変えた。そこへついに新しい雪が降りかかって来た。新しい雪は岩や枯草の尾根に少し積ってすぐに消えた。とけ残った雪は新しい雪に対して全く恥しい思いをした。そして白い岩のような顔をして新しい雪に何も言わなかった。


（一九六一年九月）

山小屋への挨拶

もう一度私にその機会が与えられて彼の山日記を手にするようなことがあれば、そのほうぼうに挿《はさ》み込まれている小さい方眼紙がぱらぱらと落ちないように用心するだろう。やっと名刺ほどのそれらの方眼紙には鉛筆やペンで幾つもの小屋の設計図が描いてある。

彼はなぜそんなにたくさんの、それぞれ特色を持った山小屋を考えなければならなかったのか。彼がその時分、将来どこか気に入った山に自分の小屋を建てることを夢みていたことも私は知っている。また彼が迷わずに建築学を選んで、実際に役立つ多くの知識を自分のものにしたことから考えて、山小屋設計の依頼を受けるような自分の未来を確信していたことも否定出来ない。

しかし、この山日記のあいだに挿まれているたくさんの設計図はそれとはまず直接の関係はない。それは私の見た限りでは、彼の山の想いが、ある方向に発展した際に、心の中に生じた形相の写しである。山の想いというものは、はげしい登攀に終始することもあるけれど、山の中での生活はもっとしっとり考えはじめた時には、その生活の場所がいつの間にか周囲に整っているものである。

だからその小さい設計図は、ことごとく、山小屋のすべての条件を考えた上で描かれたものではなく、もっと気儘なものばかりである。時には、三人の仲間とともに一夜を語り明かすのによいようなストーブの置かれるべき部屋の見取図であったり、手すりの頑丈な、終日山を眺めるのに都合のいいバルコニーだったり、また炊事場の図が出て来ると、その小屋に数人の友達が招かれて、何か祝い事でもするようなことをその時の彼が夢想していた事実がいやにはっきりと私には分ってしまうのである。

小さい方眼紙には一つも完成された山小屋の図はない。だからこそ私にはそれが貴重なものに思える。

*

わがままな登山者たちは大きな声でいう。この小屋は、日程の関係で泊る人が多いのにあまり狭すぎるとか、雨もりがひどいとか、場所がよくないとか、全く身勝手なことをいう。しかしこのような登山者を満足させるような小屋が果してあるだろうか。

景色がよく、水が豊富で、清潔で、おまけに小屋番の料理がうまく、蒲団がいつも気持よく乾いているというような、そんなよいことばかり揃った小屋が果してどこかにあるのだろうか。

不便な山中に、都会人をあっといわせるような立派な山小屋を、改めて造り出した人たちは、むしろある点では不心得な都会人の顔色を気にかけすぎた。小屋の一部分には温泉場のそれを思わせるほどの浴室が設けられ、ホテルのロビーをまねたようにテレビが置かれるようになった時、気の毒なことにはそこは山小屋としての資格を自ら放棄したことになる。そこはもう単に混雑する旅館にすぎない。客の不満と、時には過剰なサービスも生まれ、騒然と夜がふけ、寝苦しい一夜が再び騒然と明けて行くだけで、すがすがしい翌日の高い天の中で生命の躍動を期待するような、そういう憩いの場所ではない。

たとえそこでぐっすりと眠れる夜があったにしても、何度深い呼吸をしてもはき出し切れない不浄な想念が残るのも止むを得ない。安っぽい宿の匂い、名前ばかりのホテルの臭みが充満した立派な山小屋は悪いけれども私とは関係ない。

*

恐れなければならない山小屋が現に私どもの歩いて行く山の中に堂々と存在することをしばらく忘れるために、濃い霧の中をさまよって行くより仕方がない。メボソの鈴をかなしく聞き、憂いの中から悦びが自から湧き出す一つの心の整いをひそかに願って、霧の中の彷徨の時間があってもいいだろう。

霽《は》れる望みもない霧が、山の一切を海底のように薄暗く閉ざし、遥かなものを眺めることだけに悦びを想い描いて来た人たちをがっかりさせるような一日の終りに、その霧の中に突然、異質の芳香を嗅ぎ分ける瞬間が多分ある。焚火の煙だ。古い小屋の屋根だ。そして老いた小屋番の、まだ私の足音に気がつかない咳払いだ。

躊《ため》う心がなければ、踏みとどまる必要もない。しかし、私はしばしば、山小屋の屋根を程近くに認めたその時に、足を早め、駈けよりたい衝動を逆に抑えて、辿り着く前にそれを眺めるのによい場所を求めようとする。

＊

はじめて訪れる小屋。三十年振りの古い、そのままの小屋。そして咋日素通りして戻って来た小屋。

さまざまの小屋への私の挨拶の仕方。挨拶は、そこに小屋番がいてもいなくとも、小屋そのものに対して欠いてはならないものであるのに、小屋の姿がむしろ私に、そんなことはどうでもいいように、近づくに従って強力に牽《ひ》きつけることがある。最初に会う人でありながら古くからの友人であったように想わせる人がいるように、ある小屋は私の方へ手をさしのべそうにさえなる。

それまで何日かのあいだ、時には何カ月かのあいだ訪れる者もなかった無人小屋は、人を見れば誰かれの区別もなく千切れるばかりに尾を振る小犬のように、私を見つけるや否や小おどりしてうれしがる。

掛金をはずして中に入り、窓をあけて明るい光線を遊ばせる。莚《むしろ》が二枚、炉のわきの鍋と薬罐、あとはひからびた鼠の糞が散らばっているだけでも、こうして悦んで私を迎えてくれた無人小屋に対して、私には何の不満の湧くはずがあるだろう。

小屋番任せの、手持無沙汰な時と違って、私がもしその小屋で焚木拾い、水汲みから一切をするとなったら、どんなにか、きびきびと小屋を出入りし、炉辺《ろばた》に靴をぬいで、一本の蠟燭の灯のもとで食事をはじめるまで、どんなにか嬉しく動き廻るだろう。

誰も見ていない山小屋での、たった一人の模範生、単純に、することだけはきちんとして、あとはあまり余計なことはしようとしないで、まだ三、四十分はともっている灯の傍に胡坐《あぐら》をかいて、沈黙との向いあいである。

星や月が黒い山々を空から飾るような夜であろうと、雨がしつっこいほどに屋根で騒ぐような夜であろうと、独りで沈黙と向いあって過す小屋には、寒さや不安や焦躁《しょうそう》が他の微細な、山小屋に住む妖気と交りあって、私の周囲に一種の甘い淀みをつくる。さあそうなったら私はもう動けない。

私は自分を守るために、目覚めている限りは呼吸を大きくし続け、時々咳払いもして、自分を確かめながら、その淀みに溶け込んでしまわないように用心をする。

しかし、この暗い小屋の夜にひとりいて何をすることがあるだろう。それは私にだいたい必要な休息であって、そこで時間をたのしむなどという考えが、いかにそぐわないものであるかを少しは想い出すかも知れない。自由には歩けない夜や、あまりひどすぎる天候、無意味な疲れを避けるための一泊であるならば私はその小屋を避難小屋と呼ぶことも賛成するだろう。

親鳥の翼の下にもぐり込んでいる夜の雛のように、木の洞に寒さを避けていつの間にか眠っている冬の蝶のように、私もその小屋の中で最も安らかな眠りが得られるような工夫をするだろう。それこそ大切な仕事だった。この工夫次第で、夜半にたびたび目をさましたかも知れないところを、一度ですますことが出来たり、私の夢が、ついぞ見たこともないほどの快いものであったりする。

実は工夫と言ったところで、それほどのことが出来るはずはない。工夫すべきさまざまの品物が備えつけられているような小屋ならば、寝心地の悪いはずもない。何しろ眠ることのほかには何もない。眠りがすばらしい悦びであるのだから。

＊

朝が来る。私ははね起きて小屋を飛び出し、今日の山の容子を見渡せるところなら見渡して、そして前の日にはそれほどしげしげとは見なかった今日の山小屋の表情に何か挨拶をしなければならないような気持になる。

誰に相談することも要らない一人旅なら、朝の食事は一時間ほど歩いてからの水場のほとりに決めて、さて荷物をつくりながら、世話になった一夜の礼をその小屋に言うわけだが、これがなかなかむつかしい。

それで気持がすむならば、抜けそうな釘を一つ打ちなおし、崩れた薪を積みかえ、炉の灰をならして、さばさばとして立って行くのもいいだろう。だがもしもはじめから、その小屋での一夜が予定の中に組み入れてあったのなら、そこに残して行くべき何かが考えられてもいいはずである。

私はそこで、小屋の棚の上に、そのために持って来た木の小函をおき、中にマッチを二つ入れる。どうかその一本のマッチから、炉の中に炎が生まれ、雨に濡れて歩いて来た旅人の服が、ぽっぽと湯気を立て、さっそく彼が、一本の煙草を静かな気分で吸うことが出来るように。

そうするとある人はマッチを使ったかわりに小型の罐切を、出がけにことりとその函の中へ入れて行くかも知れない。

（一九六二年三月）

杉っ葉拾い

私の日記帳の一番古いものの表紙には、第二十八冊と書いてある。これは一九四五年六月八日で終っていて、次の第二十九冊は、翌年の三月十四日からはじまっている。つまり約九カ月のあいだは日記としての私の生活の記録は残っていない。だが、その第二十九冊の帳面のあいだに、そおっと扱わないとやぶれてしまいそうな、よくもこんなに茶色っぽく古びたものだと思われるような紙が八枚ほど畳んではさんである。これが、ぬけているそのあいだの生活を思い出すのに役立つ、私にとっては貴重なものである。

それは書きそこねた原稿紙の裏に鉛筆で線をひき、暦をつくり、炉ばたの柱につるしておいたもので、余白に備忘をぽつぽつではあるが書き込んでおいたために、思い出の糸口が見つかるのである。

どうしてそのあいだ、日記をやめていたかと言えば、いろいろ説明もむつかしい気持があってのことではあろうが、それよりも、日記を書く帳面が手許に一冊もなくなって、自然空白が出来てしまったのだろうと思う。戦争が終り、その先の生活がどうなって行くかの見とおしも私にはつけられず、止むを得ず東北の山里に小屋を建てて、二年でも三年でも、場合によっては一生をそこで送るようなことにもなりかねないと考えるようになっていた頃で、諦めのあとに、わずかの薄陽を感じることもあった。

だがそういう、仕方なしの落ちつきから、そこでの生活をともかくも着実にはじめなければならないと思った時には、もう何度も雪が降って、冬のあいだの食糧を貯えるのにも、焚木をあつめるのにも、最も都合の悪い時期になってしまった。わら沓《ぐつ》を穿いてほうぼうをかけ廻っても、あたりの雪が一日一日と深くなって行く中では、一束の薪を得るにも、農家の人たちの好意にすがるより仕方がなかった。

炉の煙で茶色になったその手製の暦には、どこの家から卵を三つ貰うとか、誰が納豆を持って来てくれるとか、そんなことがほとんどなのだが、その一月二十二日、火曜日のところには「杉っ葉拾い」とただそれだけが書いてある。大寒の翌日で、いよいよ焚付けがなくなってしまった日のことである。

農家ではこんな不手際な冬ごもりをするものはいない。食糧も穴を掘って野菜類を貯蔵し、焚付けの杉の葉などは、秋の末の、まだ最初の雪が来ないうちに、子供たちが森へ行って拾いあつめて来るのだった。青い葉のついた枝をとることは、その森の所有者に対して遠慮することにはなっていたが、赤く枯れた葉ならば、それを拾いあつめるだけでなく、小枝を落すことも大目に見られていた。

それで子供たちは、竿の先に鎌をしっかりと結びつけてそれを担いで森へ入り、遊び半分に枝をあつめては、それをあら縄でしばって背負って帰った。私はその時分は、自分の未来が、ただ漠然とした不安の靄《もや》に包まれていて、生活を具体的に考えてみることも出来ないままに、森の小みちを、散歩などという軽く明るい気分ではなしに、目あてを失った動物のように歩いていた。そんな時に子供たちの焚木拾いに出会ったことがあった。子供たちは私に、そんなふうにぶらぶらしていると、冬になって困るよとは教えなかった。そしてそれを後になって、教えてくれればよかったのにと思ったこともなかった。

私は自分の小屋から、流れに添った道を行って街道に出てから、左へしばらく行ったところに住んでいる、背の低いおじいさんと知り合いになっていた。何十年か鉄道につとめていた彼は、その後家にいて自分の畑を耕す時もずっと鉄道の青い服を着ていた。もうそれを脱げなくなってしまった自分の体の一部分のように着続けて、二人の孫と一緒に、戦地からの帰りの遅い息子を待っていた。

その老人の家の物置小屋に、古ぼけたスキーが一台、縄でしばって梁《はり》からつるしてあるのを、前に立ちよった時に見ていたので、私はそれを一日だけ借りることにした。戦地からまだ帰らない息子のものだときいて、最初は借りることをためらったが、もうこんなに雪が深くなってしまっては、わら沓で森の中へ入り込むのは無理のように思われた。

木の枝をまげて、無細工なものでも輪かんじきをつくってみようかとも思ったが、やはりスキーを借りることにした。東京を去る時に穿いて来た、友人からもらった山靴も、もうほとんど穿きつぶしてしまったも同然で、新聞紙にくるんであったが、出して見れば何とか役に立ちそうで、私はさっそく支度にかかった。滑り下りる坂や斜面があるわけではなく、ただ自分の足にスキーがついていてくれさえすればよかった。

こちこちの靴に、こちこちの締具。しかしそれは、古いバッケンの中央に、案外きちんと足がおさまるのだった。私は炭俵を二つ背負縄にからげて肩にかけ、ストックを持って一人でにこりと笑った。たった一枚のジャンパーがもうジャンパーの形も失われて、何とも言えない姿ではあったろうけれど、私は全く久し振りにきりっとした気分で雪の中へ進み出るのが実にうれしかった。

おととい、きのうと吹雪が続いて、青い空が空の一カ所からのぞいたと思うと、もうすぐ空は薄墨の雲がいっぱいにこみ合って、新しく降ったばかりの雪が太陽にまぶしく光るような日は一向にやって来ない。そんなどんよりと曇った日ではあったが、私の気分のこの晴ればれとした、歌いたいような明るさが、むしろ長いあいだすすけて過して来た自分にはまぶしいほどだった。

小屋のわきの流れはもう数日前から、くぼみさえないように雪に埋っているので、その日の朝、いつもの五人の小学生が踏んで行ったかわいらしい道を横切ると、あとは一直線に森へと向うばかりだった。そこは煙草畑と茅の原っぱとの、夏から秋にかけては歩きなれた小みちの曲りくねったところで、桐の木が右手に何本かかたまっているところだったが、今はその桐が上体をたよりない姿で少しかしげて出しているだけで何もない雪原だった。

私は何度も振りかえって、自分のシュプールを見た。まっすぐについている。それをみてよしよしと思う。スキーをつけた自分の足はまだまっすぐに進むことに関しては健全であった。腰に煙管《きせる》と煙草入れを吊して来ることも忘れなかった私は、森のへりまでやって来た時に、雪に埋っている自分の小屋の姿を見ながら一服つけることにした。かじかむ手のひらで、煙草の火がころがる。

それから森に入った。杉は静かに立っていた。その静かな杉の木立の間で私は仕事にかかる。かついで来た炭俵の一つを引きずりながら、落ちている赤い杉っ葉を拾う。きのうの吹雪で落ちた小枝もあったが、同じ吹雪で埋ってしまったものもあった。埋ってもなおわずか枝や葉の先をあらわしているものは、雪の中から引っぱり出した。

小さい枝かも知れないが、まあ拾っておこうと思って引っぱると、いやに手答えが重く、大きな枝の出て来ることもあった。それから反対に、太い枝の一部分を見つけて力まかせに引っぱると、それはそれだけの枝のかけらでもう少しで尻餅をつきそうにもなるのだった。そうして一つの炭俵にいっぱいにするのにはそれほど骨は折れなかった。腰の鉈で、曲げて折るにはまだねばりのある枝を二つにし、三つにして俵につめ、スキーをはずして足で踏みこんだ。こうして詰めるといくらでも入った。

スキーの跡は森の中を荒らした。それは止むを得ないことだったが、いくらか淋しかった。自分がもしこの森の所有者で、通りがかりに一筋のシュプールを見つけ、不審に思ってやって来た時、この有様を見たら腹を立てるかも知れないと思った。

いっぱいに杉っ葉を詰めた俵は一つでももうかなり重たくなったが、別々に運ぶにしてもせっかく持って来たもう一つの俵を空のままにしておくのが残念だった。

そこで私は杉の木の一本一本の梢を見あげて、赤く枯れた葉をさがした。土地の子供たちのまねをして、竹竿に鎌を結びつけて道具を造るのも、面倒なことではないが、一度小屋へ引きかえしてへんな用意をするより、何か別の智恵が湧いて来そうな気がして、今度は上ばかりを見あげて、もうだいぶ踏みかためられた雪の上を、スキーをぺたんぺたんと言わせて歩き廻った。そしてついに、かなり大きな枝がすっかり枯れてぶらさがっているのを見つけた。

その木の下まで行って、一刻も躊《ため》わずにスキーをはずし、登りにくい杉の木の幹を抱きかかえて、力を抜かないように少しずつ体をのし上げて行った。もうこれ以上頑張れそうもないと思ったその時に、私の右手は、一番下の、大してたよりにはならない枝をつかんだ。それでも新しい勇気と力がこみあげて来て、その枝に足をかけるところまで登ることが出来た。失敗は失敗として、こんなところで方法を思案していても仕方がない。私は勇気のついでに、思い切り足でかけている幹を蹴って、枯れ枝に飛びついたのだった。

私はその枝と一緒に雪の上へ落ちた。抱きついた枝の杉の葉っぱが粉になって飛び散り、私の襟にも飛び込んで来た。生きものではないが、格闘して得た獲物のように、大きな枝は私の前で神妙になった。雪だらけになった私は、それを払うのも残念なほどにうれしくて、スキーに腰をかけてまた煙管を抜き出した。雪の森だ。そこで私は斧を振り上げて大樹を倒したわけではない。しかし仕事をした。それが今終って、はずむ息をととのえている。杉っ葉がこれだけあれば、いぶる薪にいくらでも炎を立たせることが出来る。さめた味噌汁を煮立たせるのも簡単だし、炉の中に顔をつっ込んで、ゼピュロスのまねをしなくともいい。

風が出て来て、ほうぼうの梢から雪が落ちる。雪がまた降りはじめたのかも知れないが、森の中では分らない。私は立ち上って、俵のところまで、大枝を引きずって行き、そこでまた鉈を振り上げた。


（一九六一年十二月）

山人の春

恐らくはこの谷を雪のある時にさまよったものはあるまいと思って、前日の夕方、尾根の風あたりの少ないところでスキーをつけて滑り込み、デブリや急斜面を何とか工夫して下って来たが、電灯をつけていくら下っても先が長そうで雪の上にねむり、翌日はもうその谷の流れがいたるところで音立てているようなところを、左岸に移ったり、右岸を這いのぼったり、考えていたのとはまるで違って時間がかかった。これではまた今日も日暮れまでに部落まで出るのは覚束《おぼつか》ないぞと思い、もうそろそろ歩いていても頭の中がしんしんとして来るころ、私たちは突然人の声をきいてびっくりしたことがある。

五、六人の猟師が輪かんをつけ、鉄砲を背負ってがやがや話しながらのぼって来るのだった。私たちは一瞬顔を見合わせた。なぜかと言えば、まあそんなことはあるまいとは思っても、あまり妙なところからいきなり現われれば、向うも驚いて鉄砲を向けるかも知れないからだ。

しかしそんなこともなく、少し離れたところから声をかけて、近よって話をした。よく下りて来たと感心されても、それがうれしいのでもなく、猟師たちからもうそろそろ熊が動きはじめるころで、こうして容子を見に来ているのだと話されると、前夜の雪の上の野宿などが、かえって今になって薄気味悪く思いかえされるのだった。

＊

雪の山に、春をかきまわすように小鳥が鳴きはじめ、もっと下の谷にふきのとうを見つけることが春の山のはじめだとすれば、山深いところで、彼ら猟師たちの足あとを見つけることもこれに加えなければならない。

彼らの話を幾たびか聞いたことがあるが、それは全く真剣なもので、三月下旬から四月いっぱいを山の中腹にある彼らばかりが知っている洞窟ですごす。時には仲間にかくれて一人でそんなことをするものもいる。一人で一頭の熊を撃てば、分け前を考える必要もないからだ。そして何カ月分かの生活がそこではじめて獲得出来るからだ。

銃を熊の口に叩き込んで組みうちになり、そのまま谷底へ落ちて行った話だの、うまく打ちころしたと思って熊の穴へ這い込んだところ、熊は生きていて大格闘になり、これがその時の傷あとだと見せられたのは、頭から腕、わき腹と百二十を数えられる熊の歯のあとだった。もうその男は老年で、自ら熊狩りに出かけることはむりだったが、話をしている目のかがやきは、今なお熊に執念を抱いている男の恐ろしいほどの美しさを持っていた。

＊

またこれも春のはじめの、雪の豊かな森で、夜半すぎても方向と地形がはっきりせずに、さまよいを続けている最中に、目の前に火を見付けた。私はもちろん先に自分の目を疑ったのだが、一点の赤い火を見つめていると、そこからまた細かい火の粉が散り、風が吹いて来ると、いっそうその火は明るく大きくなるのだった。もう午前一時で、雪の森の中で見たそれが明らかに火であるとすれば、そこに人間がいることを考えるのはあたり前である。私は近よりながら声をかけて見たが、火は同じように時々火の粉を散らすだけで、大きく炎を燃え上らせるのでもない。

これはその後で知ったことであるが、この地方の樵夫《きこり》や猟師たちは、木を組んで焚火をするのではなく、ぽくぽくに枯れてくさった木の幹に直接火をつけると、ちょうど懐炉の灰のように赤く燃える。もちろん雪のある時だけの焚火だと思うが、前日の山仕事の休みの時につけた火がこうして残っていたものと見える。

山の斜面を、雪にまみれた、まるで象の足のような山毛欅《ぶな》が、ころがり落ちて来る。枝をはらい、定められた長さに切られた木は、彼らのみの扱える橇《そり》にくくりつけられて、山を滑り下りる。トボガンのように、雪の溝を走って来る。

山人たちが、雪のしまり工合を見はからって活動をはじめるその日から、山には春が来る。斧や鋸の音、鉄砲の音、それはほうぼうにひびき渡る音ではない。山はそう急激に賑かになることはない。

ただ山人たちの足あとが、時々はまだ襲う吹雪に消されながらもほうぼうにつけられる。それは山登りの人たちのつける足あとのように、山の頂へ向うものではない。

冬に訪れた谷では太陽が尾根の向うを、ただ空を明るくして通っていたが、今はもうこの谷にもほうぼうにひなたが出来て、雪もまだらにとけはじめている。

（一九六二年二月）

三月の山の想い出

三月に入ると、街の店先は春の飾りつけに変えられ、東京に住む私たちはもうそろそろ、ストーヴの煙突をはずしたり、窓を大きく開いて部屋の大掃除をはじめる。冬とは違った方角から、なま暖かい風が埃を吹きあげて、それが春の匂いのように思われる。

だが山では三月は最も雪の豊かな季節である。吹雪の日が四日も五日も続くこともまれではないが、そのあいだに強烈な日光は交叉する。風さえ吹いていなければ、上衣を脱ぎ、さらに脱いでシャツ一枚にまでなる。

こうしたのんびりした休息の尾根の、細い谷を隔てた向いの尾根から雪崩が落ちる。谷川連峰の武能岳のわきの尾根を登っている時に、武能沢をS字状に押し出して来たのは岩や泥を交えた大きな底雪崩だった。雪の下に冬眠を続けていた巨大な動物が、突然目をさまして谷底を這い出して来たように見えた。こういう雪崩は、ほとんど平らな谷まで出て来ても、なお動き続けて老木を倒す。

また鳥甲山の黒木尾根を登ったのも三月はじめだったが、両側の岩壁から、高い湿度にゆるんで支えていられなくなった雪と氷が、途中の岩のかたまりをささって、幾筋も落ちて来た。

こういう山で少なくも二千五百メートル以上のところで生活をしていると、まだ小鳥たちの声をきくことはない。まっ白い雷鳥に出会うぐらいであるが、山の生活を終って下って来るとたった一週間か十日のあいだに、山麓の自然はすっかり変っている。雪の量が驚くほど減ってしまって、泥んこ道を歩くことになる。溝になった道では、雪が残っていてもその下には水が流れていて、崩れる雪と一緒にその中へ足を踏み込んでしまう。

足を踏み込んだために雪に大きな穴があいて、細い水の流れが聞こえるようになる。またそういう、雪の下からやがて、自分の頭上を蔽っている雪の屋根が崩れ落ちて、春の陽を浴びることを予感していたふきのとうが驚いた顔をこっちへ向けていることもあった。

こういう雪の消えて行く山の麓まで下って来て、冷たい水で久し振りに手や顔を洗い、口をすすいで休んでいる時に、私は小鳥たちの歌をきいた。

ミソサザイの囀りはむしろ夏の山の、涼しい森を通っている時に聞くことが多くて、その声の後に残る静寂がひどく印象的だが、この鳥も冬には山麓から平野まで下りている。山の猟師や木樵たちが、雪解けの道を登って山の容子を見に来るように、ミソサザイも谷沿いに少しずつ飛びながら、山の春の容子を伺いにのぼって来る。私はあの短い尾をぴんと立てた姿を見つけてやろうと思って、ゆるんだ雪の上を這い廻る。

あれはもう何年前のことになるか、私は輪かんと若干の用意をして八ヶ岳の権現岳へ向った。あの山は裾が長くて、それが辛くもあるし、時には楽しいこともある。そしてこの季節になると、樹林帯の下にひろがっている草原にはあまり雪も見えないし、遠くからは頂上近くに白く光っているのが見えるだけなのだが、登ってみると樹林帯には意外にもぐる雪が多くて、その時もあんまり時間がかかるのでうんざりして来た。頂上を踏んでからの野宿ならば多少天気が悪くなり出しても気が楽なのだが、登りが一向はかどらない上に雪が舞い出して来たので、諦めて、自分のつけて来た足あとどおりに下って来た。

麓まで戻って来ると再び天気はよくなり、陽が照り出して、あたりの風景がたいそうやさしい色に染った。考えていたように歩けなかった山を去って行く気持には惜しいような、苛立たしいような、何か救われたい気分でいっぱいになる。

その時の私の救い主がルリビタキだった。この鳥も、もっと高いところに住む鳥ではあるが、秋の末には里近い林に移り住んでいて、そろそろいい声をきかせはじめている時だった。ヴァーミリオンとジョンヌ・ブリアンの春の浅い茫々《ぼうぼう》とした眺めの中に、美しいその青が、翼を得た宝石のように見えた。

ところで三月も下旬になると、山全体が春の色に変り、北側の谷をのぞいて雪もすっかり消えてしまう山もある。それはだいたい二千メートル以下のところだが、私はそういうところへ木々の芽がどのくらいふくらんでいるか、土手に幾種類の花を数えられるようになったかを、多少調べて記録するつもりで出かける。春の山にはこうして久し振りに会いたいものがたくさんある。メジロもその一つである。

　メジロの鳴く藪には、もう緑の芽がひろがりかけている。梅や椿の咲く里の道を通れば、その花の蜜を吸おうとして、枝先で翼をひろげたり飛びつこうとしていたりする、かわいらしい姿も見られる。

　またヤマガラにもよく出会うが、目の前まで向うからやって来て、いったい何をしにこんなところへ来たのだというように鳴き立てる。そんな時に、私はもちろん怒られていることは分るけれどこの鳥はうまくすると話が通じるかも知れないという気がする。クルミの匂いを利用してこの鳥に芝居を仕込んだ最初の人も、春の山みちでヤマガラに文句を言われながら、逃げずにそばへ寄って来る姿に親しさを感じて、芝居をさせることを思いついたのかも知れない。

　木の洞から目ざめて飛び立つ越年の蝶に会うのは、今年はどこの山を歩いている時だろうか。それは土手の上に残っている雪が解けて、笹の葉をつたわり、私のうけるコップの中へ雫となって落ち込むのを、気長に待っている時、目の前をひらっと通りすごして行くキベリタテハかも知れない。私のポケットに入れて持ち歩く手帳は、今年も鳥や蝶や虫たちの名前だの、めぐり会う山の花々の名前で、これからはまた賑かになって行くのだろう。

（一九六一年二月）

コロボックル・ヒュッテ

一九五六年十月一日、私は雨の降る霧ヶ峰へひとりで登っていった。傘を持って行ってよかったと思う。この年の九月は、霧ヶ峰では晴れた日が四日、曇りが四、五日あとは雨だったというが、その雨が十月になってもやまない。カラマツの葉は、あのコンステーブルが好みそうな美しい秋の色を少しも見せてはくれず、腐ったように立っていたし、秋草の中をさがしても花らしいものも見あたらない寂しさだった。私は途中でヒュッテ・ジャヴェルの高橋達郎さんに会ったので、留塚から一度沢渡へ下り、北側から車山の肩へ、濃い霧の中を、草にズボンを濡らして登って行った。

その日がコロボックルの小屋開きで、私はその年の三月に南アルプスからの帰りにはじめて会った手塚宗求さんから、小屋を造る計画をきき、小屋開きには必ず行く約束をしたのだった。私は沢渡を廻って来たので、強清水へ迎いに出てくれた手塚さんと行きちがいになり、後に彼の奥さんになる幸子さん一人がその晩の用意をしているところだった。

私は幸子さんがどういう方か知らなかったが、挨拶をするとすぐに、入って右手の二段の寝室に入れられ、そこに積みあげられている蒲団の間にもぐり込んでかくれていらっしゃいといきなり言われ、ちょっとどぎまぎしたけれど、そうするより仕方がなかった。蒲団のあいだでずいぶん待っていたような気がする。はじめての小屋へやって来て、はじめて会う女の方にこんなことをするようにすすめられて、すなおに隠れたけれど、だんだんに工合が悪くなって来た。

そのうちに人の気配がして手塚さんが入って来た。その手塚さんだって、一度あったきりの人である。「おかしいぞ、来ねえなあ。迷っているかなあ」そんなことをしきりに言っているのがきこえている。いきなり大変ないたずらをしたものである。

その晩は、甲府から四人のお嬢さんも来て小屋開きは、静かなにぎやかさがあった。私の日記には、その晩の御馳走が「マツタケ御飯に味噌汁、サラダ」だったと書いてあるが、ツルコケモモの実を発酵させた美しい赤いお酒のようなものや、甲府の方々が持って来た葡萄で、夜中二時ごろまで話をしたことも忘れてはいない。

その翌日、やっぱり傘をさして白樺湖へ下ったが、午前中車山へ登ると、暗くたれさがった雲のきれ目から木曽駒が少しばかり見えた。

それ以後、コロボックルは、スキー合宿に何度となく使わせてもらったり、春や秋の二日三日の滞在があった。そして時には東京からそこへ戻って行く気分で、草原を登って行ったこともあった。

最初、その名のように小さい小屋だったが増築もされ、私も大勢の仲間とつれ立って訪れることが多くなった。一度ここへ泊ると、みんな忘れがたいものになって、山のかえりには寄ってみないと気がすまないという人もふえて来た。

そのコロボックルが、一九五九年九月二十五日の颱風《たいふう》で飛ばされた。手塚さん夫妻はやっと安定させかけた生活が風とともにあっさり飛ばされてしまって、何をしていいか分らないという悲愴な手紙をくれたが、私たちには想像も出来ない苦しみのあとでコロボックルは再建された。

私はこの小屋へ泊って、夜ふかしをしてストーブのそばで何ということもない話をしているのがたのしみだし、冬の朝誰よりも早く起きてストーブに火を入れると、手塚さんが起きて来て、二人でその日の最初のたばこを喫うのがうれしい。晴れているとそのころから、ガラス窓の向うに北岳や甲斐駒が見えて来る。スウエターを頸にまきつけて「コロの丘」と私たちがよんでいるところまで出れば、中央アルプス、御嶽、乗鞍から、北アルプスが白馬の近くまで並んでいる。

この小屋は、山へ登るための根拠地ではない。あらゆる条件から言って憩いの小屋である。だからみんな自分の小屋のように思っている。止むを得ず泊らなければならない小屋にはこういう気持は湧いて来ない。

手塚さんは若いけれど、若い人たちでここへ集る人たちは手塚さんから人間としての影響をうけている。都会人は彼のような素朴な人と話をしているうちに、自分で失いかけている貴重なものを想い出し、自分を整える。どんなに立派な小屋でもそこの主人が人間的に魅力を持っていなければ泊りに行く気が起らない。私の知っている人たちは、霧ヶ峰へ行くとは言わない。コロへ行くという。この小屋が目的なのである。

（一九六〇年四月）

山賊のどてら

私はおよそ歴史と関係のない男だと言われて考えてみると、なるほどそんな気がして来る。学校時代にも、歴史の点は悪かった。話はおもしろいと思って聞くことはあったが、いつも嘘かもしれないとすぐに思った。史上にのこるような人物の中からある人を選んで尊敬するのはその人の勝手だが、私にはそんなことが出来なかった。尊敬する人がいるなら、同じ人物を信用しないものがいたっていいはずだと思った。

それでこんな話を書くことにした。

信濃川の支流に、中津川という川がある。苗場山の西側を流れ、その上流は、現在切明発電所のあるところで、魚野川と雑魚川《ざっこ》に分かれ、岩菅山、烏帽子山、笠法師などという山塊を抱きかかえている恰好である。

昔、越後の百姓は馬に米俵をつけてこの魚野川をさかのぼり、野反池をとおって草津へそれを売りに行った。また雑魚川に沿って行けばカヤノ平にぶつかり、長野の方へ抜けられる。いまでも道はあるが、ここは昔の方が道らしい道があったに違いない。

文政十一年に、鈴木牧之《ぼくし》がこのあたりを訪れたときの紀行文『秋山紀行』を読むと、その当時といまとあまり変りはなく、現在、渡渉をしなければならないところに、吊り橋がかかっていたりする。

ともかく信州、上州と越後とをつないでいる道として、かなり利用されていたものと思われる。と言っても、かなり深い山の中のことだから、山賊がほうぼうにあらわれたことは考えられる。

切明発電所から一時間ばかり川下に、和山というたった一軒の温泉宿がある。これも古い温泉だが、交通が不便なので、夏以外の季節にはまずお客はいない。私はこの近くの山登りにそこを根城にしていたので、宿の主人関谷清さんと親しくなった。

山にはまだ残雪の多い六月のはじめにここを訪れた時、関谷さんが前から話していたリュウ沢の山賊の岩窟を探検に行こうと言い出した。リュウ沢は雑魚川にそそぐ沢の一つである。

関谷さんは、その父親から、岩窟の話を伝え聞いていたが、まだ一度も見に行ったことはなかった。そこは、山道から二、三十メートル高いところにある岩で、道を遠くから歩いて来る人がよく見える場所にあるので、容子をうかがっては藪の中から飛び出してばっさりやってしまう。

ほしいものを巻きあげてしまって、要らなくなった死骸はひと蹴りけっとばせば、雑魚川の谷深く落ちて行って、けものたちのえじきになってしまう。

その岩窟には抜け穴もあるということだった。

私は別段いそいそはしなかった。ただその話を中半《なかば》は信じている関谷さんに悪いので、決してばかにしなかった。一日その辺の谷を歩いて休養するのもいいと思った。探検の道具と言っても、なにを持っていいのかわからないので、一緒に行った友人と顔を見合わせながら、相手が岩窟とわかっているのだから、懐中電灯だけはルックザックに入れて行くことにした。

その場所へ行くまで、親ミゾ、小ミゾという急峻な谷を横切り、新緑がむっとするような橅《ぶな》の大木の間を行った。エゾハルゼミがわんわん鳴いていた。

「この辺だと思うだが」と関谷さんが言い出してから、何度か藪を分け入って、道を見下ろせるようなところへ登ってみた。

岩はところどころにはあったが、洞窟はなかった。私は、それは全くの言い伝えであって、実際にはそんなところはないのだと思うようになった。

そのことを関谷さんに、うまく言い出そうとしている時、関谷さんは「あったあった」と私より少し高い藪の中で呼びかけた。

私は友人と一緒に藪を分けて、その声の方へ登って行った。

山がさけたようになっているところまで登った時、意外に大きな洞窟とともに目に入ったのは、その入口にぶらさがっているドテラだった。

関谷さんは、これから先へ行くのはどうも考えものだという顔付だった。私も実際にそれを見ては、多少ためらう気持も出て来た。

しかし、ここまで来て引きかえすことも出来ず、どうやら山賊は留守らしいので、懐中電灯を用意して、入口まで行った。

そこにはたくさん骨がちらばっていたし、穴の中を照らしてみると、アルマイトの薬罐と、大きい鉄鍋と、茶碗がころがっていて、一番奥に、山ノ神が祀ってあった。

岩窟はかなり広くて、七、八人は寝られる。焚火のあとがあって、天井と出入口はすすけていた。みんな何も言わずに隅々を見まわした。どこかに骸骨がころがっていそうな気がした。

そしてついに、抜け穴らしいものも見つけた。

そこは、こごむくらいでは入れない穴だったが、這って入って見ると、かなり奥深い。しかし、抜け穴にはなっていなかった。

ところで、白骨を散らかし、どてらをぶらさげているこの岩窟の主は何者なのだろう。

私は、それが、ほんとうに山賊であることを、いまではねがうのだが、春の、雪のしまったころに熊狩りの猟師がここを使っているらしいことがわかって来た。

そう思ってみれば、散らばっている骨も兎の骨らしかった。

彼ら猟師たちは何人かで熊をさがして歩くこともあるが、一人で一カ月ぐらい、米を背負いあげてこんな穴に棲みながら、一人で大熊を射とめようとする者もいるようだった。
その穴はかつて山賊が棲んでいたものかどうなのかはわからない。関谷さんはその後、この日の探検のことをどんなふうに話しているだろうか。山中の自然の岩窟には、山賊か仙人の物語がつきものである。

（一九六二年五月）

島々谷の夜

突然ジュウイチが鳴いた。

少し離れたところだったので、谷を渡って行くのか、向うの繁みで仲間を呼びよせているのかよく分らなかった。私はとうとう一人でこの谷へ入って来てしまった。なんにも心細い気分はなかった。それに一人の夜道がたいがいの場合そうであるように、遠く長い道とも思われなかった。

私はジュウイチが頻りに鳴き出しても足をとめなかった。それが鳴きやんで川音ばかりになっても歩き続けた。足許を照らす電灯を時々消した。暈《かさ》をかぶっている月でも、谷が少しひらけたところへ来ると、月の光で充分に歩けた。それに電灯を消すと、あたりの夜の中から、谷の繁みのありさまが薄く見えて来て、夜の谷を歩いている多少の意味が加わるようにも思えるのだった。

月は谷の上の、近いのか遠いのかは分らないが、谷の底から見あげる限りでは尾根のように見えるところを、静かにころがるように移動しているのが分った。その月も、もうそんなに長くは光を投げていないだろう。雲が光を弱める。薄い雲だが、月の前を通るその量は次第に増して行った。そのまた上層には一面に薄い雲がひろがっていることは、いよいよはっきりして来る暈の工合でも分るが、こうなると、この夜を歩き続けて、徳本峠で夜明けを待つこころは、もう明神や穂高の方はすっかり隠れて、悪くすれば雨にあうかも知れない。そんなことをちらっと思った。

ジュウイチがまた鳴き出したが、それはずっと谷の下の方だった。それだけ私は歩いて来た。

いくら歩いても一向に疲れなかったが、そんなに歩き続けても早く峠につきすぎて、夜明けを待ちくたびれるようでもつまらないと思い、歩きながら煙草をのむことをやめて、ところどころで腰を下ろして行くことにした。島々から二時間歩いた。どの辺まで来ているかは正確には分らなかったが、右に左に幾つかの谷を見て、川音も、だいぶ規模の小ぢんまりした音になって来た。もっと下流の、まだ広い道を歩いている時には、どんなに耳をそっちへ向けていても、流れの音としか聞きとれなかったが、ここまで来ると、川の一部分が小さい滝になっていることや、ねじれて落ちる水が、横から出っぱった岩にぶつかって繁吹《しぶき》を上げていることなどがよく聞きとれるほど、川の幅もせばまって来ていた。それは小人数の室内楽のようにも思われた。

誰も通るはずもないこの道には、踏みあとも見附からなかった。二、三箇所のぬかるみで、電灯を道にあててさがしてみたが、靴底の形も地下足袋のあとも発見出来なかった。それで道に寝ころんでも、どういうこともなかったが、やっぱりいくらか草むらに道をよけてザックを枕にねころぶのだった。ねむくなれば少しこの辺で寝ていってもいいと思い、煙草の火をていねいに消してから、すぐに起きあがらずに、胸の上に手を組んでじっとしていた。

胸の上に手を組むのは若いころからの私の癖である。そして、誰に言われたのか忘れたけれど、そうして眠ると悪い夢を見るからそんな癖はなおした方がいいと言われた。確かに胸の上の自分の重味は、悪夢をさそい出すかも知れないことは、そういわれた時にすぐ考えたが、悪夢にも少し興味があって、むしろそれまでほとんど自分では意識していなかったそれを、それからは意識してやるようになった。

さっきも歩いている私の前を、小さい動物が横切って行ったが、道のわきにころがっていると、道をかなり速い駈け足で、同じ小柄な動物が走って行った。鼬《いたち》だろうと思う。それも大変あいまいな判断であるが、立ちどまってはっきりと顔をこっちへ見せてくれなければ、断言できない。

私の灯の輪の前を走りぬけた奴は、見なれない灯に驚いたのは分るが、こうしてじっと横になっている私の足の方をやっぱり、音を立てずに走って行ったのは、私に気がついていたものだろうか。驚こうが驚くまいが、そんなことには無関係に、この小動物は夜の谷をかけ廻っているのだろうか。今度やって来たら、いきなり電灯をつけて驚かしてやろうと思い、電灯のスイッチをつまんで構えてみたが、もう当分はやって来そうにもなかった。

コノハズクが鳴いた。

そんなに遠くの声ではなかった。私はそれで自分がもう大がいのことでは引き返せないところまで谷を深く入って来てしまったことを思った。そして私は一種のよろこびを暗闇の中で味わった。月はもうない。時々かすかに見えていた星も今はすっかり隠れた。

私はコノハズクの声を聞きながら、今自分がかすかな夜風のように感じた悦びを確かめるために、灯をつけて地図をひろげた。こんなところで、地図を見ることが、いくらか山歩きをしている現実に私を引き戻しはしたが、深く入り込んだ島々谷を、島々の合流点から順に辿り、二股の発電所から更に今私のいると思われる地点まで目で追ってみると、私一人の周囲何キロかの中には、恐らく一人の人間もいないことが沁々《しみじみ》と理解され、また少し違ったよろこびの味が感じられて来るのだった。

地図を畳んでまた電灯を消した。そしてこんなことを考えた。私は自分が立てた計画どおりに夜の島々谷をここまでやって来たが、突然の出来心で、二股から、今は廃道になっている北沢へ入って行って、道のなくなった谷の中で同じように腰を下ろしていたらどうだろうかと思った。大滝山へ突きあげているこの北沢の上流がどんなになっているか私は知らない。だが、発電所のわきを通る時に、古い立札を読みながら、全く北沢への誘惑がなかったわけでもない。そのことを今想い出したのだった。あっちの谷でもジュウイチやコノハズクが鳴いているかも知れない。けれども、道の消えてしまった谷に私が入って来てしまえば、気持はもう少し複雑で、この夜の鳥の声もこのようには聞こえてはいなかったろう。

それに比べると、真夏はともかく、まだ峠近くには必ず雪があるこの季節には通る人もほとんどないとは言っても、ともかくこうして道を歩いて行く私は物足りなさを感じることも出来た。私は故意に危険に自分の身をさらすことは考えないが、これまで遡行したことのない北沢を、夜のぼってみることも全く考えられないことではなかった。ただ私は翌日上高地で行われるウェストン祭に参加する約束があって、午前中に到着しなければならないということが、こうした出来心を起こさせないで、計画通りに南沢を辿らせているのだった。

しかし私はなぜ夜を選んだのだろう。

時間の都合で。それは私の場合、ある人たちには言い訳にはなっても、私が夜を選んだたしかな理由にはならない。せっかくあの道を歩くなら、明るい時間にしたらよかったのに……。そう言われた時、私は時間の都合でどうしても夜になってしまったのだと答えるだろう。けれども、最初からの計画として私は夜道を歩くことにしていた。長い単調な沢沿いの道を昼間歩いてはもったいないなどと思ったこともない。私はどこをどんな時間に歩いても、辛い時は辛いし、嬉しい時は嬉しい。その辛さ嬉しさを超えて、私には山にいる満足がある。

だからこそいっそう、私が夜を選んだ理由がなければならない。だがこれはなかなか厄介である。

しばらく歩いてから、さもなければ歩きながら考えてみよう。

私はそれから橋を幾つか渡った。これまでも右岸左岸へと何度も移った。崩れた崖に、丸木の渡しのあるところも通った。そこは、ずっと下の方で滝の音がしていたので、高巻をしているのだと思ったが、明るければちょっと躇うようなところかも知れなかった。右手に持っていた灯を左手に持ちかえて、錆《さび》ていることが手触りで分かる針金につかまって通った。

それからしばらく水平の道が続き、それがわずか下り気味になると、川音は足許へ近よった。道は大きな岩の間にはさまれ、苔のはえた岩につかまって、岩を越した。その岩の途中から丸木橋があって、灯をそこへ向けると橋は下から吹きあげる水で濡れていた。不確かだが、昔そんなところを通ったような気がして来た。記憶が甦えるというほどのはっきりした感じではなかったが、逆に徳本峠を上高地から越して来た時に、誰かが、鮎《いわな》の難所だと言いながら岩に手を突張って、よじれて落ちるこのさわがしい流れをのぞき込んだことがあったような気がした。しかしその橋を渡ってしまうと、また右岸の草むらの道は全く覚えのない場所になった。三十年も通らずに、しかもどこといって特徴のない谷の道では覚えがないのがあたりまえだった。昼間歩いていてもそれは同じことだったろう。

また一時間ばかり歩いて、水を飲みながら一服した。そこは小さい谷が左から落ちているところで、空が少し開けていた。道が曲り込んでいて、休む癖のある人は荷を下ろしたくなる場所だった。だが私はそこで、コップに汲んだ水を静かに飲みながら、もう少し夜の恐怖を感じてみたかった。

私は灯を道の曲り角に向けて、そこからひょっこりと、私の生命をおびやかす怪物が現われることを、頻《しき》りに想像してみたが、ほとんど効果はなかった。怪物はあまり滑稽すぎたので、熊にしてみた。しかしこれも駄目だった。こんな時に私が想像する熊は、ちっとも狂暴ではなくて、恐縮している容子だった。話をすれば通じるような熊しか考えられなかった。それから私は道の曲りかどへ来るたびに、私を立ちどまらせるような何物かを期待したが、そういうものは一向に待ち伏せていてはくれなかった。たまに道を横切って行くのは鼬鼠《いたち》ばかりだった。

そろそろ地形は、沢の源流に近付いて来たことを知らせるように、複雑になって来た。倒木も急にふえて、それをまたいだり潜ったりして、時には道をさがすようなこともあった。前年の颱風で倒れた老木だった。それが片付けられないうちに草に埋れかけ、からみ合った枝の上を、今年の新しい蔓草が這っているのだった。青くさい繁みを踏み越えて行くのは、そろそろ谷の道に単調さを感じはじめた私にはむしろ面白かった。

こんなことを何度か繰り返しているうちに私はとうとう道を見失った。そこもやっぱり倒木があって、そこまではっきりしている道がどこかへ消えてしまっている。何度引きかえしてみても道はほかにそれている容子はなかった。目印に枝を折ったりして、ひどい藪を進んでみた。草の下にころがる石は、大きな毬藻《まりも》のようにいっぱい苔をまとっていたし、茨は私の腕を引っぱった。その藪はますますひどくなった挙句《あげく》に、岩にぶつかっていた。その岩の下は、泡立った水に洗われていて、この先に道が続いていないことは確かになった。また倒木まで戻って道に出たが、藪に向って消えた道の行方は私には見当がつけられなかった。諦めて草の中に寝てしまうのは簡単だが、同じ寝るのならもう少し寝心地のよさそうなところを探したいと思って川の岸に出て見た。いい加減汗をかいた顔でも洗ってまずさっぱりしようと思い、騒がしく流れる川の方へ灯を向けて行くと、そこに一本の丸木橋がかかっていた。私はやっぱりほっとした。

荷を下ろして、もうだいぶ暗くなってきた懐中電灯の電池をかえることをまず考えた。三本の電池を全部かえても、このあたりからさっぱりと明るくして歩いた方がまちがいないと思った。ともかくこの一本橋を渡って、その先の道の見極めをつけてから休んで行こうと思って、明るくなった灯で、平衡をとりながら橋を渡り出した。

その橋の途中で私の電灯は消えた。どうして川に落ちなかったのか、私には分らない。目をつぶって渡ったような気もするし、向う岸へ飛んでしまったのかも知れない。マッチをすりながら接触の工合をしらべたが、電池をかえる時にちょっと予感したように、球が切れてしまったのだった。球のかえはない。もう私はここで夜明けを待つより仕方がない。

もちろんがっかりはしたが、この場所から動きようがないとなれば、迷いも起らないし、工夫をするわずらわしさもない。荷物の中には寝袋も入っているが、それを引きずり出して工合のいい寝場所を整えるのも、灯がなくては面倒である。

靴を脱いだ。川音は烈しいばかりでなく、時々水滴が飛んで来る。水量が増してくればここは水びたしになる場所かも知れない。それは雨でも降って来てからのことにして、ともかく荷物を枕に横になると、背中に当る石もなく、私は全くの闇の中で多分にっこりとしただろう。そうして、煙草だ煙草だと思う。赤い火が私と一緒に呼吸する。

マッチをすった時に時計を見るのを忘れた。時間などはどうでもよかった。それから、さっき休んでいた時に、自分がなぜ夜を選んでこの谷をのぼって来たかということの続きを考えてみようかと思ったが、流れの音が私に何も考えさせようとしない。

それに、道を失い、その後で灯を失った私は、全く夜に征服されてしまって、止むを得ずここでぼんやりとひっくりかえっている。灯をつけて、せっせと歩いているうちは、夜が幻想を与えるものとして、あるいは私に試練を与えるものとして、ともかく考えの対象にもなるのだが、どうしようもない闇にこうしてしばられてしまっては、思索などは気取りすぎていていまいましい。

星が見えた。三つ見えた。白鳥が天頂の近くへ来ている。一時ごろだろうと思った。

（一九六〇年七月）

島々谷の朝

繁吹《しぶき》のかかるほど、その音も高い流れの近くにいながら、私は一度も目をさまさずに気分のいい眠りを続けていた。渓流のわきで寝るような時、私は一度としてその音を騒々しいと思って寝付かれなかったことはない。それはむしろ深い眠りへ私をさそうために、まず神経をほどよく麻痺させるようでもあった。

私は確かにミソサザイの、その時には、私のなお続いている眠りをくすぐるような声で目をさました。もうあたりはずいぶん明るくなっていた。私はまず雲の厚い空を見た。それから風のないことを繋みの表情で知った。そして起き上る前に、寝すごした時のような残念な気分が湧いて来た。というのは、真夜中から暁にかけての三時間、この谷の恐らく最も深いところで、目をさましていれば私を驚かせるような何事かが起っていたかも知れないと思ったからだ。耳をそば立てていたらば、何か近よって来る唸りを聞くことが出来たかも知れないと思ったからだ。そうして、しばしば冬の雪深い尾根や森で経験したように、夜明けを待ちこがれている時、やっと聞くことの出来た小鳥の朝の第一声を聞きもらしてしまったことが少々口惜しかった。

ミソサザイは頻《しき》りに喋り続けているが、この明るさではそれが今朝の小鳥の最初の歌とも思われなかった。まあ仕方がない、起きてまた谷を歩いて行こう。そう思って起き上ると、少し離れた草むらで、きょとんとこっちを見ているものがいる。驚きと少しの好奇心とが感じられるその眼は、私を一瞬にしてよろこばせて、さて何と声をかけたらいいだろうとまよわせるのだった。それは兎だったが、いったいいつからその草むらにいたものなのだろうか。まさか昨夜、灯が消えてうろたえている私を見ていたものとも思われないが、その目つきから察すると、少なくも私が起き上るまでこっちには気がつかずにいたものらしい。兎ははじき出されるように草むらからぬけ出して土手の方へはねて行った。すると、その土手の方からまた別の兎がこっちへはねて来た。どうもここは兎たちの朝の運動場のようである。それにしても彼らは不思議なほどに黙ってかけ廻る。

兎につられてあたりを見廻すと、すぐ上が鯢止《いわなどめ》の小屋だった。私は靴をはき、枕にしていた荷物を、さすがに節々のぎこちない体で背負いあげて出発の用意をしていると、また一羽の兎が私を目がけてやって来た。私のいるのが分らないはずはないのに、どうしてこんなに私の近くを通って行くのだろうと思っていると、その兎を追いかけて鼬鼠《いたち》がやって来た。兎は私の近くを通り抜けて行きさえすれば、鼬鼠をさえぎってくれるだろうと期待していたかも知れない。そう思うと、こっちも手を出さないわけには行かない。しかし、手をひろげた私の前でぴたっととまったその小さい悪者はまた何というあどけない顔をしていたことだろう。

鮨止の小屋は荒れていた。それはどうも昔のままのようだった。だがもし昨夜、この小屋を見つけたところで灯が消えてしまったならば、床板もところどころにしか残っていない傾いたこの小屋の中に入って寝ることが出来ただろうか。私はこの小屋を見付けなかったことを全くよかったと思った。明るくなった今でさえ、奥の方をのぞき込むのがいやなほどだった。

小鳥の囀りは、曇った朝にしては賑かになって来た。これで朝の光がほうぼうで踊りはじめたら、どんなにさばさばと私の心も歌いだしただろう。オオルリと、はずみをつけて高い声をきかせるコルリの間を、なお川沿いのみちを登った。いい加減同じようなだらだらの登りを続けてから、水を汲んで来て朝の食事にしたが、一人では大して食欲もなかった。パンを水でわずか食べた。無理に食べることもないと思って緑の谷を、やや拍子のぬけた気持でまた歩き出すと、とうとう雨になった。

私は少しも疲れてはいなかったし、同じような谷の続きで歩くのが飽きたということもなかった。しかし懐中電灯の故障のために、夜明けに徳本峠へ辿りつくことは、それだけの時間が充分にありながら駄目になったし、雨になった以上、急いで登ったところで峠からの眺めもない。そんなことが私から張り合いを奪ってしまったのかも知れない。

流れを離れて電光形の登りにかかるとメボソがよく鳴いた。同じように霧に揺れて見える緑の繁みではあったが、それが気をつけて見ればいろいろに違っていて、小鳥たちは自分の好む最上の場所を領域として歌っているのだった。

　ホトトギスも鳴くし、コマドリも下の谷で鳴いている。まだ六時半である。木々の葉はもうとっぷりと水づいて、若々しい。それは何と言っても寂しい風景だった。私はこの寂しさが欲しかったことに気がついた。昨夜歩きながら考えて、いったいなぜ自分が夜の島々谷を好んで歩いているのかが、分りそうで分らずじまいになっていたけれど、この寂しさをいっそう暗く感じたかったためのように思えて来た。しかし夜は、山の一切を見せなかった。そしてこの寂しさも明るさの中にかえっていっそう強く感じられるものとして、この峠近い道に漂っていた。

　私はもうずいぶん長いあいだひとりでいるような気がした。島々の部落でパンを買いながらひと言ふた言喋ったおばさんの顔はもう忘れてしまったが、それも遠い昔のことのように思われた。

　風が雫を落とす。その音は、あたりのまだ若い緑の中で秋だった。道の曲りかどによごれた雪があった。もう二日か三日もすれば消えてしまうわずかの雪だったが、私はその上を歩いた。次の曲りかどにもう少し大きい雪の塊りがあったが、それはよけて通った。そしてその次の曲りかどには、それを踏んで行かなければ通れないほど、雪は幅ひろく残っていた。

私はもうそこが徳本峠だと分った時、足を早めるいつもの歩き方をやめて、昨夜から歩いて来た島々谷を振りかえって煙草に火をつけた。自分の手が降りかかる雨の中でいやに白く見えた。峠の方で風が音を立てていた。谷には霧が動いていて遠くは何も見えなかった。さっき確かに感じられたあの寂しささえ、その霧の中に隠れてしまった。

（一九六一年六月）

初夏の上河内

オオルリの声がひろがったりはねたりしている。

木々の生命がその枝先にこまやかにはじけてゆくような季節である。花も咲き、小鳥の声も日増しに多くなって行く時、ここはなお遠く槍沢から流れる梓川が、浅くやわらかな音を立てている。

この川音と水の冷たさは、それを眺める人の心がどんなに移り変っても、昔のままの、自然の正しい音色と姿を見せてくれる。

去年の同じ頃に比べて、今年は確かに残雪の量も多くて、岳沢を取りまく岩に残っているそれぞれの雪の形にもそれが現われていた。天狗のコルの近くに去年見つけたかわいい雪の少女は、今年は頸が太すぎるし、その下の方の牛の頭も、あまり牛らしくない。西穂高の稜線などはまだかなりの雪だという。それにもかかわらず、この上河内の季節はむしろ例年よりは早く夏に近付いている。それは何よりも小梨の花の咲き工合でよく分る。

沢渡でバスを乗り換えることになったので、しばらくのあいだ、河原に下りて休んでいると、エゾハルゼミは次々と仲間をさそって鳴き出した。

エゾハルゼミは、形から言っても、色から言ってもヒグラシによく似ている。小さい頭に長い体。これはヒグラシのように涼しい声ではなくて、初夏の草のいきれを伝えるような、頭がしいいんと重くなるような声だ。けれどもその声の出し方はやっぱりヒグラシに近い。

山吹トンネル、鎌トンネルを通って少し急な坂を登る。まず焼岳の崩壊した山肌が急にひらけた川の向いに現われ、一九一五年の大爆発の際に、今の大正池をつくった泥流の容子が残っている。よごれた雪の大きな塊が道のわきに見られるのは、冬から春にかけての幾度も起った雪崩の残骸である。

大正池が見えはじめたら、バスに乗ってやって来るようになった私も、窮屈な椅子に坐っているよりは、車を下りて歩いた方がいいと思う。そしてさっそく私の耳に飛び込んで来たのはキビタキだ。

キビタキはいろいろな声を出して、カラマツ、ソウシカンバの森で、ひとりごとを言いながら、まことに楽しそうである。もちろん、もう目の前には明神や穂高が見えている。すっかりとひらけてしまった上河内へ入ることは、出かける前には何度も躊躇してしまうけれど、ここまで来れば、たとえ道を次々に観光客をのせたバスが通っても、自然が強く牽きつける力にあっさりと負けて、まあ来てよかったといつも思う。

霞沢の麓でメボソが鳴いている。相変らずこの鳥は、自分の存在を強く押し出すのでもなく、静かに、控え目に木かげの歌を聞かせている。

大正池が出来る前の容子は私は知らない。ここを最初に訪れたのは昭和になってからだが、水の中の枯木は三十年前に比べたらすっかり少なくなってしまった。それに絶えず大雨は土砂を押し流して来て、池をどんどんせばめている。去年焼岳から見た時、やがてこれを大正池と呼ぶことの出来ない日が来ることを知った。それは梓川は、ただひろかったところにすぎないものになりつつある。

霞沢岳、六百山は、あまりせますぎているために山の姿の全体が見にくいので、上河内へ来るほとんどすべての人が穂高の方に目を奪われている。しかし霞沢の方も、少し離れて、梓川の右岸から見あげると、三本槍と呼ばれる岩のあたりへ突きあげている沢と岩壁はなかなか立派である。ここは登ってみてもおもしろい山だが、その麓の繁みには、小鳥が好んで集っている場所がほうぼうにある。

さっきからヒガラが鳴いていたが、何だか特別に澄んだ声で、カラ類の中では何と言っても一番美しいソプラノだと思った。それは道ばたの、今がさかりのエゾムラサキの、あの宝石のような青い光とともに、山の中の、非常に調子の高いアクセントである。

ヒガラが遠ざかって鳴き止んだころ、今度はウソがやって来た。木々の梢を渡って、のんびりと口笛を吹いている。道から少し離れ、時々、小鳥たちのこんなにきれいな声にも全く無関心な観光客の一団が、ふざけながら通ってしまうのを、少し苛だちながら待っていると、鳥はまた声を高めて鳴く。

河童橋もこのごろでは、どてら姿の人がぶらついていても、それが当り前のようになってしまった。戦後まもなく、それも十一月末の、もう雪の積っている上河内へ来た時には、私はほんとうに懐しさで胸がいっぱいになった。人影も全くなかったし、まだかけかえられない前のこの橋は、昔のままの古ぼけたもので、私はその欄干にたまった雪をはらいのけて、川音をきき、山を眺めた。

ここから眺める山々の姿は、全く変っていない。山に沿って並ぶ化粧柳も、その一つ一つを正確には覚えていなかったが、何となくその枝振りにまで、見覚えがあるように思われた。そしてとめどなく昔のことが想い出される。

しかし今は、昔を想い出すのには少々変りすぎてしまった。橋のたもとの宿もすっかり立派な建物に変わり、そこに泊る人たちもほとんど山登りの人ではなくなった。山へ登る人たちはここを素通りして行くか、さもなければ小梨平に天幕を張っている。恐らく夏の盛りになれば、この天幕場さえも都会の風俗に占領されてしまうだろう。

夜明けの早い山では、小鳥たちの目ざめも早く、私が歩きはじめたころには、もう朝靄《もや》の中でクロツグミがさかんに鳴いていた。

クロツグミはいつも岳沢への道へよった方で鳴いている。小鳥たちは好みの木々の多いところをそれぞれ自分の場所として囀っている。

私は、初夏の夜明け、時には日暮れに、このクロツグミや、同じ色のアカハラが鳴きはじめると、透明な空気が森の繁みからこんなに広くみなぎっていることに気がついて、深呼吸をしたくなる。高原にいてもその谷の林から、この声はそれ自体こだましているように響いて来るし、ここ上河内のように姿のいい山々に囲まれたところで聞くと、やわらかな朝靄《もや》がその声をきっかけに消えはじめて、今日一日の天気を約束してくれる明るい宣言のようにも思われる。

さっきから西穂高周辺の岩峰を赤く染めていた朝の太陽は、焼岳へ続く尾根を次第に下って、とうとうこの梓川のほとりまで光を投げて来た。河原には腰を下ろすのにいい流木がころがっている。柳の綿毛がいたるところで風に飛ばされ、ちかちかと光っている。これがまた初夏の上河内の風情である。

花に目を奪われていると、ここの木々をゆっくり見て歩くのをつい忘れるが、柳の種類だけでもケショウヤナギ、オオバヤナギ、ドロヤナギなどがあって、もしここに滞在がゆるされるようなら、季節の変化と樹々の生活との関係を見ていたらどんなに興味深いことだろう。

明神池の方へ歩いて行くと、エゾムラサキはますますその花の量がふえて来る。それからタガソデソウやツマトリソウ。徳沢の方からやって来た人が、あの辺は今タンポポがほんとうにきれいだと言っていた。

ウグイスやメボソ、それからヒガラは、六百山の麓の森で鳴いているが、私は去年のことを想い出して、その声をききたいと思う小鳥たちのことをいろいろ考えていた。すると初夏の上河内はその願いを叶《かな》えてくれる。

コマドリがいた。何という派手な明るさだろう。私は今日一日ここにいることに決めたのだが、もしここを根拠地として、一日の山登りに、今この道を歩いているとしたら、このコマドリの声で、山で収穫がどんなに豊かであるかを夢みたに違いない。さばさばした気分で、朝の道をせっせと歩いて一つの山へ向う気持ほど嬉しいものはない。

ホトトギスも歌いはじめた。歌というよりこれはむしろ呼びかけの声である。これがホトトギスだと私が少年時代に教えられたのも、夕立に会ってぐっしょり濡れて穂高から下って来た時の上河内だった。すぐ近くの枝で、人を少しも恐れずに鳴いているのを見た時私はびっくりした。そろそろ朝の食事をしに、また河原の方をまわって戻ることにしよう。

美しい山に囲まれ、川がこんなに静かに流れている上河内。そして私にとって想い出がたくさんに托されているこの広い谷間。今後ここがどんなふうにひらけて行くか、その見当はつかない。

しかしあの稜線近くの岩に見える残雪の形や、人の心に清純なものを甦《よみが》えらせる小鳥たちは、これは決して変ることはない。

（一九六一年五月）

雲の多い麓の旅

富士見で下りて武智鉱泉へ来ました。鉄道の人たちが夕方まで部屋を使っているから、それからでよければ泊めるというので、傘を持って釜無川の河原でぼやんとしていました。富士見からしばらく埃っぽい道を歩いていましたが、甲州街道から山みちへ入りました。この辺はずっと前に、尾崎喜八さんに案内して頂いたところですが、地形が複雑というより、山の麓がぶつかり合いをした容子で丘と谷との関係が何度通っても理解しにくいのです。名前のいい部落がそのあいだにあって、私は丘を一つ越えながら、次の部落があらわれて来るのをどんなによろこんだことでしょう。

驟雨《しゅうう》がやって来たので、私は埃っぽい道がしっとり濡れて、夏のすがすがしさがやって来るのを楽しみに、繁みの中で一服しています。雨は道や林をそれほど濡らさないうちに、やんでしまいました。それでもそういう気まぐれな雨が三度四度とやって来るうちに私のズボンも濡れ、赤土のところは用心しないと滑りそうにまでなりました。

釜無の奥は雲ばっかりなので、北へ向って流れて行く川が急に東へ向きをかえるあの机という部落の上の方を見ていますと、乱れた雲のあいだから、あれは権現かなと思う岩峰がほんのわずか見えました。確かめようにもすぐに隠れてしまってもう当分出そうにありません。

＊

上諏訪から、一度越えてみたいと思っていた有賀峠を越しました。子供が一人しか乗っていないバスで、峠は少々期待はずれで、下車しないでよかったと思いましたが、諏訪湖をだんだん下に見て向うに霧ヶ峰が見えて来るのはうれしい景色でした。

時間にゆとりが出来たので、辰野から塩尻へ来て、今度は塩尻峠へ来ました。ここではバスを下りて、高ボッチとは反対に防火線づたいに歩いて来ますと、アルプスの方は雲の中でしたが、その雲は多産なぎらついている夏雲で、天の賑かさは果てのない眺めでした。いいかげん尾根を来てから、岡谷の町をめがけて細いみちを下って来ました。落葉松の、そろった大きさの森と森とのあいだの、もうすこし急ならば草の上を滑っても行けそうな斜面で、私は正面の中央アルプスの北端の山の重なりを面白いと思いました。

下諏訪と上諏訪との中間の宿に泊っています。宿にいくと夕立があって風が涼しくなり、夕食のあと湖畔を歩きました。上諏訪の街の灯はすぐそこに見え、それからだんだん遠くの湖に面した灯が、少し通俗的な物語を想わせました。人間が集って住んでいるところですからそれもやむを得ないでしょう。

私はこれまで、諏訪湖を何度も見ました。春夏秋冬を見ています。油絵をかいているうちに雪が舞って来たこともありますし、何かに思いまよった者のように、湖面の波を見ながら幻を追ったこともあります。

＊

茅野から青柳のあいだを歩きました。出来れば富士見まで歩いてみようと思いましたが、時間の都合がつきませんでした。しかしこの道は、車窓から見るたびに一度歩こうと思っていたので満足でした。これも甲州街道ですが、トラックやバスの埃をあびるのはかなわないので、横のこみちを見つけて歩きました。木舟などという部落があり、村の人たちは、そこを流れている宮川の、堤防の崩れたところを修理していました。去年の台風の時に荒されたのを、またあらしの季節の近付いた今修理しだして、のんびりしているような気の毒な感じでした。

その近くに一里塚がありましたが、これは教育会で新しく建てたもので、立札に、日本橋から四十九里と書いてありました。また分れ道には古い石に、左江戸、右山みちと刻んでありました。

晴れていれば八ヶ岳も見えるに違いない丘があって、そんなところへのぼって街道の家の点々とつながっている容子を見ていますと、土手の下を中央線が通ります。私は誰か知っている人でも乗っているかも知れないと思って大きく手を振りますと、車窓で風に吹かれている何人かの、もちろん知らない人が手を振っていました。

今日も時々雨のぱらつく雲の多い日でした。茅野で買って来たドーナッツを木かげで食べ、農家へ入って水をもらって来ました。

（一九六〇年七月）

霧と日光の鬼ごっこ

私ははじめての穂高縦走のことを思い出そうとしている。一九二九年、もう三十年以上も前のことであるから、忘れていることも多い、記憶が他の山とごっちゃになっていることも多い。

ところがその古い山旅のことを思い出すきっかけとなる貴重なものが今私の手許にある。それは当時としてはかなり贅沢なことだったと思うが、同行の一人が十六ミリの映画をつくり、その映画のあいだあいだに説明の文字を入れた。その短文をやはり同行の、私の中学校の先生が書いた。その映画をつくった人も今はいないし、フィルムも失われたが、最近、その中学校の先生から短文の記録が見付かったということで、私はその写しを頂いた。戦争でそれ以前の山の記録を全部焼失してしまった私にとっては、この上ない貴い贈りものだった。原稿紙三十二枚を二つにたたみ、ていねいに表紙がつくられ、そこに「穂高登高」という題がついている。

三十年前の山歩きというと、ずいぶん古いことで、服装や持ちものも今とはかなり違ってはいた。しかし、私は鋲《びょう》をいっぱい打った山靴を穿いていたし、誰から教えられたのか、山はきたならしい姿で歩く方がふさわしいこともすでに心得ていた。むしろ荷物の背負い方などがちがって、ザックを下の方へぶらさげるように、背負皮を長くしていた。今から思えばもっとだらしのない恰好だった。

高瀬川、濁小屋、ブナ坂をのぼって烏帽子。そこから縦走をはじめたが、毎日雨で、ほとんど濡れどおしで歩いた。コマクサとのはじめての出会いに悦び、霧の切れ目からちらりと薬師の大きな山容をのぞき、ハイマツの中へもぐり込んで飯をがつがつ食べ、天気は悪くとも山になれ、その単純な行為が一つ一つうれしくてたまらなかった。

三俣蓮華の小屋で、濡れた着物を何とかかわかしたがその翌日もまた雨だった。そしてほとんど雪の上を歩いていたように思われるのは、七月下旬の現在と比べると、雪が多かったのだろうか。

樅沢、硫黄沢乗越をすぎて、西鎌尾根の登りにかかるころから、霧の中でどんどんかわいて行く岩を見た。頭上に青空が走った。こうして槍の肩の小屋に泊った私たちは、天気次第でということにしていた穂高縦走が確実になったので、有頂天だった。四日も雨の中を歩いて来て、青空を見たのだから、槍のてっぺんの夕方は申し分のない満足だった。

早く小屋を出て、大喰岳で、朝の山なみの、向うの向うの、あれは加賀の白山だったろうか、こっちは八ヶ岳だったろうか、これから何年もかけて登りたい山が、どこまでも続いているのを見た。これでは、一生かかっても登り切ってしまう心配はないと思った。

中岳の雪渓で、雪をとかして水筒をみたし、南岳へ来てみると、そこでは霧と日光とが鬼ごっこしていた。

大キレットで昼食をし、北穂の登りにかかった。今とちがって、まずこの縦走路では、人に出会うこともないかわりに、岩がぬれると道をまちがえることがまれではなかった。現在はペンキで矢印などがていねいに出来ていて、よほどひねくれた歩き方でもしていない限り、ルートを見失うことはまずあり得ないそうだ。

北穂の頂上に出て、涸沢の向うの前穂の北尾根を見た時、長いあいだ写真で見ていたその穂高へ来ていることをしみじみ感じ、明日は奥穂からあの頂上へも行けることが、これまでに味わったことのない嬉しさだった。

その晩の穂高小屋の献立が、私に贈られた古い記録に残っている。夕食には、罐詰のマス、福神漬、べっこう漬。翌朝は、ひらじく（地方特産、竹の子の細いもの）、福神漬、べっこう漬。私は今この穂高小屋に限らず、山小屋に泊らないので、現在の献立と比較してみることは出来ないが、少々差はあることだろう。

この小屋の夕ぐれに見た、常念の向うをうめる雲海は実にふしぎな感じだった。それは槍の山頂でも一応は見たが、非常に濃い雲が、その上を歩いて行けそうにびっしりと谷をうめ、遠くむしろ貧弱に見える富士山まで続いていた。その雲の表面のゆっくりした波立ちは私には分らなかった。

しかし涸沢には雲はなく、そこに二はりの天幕を誰かが見つけて、どこだどこだと大さわぎをした。夏の盛りに涸沢に天幕が二つということは、今では想像もむつかしい。

七月二十四日の夜明け、穂高の日の出は美しかった。飛騨側から吹きあげる風を岩かげによけて、刻々と色どられる風景を見守った。そして六時過ぎたころ出かけたのだが、その岩山ではまた霧と日光の鬼ごっこだった。鬼ごっこというよりも、もっと荒々しい争いだった。

私はこの日、穂高縦走を終り、つり尾根を歩きながら上高地や大正池をはじめて見た。噴煙をあげる焼岳も、乗鞍も御嶽も、みんなはじめて見る山々だった。

それらの山々は、この穂高から眺めると優しい姿にも見えた。

一枚岩を下って岳沢へ出た。そして上高地の林に入るころに、今までとは違った驟雨に会った。もう濡れることにはなれていた。小梨平の、あれはどの辺だったのか、すぐそばの木でホトトギスが鳴いていた。

私たちは当時のことだし、もちろん徳本峠を越して帰った。

（一九六一年七月）

穂高

井上靖さんの『氷壁』は、若い山の仲間が次々と私の手許から借りて行き、今も誰かのところへ行って、まだ戻って来ない。いつか戻って来た時にふと見ると、白いクロースの背文字の赤が、雨にあたったためか、にじんで、その上にかかったパラフィン紙に染まっていた。何か山の道具を思わせるようなよごれ方をしていた。

私の仲間は、いわゆる氷壁族とも多少違うと思うし、小坂や魚津の死んだところへ連れて行ってくれと、頼まれるようなこともなさそうなので、井上さんから頂いた私の『氷壁』が、奥又白や滝谷へ、ルックザックに入れられて行って来たとも思われないが、しかしそれも、何とも分らない。

＊

新聞に連載されている頃、意外なところで、この小説が話題になっていて、私もさまざまの質問をうけた。今ここにその質問の種類を幾つかに分けて、それに対して私自身が何と答えたかを書きつらねてもみたい気がするが、私はこの小説の、山の舞台としての穂高のことを書かなければならない。

と言っても、私は穂高の岩場にこって、あっちこっちを計画的に歩いたこともないので、奥又白や滝谷についても特別の思い出を持っているわけではない。

私がいろいろの方々から受けた質問は別としても、山の好きな者が、小説に限らず、ひろく芸術作品に山が扱われた場合に、そこに特殊な注意を向けることは当然であるし、またそういうことを通じて、話し合っていながら銘々の人の山に向っている気持がかなりよく分ることは面白いことだった。

実際にどこの壁を登った経験があるのかは分らないが、奥又がたいそう好きだという人に会った時、小坂と魚津とのルートの取り方とか、岩の登り方について、専門的な批評をしているのを聞いたことがある。つまりそういう人たちは、すぐにむきになるたちでもあるし、好きな岩場を、自分に許しもうけないで書いてもらっては困るとでも言いたいような口調になって来る。

幸にして私の仲間にはそういう人はいないが、岩登りだけをやっているような人たちの中には、自分の縄張りを、別に荒らしに来たというわけでもないのに、そこへやって来た者に対して、驚くほど大人げない口をきく人がいるものである。私がたまたま話をきいたその人は、『氷壁』が小説であることをすっかり忘れているようだった。

＊

それから、こういう現象も起った。それは全く山を知らない人、穂高を知らない人が、山へよく行くという人に向って、小坂が落ちたあそこを登ったことがありますかと訊ねる。こういう質問者は、前穂のA・B・Cのフェースがどんなところかも知らない。しかし、登ったことがないということによって、訊ねた人から軽蔑される場合もある。滝谷もそうである。

これは全く私の想像なのであるが、こんなにたくさんの山好きが出来ている以上、そして概して、山好きの中には、特にまだ山に凝り出して、日の浅いうちには、天狗もかなりいるようであるから、更に、彼らのうちには、軽蔑されては一大事になるような女のお友達を持っていらっしゃるような方もあろうから、今のような質問をうけて、ついうっかりと、あんなところは簡単に登ったよなどと言ってしまった人もいるかも知れない。

お断りをしたとおり、これは私の勝手な想像なのである。こうしてこの前穂の東面や滝谷は、実際以上に、多くの人たちによって登られたことになってしまったかも知れない。

私がはじめて穂高へ登ったのは一九二九年のはずである。何しろ、両手の指を折って二、三度かぞえてみないと分らないほどになったので、一年ぐらい誤りがあるかも知れないが、中学二年の夏である。一年生の冬から山を知って、最初にめぐって来た夏の休みに、烏帽子から縦走をして来た。

ずっと雨に降られ、西鎌尾根の登りにかかった時に、霧が青味を帯び、岩がどんどんかわいて、引きむしるように晴れ渡った。小屋泊りで来たので、肩の小屋へ荷をおいてその日の夕方槍に登り、頂上から翌日歩く穂高の連峰を見た。

どの程度にしらべて、またはじめて踏む穂高という山について、どれだけの予備知識をもっていたか覚えていないが、私は別に躊躇する気持も、怖い感じもなしに、ただ、いよいよやって来たという悦びを、槍の頂上で味わった。

仲間に十六ミリを持って来ているものがあって、この時の山行を帰ってからまとめ、フィルムは今どうなっているか分らないが、その時に使った字幕の文章が残っているので、それが想い出のきっかけを作ってくれる。

槍からの縦走路はその時に通ったきりであるが、北穂以南のことは、その後の何回かの山行の印象が重なっていて、最初の印象としての、はっきりした言葉がない。穂高小屋の夕映えと雲海、翌朝の飛彈側から吹きあげて来る風、奥穂への、夏とは思えない冷たい岩の感触、そんなものが残っている。

前穂から岳沢へ下って、一枚岩をすぎ、奥明神沢を渡ったころから雨が降りはじめ、濡れてやって来た上高地の小梨平には、ホトトギスが鳴いていた。

この最初の穂高以来、岩山の美しさに心ひかれ、何枚かの穂高の絵をかいて部屋の壁に吊した。机の前の壁に前穂の北尾根を、写真からていねいに鉛筆でうつしたものをかけていた。北尾根は私の憧れだった。

*

穂高の岩場がいろいろに登られはじめたのは一九二〇年以後のことであって、私はそれらの記録を読みながら、山の英雄たちの姿を想い浮べ、自分のために残された道はどこにあるのかを考えて、自分でも呆れるほどに、いつか胸から頸のあたりをこわばらせていた。

その後、剣や黒部と、まだ見ぬ山々へと出かけて、中学時代にはゆっくり穂高へ滞在する機会もなかったが、高校に入ってから、合宿をして縦走を終ってから、二、三人とこのあたりへ入りこむようになった。上高地に来た私の高佼の尋常科の生徒を相手に、天幕をはって、ごろごろしていたこともあるし、岳沢にも涸沢にも、十日や二週間の生活が何日かあった。

ジャンダルムの頂上へ行って、そのころ関心のあつめられていた飛彈尾根をのぞき込んだり、中学のころに憧れていた前穂の北尾根で、ゆっくり昼寝をしたり、あまり計画のない岩場の生活をよろこんでいた。

*

その前穂の東面については、当時の私たちはあまりしらべようという気持を持たなかったようである。登攀の記録を見れば一九二六年以降、毎年、各学校の山岳部の人たちによって、新しいルートが求められているわけだが、私のいた高校では、奥又白へ入ろうという者がいなかった。在学中に出した三冊の部報も今は手許になく、肝心な自分たちの記録を見ることが出来ない。

しかし、私は穂高は好きだった。剣も八ツ峰を登って以来、牽《ひ》かれたけれど、その岩肌の色から受ける感じなのか、黒々とした、若い私たちには、もう少し年をとって、大学でも卒業してからゆっくり来たいと思うようなところだった。

穂高では、中野正剛氏の令息がなくなったり、さかんに墜落の事故も起りはじめた。穂高は危険な山ということが世間にひろがり、と同時に、穂高へ行くということが一種のほこりにもなった。

その時分、私は谷川岳など、まだあまり人の来ない山へ移り、冬期未登の尾根などにはやはり気をひかれたが、山での滞在を悦ぶ気持がのさばり出し、戦争の時期を中心に、山から遠ざかっていた。

＊

戦後、再び山へ行きはじめ、一九五三年の初冬に上高地へ入った。七十になる叔父が、急に上高地をもう一度見たいと言い出し、私もそんなことを考えている時だったので、古い道具の手入れをしたり、靴を買ったりして出かけた。

老いた叔父は全く辛そうだったが、西穂高だけ登り残しているので、何とか登りたいと言い出した。誰もいない上高地に来ただけでもうれしかったが、夜明けに出発して、西穂に向うと、新雪が深く、尾根に出ると腰まで入った。結局、西穂山荘までしか行けなかった。

この初冬の上高地に滞在中、霞沢の途中までと、岳沢にも少し入ってみた。そして私は眺めていればいるほど、懐しさの、とめどなく込みあげて来る山々に囲まれながら、しばらく眠っていた登高の意欲が、何かきょとんとした顔付きで起き上るのを感じた。

私の生活の中に山の部分が大きくのさばり出したのはそれからのことである。

＊

私は、これからも穂高を訪れる機会はあるだろう。『氷壁』の舞台で、魚津や小坂の辿ったルートを辿るようなことも、ないとは言えない。なぜなら、ひとたび山へ入ると、自分の気持は山頂に向ってまだかなり欲張りであることがよく分る。むしろ、それを制するのに骨が折れることさえある。なぜ制する必要があるのか。それはいうまでもないことであるが、自分の体力の限度が、昔のようではなくなっていること、体の動かし方には、以前のような烈しさがうすれていることなどが分っているからである。

それが正直にいえば、岩場や雪の急斜面で、はっきりと、怖さとなって自分に忠告を与える。口惜しいけれども、これはどうにもならない。

＊

『氷壁』を五たびも六たびも読みなおしている人が案外多いのを知ったのであるが、そういう点で、この小説は、他の小説とはちがった読まれ方をしているのが分る。井上さんの他の小説ともちがった読まれ方をしている。別の言い方をすれば『氷壁』だけの読者がいるわけである。

それはひょっとすると、作者の考えてもおられなかった問題を、山へ行く人たち、あるいは山へ行く人の周囲にいる人たちに提供しているのかも知れない。つまり、読みながら、魚津や小坂に仮りになる人よりも、美那子やかをるになる人たちに、複雑な、未解決のままに、しばらく抱いていなければならない問題を残しているのではないかと思う。

私はこの小説の感想を書くために筆をとっていたのではない。

穂高の岩場が、小説の舞台として選ばれたのは、どうも、それほど偶然ではないようである。そこには、近代的登山の歴史が、岩に生きるコケモモか何かのように、しみついている。都会人が出かけて行く山の中で、こうした歴史をもっているところは、他には見つけにくい。

（一九六二年七月）

前穂高

去年のウェストン祭のあと、焼岳へ登った日は天気がすばらしくよくて、上高地の朝はアカハラやクロツグミの歌が美しかった。

残雪は思ったより少なくて、昔は真夏でももう少し多かったようにも思った。焼岳への登りで私は昔の自分の、山の生活をとめどなく想い出した。岳沢の、幾日いたかも分らなくなったほどの長い天幕生活のあいだに登った山は、この凹面谷をとりまいている岩山であるが、前穂高の頂上は、そこから涸沢へ向ってぎざぎざにのびている北尾根へ行くのにも明神へ行くのにも、何度も通った山頂である。そしてその山頂は私たちにとって、自分たちの腰を下ろす岩がそれぞれ自然にきまっていたほど親しい憩いの場所だった。

日なたぼっこをしたり、雨に濡れながらパンをかじり、若い日のこんなのんきな生活のうちに突然襲うわけの分らぬ不安に膝をかかえて沈黙をした。

長いあいだ夢みていて、やっと登れた山もあるし、強風にあおられて、一瞬立ち上ることもゆるされなかった山頂もある。しかしこの前穂高の頂きは、今から想い、そして現実としてこうして眺めてみれば、私にとっては秘かな祈りの場所でもあった。私は再びそこを訪れることは可能であるが、少し離れて焼岳から見ていると、何だか心やすくは登りたくないほど崇高な山に思われて来るのだった。

（一九六〇年八月）

秋の訪れ

九月になって、東北の早池峰へ行き、帰ってすぐ、写真家の内田耕作さんにさそわれて版画家の畦地梅太郎さんと三人で燕岳へのぼり、そのかえりに美ヶ原へ来てひと晩とまった。山が荒れ、あの大きな、山本小屋にとまっているのは私たち三人だけだった。一九五九年のことである。

あの平らな台地を、霧の中を歩いて来た。霧は濃くて、道しるべの棒杭も見えなかった。ときどき霧が雨になり、畦地さんは合羽《かっぱ》をかぶり、私と内田さんは傘をさしていたが、まだ時間はそれほどでもないのに、雲はどんどん頭上に集って来ているらしく、暗くなる一方でちょっと心細さを感じた。霧の中をのぼるバスの中で、もう秋らしい黄ばみ方を見せている草原を眺めていた畦地さんが、寂しくなるような美しさだと言われたことが、歩いている私から離れなかった。

その日小屋へ着いて、特に脱いでかわかすほどのこともないズボンもそのまま、窓から雲の低い流れを見ていると、雷が鳴り出した。雷光がグレーの雲をくすんだバラ色にしてしばらくすると、巨大なものがはずむような雷鳴が谷の向うの、その時にはすっかり隠れてしまった尾根の方でさかんにしていた。歩いている途中でこれに会わないでよかったと思った。私は別に雷に対して異常なおそれ方をするほうではないが、台地の上で傘をさしてはいられなかったと思う。避雷針を持って歩いているようなもので、そんなばかなまねは出来なかったろう。それに燕でひどい雷にあって、岩のあいだを走りながら、髪の毛が逆立ったりしたので、いつもよりは臆病になっていたはずである。

ところがその雨が霽《は》れて行ったその日の夕方が実によかった。大きな虹がかかり、雲がちぎれ、山上に最もねがわしい日暮れが来た。私は濡れた靴をはいて、裏手の牛伏の頂上を目がけてかけ登った。緬羊《めんよう》が雨に濡れた草を食べているのも横目でみてかけのぼった。息がはずんだが、一刻も早く登りついて、この荘重でしかも華やかな夏の終りを静かに見たかった。

雲はまだかなり多かったが、それは一向に風景を邪魔するものではなく、それぞれに色づき、涼しくてほてり、またおもいおもいの姿をしていた。しかも雲の色と形は刻々に変って、私はもし自分にその方法があるならば、一刻ごとに写しとめておきたかった。

冷たいというより、松本でしばらくむされて来た私には痛いような風が、谷間にまよう霧の向うから荒っぽく山頂に吹きつけて来たが、これも荒れたあとの山の日暮れには必要な風だった。

この色どられた雲はやがて目の前で上下に一直線に分かれ、そのあいだに北アルプスのすべての峰々がずらりと並んだ。そしてもう二、三分後には沈んでしまう太陽が連峰を鮮明に浮きあがらせ、背後の空をアップル・グリーンとオレンジにかがやかせていた。

それはほんの短い時間のことだった。それはまたはかない光景であっただけによけい美しかった。私は私のすぐあとから同じ牛伏に登って来て、さかんに写真を撮っておられた内田さんが、もう撮影を終って、うしろの岩の上に立っておられたことにもさっぱり気がつかなかった。

私には二年のあいだ、この夕暮れのことを文章にすることが出来ずにいたし、今もそれは、私にはなし得ないものの一つになっている。

寒さにこらえ切れなくなって立ち上り、もう灯をつけている小屋へ戻り出したころは星が見えていた。

翌日は快晴で、その年最初の秋がこの美ヶ原に訪れたように思われた。小鳥たちは朝の谷で秋を語り合っていた。

（一九五九年十月）

霧島山

霧島山の韓国《からくに》岳とその隣りの獅子戸という山に登った。正直に言えばこの山も、歩く道は残されているとは言え、有料観光道路が、どうも私には未だになじめないセロテープみたいに、あっちこっちにのびていて、山の姿を見るのには都合の悪い部分がある。

もっとも私にしても、そういう道路を利用させてもらって、短時間に山を見て来る場合もないわけではないので、あんまり悪口を言いすぎることは慎んでおかなければならない。ただ、落ちついて眺めてみれば、ずいぶん風景に対して無作法につくられた道も、そういう道がほうぼうに出来てしまうとだんだん見慣れて来るばかりでなく、道の白々とした線が、山の景色の一つの要素のように思われて来る場合がある。

どうしてこんないいところに自動車道路をつくらないのだろう？　そんなことを考える人の方があたりまえになって来る。歩きすぎると損をしたと思う不思議な登山者が現われる。向う側から登ればもっと上までバスがあったのにと口惜しがる人も現われる。

私は霧島温泉に泊った。少し部屋が広いけれどもお約束以上は頂きませんからと私の姿を見て安心させて宿の人が出て行ってから、私は炬燵に足を入れ、急に考えを変えてやって来た霧島山について地図をひろげて俄勉強《にわか》をはじめた。翌日の夜、約束の仕事をどうしてもしなければならないので夕方までにどこかに着くことを条件にすると、あまり欲張って歩き廻ることも出来ないので、大浪池と韓国岳を目あてに登り、あとは上から見廻して、よさそうならば、蝦野《えびの》高原へ下ろうかと、そのくらいのことを決めて眠った。

幸にしてこの観光の山霧島も、冬のはじめの休日をはずした日には、歩いて登る者もいなかった。さっそく有料道路から山みちに入り、夏から秋にかけて人々の捨てて行った空罐やチューインガムの紙を見ながら登り出した。ずっと樹林の道で、それに木々の繁みが冬らしい衰えを見せていないために、晴れた空からの陽射しが地面までなかなか届かず、細かにさえぎられた日光がところどころの枝先にちらちらしていた。

鵯《ひよどり》がずっと鳴いて、そのあいだに四十雀《しじゅうから》の無電の音のような声が入って来る。これで道さえよごれていなければ、このあたりから上等の気分になれたのだが、しばらく木々の枝振りか幹の肌でも見ながら登って行こうと思う。赤樫、赤松、それにサルナメリ。森の木々の中でのヌード派。コバノガマズミ、ハリギリ。木々にからみつかないと生きていられないらしいイワガラミ。

時々それらの木々の梢で風の音がする。大して息もはずまず、汗もかかない登りだったがせっかく切りひらきの眺望のいいところへ出たので、桜島の煙を見てこっちも煙草をくわえる。志布志から都城への汽車の窓からちらっと見えた桜島からは、小さい拳固《げんこ》のような煙が、赤味の強い夕焼の空の中でココアのような色をしていたが、今日は盛り上る煙もなく静かに棚引いている。裾野の広いひろがりの果ての、地図とそっくりの鹿児島湾だった。もっと登ればもっと地図らしく見えるだろう、そう思って歩き出すと、広いアスファルトの道路にぶつかる。蝦野高原へ行く道で、大浪池登山口というバスの停留所である。幸にして自動車の音は何もしない。横切ってもう一度、栂《つが》や桜や榧《かや》の森に入る。大浪池へ行く大部分の人はここから歩き出すと見えて、道のよごれはいっそうひどくなる。それに、道をおとなしく歩いていないで、勝手な近道を作ってしまったり、そこを歩いた人たちの容子がよく分る。トランジスター・ラジオを鳴らして、何も見ないで走るようにして通りすぎた連中の姿が見えるようである。まあ我慢しよう。

大浪池には鴨がいっぱいいた。池のへりまで下りて行けばよかったのかも知れないが、急な下りが億劫になって、すり鉢の底のような池でさわぐその声を、点々と動き回っている姿を見ながら聞いて、西を廻って一度鞍部に出て韓国岳への登りにかかった。

霜がとけ出して道がひどかった。あんことカステラと、そこへかき氷をふりまいたような道が続いた。私はそういう道を少し急いで登り出した。昨夜の計画で、韓国岳の頂上へ十二時までに着こうと思っていたし、それに霧がかかり出したからだ。そのまま天気が崩れてしまう容子はなかったが、一人ではじめての山を歩いていると、こんなわずかの日のかげりにせき立てられるのだった。

韓国岳の頂上には雪も残っていたし風があって寒かった。寒かったけれど、一番高いところに立っている悦びがあった。火口壁が案外切り立っていて、そこを鳥が七羽舞い下りて行き、また頭上を鳴いて通った。確かに私を気にして旋回している。弁当の食べ残しなどを散らかして行く人たちが多いので、鳥もそれをねらう習慣がついて、それで私につきまとっているのかも知れないと思った。霧がどいてしまうと、桜島の方はもう霞んで来たが、雲のかかっているのは高千穂だけで、あとはそれぞれ火山の噴火口をはっきりと残したあたりの山がすっかり見える。白鳥池、甑岳《こしきだけ》の向うの、飯野の方面の色が、はるばるやって来た国の、匂うような音楽ふうの色だった。

蝦野の原には、赤い立派な屋根が見えている。下で見た「温泉のある軽井沢」という宣伝文句に少々恐れを感じて、獅子戸岳へ向う。

この道は、それほどトランジスター組も来ないと見えて、よごれていない。それに正面に見えている高千穂も雲から出て来たし、冬の午後の山がいよいよのどかになって来た。私はすすきの穂が一つ一つ、ワラビかゼンマイのように枯れて巻いているその波の中で、弁当を食べた。一人の山の何となく味のとぼしい昼食だったが、獅子戸岳のもう一つ向うの、新燃岳の煙が、南の空の霞む中で、純白にそのあたりを引きしめていた。二つ目の蜜《み》柑《かん》を食べて立ち上る。

獅子戸岳は下った勢いで登れてしまうような、西側に少し岩の出ている山だが、そこからの下りに鹿を見た。草の斜面を、白いお尻を跳ねあげて、器用に走って行った。岩のかげにかくれる前にちょっとこっちを振り返って見た。私は手をあげて挨拶をした。角はなかった。この一匹の鹿が、私にとって、霧島山の価値をだいぶ高めた。そして私の気分はにこにこしはじめた。

獅子戸岳を下り切ったところに、「この道は危険、通らないで下さい」という立札が倒れていた。多分それは新燃岳の新しい噴火の時のものらしかった。霧島のあのツツジの群落は、今は紫の枝のトンネルで、新湯への道を少しずつ下りながらほとんど水平に歩いて行き、噴煙の上っている下あたりへ来ると、熔岩の流れたあとが、道を断ち切っている。木々は焼けて枯れ、地面がえぐれ、粘土の薄い皮が地面を蔽っていた。そこは表面ばかりが固くなって、木の枝を拾って突き刺すと、中がやわらかで気味の悪いところだった。

十メートルか、ところによっては十五、六メートルの熔岩の溝のへりを下った。かすかな踏みあとがあり、積石の見付かることもあった。深い谷へ下り、河原へ出たが、私の持っている地図はこういうことになると不完全なものであって、どの谷へ下って来たのか、大よその見当しかつかなかった。

河原の石へ腰を下ろして、恐らく今日一日の山の最後の休憩になることを考えて、ゆっくり煙草をのんだ。そこは何も見えない谷で、押し流されて来た大きな木々が重なり合い、インディアン・レッドの崖が目の前にあった。硫黄の匂いがどこからかしていた。水を飲むわけに行かず、三つ目の、最後の蜜柑を食べた。

　こんな谷はどこの山へ行ってもありそうだった。これと言って特徴のある谷でもなく、平凡な谷だった。しかしこうした場所でこそ私は休んで行かなければならないと思った。見とれるものがどこにもなく、小鳥も鳴かず、とろんと日のかたむいて行く河原の冷たい石。ただそれだけの場所であるために、私の心に霧島山の一部分として、というよりこの一日の重要なポワン・ヴィルギュールとして残しておきたい。

　この先どんな道があるか知らないが、恐らく谷のわきをうねうねと一つ一つまわり込んで行くようなところだろう。雲が垂れさがって来た。雨にあうかも知れない。


（一九六一年十二月）

つむじ曲りの山

毎年のことであるが、雑誌の七、八月号には必ず山の文章がのせられることになる。それも普段は山登りとは全く関係のない雑誌である。編集会議に立会ったわけではないけれど、想像してみるのに、やっぱりわれわれの雑誌でも山の記事は一、二本は入れておかなければなるまいという結論が出て、それを、山の想い出なり、座談会なり、あるいはポピュラーなコースの案内なりで埋めて行くことになるのだろう。

この頃は作家や映画界の人の中でも一応山好きだということでとおっている人が幾らもいるから、座談会を開くにしても苦労はいらない。ガイド・ブックは何種類も出ているから案内の記事も簡単に編集部でつくることが出来る。実に世話のいらない話である。

しかし、それらの記事の題のつけ方が、また大部分おそろいで、「夏山への招待」もしくはそれを少しばかり変えた程度のもので、山へ行くのはおやめなさいという種類のものは一つとして見当らない。

いったいどうしてこんなに、山とは関係のない雑誌が、読者を山へ招待しなければならないのだろう。どういう義理があるのだろう。簡単な案内記ほどおそろしいものはないと思って、ある雑誌のその記事を担当している人に話すと、あんな簡単なものだけを見て山へ行く人はまさかいないだろうという返事だった。しかしそれは大まちがいで、どんな簡単なものでもそれを読んでくれればいい方である。駅に貼られたポスターを見ただけで、槍へでも穂高へでもやって来る人がほんとうに大勢いるのである。

日本の山もかつては山登りの対象として存在していたが、その有名な山のほとんどは観光の山に変ってしまった。観光の山というのはなるべく歩く部分を少なくし、出来ることなら一歩も歩かずに乗物に腰かけたまま頂上まで行けるように仕組まれた山のことである。ケーブルカーやロープウェーが人を運びあげる。人々は山へ登って来たという言い方はやめて山へ行って来たと言わなければならない。

観光事業を仕事としている人は、景色のいいところをねらっては、そこへ人を運び上げる乗物を拵《こしら》え、宣伝して人を集める。そういうものを利用する人はザックを背負う必要は何もないし、歩かないのだから山靴などを穿いて行く必要もない。それがだんだんはっきりして来た。そして例えば上高地の河童橋のたもとに立って人の容子を見ていても、山登りの人か観光のお客かははっきり分かるようになって来た。それを別に何とも思わないようになって来た。山登りのためにそこへ来ている人の方が観光客より貧乏だとか、お金の使い方がどうだとか、そんなことも問題にならないところまではっきりして来ればいいのだが、そこまでは行かない。

どんな山の中の宿でも、むしろ山の中の宿だからこそ、金払いのいいお客の方を大切にする。昔、よくこんなところまで来てくれたと言って、こっちもありがたいと思うほどのもてなしを受けた同じ宿へ、昔を懐しんで行ってみると、建物がけばけばしい色に塗りかえられ、ハイヤーがうれしそうにがつがつと埃を立てて客を送り込み、こっちが、なおそれでも昔を懐しむことにして玄関へ立つと、何も言わないうちから部屋はいっぱいで泊められないと言われてしまう。もうそうなればどうしようもない。

こんなことは珍しい話ではない。また決して腹を立てるべき筋合いのものでもない。それは失礼しましたと言って、そのまま山へ入り野宿をするまでのことである。かりに泊めてはくれても、余計なお客だと思われながら高い宿泊料やサービス料をとられるよりは、星を眺めながら、寄って来るブヨを追いながら、草の中に寝た方がどれほど風情があるか知れない。山登りをする人は否応なしにつむじ曲りにならざるを得ない。ところが、姿は登山者であって気持は観光客であるという一見みわけのつけにくい人々が非常に多い。山小屋の経営者たちはそれをよく知っている。

私はその人たちの悪口を言うつもりは毛頭ないけれども、彼ら彼女たちは、山を観光地化する下準備をしていることも、これまでの結果から見ても明らかである。その人たちは、道をせっせと歩くことに関しても達者であるし、時にはかなり本格的に岩登りもしたりする。けれども何かの拍子に突然わがままになる。それを観察していると、観光客の気持を持っていることが明らかである。

この人たちが一番多く人を山へさそう。夏山への招待的言葉を少しも恥しがらずに言える。山を知らない人に向って、山のことを宣伝するのに実に巧みでもあって、この人たちをリーダーとする登山者が、割合から言うと圧倒的に多いように見受けられる。

私はやや厳密な言い方をすると、世間の人たちが言う山の流行というようなものはないと思う。ほんとうに全く謙虚な気持で山へ登っている人、つまり山が好きで好きでたまらず、山へ行かないと禁断症状を起こすような人の数はそれほど増えているとも思われない。外見上山へ行く人の数はそれは猛烈にふえてはいるけれども、その大部分は、観光化されつつある山に対する要領を心得ている。

山麓のバスはそれらの人たちの競技の場でもあるし、山小屋もそうだと思う。最近山小屋へ泊ったことはないのでよく分らないが、小屋へ泊る要領などはなかなかむつかしいようであって、こっちはそんなところでまごついて馬鹿にされるのはいやだから、バスがこんでいればあっさり山みちを歩くなり、遠まわりの峠を越すことにし、山小屋へは原則として泊らないように決めて山へ出かける。

（一九六六年六月）

山の見える都市

私の机のわきには、いつも『最近日本地図』が置いてありますが、その最近というのは昭和八年修正第四版印刷発行のものですから、あまり最近とは申せません。

これは家内が女学校時代に使っていたものですが、私も確かそれの修正前のものを使っていました。子供が、それはあんまりひどいよ、僕のをかしてやろうと親切に言ってくれますが、日本地図というとどうもこの方が見なれていて、自分で知っている限りのところはいいように修正をほどこしながら見てます。樺太、朝鮮、台湾、南洋諸島まで入っています。

さて今夜は、「山の見える都市」という原稿を書くために、またこれを取り出しました。何か日本のことになると、北から南へ向って考えたり、ひろったり、数えたりする習慣になっていますが、私は順を追うのをやめることにします。

東京も山が見える都市にどうしても入れなければなりません。山の名前をどんなに知らない人でも富士山が見えることぐらいは知っています。そのために富士見町だの富士見台などという名前があるのでしょう。以前日本橋の三越のわきから、わざわざ屋上にのぼらなくとも富士山が見えたことは私の記憶にもあるようですが、それであのあたりは駿河町と言ったのでしょうか。

東京から見える山と言えば、私は高等学校のころ、理科の友だちと、自分の学校の屋上から見える山を、かなり丹念にしらべて、山岳部の部報にのせた記憶がありますが、山の木暮理太郎さんの文章にも、「望岳都東京」という文章があります。そのはじめには太田道灌が、江戸城から見える山に対して注意を払っていたことが書いてあります。煙突の煙も高層建築物もなかったそのころは確かに現在よりもたくさんの山が、晴れた日には近くに見えたろうと思います。木暮さんは、南限の天城山から丹沢山塊、大菩薩山脈、秩父の武甲山、浅間山、男体山など、実に丹念にしらべておられますが、今もう一度、その記述と実際とを合わせながら確かめて行ったら、どんなにたのしく、また山好きな者には有益なことだろうと思います。

富士山を入れて、三千メートル以上の山が九つも見えることになっています。それは南アルプスですが、北岳、間ノ岳、悪沢、赤石、農鳥、西峯、塩見、聖です。甲府のお城あとへ登って、南アルプスが見えて羨ましいと思いますが、それらはほとんど東京からも見えているのです。また東京から見える山で一番遠いのは苗場山だそうです。

煤煙はそのころと比べて遥かに多くなっていると思いますが、テレビ塔のようなばか高いものも出来た今、また写真の技術もずっと進んでいるはずですから、東京から見える山を正確に調べあげた結果がそろそろ発表されてもいいころと思われます。山気違いがこんなに多いのに、木暮さんのこの辛抱強さをうけつぐ人が出て来ないのは寂しいことです。もっとも私が知らないだけで、必ず何人かの人がやっていることを確信したいのです。

そして、山気違いは東京だけに集まっているわけでもなく、現実では全国にこの病いは蔓延しているのですから、各都市でそこから見える山を詳しく調べてみると、いろいろとおもしろい結果があらわれて来ると思います。

私はこれまでいろいろの都市を訪れていますし、街の中よりも、周囲の山の方に気をとられやすい方ですから、どこからか見た山の姿などが次々に頭に浮んで来そうなものの、一向に明確な記憶がないのです。

それは都市を訪れる時は多くの場合、自由な旅ではなく、駅に出迎えられ、車に乗せられ、その中ですぐに何かの打合せがはじまるようなことが普通で、自分のわがままから、町をごらんになるなら案内をいたしますと言われても、一刻も早くそこから解放されることばかり考えて、逃げ出すように去ってしまうせいかと思います。

その土地を、知らない人に案内されるほどつらいことはありません。自動車を出してくれて、ぐるぐると廻れば、見ておくべきところを簡単に片付けることが出来ますが、こっちにその気持もないのですから、何を見物しても少しも印象に残りません。

たまたま高台に案内されて、そこから義理に街を見下ろし、さてその街を取り囲んでいる山々を眺めながら、その名を訊《たず》ねても、案内につけてくれた人がよほど山の好きな人で、そこから見える山に注意をしていない限り、私の質問に答えてくれることはありません。あれが立山、あれが白山、あれが岩手山というくらいならば、私も訊ねないし分っていることです。むしろ私の心を急にひきつけたりするのは、遠くにぽちっと白く見える山の頭です。地図をひろげたところを思い浮べて見当をつけてはみますけれども、確信の持てることは少ないのです。話は先ほどのことに戻りますが、それを考えますと、自分の住む町から見える山の名前ぐらいは、出来るだけ詳しく知っておきたいと思います。

志村烏嶺の『千山万岳』という本の口絵には丸山晩霞の水彩画が印刷で入っています。大町から見た後立山連峰で、かなり細かに描いてあります。この本は大正二年発行のものですから、私の生れる前の後立山の姿です。ところが、戦後、大町まで行く用があった時に、ちょうどその同じ場所から私もスケッチをし色をぬりました。その時は時間も少々ありましたし、自分の勝手が出来たので油絵もたしか二枚描いたはずです。

そこで古いスケッチを取り出して、丸山晩霞のそれと比べてみました。絵を比べてみるというと、どっちの方が芸術的価値が高いかということになりそうですが、そういう目は全然なくて、爺ヶ岳の前山のガレだの、尾根のまがり工合とか、そういうところを比べました。あたりまえのことではありますが、描き方は別でもたくさんの共通点が見付かると実にうれしいものです。

写真をとる方は、ファインダーをのぞくことによって、そこの風景の印象を強く心に残す術《すべ》を心得ておられるのかと思いますが、下手な絵でも絵をかく習慣がついてしまったので、かき写しながら、風景なり、ものを普通より幾分よく見る癖がついています。

ところが絵は写真と同じ方向を願っているものでありませんし、特に山などですと、傾いたり、変にゆがんだりしているところがおもしろくなりますと、そこを誇張して写生します。とことんまで誇張しながら描くわけでもありませんが、正確さは一応無視してかかります。それではいけないのかも知れませんが、私はそういう方法をとっています。それが更に、家に戻ってもう一度描き変える時にはなかなか一目ではどこの山だと分るようなものではなくなってしまいます。

スケッチだけはなるべく正確にしておいた方がいいと思いますが、描いているうちにおもしろくなって変えてしまうのでしょう。

それで、私の都市から見る山の印象というのも、一応は一生懸命に見てはいながら、かえって曖昧になって、尾根の重なりが逆になったり、実際に低く見える山の方が高くなるようなことも起り、それが今障害となって、都市から見える山のことがうまく書けないのだと思います。

山の見えない都市が日本にあるだろうかということを考えてみましたが、これは絶対にないように思われます。一番たくさんの山が見えるのはどこだろうかということも考えてみました。松本とか長野とかは、それは山にかこまれていますけれども、見える山の数は限られてしまいます。松本に生れ、松本に育った人で、結局、常念しか知らない人がいましたが、そんなものかと思いました。

そうなると、東京などは、根気よく、晴れた日に山をさがす努力を続けていれば、一番数は多く見ることが出来るかも知れません。木暮さんは二千メートル以上の山を七十以上も見ておられるのですから。

（一九六一年七月）

山で食べること

山の食べもののことを書くつもりだが、その前にちょっと私の味覚について書いておいた方がいいらしい。というのは、自分でもそう思うことはあるが、私にものを食べさせる人は大そうたよりないそうである。どうしてかというと、実にしばしば、食べ終った時に何を食べたか忘れてしまうからである。味が分らないわけではないし、従っておいしいものを食べた時には、傍《はた》から見物をしているとにこにこしているらしい。ただ反対にまずいものを食べた時にも、それほどまずそうな顔はしない。つまり、まずいと思って食べることがまずないと言っていい。

食べものに嫌いがないというのは、ある意味では不幸なことだと思う。何でもだいたいはおいしいのであるから、私に特別の御馳走をしようとなると、苦労をすることになる。

そしてこんなことを書くのは大変に恥しいことではあるが、例えばなま卵をかきまぜてそれを御飯にかけて食べたあとの、内側が黄色になっている茶碗でお茶を飲むことなどは何でもない。お茶は白くなる。その白っぽいお茶も、正しい色のお茶もそれほど違いを感じない。

一緒に食べている人たちがいやがるようなことはなるべく慎むように注意はしているけれど、一人で食べていれば、とんでもないことをしているのかも知れない。おかずのないのも苦労にならない。何にもなければ、すっぽり飯だって文句は言わない。ある場合には便利であるが、手をかけてしゃれたものをつくってもその値打ちが分っているのかどうなのか見当もつかないので、張り合いがないらしい。味が分らないのではなく、食べることに熱中しないのかも知れない。遅ればせながら味わう訓練でもしたいとつくづく思うことがある。

山歩きをすると、原則として、ふだん机に向って仕事を続けている時よりはお腹が減る。お腹が減ると、食べものに対して私はいっそう無差別になり、何を食べてもいよいよ記憶にとどまりにくくなる。だから山へ出かける前に食糧を買いに行っても、選ぶ必要がない。何でもその辺にあるものを適当に買って行くだけで、それをさんざん背負って歩いても、食べる時に何を持って来たのか忘れてしまう。

山でお腹を減らすと辛いにはきまっているけれど、一歩も動けなくなってしまうような経験は、これまでなかった。荷物がこたえて来たり、一歩一歩持ち上げる足が何となくだるくはなるが、べったりと坐り込んで動けなくなるようなことはなかった。

べったり坐り込んで動けなくなるような人は、そこでお腹を満たすとまた別人のようになって元気を取り戻すようである。食べものがこんなに力に急速に作用するものかと思うとおかしくなってしまう。機関車に投げ込む石炭と何も変らないのでおかしい。

私が山登りを覚えたのは中学の二年だから、三十何年か前になるが、山というと鰹節を持たされたものである。事故が起った時に、これをかじったりなめたりしていれば、何日か命がつなげるというわけだし、炊いた御飯の上にそれを削り込んで食べてもおいしい、猫の御飯によくそうするのでにゃにゃ飯という。これはふだんの時でも私は好きで、一人で留守番をしている時には、勇んでにゃにゃ飯をつくる。つくるというほどの手間はかからない。それから干鱈《ひたら》に、少し上等になると味醂乾《みりんぼし》だった。だから、二週間も山へ入っていると、一応やつれて帰って来た。わが子のやつれた顔を見て、親は肉や天ぷらやいろいろ食べさせてくれて二、三日で恢復し、更に二、三日たつと成長する。

今は、山での食事の標準もだいぶ高まって来ているようである。横目でよその人の食事をちらっと見ると、ずいぶんいろいろの種類の食べものが並んでいるし、食べ散らしたまんまで行ってしまうので、相当御馳走を食べていることが私にも分る。どうしてなのだろうか。

ザックに入れて持って行きやすいものがたくさん出来て来たことは確かである。ポリエチレンの袋は、たしかに登山者の食事を贅沢にした。これは断言出来る。

山へ登ることがこれほどまでに一般的になって来ると、昔私たちが気がねしいしい家を出て行った気持などは嘘のような話になった。だから、何も干鱈や鰹節でやつれて戻って来る必要はない。山歩きをすれば肉体の消耗はふだんより大きいから、それを補うためには出来るだけ、栄養のあるうまいものを食べなければならないという、全く合理的な考え方が山登りの仲間にも生まれたのであろう。

それから、秘かにそうではないかと思っていることがある。それは、女の方々が男と一緒に山登りをするようになった。女の方が食事の役目をつとめるからというのではない。そういう場合もあるかも知れないが、中には、山へ来た女の人へのサービスを、男が御馳走を以ってすることもかなりありそうである。相手は疲れてお腹を減らしているから、少々こった山の料理を作れば、街で二、三百円の食事をおごるよりは遥かに点を稼ぐことが出来るかも知れない。私にはどうでもいいことだが、こっそり想像をしてみたのである。

二年ほど前に、テレビで一週続けて山歩きの注意のようなことをした。天候について、服装、装備について、それから山での食べものについて。私がそれをしたのではなく、毎回それぞれの方にお話を伺う相手役をしたのである。食糧の時には村井米子さんが、数時間も前からテレビ局に来られて、いろいろお料理を作っておられた。その中に、マシマロの串焼があった。マシマロを串にさしてあぶると大きくふくれておいしいのである。小さい時からの知り合いの村井さんは、それを私が知らなかったことを呆れておられた。

スタジオで火をもやすわけには行かないので、石をちょっと積み、その下に火があることにして、あらかじめ焼いてふくらました方のとすりかえて見せる仕組になっていたが、ふくれた方のが何となく気になるので、こっそり一つ食べてみると大変おいしいので、ついうっかり、始まる前に食べてしまった。こんな工合にふくれますと言って見せるべき串には何もない。その時の困った村井さんの顔が忘れられない。ひどいことをしてしまったものである。

私はしばしば地方の講演のあとで山へ廻ることがある。仙台で講演をして、そこの名物の笹かまぼこをたくさん頂いた。それを背負って南会津の山へ行った。吹雪の山を一人で歩いて、笹かまぼこを食事の代りにしていた。一、二回はそれでよかったが、三度三度かまぼこばかりを食べていると、さすがにまいって来た。しかしそれでも予定通りに歩くことは出来た。こうなると、自分でも意地になっていることがよく分り、吹雪の中で、つめたいかまぼこをぴちゃぴちゃ食べながら吹き出してしまった。

（一九六一年一月）

仕事で登る山

最近、何年振りかで大菩薩へ登った。ところどころ想い出す場所もあったが、それも懐しさが湧いて来るほどではなく、昔のことは忘れていたといったほうが正直である。もっとも、ある小屋は修理されて立派になり、また新しい小屋も出来ていて容子《ようす》もだいぶ変っていた。平日だった上に天気が悪く幸にして登山者の行列に出会うことはなかった。

三組ばかり若い人たちに会った。細いデニムのズボンに運動靴、ザックをかつがずにボストンバッグをぶらさげている。これが最近の低い山で出会う人の姿で、携帯ラジオを鳴らしながら歩いているというのも型通りである。そういう人たちがぞろぞろ歩いていたら私は逃げ出してしまったろう。

ところが私には仕事があって逃げ出すわけにはいかなかった。「山の風物詩」という放送のための録音をしなければならなかった。山で聞こえるきれいな音といえば、谷川の流れ、水のしたたり、あとは小鳥の声ぐらいである。風や雪崩なども音としてとれないことはないが、そういうものはわざわざ重い録音機を持って行かなくとも、立派にレコードになっている。

私は放送局の人と、一番普通の道を歩いて大菩薩へのぼって行った。山へ来ればもちろんうれしいし、何も文句はないのであるが、ときどき仕事のことを想い出すと暗い気分になる。録音機は、背負子につけて、いつでも回転出来るようにはしてあるけれども、もし一声鳴いたいい声をとり損ったらどうしようと思うと、それが頭にあって解放の気分は抱けない。

解放、それはふだん、山へ来ているときにはそれほど意識していないが、仕事から離れているということが、山へ来た私の満足の大きな要素になっていることがこれでよく分る。裂石から上日川峠へ登って、売店化した長兵衛小屋をすぎるころから雨になった。そしてますますひどくなるので、暫くは傘をさして歩いていたけれども、小屋へ泊ることにした。もうこの雨では鳥も鳴かないとなると、急に前日までの寝不足が出て、私は寝袋に入って眠ってしまう。

三時間ほど眠って夕方目がさめたが、気分が変に悪くて、まったく珍しいことに夕食がほとんど食べられなかった。何かつかえている気分は、やっぱり仕事を背負って来ていることが原因らしい。たとえ八貫、十貫の荷を背負っていても、仕事の重さに比べたら何でもないように思われるのだった。

風雨のはげしい一夜が明けて、すばらしい快晴の朝が来た。アカハラ、ヒガラ、コガラ、ゴジュウカラが鳴いている。まだ五時にならない。みんないい声の合唱である。それぞれに別々の囀りをしていながら、それらの声は実に美しく合っている。

ところが、幸にして、というのは実に申し訳ないことだが、しばらくすると録音機がこわれた。どうしてもハンダがないとなおらないこわれ方で、もう録音は諦めなければならない。幸にして。

私の解放感は、そのときやっと訪れた。

頂上を目ざしてさっさと風の中を登る。唐松尾根を登るにつれて、うしろに富士が光る。御坂山塊から南アルプスの懐しい山々。乗鞍をはさんで八ヶ岳。みんなまだいっぱいの雪で、山の壁が美しい。

誰もいない朝の大菩薩の山頂にはまだ雪が北側の谷へ向かって続いていた。よくもこんなに飲んだと思うほどのジュースの空罐はいっぱいだったが、ここから大菩薩峠への尾根みちを歩きながら私の気持はやっとはずんだ。

仕事は仕事、山は山。それはよく分っているのだが、仕事をもって山へ来るとなると、家を抜け出しやすいので、つい引受けてしまった。

このプランはまだ当分続くのである。仕事だと思わずに、勉強だと思って、この気分をごまかすように馴れなければならない。

（一九五九年六月）

山の放送劇

これまで、数は少ないが、頼まれて放送劇の台本を幾度か書いたことがある。ずっと前に、ある民間放送が出来て間もないころ、クリスマスの番組の一つとしてドラマを書いた。私はその録音の立会いに出かけると、打合せをしている俳優さんたちがいっせいに立って、私にたいそううやうやしくお辞儀をし、何か御注意があったら仰言って頂きたいと言った。

私としてはこういう経験ははじめてで、注意や注文をあたえるどころか、自分が書いたものを、声を出してともかく芝居らしくやってもらうことを考えると、ただもう恐縮するばかりだった。プロデューサーが私のうしろへこっそり廻って来て、作者はもっと威張っていなければおかしいですよと言ってくれたが、私にはそんなことは出来ない。

自分の書いた文章を、ほかの人が声を出して読んでいるのを聞いても、くすぐったい気持がするのに、五人六人の人が、熱演をして下さると、逃げ出したくなるのは仕方がない。それもだんだんになれて来た。プロデューサーの注文どおりに威張ることは出来ないが、この部分はこういう調子でやってもらいたいとか、このせりふの気持はこういうことだとか、一応自分の書いたものに説明を加えることは出来るようになって来た。しかし、自分がシナリオライターとしての資格などないことを充分に承知している以上、大きな顔はとうてい出来るはずはない。

　去年の十二月に、三回ほど冬山をテーマにしたものを放送した。放送劇団の方々のほかに音楽や効果の方々も大ぜいスタジオに入って来て、それらの方々が、すべて私の書いたものに基いて、喋ったり、作曲したり、工夫して下さるのだから、私は御苦労さまというよりも、不出来なものについて詫びてまわりたい気持になった。

　週に一度、夜七時ごろから、時には十二時すぎまでかかって二十分のものを作るのは、その時には見物人にすぎない私にもずいぶん面白かったし、出来上るともちろんうれしくもあった。

　ある時に、こんなことを試みた。雪の斜面から、急な氷の斜面を登り、氷がはりついた冬の岩壁を登るという場面である。小さい時から山を歩いたり、岩にも登った経験のある私は、アイゼンをつけて氷の上を歩くとどういう音がするかということも、ピッケルである程度堅い雪にステップを切る時には、うまい人はどういうふうにピッケルを振り、その時にどういう音がするかということも一応承知していた。

　これまで二、三の放送で聞いた山のドラマでは、それを正確にやっているものはなかったように思われたので、少なくも山を知っている人が聴いて下さっても文句が出ないようにしたかったわけである。

私は録音の日には山へ出かける時と同じような道具をかついで行った。岩を登る時に使うハーケン、カラビナ、ハンマー、それからアイゼンなども全部持って行った。それからスタジオには、氷を五、六貫目運び込んでおいてもらった。真冬に買う氷は安かったが、スタジオの中は暖房がよく効いているので、シートの上にのせておいた。氷はどんどんとけた。効果の人は短靴にアイゼンをはいたり、ピッケルで氷をたたく練習をしたり、異様な空気だった。

ハーケンというのは岩のわずかの裂目に打ち込んで、だいたい自分たちの体を確保するために使ったりまたそれを積極的に使って、岩のむつかしい箇所を乗越すのであるが、それを打ち込む時の響きは、何とも言えないいい音がするのである。むしろその響き工合によって、ハーケンがしっかりと入ったかどうかが分るし、岩を登る時の私たちを鼓舞するようなこともある。

そのいい音を何とかして出そうと思って、苦心をしたが、それがどうしてもうまく行かなかった。効果をやっている方の中に山の好きな人がいて、どこからさがして来たのか大きな石を二つ持って来て、それを重ねた間に打ち込んでみたりしたが、やっぱり駄目だった。

こんな時にはじめて気がついたわけではないが、機械をとおすと、実際の音はかえってそうらしくは聞こえなくなり、意外なものがそれらしく聞こえるということである。他のドラマでは、それらのためにさまざまな道具が作られているけれども、山の劇のための効果音については、何の用意もない。このハーケンなどは、どうしても大きな岩壁へ行って、実際に録音をして来るより仕方がないし、雪崩にしても、人工的に雪崩を起こして録音をしたものはやっぱりそれらしく聞こえない。

山の放送劇はそれ以後も作ったが、山の自然をそれらしく聞かせるのは大変むつかしい。山ではっきりと音になっているのは風、雨の雫、それから春先にでもなれば小鳥が囀りはじめる。それくらいのもので、いかにも山頂らしい気分を伝えるためには、音楽による効果をねらうより仕方がない。

そんな条件の中で、山である事件を設定してドラマを作るのはなかなか厄介である。特にナレーションなしにやってみようなどと思うとものにならない。

第一、山というところは、静かにおいしい空気を吸って、仲間がいれば下らない冗談を言い合い、おなかをすかせてがつがつ食べるくらいのところなのである。たまにはドラマティックなことも起るだろうけれども、それも断片的である場合が多い。

自分は実際に山へ登らないで、山の中で人間がきっとこんなことをしたり考えたりしているのだろうと、側面から、かなり気ままに想像している人なら、山を舞台としたドラマも作れるかもしれないが、面倒なことをさっぱりと忘れて、重い荷を背負って、ふうふう息をはずませながら歩いているのがやっぱりいいのだと思っているようなものは、山の放送劇などを書こうと思わない方がいいようである。

（一九五九年十月）

旅

この数年、年に二十回以上は出かけている山登りのことを一応別にすれば、私はいわゆる旅に出ることは実に少ない。行ってみたいところがないわけではないが、それだけの日数があれば、もっと行きたい山の方へ道具を背負って出かけてしまう。海岸や岬を訪ねるとか、湖畔に滞在するとか、船に乗って島に渡ってみるようなことも考えないわけではないが、それはもっと年をとってからでも出来ることなので、あと廻しにしてしまうのだろう。

しかしそういう種類の旅に似たものは、講演や録音の旅で、それはかなり数が多い。それを羨む人もいるけれど、仕事をかねた旅は決しておもしろいものではない。いくら丁重にもてなされても、どんなに特別の案内のされ方をしても、それが自分の望むところでなければありがたくないばかりではなくて、迷惑千万である。案内をしたりもてなしたりして下さる方には申しわけない言い方であるが、私はにこにこしながら我慢していなければならないのは辛い。

ちょっとそういう話を具体的に書いてみよう。

＊

講演をいやいや引受けると、汽車の切符が届く。見ると一等でもちろん座席指定、特急もしくは急行であるが、私の趣味から言うと特急というのは、親が危篤であるとか、それに乗らないと莫大な損害を蒙るようなことでもない限り、楽しい旅をしようと思うものの利用するものではない。せっかく存在する駅には、駅長始め助役や駅夫さんたちが多勢いるのに、埃をひっかけてすっとばして行くのは失礼でもあるし、第一とまらないのだから途中下車をするわけには行かない。

都区内の電車は別だが、汽車は切符を買うとそれで途中下車が出来るようになっている。気紛れな旅では、ここは下りてみたいと思うところで下車するのが楽しいし、そんな時に貴重な発見が数々ある。

もっとも今は講演をたのまれているので、途中で道草を食っていては先方に申し訳がない。おとなしく特急に乗っていることにしよう。しかし一等のお客さんは概してすましていて、非人情である。年寄りが網棚の荷を取ろうとしていても、手をかす人は滅多にいない。これは淋しい風景である。冬枯れのどんよりと曇った表の景色よりも遥かに寒々とした風景である。私は何も一つ車に乗った人たちが和気靄々《あいあい》と歌をうたうことなどすすめているのではないが、荷物が下ろせなくて困っている人には手をかすぐらいのことはした方がよさそうだというのである。

駅についた。出迎えの人がいる。その人は私の本物の顔を知らないので、新聞か雑誌に掲載された十年も前の私の写真をちぎって来て、こっそりと見くらべている。こっちはすぐに出迎えの人が分かる。そして向うから声をかけられるようにしなければならない。そんな苦労が旅のたのしみの中にあるはずはない。

宿屋へ自動車で直行。話の打合せがある。ゆっくり休んでくれと言われてもお客さまだから、女中さんに対しても気取っていなければならない。丁重に扱われるのが好きな人は満足するだろうが私はそれが辛い。

講演やそれに似た仕事が終ればもちろんほっとするけれども、それで自由になれたわけではない。あまり興味のない名所へつれて行かれ、気に入ったところがあっても、好きなだけ時間をそこで使うことも出来ない。そして、しばしば私はお酒の席に坐らされる。それもてなしの一部であれば、やっぱりにこにことしている必要がある。そのうちに、酔払いが出て来て呑めないお酒を無理にのませる。

私は一刻も早くそこを逃げ出すことを考える。それは最初から考え、すぐ帰らせて頂けるならお引受けするという返事を出すことにしている。ところがそれならばと言ってまた急行や特急の切符を用意されると、その切符を無駄にしてまでも、普通列車に乗り換える気にならず、すべてこれは仕事だったのだと思いながら戻って来る。

こんな話をなぜ長々と書いたかは説明する必要もないだろうが、つまり私が考えている旅の楽しみは、これとはすべて逆を行くことだと言いたかったのである。

＊

現在では全く乗物を利用しない旅は考えられない。汽車にもバスにも、時にはロープウェーに乗るのもよいのであるが、ただ乗物だけを利用して行こうという気持にはどうも賛成出来ない。例えば、本か何かで読んで、△△岬は非常によいところらしい、ぜひ行ってみたいと思い、調べてみると、そこはバスの終点から三キロばかり歩かなければならないということが分った時、ただそれだけの理由で諦めてしまうのはまことに淋しい憧れではないだろうか。旅のプランを立てる時に歩かなければならないのならやめるというのでは、何のために足を持っているのか分らない。

現代には、とことんまで楽をして、自分の体を全部他人に運ばせて、しかも最上の悦びを味わおうという考えがある。そのようにして悦びや楽しみの得られるものもないわけではないだろうが、旅ではそれは得られないと私は思っている。

未知の土地に入って、未知のものを、極めて素朴な心で受けとめて行くためには、日が射し込めばカーテンを引いて、安楽な汽車の椅子によりかかりながら週刊誌を読みふけっていたのでは、その手がかりさえ得られるはずはない。

このごろはどこへ行っても、観光地と名のつくところには展望台があり、十円玉を入れると目をさます望遠鏡があるが、それはやっぱり、楽をして、手取り早くたのしもうという旅行者の気分が反映しているのかも知れない。

日本の、自然の中に平和な息づかいを続けている田舎を素直な気持になって訪ねたいと思う人が、都会生活をしている人の中にはいないだろうか。

草と木の生命が、みどりに匂い、荒れた丘の続いた果てに残雪の山々が光っているような、明るく富んだ自然の中で、謙虚に生活している人たちに会ってみたいと思う人がいないだろうか。その土を耕し、豊作を祈る人の手に鍬が光るのを見たい人はいないものだろうか。

それは人を荷物のように運ぶ観光バスの窓からは見られない世界だと私は思う。どんなに展望台の望遠鏡でさがしても、そのレンズには入って来ない世界だと思う。そこには多分、親しい人と歌をうたい、踊るような芝生はない。

もちろん、海辺でも河原でも、湖畔でもよいが、人の足あとのより少ないところに自然の明るさは発見出来て、その期待を抱いて胸を躍らせて行くのが、私は旅だと思っている。

（一九六〇年五月）

らしいスキー

昨年の冬は、たった一日半しかスキーを足につけなかった。雪の北海道をひとりで歩いている途中で、名寄《なよろ》に住んでいる友人を訪ねた時、名寄の街はずれの、丸い丘で彼と二人で滑った。名寄はマイナス三十三、四度まで気温が下ることがあるというが、その日も雪が舞っていていい加減冷たかった。私にとっては実に上等のスキーを貸してくれたし、私の山靴ではそのスキーは穿けないので、スキー靴も借りた。

雪がやんだ空が薄く赤や紫になって来ると、円山、九度山、沼山と少しずつ北へよりながら高まって山が見え出した。そしてその奥にピヤシリがぼやんと、そして雪を含んだ雲の中に見えている。私はこんなところで久し振りに会う友だちとスキーが出来ることを、実にハイカラなことだと思った。丘の上まで行ってはキャラメルをしゃぶって滑った。

目の前に自衛隊の大きな建物があるのが何とも目ざわりで、そこから何人かの隊員が丘へやって来た。暇で何もすることがないのだろう。北海道はいたるところに自衛隊の巣があってずいぶん気分を害されたが、ここは私の見た限りではひどかった。

これが一日半の、半の方で、一日の方は、三月のはじめに七ツガ岳へ登る時にスキーを使った。およそ誰もいないところで、中山峠からシールをつけて、比較的薮の少ない尾根や谷をのぼり、沼ノ平に出ると、天気はどんどんあやしくなって行くが、七ツガ岳へ続く稜線が、大きな雪庇をこっちに向けて並んでいた。

私はどこからこの稜線へ出たらいいかを判断するのが何かしらすばらしくうれしいことのように思われた。丸山をまき、まきながら高度をかせいで、沢状のところに出てから、雪庇の小さい一点へ向って電光形に登った。

ここからはどうしてもスキーをつけていては無理だと思われるところまで穿き、橅の木の根本に、風や雪崩で流されないようにスキーを深く立てた。頂上まで行って戻って来るころにはかなり天気も悪くなっていることが予想されたので、赤いシールをとらずに目につきやすいようにしておいた。

濃霧の中で頂上をまちがえ、七ツガ岳のほんとうの頂上を踏んだのは、その翌々日登りなおした時のことになるが、帰り、自分の立てておいたスキーのところまで戻って、寒いけれども一服して滑り出すと、デブリが多くよくスキーをする人たちが使うような快適なという言葉は使えないけれども、誰もいない樹林の急斜面をたった一人で下ることは、まず私には満足であった。

他人に見せることをその大きな目的としているようなゲレンデをのぞいてみる気も起らないのは、こういう満足を知っているからだとその時も思った。

と言って、昔ながらの姿で滑る方がいいと主張しようとも思わない。だからここ十年近く、目まぐるしく変ってきたスキー術の理屈にも一応関心をよせ、本もだいぶ読んで勉強した。ついて廻りはしないがルディ・マットの滑り方を何度も映画で見た。かつてシュナイダーと、ぐっと腰を落して滑っていた彼が、三十年後にはこうして滑っているという一つの事実を私は考えた。

よく踏みかためられた、誤魔化しがいくらでもきくようなところなら、真似ごとは簡単であるが、どんなところでも少なくも私にはそうは行かないものをこれ以上やっても仕方がないという気持にもなって来る。

それにいい加減上達して来ると、誰が滑っても同じ恰好になるというのは、これは大変寂しいことである。

滑り方にも個性が充分にあらわれた方がいい。個性というものはその人のごく自然な状態の時にもっともよく現われるのであって、無理をして横向きになって、膝と肩とを前に前にとそればかりに気をとられているような時には、誰も同じことになってしまう。

人を教える時の理屈、教えられる時の納得の仕方は、立派な教科書のとおりがいいに違いないけれど、滑るようになったらば、その人らしい滑り方を充分に見せてくれた方が、滑る人も見る人もどんなに楽しいだろう。

私はこれからは、ますます人のいない変な山へスキーを持って行って、自分一人にだけ通用する安全かつ優美な、山の兎や小鳥もほれぼれとするような滑り方を、山を登りながら身につけて行こう。
こんなことを言えば、あいつはきっとこんな恰好で滑っているんだよという想像もつけられてしまうだろうけれど……。

（一九六一年十一月）

無難派

今度の冬には、最近ごたごたと流行したさまざまのスキーの流派の理論から、新しいスキー術を、考え出してやろうと思っているところへ、私がはじめてスキーをやったころの思い出を書くようにという注文は少々かなしいが、初老のムードを一方では楽しんでいる男が、奇妙な恰好をして、これが新しいスキーだと言って宣伝するよりは、やっぱり、昔のことをぼそぼそと語った方が無難なのかも知れない。

無難で思いついたのであるが、私はたしか昭和三年の暮からはじめているけれども、スキーをはじめるのに、無難ということを考えるのは進歩をとめてしまう。中学一年生だった私は、板谷の駅で下りて、五色温泉へ登って行く前の、つり橋の手前の坂にかかった時、道が曲りくねって下がどうなっているかは分らなかったが、猛烈なうれしさを覚えた。すぐにすべり出てしまった私に、従兄がころぶんじゃないよと言っているのがちらっと聞こえた。曲っている道はもうどこかへ行って、私は深い雪の土手を越え、杉の森の中へ飛び込んで行った。そこでころんだはずである。そのころんだことがくやしくて、荷物を背負ったまま、三、四回同じところを滑り、やっと最後に木に抱きついてころばないことに成功した。

その時は十日近く五色にいたと思うが、二、三日目には、木に抱きつかなくともとまる方法を覚えたし、必要があれば曲がることも出来るようになった。練習場（つまりゲレンデ）にはうまい人がそれでも何人か滑っていた。あんなにうまく滑れるのに、同じところを、まるで見せびらかすように何度でも滑っているその人たちは、多分、よほどばかなのだと思ったので、私はそんな友人の滑るのを見なかった。そしてばかのそばへ寄ると飛びかかって来るおそれもあって、なるべく木の多い、雪のやわらかいところで、スキーの裏にこってりと蠟をぬって、スピードを出してしかも、ころばないように滑る練習をした。

人のいないその林の中では愼有恒さんが、ゲートルをまいて、ボーゲンというのをやっておられた。山登りのえらい人だときかされたが、絶対にころばないところを見てなるほどだと思った。しかしスピードはおそくて、私はもっと無茶をやりたかった。海軍の飛行機乗りが来ておられたがその人はもうそれまでに、飛行機を数台ぶっこわしたのに決して怪我もしなかったという人で、藪があろうが何があろうが、まっすぐに飛ばす専門家で、その人と一緒に滑ると息がとまりそうになるのがうれしかった。もっとも、もう一人の同じ海軍の飛行機乗りも大和魂の持主であったが藪を目がけて飛び込んで頭を大きく切り、米沢の病院へかつがれて行った。

曲ることを覚えるのは大切であるが、必要もないところで曲って見せたって何の芸にもならないという考えは、今の私にも多少残っている。ただ年とともにスピードが恐ろしくなり、ころんだら必ず大怪我をしそうだと思うので、今はだいぶ「無難派」になって来た。明らかに堕落だと思う。

（一九六〇年十一月）

告白

これまで私はもとめに応じて山に関する文章をだいぶ書いて来た。これからも書くことは続けるだろう。しかし、山はすばらしいから登ってごらんなさいということを書いた覚えはない。ただ登って来た山について、それを紀行文にしたり、そこで想ったことを綴ったりしてきただけで、山の案内記を書いたことはない。ガイド・ブックがこの頃は何種類も出ていて、一冊ぐらい受け持って書くようにすすめられたことも何度かあるが、これだけはどうしても筆を執る勇気が出なかった。

私は自分の親しい仲間ならばともかく、知らない人を案内出来るような山の歩き方をしていない。山を歩いている時の私の気持には非常にむらがあるし、そのために道をまちがえたり、迷い込んだりすることはざらである。時には急ぐことがあって、なかば駈け出すようにして山道を歩くこともあれば、ぶらぶら歩きに道草を重ねて、ついには日が暮れ、先の容子も分らないままに草むらに寝て夜明けを待つことも別に珍しくない。誰にはばかることもなく、気まま放題になれるのが、私の山歩きの、自分で感じる限りのうれしさであって、これを他人にすすめるなどということを思ってみたためしはない。

三度も四度も歩いたことのある道で、普通考えれば迷いようもないのに、何かぼんやりと考えごとをしていたり、小鳥のきれいな声についさそわれて、知っている道を見失うような私に、どうして山の案内が出来るだろう。

それに、多くの人の通るところはなるべく避けるようにしているために、一つの山について尋常なことは知らない。全く、思えば自分ながらかなしくなるほど知らないことばかりで、一つの山を具体的に説明する能力を全く欠いている。だから、文章の中に地名をはっきりと書くことがつらくて、多くの場合、山の中にいる自分のある状態を書いているにすぎない。

そういうこととは別に、毎年夏のまえになると私は必ず辛い想いをさせられる。というのは、今では夏を限って登山季節とする考えもなくなっては来たものの、雑誌や新聞の紙面は、夏を前にして山の記事で埋めようとする考えが一般にはまだ残っていて、「夏山は招く」というような大見出しのもとに、夏山の魅力について書くことを強要される。あるいは、山登りはますます流行して、カミナリ登山があり、遭難はいよいよ多くなるが、真の登山とはどういうことで、どんな悦びがあるのか、それを書くように言われる時、私は正直に言ってほんとうにかなしくなってしまう。

ほんとうの山登りがどんなことなのか。そんなことは分らないのに、知らないと言えば何かいやな言い方をわざわざしているように思われるし、そうかといっていい加減な理屈は書きたくもない。

それである時には、山登りは恥しいものであることを自分の経験から書いた。なぜ恥しいかと言えば、平素よほどみじめな生活をしているのならばともかく、自分の家の屋根の下で、空腹を覚えれば何かを作って食べ、仕事に疲れれば音楽を聴くことも、絵をかくことも、そのほかさまざまのそれなりに楽しい遊びが出来るのに、それをわざわざ山へ出かけて行くのは、生活の向上をねがっている者として恥しいと思うのである。

またある時には、全く山について無知な人が想像するような山での危険を並べ立ててみたこともある。どこの里へ降るにもまる一日はかかるようなところにいて、盲腸炎を起こしたらどうするのか。つまずいて大怪我をすることだってあるのに、もしそんなことになったらいったいどうするのか。そのほかところによっては熊もいる、熊はいなくともピッケルという兇器を携えた人間がいくらもいる。まことに山は恐ろしい、思うだにふるえがとまらなくなる。

そんなことを止むを得ず書いたこともあるが、今年は、かなりはっきりと、ただ山へ行ってみたいと思う程度の人には、おやめになった方がいいと言えるようになって来た。そしてこの言い方はたいそう私の気持にぴったりとする。

私が未知の方々に対して、山登りの悦びを語るのをはばかるようになった気持をもう一歩押しすすめてみれば、山での苦しみは決して現代の人たちにふさわしいものでないことが断言できる。冬は暖房、夏は冷房と、莫大な金をかけてルームクーラーを自分の家につけるような生活を実際にし、また夢みている人が、暑い夏の陽に照りつけられながら、荷物を背負って汗を流して山へ登るのは、あんまり滑稽である。そのことに気がつかずに、ポスターやおせっかいな宣伝文句にのせられて山はすばらしいとか、魅力があるとか語り合っておられるのがほんとうに気の毒に思われて来たので、私はあえて、山登りは、しなくてすむ人にはやめた方がいいと言うことにしたのである。

私はそれで実際に釈然とする。私の言うことをすなおにきいて、山へ行くのを思いとどまる方があれば、その方は私から見れば賢明と言わねばならない。山に全く関心を持たない方は、賢い人である。

人間はずいぶん不合理なことを悦んでやっているし、愚かなことも好んでしている。しかし山登りを本式にやるためには本質的に愚かでなければならず、自分が何年間かその愚かな恥しいことを続けているからこそ、夏に一度、一年に三、四回山へ行く人たち、それもなんとなく、出来るだけ楽な方法をとって出かけている程度の人を、山登りが好きでたまらない種類の愚かな人と区別したくなる。

全く現代人としての自覚を持っている人ならば、ケーブルカーやロープウェーのある山へ運ばれて行くべきである。山登りなどに憧れるのはまことに見当違いの話であって、設備の充分に行き届いた観光のための山へこそ行くべきである。観光事業をしている人たちは、自分たちの作ったバス道路やロープウェーをさかんに誇って、これを利用しないものは馬鹿だと言わないばかりの宣伝文句を並べているのだから、それを利用してみて、宣伝にいつわりがあれば、厳しく非難して来て頂きたい。それを利用する方々がいい加減のことで満足してしまうと、日本の山は薄ぺらな安手な観光の施設で荒しまくられてしまう。

そういうものを利用する気になれない愚かな私たちには、文句を言いようがない。簡単な言葉で言うならば、山へ楽しみに行く人と、苦しみに行く人との区別が、もっとはっきりつけられなくてはならないはずである。山へ出かける人はそのいずれかに属すべきであって、曖昧であることは将来にきっと悪い、恐ろしい結果をもたらすに違いない。

（一九六二年七月）

III

山の歌

どうだい、あれを見てごらんよ。どうしたって泣きべそをかいているとしか見えないね。友だちは腹をかかえて笑っている。そしてたいそう機嫌がいい。私はその山をそんなふうな泣顔にしか見てはならないような強制が少々気に入らないけれど、まあそれは我慢してやることにしよう。

私は実は、この友だちのいきなりの言葉に吃驚《びっくり》してしまったのである。なぜなら、かつてその岩を私が登った時に、途中で急に不安になり出して、泣きべそをかいた想い出の方が私の方にあるからだ。

どうしてそう見えないのかなあ、君には。

彼はまだ頑固にその山の顔付について主張を続けている。私は、かつて私がそこでべそをかいて以来、その山の岩がこっそりまねをして、そのまんまになってしまったのかも知れないと思う。冬になってつららが下るといっそうみじめな顔付になるだろう。

＊

肩。誰が見てもその山には肩があって、それを肩としか呼べない。肩まで登ればもうひと息で頂上であるというのが常識だが、その肩がたいそう広々としていて、頂上へ登るまえに遊んでしまいたくなる。

それから、肩にいることが登ることよりは遥かにたのしくて、お湯をわかしてお茶でも入れようや、などという奴が出て来ても誰も反対しない。もう先が見えたというところで一服するのは確かにこたえられない。

私は山の肩へ登ったら、そこでゆるされる限りの時間をつぶすことをすすめる。山の天辺は気持はいいけれど、先がない。もうそれ以上登れない。ある人は山頂を踏んでから、肩へ戻って来てゆっくりすればいいではないかとも言うけれども、期待におののくことが私にはそれ以上貴いように思われる。

私は大きな山の前の小さい丘の上に坐ってその大きな山を眺めていた。地形学者がこれ以上どんな説明を加えるだろうと、地形学を知らない私でさえそう思うくらい、山は自然の法則に従ってそばだち、崩れるところは崩れ、骨ばった腕や膝をのばしている。

山は何もまとっていないが、べつだん恥しい容子もない。山は、その年をかぞえ切れない昔に、そこに坐り込んだ。猫のように、牛のように坐り込んだ。諦めるより仕方がない。山は動けない。寝返りも打てないし、もちろん前進も出来ない。山は逃げ出すことがない。それで私たちは安心し切って登る。

もし急に山が立ち上ったら……、そんなことは誰も考えないで、登ったり、落ちたり、死んだりする。どんなに自分勝手な人間でも、山から落ちて、山が悪いのだとは言わない。これも人間に何かを教えているのかも分らない。

（一九六二年十二月）

朝の祈り

五月の朝早く、小屋の軋《きし》む扉を静かにあけて、そろそろ波型の見えて来た雪の上から丈の低い灌木を分けて進み、前の日の暮れ方に見付けておいた枯草の原までやってきたのは、そこから見渡せる限りの山なみを、何かの時に役立つかも知れないと思って、画帳に写しておくためだった。

ところが、明るく晴れた頭上の空と違って、前日はあんなにはっきりと遠方まで見えていた山々には、やたらに灰色の雲がからみついて、襞《ひだ》ひとつはっきりと見えないばかりか、空に描く山の線が完全に現われているところはどこにもなかった。すっかりあてがはずれ、これでは持って来た二十万分の一の地図をひろげて見る気も起らず、その雲さえなければ太陽がもう山の端を離れているかも知れない東の空の、悲しく色あせた人形の肌のような色を、私は少し恨めしくなりそうな気分を警戒しながら眺めていた。

平野に近い、ごく低い起伏を撫でながら、山へさしかかると幾らか荒々しさを加えながらのぼって来る風が、その朝は天気の大きな崩れ方を予告していた。足もとの枯草は、まるで秋のようなせわしない騒ぎ方をし、灌木の細かい枝先は冬のはじめの氷雨《ひさめ》の日のように震えていた。

朝なのに、と私は思った。小鳥たちのほとんど狂喜に似た囀りが、靄《もや》の下の森から湧き上って来るはずの五月の晴れた朝なのに、次々に怪しい雲に取り囲まれて行く四辺の山々は、静かな誇りの表情を失い、いっそう深く押し黙り、目を閉じた寂しい諦念に黒々とかげって行った。

私は、自然が人間と同じように、襲いかかる不幸の前で沈欝な心を重く抱くのを見た。捕えられて濫に入れられ、何度かは檻を破ることを試みた末に、怒ることに自由な、かがやく眼ざしを失って行く獣たちの憐れさを、その山に見た。

拙い絵を描くためにやって来た場所は思いもよらず祈りの場所に変っていた。目的が失われたその空白を、祈り以外の何によって埋めることが出来たろう。

私は時々考えたこともある。祈りは無力の底から泡のように湧きあがることがあって、それが無形の願いとなってはじけた時に、心に改めて宿る一種の安心なのかも知れない。祈りは自分を救う知恵かも知れない。私は確かにそういう祈りによって自分が救われることを無意識にやっている。机の前でも、外を歩きながらも、病いの床の中ででも。

取り乱している彼の心がひと時も早く鎮まってくれますように。

迷いの円形の走路を走り廻っている彼が、疲れ果ててしまわぬうちに、広くのどかな、憩いのような仕合せが花となって咲いている野原がすぐそこにあることを気付いてくれますように。

しかしその朝に、空白を埋めるためにやって来た祈りは、私の無力の底から湧いてきたものではなかった。それは私自身の祈りではなく、誰かが無力なためにその願いを直接には私に伝えず、どこか遠く距《へだた》った家の窓辺で、改った祈りの姿などはせずに、一瞬息をとめ、目を閉じて祈った想いが、この山の中で、早朝に立った私を認めて宿ったもののように思われるのだった。

私の狼狽と、それを隠そうとする卑しい努力はどうもそのためのもののようだった。誰が何のために祈っているのだろう。もしや気紛れの、あてずっぽうの祈りなのではあるまいか。真剣なものなのか、それともいたずらに過ぎないものなのか。

人と人とは言葉によって華やかに遊び、手をとって誓っても、心は破れることのない石の内部のように孤独である。私の祈りは多くの場合は、あれこれと、自分の周辺を意味もなく駈けめぐって、心の孤独にすがりつく。誰かの祈りが届いたなどという錯覚はそのましぼんでしまう。

遠い連山を隠し切った雲はこっちへ向って流れ始めた。頭上の青い天が消えて行くのは一時間もたたないうちのことだろう。

（一九六三年三月）

岩の沈黙

岩は、人間の測定の能力からも想像からも遥かに越えた力の死骸である。宇宙を駈けめぐっていた一つの力は分裂し、呼び合ったりはじき返したりしていたが、いつしか消え落ちる火花のように、他のいっそう強烈な力に組み伏せられて失神し、そのまま動きを止め、次々に重なり合った、そういう力の死骸である。

かつての烈しい力は、今はこうして人間の棲む自然の中に仲間として加わっている。自らの叫びも、足踏みも、死人が時々床によこたわりながらする肩のかすかな溜息も、この力の死骸にはない。それは生物のどんな死よりも大きく決定的な死であって、再生もなく、再燃もなく、復帰もない。

無形な力からのこの唐突な変化を私もほんとうは知っているはずがない。私が知っているのは、そして自由に眺め得るのは、私の机の上にもころがっている岩のかけらである。拾われ、持ちかえられ、そのままここに無雑作に置かれている岩の一片である。

＊

岩は、その形に好都合の箱に納められている限りは、岩石学の手伝いをしているような恰好をしているが、箱から出されてしまえばもう無雑作に置かれるより仕方がない。正しい置き方は考えられない。

花は無残にちぎりとられて捨てられても、それなりに頻《しき》りに訴えたり、少々しつっこい物語を聞かせようとするし、おれて枯れた花でもかなりのお喋りを続ける。

しかし岩は喋ろうとしない。あまりに深い沈黙と静止は、これを暫く見詰めている私に、かえって異様な作用を起こさせる。

＊

ここにあるのは普通輝石安山岩である。こうして名前が分っているものはその生成も説明される。しかしこの一片を拾いあげた場所についての記憶が私に残っているとしたら、これは私の混乱の大きな原因になる。

岩についての特別な研究家をのぞいては、あの採集の、どちらかといえば地味な道具を持って、必要という荷物をいつも背負っている研究家をのぞいては、私たちは岩を、その土地、その山を訪れた記念として拾ってくるものである。極めて気紛れなやり方ではあったが、私の部屋の戸棚の一部にも、箱に入ったこういう岩の屑が幾つかはある。改めて眺めることもほとんどなく、せいぜい戸棚の掃除の折にでも蓋をあけてみる程度のもので、将来も何に役立つことか分らない。それはよほど著しい特徴のあるものでなければ、ひとたび庭にばらまいてしまったら、もう再び拾いあつめることもむつかしいかも知れない。

ところが、この一つが鳥海山の山頂にあったということ、こっちは木曽御岳、これは礼文岳、そうした私自身の、あるいは、親しい人のその場所を訪れた時のさまざまな出来事と結びついて、これを貴重なものにしているとは、何という勝手な話なのだろう。

いや勝手だなどと言ってはならない。私たちの身辺にある一切のものは多かれ少なかれ、時が経つに従って、私たち自身の生活の変化につれて、すべて想い出のための記念品と化して行くのだから。

＊

山の岩について、山頂や渓谷で拾って来たさまざまの岩について、想い出をさぐり始めたら際限がない。

そこで、私は誰がどこで拾って来たのか自分では知らないこの一片の、普通輝石安山岩を相手にしているが、この岩石の名前も今は要らない。そんな名前があってはむしろおかしい。

＊

岩の表面にも、比較的新しくかけたあとにも、むろんそれらしい重さの中にも、私が汲みとり、考えなければならない事柄がたくさんある。それはいま私には難解な数学の問題のように思える。定理や公理やそのほか数学に有用な鍵を持っている連中は問題を前において目を輝かせる。同じように火成岩の成因についての多くの知識を持っているものは、このごつごつの肌について、またきらきら光っている造岩鉱物について、なめらかに語りはじめる。

だが私は、それが出来ないからと言って苛立っているわけではない。私はこのひときれのパンよりも小さいものから、考え得る限りの巨大なものや、音もなく崩れる宇宙、広大な運動を、自分の頭の中へ組み立てさせようとする。つまりまだ生きている間の岩の、すばらしく大きな舞踏を眺めようとする。

この抽象的な映像の、今では恐らく地の果てに立った時にぼんやりと見えて来るかも知れない色彩を伴った大運動は、これまでの画家や作曲家の、想念の中にはちらっと現われたこともあるかも知れないが、それにふさわしい標題と内容を持った画面にも楽譜にも出会うことがなかった。

それだからと言って、私のこの願いを断念する理由にはならないだろう。

＊

私はこの一片の岩を二本の指にはさんで持ちあげることは極めて簡単であるのに、この岩と化してしまう前の力に比べれば、私の存在は、大風に吹きあげられる一枚の枯葉よりも遥かに小さく弱々しい。

だからといって崇拝の念は生れては来ない。ただ私には、正直に言って、この岩を窓から庭に、人の通っていない往来に投げる勇気はない。

岩と化して以来、これには雨が吹きつけ、雪が凍りつき、古い夏に蝶がとまって翅《はね》をやすめた。そして人間は一度もこれを踏んだことはない。願わしい私の想像が間違っていないように。

そういう尊さを岩は持っている。しかしそれは岩に振りかかる、人間の手による第二のあるいは第三、第四の運命をのがれたものに限る。山から運び出され、砕石場をくぐりぬけて、汽車のレールのわきや道に敷かれる岩を拾いあげる時、死せるものの徹底した従順さが私の胸を打つ。なぜなら、人間は死んでも従順ではなく、死んでもなお生きているものを支配しようとしているからである。それに比べたら、この屍《しかばね》は何というすばらしい死を迎えて来たことだろう。

＊

土は原野の広がりを想わせるが、岩は山を想わせる。単に登るための山ではなく、一歩退いて、眺め、そこに近寄って撫でる山である。

一片の岩についての考えが、こうして私の山の考えを一変する。山の姿の美、山にからまる雲との戯れはそこにはない。山がなぜ私の前に存在するかというところからはじまる新しい想いに辿りついた私は、今こそそこにしがみつこうとする。

それは長い長い時間の中での、偶然のような出会いであるが、その出会いを私の中で生かす方法を、さて、これから探り出さなければならない。それは最後まで模索に終るかも知れないが、模索を続けながらも、私には発見が繰りかえされるだろう。

*

机の上の岩を箱に入れて戸棚に入れる。私はこうして夢をしまう小箱を大切にしておこう。何度か手に持ち、机の上で置きかえたその小さい岩からは、全く罌粟《けし》粒のようなものがたくさん落ちていた。そのあるものは爪ですりつぶせば粉になり、またあるものは、そんなことではもう潰れない。そして針の先ほどの光を見せている。

私はそれを指先でかき集め、指の腹に押しつけて灰皿に捨てる。それはそうするより仕方がない。この微細な崩壊は、私に宇宙の進み工合を教える。だが私はそのことから、宇宙に尾を引いた寂しさを想い出すのは、今は控えよう。


（一九六二年七月）

岩の物語

私たちの命の長さでは測り切れない夥《おびただ》しい年月の、時には悲しくなるほどの冷たさを内に隠した岩の峰。しかもそれは永遠不変の姿の存在としてではなく、老いたる人の顔に深々と刻まれた皺に似た亀裂を、岩の物語として洵《まこと》にあからさまに見せている。

私はその岩語を多分まちがって受け取るだろう。しかしその間違いを、誰から指摘されたにしても、物語は力と美の組み合わさった壮絶なものであった。あるいは岩の内部の力と力の押しあい、犇《ひし》めきあいの、まさにその結果として、造形のそれに似た美が創られている。

その岩の美の創造にいたる物語は、真夏の天の下で、むしろ岩を登るという明朗な目的を抱いてやって来たものよりは、山に来てなお暫くのあいだ精神の疲れをもてあまし気味のものの心に、奇妙に写し出されるものである。それは私自身の経験として断言出来る。もっとも岩を登る人たちも、休みない登攀の連続ばかりではなく、岩の棚での、かなりの瞑想の時があったり、不安の一夜を過さなければならない時もあるので、岩は人に直接に語りかけることもないとは言えない。しかしそういう時にはあまり岩に近いため、そしてだいたいは次の足場だの手がかりを求めながらの対話であるために、岩自身の長い物語を期待するのは無理である。

山にいながら、自分らの、その日その日の行動を決めかねて、草原だの、ちょっとした憩いには都合よくころがっている岩の上で、横になったり膝をかかえ込んで、ただ山に囲まれているその時間を楽しんでいるような時に、岩の物語ははじまるものである。

その姿に対する岩の誇りは、生物の中のあるものの、感情を交えた満足や不満、悦びや悲しみとはおよそ異ったものである。それは確かにそのはずではあるが、しかし槍ヶ岳はそれらしく尖り、穂高は穂高らしく、剣とはちがったごつごつの姿をしている。

草原に寝ころんで、岩山の生成の、その原理のごく幼稚な解釈をしている時に、突然私ははね起きるのである。

何だ、同じではないかと叫びながら。

何が同じなんだと友だちはびっくりして私の顔を見る。人間のうちに痩せてごつごつしているのがいたり、やわらかくと言って悪ければ福々しく太っているのがいたりするのが、尖った山や丸い山があるのもそれと同じだというわけなんだ。つまり宿命論的にはね。

だから私が、科学的に岩山を見ることを覚えようとずいぶん努力して、そしてその方面に興味を抱いても、それがいつの間にやら文学的になってしまうのも、それほど自分勝手なまねをしているわけでもないのだろう。

宿命的に隣り合った二つの岩峰。それは同じ岩から出来上った、姿も顔付もなかなかよく似た兄弟であることもある。しかし近く隣り合いながら、岩の肌ざわりも、形も全くちがったふたり。

私は彼らが雲にかくれてしまった時に、宿命的にそれ以上近寄ることはないと思っていたが、それはあまり上等な考え方ではなく、彼らは雲に隠れた時に、そして、その肌をむずむずと這いまわったり、蜘蛛《くも》が糸にさがるように、それよりはよほど不器用にザイルを使って懸垂下降などをしている人間が全くいないような時に、雲の中の二つの岩峰は、横目を使い、首を縮め、にやりと笑い、あるいは私たちには思いもつかない方法を使って、ある意思を通じ合うことだってしているにちがいない。

だが岩の峰たちは、肩をいからせているから不遜であるとか、石をよく落すからだらしがないとか、足をなげ出しているから行儀が悪いとか、そんなけちなことは思わないようである。もっとさばさばとした堅さである。

（一九六三年七月）

堆積

決めた時刻につい捲《ま》くことを忘れていた時計が、十時を少しまわったところでとまっていた。正確な時も分らないままに、ぜんまいを捲いたところでかえって不安な気持になるばかりだし、この小さい宿には、階段を下りて行ってみても、柱時計ひとつ掛ってはいなかった。こんな時に小型のラジオを携えて旅をする習慣が私にあれば、さっき駅を下りた時に買った新聞のラジオの番組を見て時を知ることも出来たはずだ。そんなことを考えながら、窓を細目にあけて見た。少し離れたところに農家が三軒かたまっていて、さっきまでは確かに灯が洩れていたから、ひょっとするとラジオを聴いているのではないかと思った。しかし、十時を過ぎると寝鎮ってしまうのは、年寄り夫婦のこの家ばかりではなかった。

自分のうっかりした気持のゆるみから、滅多に捲き忘れたこともない時計をとめてしまったのが、いやに大きな失敗だったように心に響いて来るのだった。それならこうしよう。今は十一時五分前、この私のあてずっぽうの時間がどのくらい間違っているか、明日の朝をたのしみに、そこまで針をまわして時計を動かすことにしよう。恐らく十分とは狂っていないだろう。時計はいつもそうであるように、旅に出てもまあ仕方がない、私につき合って夜更しをしてやろうという音をきかせはじめる。だが私は無理に夜更しをすることもなかった。夕食のあとで今日一日の日記を念入りに四頁半も書いてしまったのだし、息子は二人とも戦争でなくしたとさっき夫婦揃って私にそれだけをぼそっと話したその息子のどちらかが昔使っていたのかも知れないと思われる古い小机はここに置いてあるが、スタンドなどというものはないので、持って来た本も寝床に入って読むことは出来なかった。

電灯を消して、寝床に入ると、外で蛙が一匹だけ鳴いていた。激しい鳴き方ではなく、途切れ途切れに絶望的な、溜息のような声だった。どうしてまたこの一匹だけが、それも狂ったように鳴くならばともかく、まるでこの世界の空しさを、こぼれるように歎く声が私には変に気になった。

最近田植えが済んで、水口からたっぷり水を入れた田んぼには、蛙がたった一匹だけだというはずはないのに、その声を聞いていると、それが田んぼの片隅で鳴いているとは思われず、広い沼地の、一本の芦の根本にぷかんと顔を出して、空しいものと知りながら、闇に向って、昔覚えた歌を想い出しながらぽつりぽつりと低い調子でうたっているような光景が浮んで来るのだった。

おやこれは私の夢だったのかなと思いながら、眠りかけた目をあけて耳を澄ませば、やっぱり確かにその蛙は鳴いているのだった。

＊

朝になると雲の多い日だった。その雲がますます増して低く垂れ、鬱陶《うっとう》しく梅雨の雨が降り出すのか、それとも雲がひび割れるようになって、ところどころに青空が薄陽とともに見えて来るのかちょっと見当がつきかねた。

私は、これならば一週間は保証すると言われて買って来たパンを持ち、魔法壜に湯をもらい二キロばかり離れた谷の、広い河原まで行って、そこで思うように一日を過すことにした。これは家を出る時から考えていた。そしてその日は、山歩きをするには少し不安な天気であったため、河原へ向う私の足は妙にそれにふさわしく軽かった。

木々の緑はまださまざまだった。明るいものはほとんどクリーム・イエローで、そんな木のわきを通る時には、そらもう薄陽がさして来たぞと思った。そして空を仰げば、相変らず雲はたっぷりと蔽いかぶさり、太陽のありかがやっと分る程度にまるく明るくなっていた。私がこうして緑の中を歩きながら薄陽のさすのを待っているのは、その気分のいい明るさ、病いのあとの、やわらかい波のようにやって来る恢復の味を、ここで楽しもうとしているのかも知れないけれど、それよりももっと直接に期待しているのは、日が照り出して、空気がぱあっとあたためられると、その瞬間から鳴きはじめるエゾハルゼミの声だった。

木々がこんなにも新しい葉をやわらかにひろげているのに、そして私の心がこんなにもその声を期待しているのに、そのヒグラシに似た小さい体を、いったいどこの小枝のかげに隠しているのだろう。恐らくこの見渡すかぎりの繁みに、ほんのわずかの気温の上昇を、息をのんで待っている彼らは無数である。その無数のエゾハルゼミの中には、気紛れに鳴き出す一匹の変りものもいないとは。

今ここで、彼らをいっせいに鳴かせるためには、たった一匹をそそのかして、声を出させればいいはずだと思うのだが、それは結局、雲のあいだからちらっと顔を出す太陽以外には出来ないことなのである。

私はそんなことを考えて、だらだらの草のかぶさった小みちを下っていると、そのあいだに鳴いていたのかも知れない鳥たちの声にも気がつかず、どうしてここはそんなにも音のない、しずまりかえった初夏なのだろうと思われた。自然は用心深く、草木も生きものも、むしろひたすら初夏の予感の中に、憩い続けて、物音を立てずに、また微動も見せずにいるのだった。

＊

こういう道を三十分ばかり歩いてその日の目的地だった河原へやって来た。そこまでの道があまり静かだったせいか、川の流れの音が大袈裟に呼びよせているように聞こえて来て、急にせかれるような気分になり、河原のぐらつく石を踏み、コマツナギの花穂にぼちぼちと花の見えているのにも立ちどまらず、流れのへりまで来た。

私はその水を掬《すく》いあげて飲むために、用心深く両膝をついてみたが、一昨日から昨日の朝にかけて、山の上の方ではだいぶ雨が降ったのか、川はうすく濁っていた。フレンチ・グレーの、ただそれだけの絵具を使った筆の穂先を洗った水のような色をしていた。それで手を洗うにとどめて、さてそれから自分の、居心地のいい場所を、流れのごく近くに造るために石を動かした。

流れの音は、広い河原だったから荒々しくはなかったが、それでも、ほかのあらかたの物音は消されてしまいそうだった。それでいい。ここに坐りながら、小鳥の声をきこうとも思わない。彼らの声や姿のためには、また別の、森を歩く朝や日暮の時間がとってある。

私は、細かい石をどけ、かわいた砂を集めて来たそこが、意外に坐り心地のいい場所になったので流れに見入っていた。だが、いつになく無感動の時間が流れていた。時々に泡のように浮んで来ては頭の中ではじける考えの大部分は、いずれも、過去の、このような河原で想った断片にすぎなかった。例えば、自分は今この川の、長い流れのほんの一箇所を見てはいるが、川は私の生れるはるか以前から流れ、死後もまた、同じ音をたてて流れ続けるだろうということや、流れに散り込んだ秋の木の葉の運命のことや、川底で絶えず起っている小石の移動のことなどである。

だがそんなこととは別に、河原にいる私をもっともっと有頂天にした記憶があるのだが、どうもそれは、草のいきれもはげしい、ひどい山道を、荷物もたっぷり背負って、長いあいだ歩き続けたあとでこうした河原に飛び出し、しばらく放心の憩いが許されたような場合だったように思うのである。そこで特別に何を感じ何を想わなくとも、川の岸辺で汗をふいたそのこと自体が悦びの核ともなり得る状態だった。

今度はそういう出会いの悦びではないので、新たな驚嘆を見出すとか、さもなければ、自らある想いを組み合わせて水ぎわでの時間を創らなくてはならなかった。相変らず曇ったままの空を見ても、風のない緑の繁みを見ても、ここに坐ったままでは、発見はむつかしそうだった。と言ってまた、この水ぎわに組み合わせるのにふさわしい何かの想いが、私の中には何もないように思われるのだった。

空しい時間だったと、暫くあとになって思い返されるような一日の過し方をしているのかも知れない。今上衣のかくしにしまった手帳をまたすぐに出して、草や鳥の名を記し、一行の言葉を書きつけるいつもの習慣から、抜け出してしまっていた。

習慣から抜け出すことは、そのために努力を重ねているあいだは、恐ろしいほどに困難であるが、苦痛におち込むまいといたわりすぎた自分は、こんなにもあっさりと空しい生きものになれる。

初夏の、日は照ってはいなくとも、そのぬくもりだけは持っている河原の石に凭《もた》れて、何の境地にも迎えられない。もしそれが出来るのならば、この場所で、このままの姿勢で眠るのがいいのかも知れない。そうしてから目をさまし、ゆっくりと歩き出すことである。するとこの石の一つ一つが、改めて教えてくれるだろう。私が大切に抱いていたものが、ただ乱雑に残された堆積にすぎないものかどうかを、しみじみと教えてくれるだろう。

（一九六三年五月）

伝説の国

あんなにせまい谷を、両岸からかぶさるような崖のあいだを潜りぬけるようにして川上へ来ると、またこんな谷がひらけるのだから全く呆れるよりほかはない。

山の中にはよくそういうところがあるじゃあありませんか、梓川のせまい谷を溯《さかのぼ》ると神河内があるように。それからほうぼうに広河原という名のところもあるじゃあないですか。そんな、そんな、あれっぽっちの広さではない。そしてちょっと考えられないことは、そこには誰も住んでいない。贅沢な人間ならば、不便だから、電気がないからというかも知れないけれど、そんなことにはかえられない、美しいその自然のひろがりが、どうして人間を引きとめないのか、これが不思議なのだ。

何人かのものはこの土地を訪れて、その発見を悦んだのは間違いないけれど、多くの美しい土地を発見した人たちが、発見者としての嬉しさを語ったようには、そこを訪れた人は語らなかった。何も語らないために、知られることが無く、従って伝説ひとつ生れない。生れるはずがない。言い方をかえれば、そこは伝説の国それ自身のようなところである。目のさめるようなと人々が容易に形容するような風景を前にして、人々は目をさますどころか一切に見とれて口もきけなくたる。そういうことが私どもにも一瞬はある。だが次の瞬間には、少なくとも華のようだと叫んで、それが夢だとは思わない。どんな大きな自然に向いあっても自分を忘れ切ることは望んでも出来ない。

しかしそれの出来る場所がどうもあるらしい。そこが今言った谷の奥の広い土地である。ただそこの一切について誰も語らないのであるから、私が知っている限りのどこに似ているらしいとも何とも言えない。また仮りに、私がそこを訪れたい願いを抱いて、地上を限なく探し歩いたあとでやっと発見したとしても、そこへ入れば、後になって語れるような感覚や記憶力を奪われてしまうのだから、結局はその努力も無駄になることは最初から分っている。

しかし何という、これはいい思いつきだと思っているんですがね。どうです？　人間には語ることの出来ない伝説の国があるという考えは？

信じているんですか？　その国を。

信じていますとも。つまらないことを訊ねないで下さいよ。天国だって信じている人がいるんですよ。

私はそこを別に探して歩こうとは思わない。そういう信仰者のような足取りは私にはない。だが、未知の土地を歩いている最中に、突然その土地を訪ねてしまうかも知れない。迷って歩いている時に、山の上の方から下って来ると、そこへ出てしまうかも知れない。

その国へ入り込むためには、何も狭い渓谷を溯らなければならないという事はない。ところで私は、そういう場所を、たとえ仮りにでも、なぜ伝説の国などと呼んでいるのか。どういうところか見たことも聞いたこともないのならば、もっと別の呼び方だって考えられそうなものなのに。

これも私の空想とも言えるのだが、そこにはどうも、伝説となって生れるはずのものが、いっぱい集っているように思えて仕方がないからだ。そしてそのことが、私がそこを信ずる唯一の理由になっている。

最初そこはばかにきれいな山の中のようにも思わせてしまったかも知れないけれど、たぶん見たところ、どこの山にでも見られるような地形のひろがりがあり、木や草が繁り、水が流れているところには山から運ばれて来た石がころがっているだろう。風に千切れて飛ぶ雲ももちろん見られるし、秋の烈しい色の飾りのあとには、雪の季節も来るだろう。けれども、自然が自然として蹲《うずくま》り、なだれ、せり出しているうちは、人はそれに慣れるに従って、木々の幹を走る栗鼠《りす》のようであったり、うつらうつらと眠る草むらの兎のようであったりするが、その外見の上では少しも変りない自然が、伝説となり得るその可能性を、細かいおののきで隠し切れなくなった時に、私たちは珍しい自然を見たということだけではすまされなくなる。

草の茎に細い糸をかけて懸垂している蛹《さなぎ》、それから落葉の中にまぎれ込んでいる蛹も、やがて行われる変形を予感して、かたい鎧《よろい》をぎくっと動かすことはある。それでも、もし私たちが蛹と蝶との関係を全然知らずに、蛹を手のひらにのせてじっと見ている時に、突然割れて蝶が飛び出して来たらどうだろう。

この伝説の国では、草木も岩も、岩も山ひだも、単調な声を続けてきかせている川の流れも、全部蛹のようなものなのである。もしそこに私でも誰でも、人間が足を踏み入れていたら、それも否応なく変化の可能性におののかなければならない。

ただそこでは、決して岩は人を睨まない。川も突如渦を巻き出して人を深い淵にまき込むことはない。木々は腕をのばして肩を組むこともなく、風鈴草も決して音を立てることがない。

分ってくれましたか。だから無気味なのです。岩がいつまでも岩でいるなんていうことが考えられますか。木々が老いて倒れるまで、隣り合った木に対して無感情でいるなんて、そんなおかしなことがありますか。せっかく風鈴のような形をしている花が、音を立てずにしおれてしまうなんて。

だからそこには人が住めないのは当然である。住めないどころか、どんなに素晴しい季節にも滞在すら出来ない。そしてこんな気味の悪い、恐怖を越えてかたく痙攣したままのような気持を語るすべはないのである。この伝説の国からは伝説が生れたり、それを持ち帰ったりすることが絶対にない。

曲りくねった深い谷は今、絶えず両側の崖からなだれ込む雪に埋って、もり上っている。私はそこに自分の足あとを残し、ふりかえりふりかえり進んで行く時に、もしや突然目の前に広い土地がひらけるのではあるまいかと思う。

雪におさえつけられた木々の枝が、私が通っても何一つ訴えない。重なる山が、雪雲のあいだに見えているが、それも私とは全く無関係に、単なる山として冬らしく聳えているだけである。こういう時に、私はいよいよ入って行くのではないかと思う。この永遠に物語のない伝説の国へ。

（一九六三年一月）

伴奏

場所はどこでもいい。山頂でも峠でも、あるいは尾根路でも結構。ただし条件をつけるとしたら、そこが一段と明るく、土や枯草の匂いがやわらかな太陽の光の中でほどよく立ちのぼっているようなところ。そうなるとどうしても晩秋の、まだそこまでは冬の前ぶれの厳しい風が届いて来ない山のどこかが考えられる。

そこで一つ、私は山での、自ら歌い出す心の伴奏として音楽を想い出してみようというわけなのだ。それにはもう少し、先にその場所を、克明に想い描いてからがいいだろう。

私はどうしても道がそこを通っているので、ある湖の畔へ出た。そこには夏から秋のはじめにかけての、恐らくは愉快な仲間同士で楽しんだ幕営のあとが幾つも残っていた。天幕の周囲に、山の教科書どおりに作った溝や、天幕の裾をおさえた石が、彼らのそこでの生活をかすかに想わせた。幸いにして、その夜の騒々しい歌や饗宴を、あまりに歴然と物語るようなウイスキーの空壜や、外国製の罐詰の空罐もころがってはいなかった。しかし何を見つけてしまわないとも限らないので、私はもう小鳥たちの囀りもない、その湖畔を離れ、岩の多い峠への道へ入る。

一段高みに登ってこの湖を見下ろせば、素人の私にもそこが古い噴火口であったことも地形の上から判断出来たし、道にころがっている火山岩の性質をよく心得ている人ならば、その方からも同じ判断が下せたかと思う。もう今の季節では訪れる者もいなくなったその湖は、伝説が甦えって来そうな、しんとした暗さがあったが、それは確かに天気のせいもあった。

湖へ出る前に、ひと時森の中の道を歩いていると、かすかな懐しいみぞれの音を聞いたのであるが、それは確かに雪交りの小雨だと確認する前にやんでしまった。そういうような天気で、空は暗く、湖の上へ、北西から次々と送られて来る紫っぽい幾つもの雲の塊のさらに上にはもう秋の青い天はなく、白い層雲が蔽いかぶさっていて、時々太陽のありかを朧《おぼ》ろに見せてくれるぐらいだった。

雪ならば雪で、私の心はそれを悦ぶ準備もあったが、冷たい雨に降られるかも知れないという不安もあった。いずれにしてもあまり景気のいい旅にはなりそうもなく、せめて赤や黄色に熟している木の実の残りをさがした小鳥たちが、秋の最後の明朗で可憐な歌でも聞かせてくれないものかと思って、左に三十歩、右に五十歩というような電光形の道を私は腰に手を置いて登って来た。

こうした登りに小鳥の歌にはめぐり合えなかったが、峠へ辿りついたちょうどその時、天を蔽っていた高い雲が薄綿のようになって引き千切られ、太陽がその一帯を照らした。

まるで遥かな天に住む雲と太陽と風とが、私のその道を登って行く足どりを黙ってみていて、お互いに目くばせでもしながら、私を悦ばせてやろうと決めていたようだった。

峠の枯草に荷物を下ろしても、すぐには腰を下ろすのがもったいないような暖かい陽射だ。寒い風が山肌を撫であげているような天気がいやなのでもない。だが天の大きな種族たちの、一人の私を特別に悦ばせてやろうという心があったからには、この晩秋の、考えても見なかった峠の日だまりに立って、私の心は彼らに向って歌い返さなければなるまいと思う。

私はその歌にまよう。遠く藍色に曇る山では明らかに雪が降っている。それが明日の夜明けになるか、明後日の夕暮れになるか分らないが、あの雲が吹き払われれば、ここからも必ず、白い衣裳をまだ幾らか恥しそうにつけた山々が望めるだろう。

だが私は、何の準備もないのに知らずに立っていたところが舞台で、しかも突然幕をあげられてしまった子供のように、その峠に立ったまま、おどおどと迷い続けた。たった一人で、自然の、それも厳しい冬が間近かに来ているこの時の、恩寵という言葉さえ使うのを躊《ため》らわないほどの、この優しい暖かさ。それに答えるほどの歌がどうして私の心にあるだろう。私の歌を自然は強要しているわけではない。私はただここにゆっくりと腰を下ろして、しっかりとこの今の、自分を取り囲んでいる一つ一つの物と、そのすべての綜合の美をしっかりと受けとめることさえ出来ればいい。

そのように、やや高まり過ぎた想いを落ちつかせた時に耳に聞こえて来たわけではないが、一つの狂いのない音色が響いて来た。

私はこの音楽、古《いにしえ》の、豊かで艶のある旋律の数々を創り出した作曲家のこの音楽を、なぜ想い出したのだろう。残念ながらそのいわれが思いあたるほどのゆとりもなしに、チェロが鳴り出した。

私にとって実に久し振りの、フランツ・シューベルトのソナタ「アルペジオーネ」である。この奏鳴曲イ短調に、私は特別の想い出を托してあるわけではない。若い頃に、あまりせかせかと、もっと受け取るべきものが多くあったにもかかわらず、それに目もくれずに山を歩き廻った後の、一度襲われた精神的な疲れから立ちなおるために、今度はやたらに音楽を聴いた一時期があって、その時分シューベルトのこれも、ベートオヴェンのチェロ奏鳴曲とともに聞いていたことは確かであるが、いま突如としてそれが甦えるような私のどこにしまわれていたのだろう。

一つのこのように完成された音楽が、山の中で、平常の、私にとってはどこまでも尊い多くのあらゆる生命から距《へだた》っている時に、心の歌の伴奏として甦えって来たことに、しばらくは驚異した。

私にとってその時以来、この峠は、地上に存在する一つの場所ではなくなり、あの自然の与えてくれたぬくもりとともに、心の中に宿ることになった。それもひょっとすると、二度と再び、あのような、世界が高貴な色と音との中に溶け込むような、そういう甦えり方はしないかも知れない。だがそれだからと言って、それが仮の宿りであるようには思いたくない。

その峠で「アルペジオーネ」を想い出しているうちに、日はかげって来て、枯草の上に細かい雪が降って来た。それは風に送られて来る遠くの雪のようだった。それでも、このシューベルトの旋律は光の中にのみ甦えるものではなく、光とともにその影をも歌い、ひろがる雲の下の、一見単調な世界の中の、微妙な明暗をも歌っていることを知って、もう自分の心の歌への窮屈な期待、思い通りにはならない期待を消して、峠を越して行った。

しかし今となって静かに想えば、あの奏鳴曲の鳴り出したその時から、私の心も歌っていたのかも知れない。

（一九六二年十月）

山村の秋

今日思いがけなく、古い友だちから葉書を受け取った。山の奥の村に移り住んでもう三年になり、再び都会の生活に戻ることもあるまいから住所を知らせておくという、それだけが書いてある葉書だった。その数行の文句を、一字一字見ているうちに、何という贅沢な奴なのだろうと思った。まさか何というずるい奴だとまでは思うわけには行かなかった。

上州の、そこへ行く途中の街道を辿って行けば、末は道が山へ消えるようにせばまりながら越後へ入ってしまうそのあたりを、私も詳しくはないが知っていた。そして彼の住んでいるという村も、彼とは全く無関係に、もうずいぶん前に訪れたことがある。

私のその友人と、その村とがどういう関係にあるのかは葉書にもひと言も書いてはないし、これまでにそんな話を聞いたこともついぞない。何しろ二十年は会っていないし、その一枚の葉書をいくら睨んでいたところでそこに書いてあるごく簡単な文句からは何も考えられない。だから彼にして見れば山村に移り住んでもう都会には出ないだろうということが、私がついそう思ってしまったように決して贅沢なことなどではないのかも知れない。

ただこの葉書は、もう忘れかけていたその山村の秋を私の記憶の中からいやに鮮かに想い出させる役目はしたことになる。

＊

そういえばあの時、私は何でも栃木県の山ぞいの、丘をほんの一日二日歩くつもりで出かけたのだった。稲刈ももうほとんど終わって、束ねた稲が干してあるころだった。景色を眺めるというより秋の空気の匂いを嗅《か》いで歩くのが嬉しかった。二日歩いて夕暮れ時に、そろそろ帰ることも考えなければと思いながら、空の色とそこを並んでゆっくりと通る雲があまり穏やかで、そのまま上州の山麓へと足を向けたのだった。

古いことで泊った場所や宿のことなどは何も想い出せない。まるで放心の状態で歩いていたとしか思えないように、その辺のところは記憶にない。

秋が安らかに草に住む虫たちを鳴かせ、羊のような雲を空に遊ばせておく限り私はこういう旅を続けていたい気持にさせてしまった。だからこの村に私がやって来て、水車の音をきいたり、農家の納屋に出入りしている鶏たちを見たのは旅に出て幾日目だったのかさっぱり想い出せない。

＊

こうした山麓の旅のあいだには幾つもの部落を通って来たはずなのに、どうしてこの村だけが、たった一枚の、その村の容子などは何一つ書いてない葉書によってこんな工合に鮮やかに甦えるものなのか。

私は、牛を牽《ひ》いてちょうど自分の家に戻って来た農夫に、たぶんこの村の奥の道がどうなっているかを訊ねながらほかの話もしているうちに、その家に熟したままかなり残っている柿が急に食べたくなって、三つ四つ売ってもらえないものかと頼んだ。

農夫は、竿をにぎって柿を少し乱暴にはたき落した。私は黙って見ていることも出来ずに、柿の木の下に走りよって、落ちて来る柿をうけ止めて、もうこれだけで充分だと言った。

柿は枝についている時には、どこにも傷一つなく、一つ一つが大きなホオズキのように見えていたが、受け取ってみると、あっちこっちに黒いしみだの傷もあった。ところがそれを持って行って食べなさいと言われた時は、なんにも邪気のない、正直で素朴な農夫の心を手のひらに渡されたような気持だった。

＊

点々とある農家のあいだの、まっすぐにはなっていない道の両側には、幅は一尺ほどではあるが流れがあり、豊かな水がほうぼうで音を立てていた。道も坂だったのだろうが、流れにも勢いがあり、ところどころに野菜や農夫たちの道具を洗うための場所が出来ていて、そういうところでは水は小さい渦をまいていた。

その頃私は、物そのものよりも、色や光の組み合わせによって風景を見て、またそういう印象を強く残そうとしていたためなのか、西に廻った太陽からのやわらかな橙色の陽光による、あたり一面の、かすかにほてるような、あるいは恥しさのための赤らみのような、その色合が私に何か物語をきかせているようだった。

それは改めて私から人に語れるような筋を持ったものではなく、私をその場所で深く包み込んで行くような物語だった。

＊

上へ登って行けばわずかばかり畑があって山道になると言われたその道を、もちろんいい加減のところで引き返すつもりで登って行くと、誰がそこに据えたものとも思えない、また自然に大昔からそこにあったとも思えない岩を見つけ、それに腰をかけて私は貰った柿を食べた。

そうしてこの高みから村を見渡して、もしも私がここへ移り住もうという気持を起こしたとしたら、どこへどんな小屋を建てて生活することが許されるのだろうかと考えてみた。

この村はどこに特徴があるというのでもないし、東側から左手で抱き込むように出ている尾根にしても、ところどころに私が腰を下ろしているのと同じような岩が露出しているだけで平凡なものである。だが太陽は秋になると暫くのあいだ、この村が好きで好きでたまらなくなると言った、優しさがこぼれたような光をそそいでいる。

ここは恐らく太陽にとっては秘密の土地であるに違いない。そこに昔ながら住んで土を耕している者たちは、そんなことに気もつかずにいるかも知れない。それを、たまたまここを通り過ぎて行く私が、わずかの憩いの時間だけ、優しく高貴な光を浴びるのを許してもらえたのだろう。

＊

だが、それに有頂天になって、私自身がこの秋の太陽に愛されている土地に移住を企てることは、ここがそうしためぐみを受けているところだけに、その値打をさほどに知らずに頸に飾っている宝石をちょっとした簡単な言葉でどこかの島の土人から奪いとるのと似ているような気がした。

この村は秋の、そこに秘かに憩う太陽の愛撫をうけて、貧しさのゆえに落ちた壁も、古さのゆえに倒れかけた納屋も、労働のために褐色にやけた人々の顔も、過不足のない調和の中で静かな息づかいをしていて、私が住む場所はもちろんのこと、休息の場所さえ見当りにくいところだった。

葉書をくれた友人はこういう村に今住んでいる。

（一九六二年九月）

山を描く画家

　森の中のぬかるんだ道や、コガラがマユミの実と遊びに来た林の中を、今日は朝から新しい雪を踏んであっちこっちと歩きまわっていたが、ついに、画家は小型のイーゼルを立てる場所を得た。枯草の原の、そこは一本道。こんな季節でなければ、この一本道はきっと人通りもかなり多くて、その道のまん中に画架を立てることなどはちょっと考えられないだろうのに、今は雲のあとの、うらうらした冬のはじめの太陽が、枯れて倒れた草たちのために祈るようにひろがっている。

　私は自分のザックのわきに結びつけていたイーゼルをとって画家に渡し、二つに合わせたキャンバスをひろげる。

　画家は、外套をぬぎすて、キャンバスの一つを草原に放り出し、絵具函をあけて、山と向い合う。私は事もなげに余計なお喋りをわざと続けていたが、この仕事のはじまる一刻一刻を凝視しようとする気持は高まって来る。

　だがこういう気持が高まりすぎた時には、そこにいるのは私たち二人だけではあっても、また、二人以外に誰もいないことがかえって、画家の一つ一つの仕種を注視出来なくさせてしまう。それは止むを得ない。自然の動きに対しては貪欲なほどに、他の一切を忘れて熱中出米るのに、人間の行為に対してはこういう躊《ため》いが生れる。ましてそれは山を描く画家の、キャンバスを前にして、そこで最初にどんな行動がはじまるかを見ていることは、鏡に反射する太陽のように、まぶしいばかりではなく恐ろしい。

岩壁の下に辿りついた人間が、そこで岩を登るための道具を身につけて、最初の足場をどこに選び、目の前に幾つかある岩の凹凸のどれに手をかけるか、それも私にとってはかなりのまぶしさを感じさせる。すべて人間の行動、どんな単純な行動にも、その内容があらわれすぎる。それを私はまともに見てはいられなくなる。

キャンバスの上を走る鉛筆の、烈しい音だ。もう画家の仕事ははじまっている。私は恐る恐るうしろへまわる。草原の中はしめって、靴がもぐる。そして一歩進むために、草の中からあげる足が引っぱられるようである。

老樹の繁みがうしろにあって、そこでカケスが騒いでいる。それは全く別の世界の出来事のようだった。いつもなら、私は自分の身をなるべく隠すようにしてその繁みに近寄り、カケスたちのあのいたずらっぽい声が、どんな容子から出て来るのかをさっそく観察にも出かけたろう。カケスは勝手に鳴いているがいい。

よく見るためには近づくべきその対象から、私は離れる。どこまでも離れる。湿原を今度は前方に廻って、結局は画家の姿と目《ま》ざしとをもっとよく、もっと気楽に眺めるために。

そうしてとうとう私は河原まで出てしまう。今ずっと向うの、草原の道に陣取って画家の描いている山が、河原まで来るといやに大きく見える。岸辺の薄い氷はこんなに陽があたっていても一向に解ける容子はない。もっとも太陽は冬らしく、ずっと南を低く通り、水の流れを撫でるように光らせている。

絵をかく人について、私は今度の旅に出るずっと前から考え続けていたのに、その最もいい時にめぐり合って私はその傍らから離れなければならない。しかしそれは、長いあいだ暗い夜空を見つめて待っていた花火が、それの打ちあげられる瞬間に自分の目を故意に蔽い隠すようなこととは違う。私は恐らく十分な経験を得ているに違いない、もうそれ以上受け入れられなくなったからこそ、こうして遠く河原まで走って来たのだろう。画家を、もっともよい状態にするためにその傍から私が離れるという心づかいなどではない。

セキレイが川の水面を大きくはねながら飛ぶ。気のせいかにぶい声である。銀線の、セグロセキレイにしても、その銀はいぶされているような声である。

私は少し通るみちをかえて戻る。昔のスキー帽を横っちょにかぶっている画家の頭がだんだん見えて来る。もうだいぶ絵具がつけられていると思う。よし行ってみよう。そして、画家の脇に思い切って坐り込んで、うるさいと言われるまで話し込んでやろう。

まっ青な空だ。

（一九六二年十一月）

雨の山の夢

長い夢だった。まとまりはないが、ところどころはっきりしていて、そのために息苦しくなるほどだった。それも雨の山の夢だったので夢を見ている私の影像が水々しく、光沢を加えて残ったのかも知れない。

私がさしている傘の柄はぐらぐらしていたし、骨も三本も折れているので、これはしょうがないぼろ傘のようではあるけれど、私に降りかかる雨の不快な要素だけは巧みにさえぎってくれる。

大きな傘だ。私はこんな傘を持ってはいない。それならいったい誰の傘なのだろう。柄も骨もほうぼう錆びているところを見るとどこかの納屋の棚に、もうよほどの時でなければ使いものにならない、中半《なかば》不用のものとして、しばって上げられていたような傘である。

そうだ私は谷のどん詰りの、無人小屋に泊って、騒々しい川音で眠りをいささか玩《もてあそ》ばれていた気味があり、朝になっても目ばかり開いて、頭の中はあやしい眠りがまだ続いているようだった。

そこでちょっとした勇気をしぼり出して、目の前の急流まで、濡れ切った岩づたいに下りて行ってみたところ、前の日の夕方、まだこの雨の降りはじめには冷たく澄んでいた水がすっかり濁っていて、それがどうということもないのは、顔を洗うのをためらっていると、向う岸を何の用で歩いていたのか、樵夫のように見えた男が、このこうもり傘を私に放り投げてくれたのだった。自分は蓑があるからこれを使えというようなことを、かなり愛想よく笑いながら私に言っているらしかったが、何しろ流れの音が、ぶっきら棒に烈しくて、勝手にそれを彼の好意として受け取るより仕方がなかった。

ひょっとすると私が泊った小屋は、その樵夫のものであって、それをひと晩使ったのなら何とか挨拶をしろとでも言っていたのかも知れない。にこにこと、物を貸してくれながら、口ではなかなか文句を言う人だって別に珍しいことではないのだから。

だが、すべては烈しい流れの向うのことである。どの辺まで遡れば、その川を渡れるか知らないけれど、見渡したところ、いくら山に住む樵夫でも、飛び越して来られるようなところは見当らなかった。それに私は何も悪い気持を起したわけではなく、傘を貸して貰えたのだからこれをさして山を歩いて来るのが、むしろ礼儀のように思った。そしてもう一度この小屋へ夕方戻って来るにしても、少し、激流から離れたところへ行って、頭を休ませたいと思った。

しばらくのあいだ夢は大変現実的で、急な登り坂はよく滑ったし、木の枝につかまれば、枝先の露は降りかかって来て傘からはみ出している私の腕や膝を濡らした。そしていつの間にか川音からは解放されていた。

こんなばかばかしく急な坂は、そう長く続くはずはないし、だいたい登り切ってしまうと、今度はいやに楽な道になるものだから、私はだんだんにはずんで来る息を自分でごまかしながら、いつも一人の時にはよくそうするように、えんさ、えんさと言いながら登って行った。

こっちの斜面には直接風もぶつかっては来ないけれど、谷の三角形の広い空間では、風もだいぶ好き勝手に遊び廻っていて、その容子は雨滴のつくる縞模様で分る。そして遠く離れると雨脚とは全く無関係にからまり合う霧の向うで、山の緑が前かがみになったり、のけ反ったりするのだった。

私はとうとう予想していたような、ほとんど平坦な道まで登った。そこは尾根の上ではあったが、晴れていても向うの景色ががらっと変るような場所ではなく、せいぜい別の、同じような谷が見下ろせるくらいだったろうと思う。

さて、腰を下ろすようなところもないし、と言って立ったままで休むのもつまらないので、いっそのこと木の幹にでも跨《またが》ってやれと思い、あたりを見廻すと、うまい具合に、イタヤカエデの一本が、倒れかけ、まだ根はそれほど浮き上ってはいないと見えて、この春の新しい葉を他の木と同じように繁らせているので、傘をつぼめてそれに登って行った。

谷に向って突き出したところが、ふた股に幹が分れていて、そこまで行くと、腰をかけるのには好都合だった。うっかり居眠りなどは出来ないけれども、ちょっとした気分である。足の下の、今登って来た枝尾根の、はるか下の方で、オオルリが鳴いている。あのいっぱいある木のどれかの梢で、美声を振りまいているのだろうけれど、上からはその得意な姿も見付からない。

オオルリが鳴きやむと今度はコルリだ。コルリはこのイタヤカエデの近くを少しずつ移動して呼子を吹くように鳴いている。

まあこんなに静かに次々といい声をきかせて貰えるのだから、雨の中をやって来た甲斐もあるし、生きながら味わえる最高の極楽かも知れないと思った。

これからが少々夢が奇妙にカーブをしはじめる。

私は借りた傘を持つ手がいつの間にか翼に変っているので、どうもかなわないことだが、傘をくわえているよりほかに方法がなかった。かび臭い匂いが雨水を充分に吸い込んだ布からじゅくじゅくにじみ出し、それが口に流れ込んで来る。私はあんまり用心深くなる必要もなかったのかも知れないがともかく、翼を大きくひろげて見た。すると体が浮きあがりそうになり、思わず、三、四回羽ばたいて、翼をたたみ、ふた股の幹に足をぐらつかせないように踏んばるのだった。

生れてはじめて翼を使って飛び下るのに、この深い谷に向って行こうとするのはどうも大胆すぎるかも知れないと思った。鳶《とび》のように大きく小さく旋回することが果して出来るものだろうか。それともカッコウかヒヨドリのように、波型に空間を切って行く方がやさしいのだろうか。

たぶん、私は最初の飛翔に失敗することになるだろう。どうもそういう予感がしてならない。失敗するとしたらこの傘のせいである。口にくわえた傘の重みは、だんだんに私を下向きにして行って、森の中へつきささるように落ちてしまうだろう。

躇っているうちに足はしびれて来た。幹にいるだけでも平衡を保っているのが危くなり出す。そしてついに……。

夢は相変らず静かにはさめなかった。その代り私は、谷へ落ちては行かなかった。倒木に腰を下ろして、眠った時間はほんの数分だった。自分の傘をさし、雫が膝に垂れていた。

そこは安倍川の奥の八紘嶺の頂上近くだった。コルリは実際によく鳴いていた。

（一九六三年四月）

山の革命

物好きなカメラマンは、部屋の中で一日を過している人間の、床を離れる時から再びその床にもぐり込むまでの、ざっと十六時間の動きを、一分間に縮めてみせる。部屋の中でほとんど無為に過していたはずのその人間が、何と目まぐるしく動き廻っていたことだろう。

あるいは寝床から一度も起きあがらずに眠り続けていた人間の、その夜の八時間を一分に縮めてフィルムに納めたものを見ると、その寝がえりのはげしさに呆れてしまう。

私はその時、ちょっとむつかしい注文を考え出した。地上に今、それぞれ鮮かな個性を見せている山が、ここまで成長する長い長い年月を、一分とは言わなくとも十分ほどのフィルムにつくって見せてくれる者はいないか。

*

私は学校の地理の先生が話してくれたことを疑っているのではない。先生は白墨だらけになって、黒板へいっぱい描いたものだった。片手に黒板ふきを持って、その部分部分を消しながら、大地に突如大噴火が起こり、そこに一つの単純な山が出来上るところの図を見事に描いてしまった。

出来上ったところで私はその図をノートにうつし、家に帰って自分の机に向うと、さっそく色鉛筆を出して、火山の断面図に色をぬった。ブラウン、セピア、イエロー・オーカーなどを使って、その層をぬり分け、最後に赤く、深い地の底からの火が押しあげて来た道をぬった。そしてすばらしい満足だった。

それから断層という言葉をおぼえた。

しかしその時から、私には恐怖に似たものが再燃しはじめた。大地震の記憶がよみがえり、大胆にも私たちが歩きまわっている大地が、何の予告もなしに口を開いて一切を呑んでしまうかも知れない。

＊

山々がのどかに裾をひろげて、太古からそのままの姿を見せているなどという感じ方の愚かさを知ると、私には山は常に足踏みをしたり、深いため息をしたり、背骨をねじるような恰好をしているように見えて来た。

朝の薔薇色の薄い靄《もや》の中で、湖を囲む山々がファランドールをおどるのを見た。山はたがいにこっそりと手をつないで人の知らない山奥の池のまわりをまわる。そしてこういう朝には、遠くのいっそう高い山々は肩を組んで、踊りの節に合わせて体を大きく揺らすのである。私は尾根の見晴らしのいい場所へやって来て、せまって来る日暮にも無頓着になっていられるような時には、今でも山の踊りを見ることがある。

＊

動く山の観念。と、かなしいことに人は私の頭の中をのぞいて決めつけてしまうだろう。だがそれは彼の方にこそ、山は動かないという、つまらない観念があるからだ。

時によれば、山が不変であっても、永遠であっても、言葉も表情もない。冷たいものであることは構わないが、その考えを抱き続けているとしたら、彼は木乃伊《みいら》のような観念を愛しすぎる。

その動くはずがないという確信をぶちこわすために、五億年前の三葉虫時代から現在までの、地殻の変化を十分の映画につくってもらいたいと注文したのである。

地殻は海の大小のうねりのようだろう。そして波のように崩れたり盛り上ったりするだろう。

＊

あの山はまんまるですね。こっちのは尖っていますね。どうしてなんです？

こんなことを訊ねる子供に出会わなかった。幸にして。それは私には正しく答えられる質問ではない。まるい山は丸山と名付けられ、とがった山は槍ヶ岳。だから、分るだろう。丸山が三角だったり尖っていたら困るものね。

もしそんなことを大真面目できかせたら、子供は私に対してばかりではなく、すべての人に対して不信の念を抱いて、もう何も訊ねなくなってしまう。

けれどもまた、山は動きまわり、私どもの想像も出来ない想いにやつれて骨ばかりになり、あるいは平和な場所に静かに育って穏和な姿を、少なくとも見せているのだと言ってみたところで、子供はやっぱり首を傾げてしまいそうである。

そういう時こそ、私の望んでいる十分の映画が必要なのだ。十分でありながら五億年の内容をもつ大長篇映画が。

＊

そこでは、山々の宿命がはっきり見られることだろう。あの山はあんなににこやかに、優しい表情でいるのに、片方ではなぜ苛々《いらいら》といつも貧乏ゆすりをしていなければならないのかも分るだろう。

冬のあいだは雪や氷にかくされているが、雪が解けてしまうと、赤い擦りむきをいっぱい人目にさらさなければならない山には温和な顔付はどうも無理である。

だが、山にも人の心に似たいい加減な、不合理な心があるとすれば、擦りむきのかさぶたがいっぱい出来ている山でも、少しは安心し、己惚《うぬぼ》れを覚えたかも知れない。

山が最も気にして恥しがっているところを、人は壮絶とか、男性的とか、熱心にこの種の形容詞がほかにないものかとさがして讃美を続ける。山に惚れ込む人間が、地質時代の最も新しい時代に生れはじめたということは、山の世界にとっては大変な出来事だった。

＊

こうして山の思想には革命が起った。一万年前、たった一万年前、それは山にとっては実に昨日のような過去なのだが、その一万年前には考えても見なかったことが行われ出した。

まず名前がほとんどの山につけられた。その意味は山自身にもよく分らないことが多いが、それは人間でも同じである。気の毒にもある山にはオドケ山という名が与えられた。この山はそのために自覚を新たにしなければならなくなった。苦しい、筋がつりそうな恰好をただ嘆いてばかりいられなくなった。

ある山は、赤岳とよばれたその日から赤面恐怖症にかかり、またある山は大臣山という名を貰ったために、丈の低さを気にしなくなったばかりでなく慢心してしまった。

＊

山たちはついに個性を気にしはじめた。それぞれ誇るべきものを自分の姿のうちに発見した。彼らの姿は夕映えの雲にうつる。互いに姿を見比べながら、黙ってそれぞれの想いに耽《ふけ》る。

（一九六二年二月）

崇拝と礼讃

山と人との歴史を書くためにこんな題を掲げたのではない。もちろんここで崇拝するのも礼讃するのも人間である。その歴史はもう大勢の人が書いてしまったし、書かれたことに恐らくは誤りはないだろう。

問題は、ほんとうは私の内部にある。その内部にあるものを追求するための手段としてではなく、今ではその地形に、それぞれ山頂とか、尾根とか峠とかをあるいは圏谷などという名称を与えられた山の地理学を組み立てる。それは生理学に似ている部分もあるので、学問のわくの中でそれをはじめようとは思わない。

「山の革命」の先を続けることにしたら、この崇拝という言葉が想い浮んだのであるが、私は崇拝され、礼讃され、登られたり、歌われたり、写真にとられたりする山について、実はもう書き出している。

崇拝も礼讃も、人間の内面の問題としては貴重なのだが、それは山にとってはどうでもいいことである。山は人間の心をうけとめる用意がない。恐らくそれは永遠にない。従って山は人がどんなに讃美をしても憧れても、悦ぶことがない代りに、それを迷惑がることもない。人間がわずかの鉱物を得るために、やたらに切り崩して、悲惨な姿にして行っても、怒りをぶちまけることもなければ、蟻のようにそこにたかっている人間をふるい落すこともなければ、痙攣《けいれん》を起こすこともない。

それは豪胆なのでもなければ、逆に意気地がないのでもない。山はどんな手段で崩されても、えぐられても穴をあけられても、恨むことを知らない。人間が山の向うへ行く最短距離を考えて隧道をほるのは、地面に複雑な通路をつくる蟻に似ている。

*

セメント会社が大きな山を一つそっくり買い取る。その姿のいい岩山を、繁栄する会社の社長が、観光会社の手にかからないように、その姿を永久に保存するために買い取ったのではない。その会社にかかえられた地質学者が、一つの判断を下し、確信し、それが社長をそのように決心させた。

山は完全に物になった。そして憐れにもかなり下等の物と定められた。資源。そう呼べば名目ははっきりしている。それに対して腹を立てるものは嘲笑される。何という、古ぼけた感傷だろう。君は少し遅く生れすぎた、と言われながら。

その山は粉砕される。幾つも幾つもの爆発音をきくだろう。そうして岩は飛び散り、運ばれ、セメント工場からは白い粉が舞い上る。それはその山の中に、資源が残っている限り続けられ、かつてあった山が失われる。そして何人かの人が死傷する。

＊

山はまるでいじめられているようである。人間は山に対してどんなことをしてもそれが怒らず、たたることもないのを知って、そこから得られるものを得ようとしている。

かつてそこで人間にとってのみ価値ある鉱物を掘り出した跡が、山の谷の奥や尾根をはずれた崖の途中に残っていることがあるが、得られる限りのものを得て引きあげて行った跡はケロイドとなって草木もそれを蔽いかくし切れずにいる。

必要と言えば必要、欲と言えば欲の力によって積まれた坑外の石垣は容易にはこわれない。そこで人々の使った瀬戸物は赤い流れの中でいつまでも光っている。彼らは軍隊のように散らかしたまんま去って行った。

＊

山を崇拝し、怖れ、礼讃したのはもうとうの昔の話であって、現在では山は完全に物になり切ったのかと言うと、だいたいはそれに間違いない。山の中のどこかにいるはずの妖精の話をどんなにおもしろがって聞く人でも、それをまともに信じることはまず絶対にない。

十五世紀のはじめには、そそり立つ岩峰や深い谷をまともに見られない人が、サン・ゴタールの峠を目に蔽いをして通ったと言われているが、それがむしろ珍しい出来事でもなかった。つまり、今私たちが高所恐怖症と呼ぶ類ではなかった。今では老人たちも、想えば恐ろしいはずのロープウェーの小さいゴンドラに乗り、鍵をかけられ、深い谷を見下ろして山を見物することに何とも思わない。彼らがその途中でちらっと思うことと言えば、長生きをしてこんないい想いが出来たというぐらいのものである。風景に対する悦びの叫びは別として。

しかし山を物として見る同じ人が、時に山を崇拝し、パルナッソスやオリュンポスを上目づかいに見あげた古代人と同じように山を見る。山を植林の場所としてしか考えないはずの人たちが、日照時間や斜面の方角とは全く異った面の山を見ていることがある。何というちぐはぐな気持なのだ。もっともこれは人間が山に向った時に限られたことではない。

だから私は山の地理学に牽《ひ》かれるのではあるが、そこに入りこむまでにこんなにも多くの言いわけをしなければならない。

＊

聖なる山。その山は眺める位置によって山容が優れて大きく、温和である。それはまた物として扱われ勝ちな山々の奥の、峠を幾つも越した後に、多くの場合は雲にかくれているような山である。今日は珍しく見える、そう言ってずっと遠くの峠に立つ人たちが、自分の好運をよろこび、久しい間何かというとそれを人に語るような山が神聖な資格をもっている。

現在、決して広いとは言えない日本の、少し人に知られない山奥や、時には不便な半島に対して、秘境という言葉が好んで使われている。

そこがまことに秘境といわれるに値しているかどうかは別として、まだそんなところが残されていたのかと、その紀行文なり紹介の文章を読んだ人たちは、長いあいだ忘れていた憧れを再燃させる。時には何代も前から、忘れたというよりはもう用もないものとして捨てていたつもりのそれが突然現われて、そういう人たちは、実際の山を前にするよりも想いの中で自分を山に対峙させながら、わけもなく胸をさわがせる。

＊

昔の旅人は現実の山の前で、恐怖のために目を蔽ったが、今は瞼を閉じて、まだどこかに残っている神聖であり、神秘な山を想い浮べながら、物の世界の外側にはみ出して見ようとする。

想像によってはじめられた一種の遊戯としか思えないそのことは、山を地形学や地理学の領域から連れ出してしまう。山は現代人が確信しているように物である。唯物論者になり切れない人たちも、またかなり激しく歪められた精神主義者たちも、山が物であることには少しも反対はしない。それでもなお、孤独な魂や、自分で傷をうけたと思い込んでいる心の持ち主は、見あげる岩壁の下まで歩み寄ってみた時に、あるいはそぎ落された絶望のへりまで進み出た時に、物であるはずの山の中に何ものかを発見する。

＊

山を蔽っている草木の緑は、生きているものの存在を証明している。実際に山のかなり上部にある森林は、そこを訪れる人々の心を異常にするが、離れて眺める緑からはただやわらかな肌ざわりを感じる。

植物にことごとく蔽われた山は、それがよほど特殊な形をしていない限り、人の想像力には作用することが少ない。だが植物の生存を許さない岩山は、緑の山とは全く違って、堅さと冷たさによって人類とは別の誇りを抱き、渦を巻く雲と戯れている。極端に非情である岩はどんな場合にも手をさしのべない。

岩山は少しずつ崩れ、春の雪崩とともに、表面の石を落して行く。大気は山の緑をうるおすが、岩を風化させ、わずかずつ亀裂を大きくし、あたかもそれが不要な部分となったもののように、大きな岩塊を谷に落す。それは山の全体の姿を変えなかったようにも見える。そしかし岩山は次第に痩せ細って行く病めるもののように焦躁をおぼえることもある。その岩稜は皮膚のないむき出しの骨である。その胸壁も、もうこれ以上落ちるものもない一枚の骨である。

人間の想像力には焦点がない。どこの地方でも、山についての実によく似た神話や伝説を創りはしたが、山に向って想いつめ、それを凝視したところばかりからは創られなかった。すでに神話や伝説の時代から、人間は別のところで考え出した物語の舞台を、鋭い山へ持って行った。

*

二十世紀の中半《なかば》を過ぎた今、新しい美的感覚が次々と誕生して行く中で、何か動かしがたいものとして、人々は山を改めて見る。その襞《ひだ》が雪によって、すばらしい線となった時に、神でもない聖者でもない、新しい崇高なものを発見した。そしてそこへ飛びついて行く。人間にとって、また山にとってそれが幸だったかどうか、これは分りにくい。山にとっては、樹液を嗅ぎつけて小さい虫たちが幹をのぼりおりしている大樹ほどにも感じないにしても、人間にとってはこの発見がどんな結果をうみ出すか、その計算は少し私には荷がかちすぎる。

ただ言えることは、山が眺められている時代はもちろん去り、山であるがために、幾分控え目な態度で愛される時代も去った。眺められている限り、山は意識的に横を向いたままであったり、中にはこっそり背のびをしているものもあったが、控え目に愛されることによって、山は微笑を覚えた。

新しい発見は革命だった。そして時には歴史の意味を失わせる。山自体はさほどには感じない断層がどこかに出来ている。

*

山は、新しい崇高の念から出て来るかも知れない結果を性急に問わない。しかし当然期待はしている。

詩によって、あるいは多くの散文によって礼讃をうけるたびに、多少窮屈そうに微笑していた山は今は微笑もやめてしまった。それは新しい身構えに変って来たように思われる。崇拝、礼讃。そしてその後に来るものは果たして何だろう。それは残雪も豊かで、谷の水音も高く、久し振りの強い陽射しに冷たい岩もいくらかはあたたまりはじめた山が、いつの間にか組んだ腕の一方を雪の上に出して考えていることである。

山は物であると信じる現代人を裏切らないように、苦しい息を怺《こら》えて、千万年に一度の欠伸《あくび》の快さを夢見ながら考えていることである。

しかしある山は、自分の麓に長く住んでいる人たちの、革命的な発見とはおよそ縁のない、極めて自然な、私的な愛の薄れないことを願って、流れに鳴きはじめた蛙の夜の歌に聞きほれている。

（一九六二年四月）

山の遊園地

足許に用心をしなければならないような、痩せている急な尾根は別として、足が、心以上に浮かれて、坂を下る車のように走りたがる尾根へ来ると、私は一匹の山羊を想い出す。たぶんそれはスガンさんの山羊なのだ。山のアネモネを一輪くわえて、華奢《きゃしゃ》であるのか、どうも気になる足つきで、山羊は草の中を歩く。

しかし時々、自分の意思があとから追いかけてもなかなか追いつかない速さで、広い、かなり傾斜のある尾根を山羊は駈け下りる。

私はまだ dégringoler という言葉を忘れなかった。それは覚える時にも苦労はせず、むしろ辞書をひく前にその意味の見当もほぼ確実に分った。転げ落ちる!

実際はどうであろうと、心の中で自分の体が、怪我をせずに転げ落ちて行くのは、何とも怺《こら》えがたい悦びである。もんどり打って、とんぼがえりをして落ちて行く。デグランゴレ。

全く心というものは、身が安全な場所におかれている時には勝手気儘に夢想をはじめるものである。大きな尾根の、そこが最も優れた場所であるがために、極めて自然に岩が露出しているそこに跨って目を一つのものに据えずに、ただ足先に続く斜面を撫でるように見ていると、心は堅苦しい決意などを抜きにして転がりはじめるのである。

飼われていたスガンさんの山羊も、頸に、牛のそれとはちがった鈴をつけていたのなら、私の心も鈴を鳴らしながら落ちて行くだろう。ところどころで爽快なはずみ方をして。

*

そこは、そぎ落されたような部分のある筋肉質の山ではない。私の地形学でも擬人化は避けたいが人によっては豊かな、あまり苦労のない体の一部分を考えた方が通じやすいかも知れない。

風はそこを、どんなに強く吹く時でも自然に撫でるように通るし、そういう尾根と尾根とのあいだの広い谷をわたって行く時には、なめらかな波の大きなうねりをつくっていることだろう。第一日光はいつも擦筆《さっぴつ》を片手に用意しながら影をぼかして行く。そこには彫刻刀を使った形跡はどこにも見あたらないし、一つの起伏や凹面の意味があいまいにされている。

もちろん学問はそこに名称をつけ、山の姿の全体の中で別に珍しくもないそのなだらかで豊満な部分を見事に説明してしまう。だがそれよりも、風に身を任せる宿命を担《にな》った雲塊が、自分の影をゆったりと遊ばせて行くような、山の天狗たちもそこを庭にしたり遊び場に選んだりするような広い尾根やひらけた谷を、もっと違った考えで眺めることも出来るはずである。

＊

山では、その斜面がある部分ではなぜあんなに急であり、一方ではどうしてゆるやかであるのか。脂肪のつきすぎた、そのためにもう活動も困難になったような、だるそうな姿があるかと思えば、殺気立った槍騎兵のような山がなぜあるのか。

私はやはり気になるので、以前には全く別の目的で読んだ地形に関する本を取り出して見ると、山の斜面の形がなかなか取り扱いにくいものであって、さまざまの説が唱えられていると書いてあった。科学者たちの説明はむろん多くの場合気持のいいものであって、それに対して納得した私たちの気分も爽快である。しかし今は私の気構えが少し違うので、満足に説明されていない事柄にぶつかると、一種の安心が湧き上る。

私がそれを説明しようというのではない。そこで気儘に遊べるという種類の安心感である。雲も遊ぶ、天狗も遊ぶ、私もまた、その意味は違うが、そこで遊ぶことに変りはない。

＊

こういう場所はある時に突然に発見するものである。写真をとる人が、例えば山を去る日の暮れ方にもう二、三枚で巻き終るフィルムの入った写真機をとり出して、何を写すという目的もなく、写真にはなりにくい斜面をファインダーでのぞいている時に、その発見はまるで虫が飛び込んで来るように行われる。

あるいはまた例えば、山を描きなれた両家が、無駄に持ちかえるよりは何でも描いて行こうという気分になって開いた画帳に、何を描こうという目的もなしに何本もの線を引いて行く時に発見をするものだと思う。

写真家はそれらしく、広い斜面にひろがる光の淀みからその場所を再認識するかも知れないし、画家は、もちろんその人の傾向によることではあるが、線の重なりの、他の場所では到底思いもよらなかった面白さをとおして、それまでは何の値打をも認めなかったその尾根に、急に魅力を感じて、画帳にそれまで描かなかったような絵をいっぱいにして帰るだろう。

今山から遠く離れて山のさまざまの姿を、やや通俗的に考えてみれば、よく磨《と》いだ彫刻刀の切れ味がほうぼうに残されているような岩山と、準平原的なその起伏が、まっ先に文学的な意味を感じさせるような山とは、心の中で分類は容易であるし、男性的とか女性的とか、意欲的に燃え上るものと、過去のさまざまの焦躁を平たく消してしまうような憩いと、それらの地形に結びつける形容の言葉は幾らでも用意される。

だが私の意図はそういうことには今は振り向かない。

＊

私の心、私のその時の全内容をそこからころげ落してみる。そこはすばらしい実験の場所である。実際に駈け出せば、自分の足ももう言うことをきかなくなるように、草のびっしりと成長した斜面をころがりはじめる私の想いは、恐らくは麓の大きなひろがりの、はるか下まで行ってしまうだろう。

もし私が、ある岩峰のへりに立って、のぞき込むのでなければ見られない谷へ想いを突き落すとしたら、それは立っている位置を離れると同時に夢の領域に飛び込む。つまり、夢の領域にはいつも安全な網が用意されている。体に心がつきまとうように、心には体がついて廻ってなかなか一人歩きをさせるものではない。それで急峻な崖を落ちて行く心は体とともに死ぬ。消滅して想いとしての機能はあっさりと停止してしまう。

しかしこの広い尾根には、死の蔭がない。死の蔭のない場所には魅力がないなどという意見はここでは通用しない。

そこでは想いころがしてみるのに勇気が必要でもなければ、そのために準備も要らない。私たちはもう麓に近い尾根の末端まで山を下って来て、そこで一服して行こうかと考えているうちに、足は最後の斜面を走り出している。その時、体から時々想いが離れて、私たちの近くを小犬のように、小山羊のように全く無邪気になり切って跳ねているのに気がつくことはないだろうか。

＊

山のこうした遊園地は、必ずしも山麓近くにあるものとは限らない。ただ山の奥の湖や池のまわりの、平坦な草原にはその名称は与えにくい。なぜなら、私たちの想いは、池のへりに来るともう遊ぼうとはせずに、水面を見詰めて、手あたり次第にある事柄を呼びよせてはそこへ集中して行くという傾向が顕著であるからだ。

また、山頂近くにゆるやかな斜面があることも多いが、それが次第に急になり、谷に落ちこんでいるような場所を遊園地に指定することは出来ない。そこは遊び場である以上、柵を設けなければ危険でころがることが出来なくては困る。

山を歩き廻った人たちは、自分たちの体を尺度にして山の地形学を組み立てている。そして山のほうぼうにそれらしい名前が残っている。時には全く大袈裟な呼び方になって残っている。しかし誰がころがった地形であろうと、誰が苦しくて泣いた坂であろうと、それらは私の山歩きには伝説のようにしか響かない。どうしてこんなところで頑強な男が泣いたのだろうと首をかしげたりすることはあるにしても、また人々がその地形の呼び方を通用させているのなら私もそれを使うに躊《ため》らうまいが、私には私の名称が想い浮んで来る。

それは他人に披露をしてなるほどと感心させるようなものではなく、どこと言ってとりとめもなく、三方にのびるだけのびた尾根の姿のおもしろさを突然発見することもあるように、理屈なしに想い浮ぶ名称である。というよりその地形に対する名前ではなしに、結局はその日その時の、ある特別の状態にある私とその山の部分の姿との関係から、名称としてよりも単なる印象として暫時記憶されるようなものである。

夏草の、目に痛い緑の季節と、その草がすっかり枯れたあとの初冬のころと、また雪のころとで、私の想いはいつでもころがりたがる訳ではない。その尾根自体にしても、褐色の秋風に、死んで行く草の魂のような冠毛の流されて行く季節が来れば、その尾根を丸く大きく包んでいる土による豊かさも、かえって疲れた皮膚を思わせるかも知れない。

（一九六二年四月）

病める山

山は今年もまた、重たい夏の、救われようもない憂鬱な色になった。苦しい鼓動が、ひび割れた道のあたりから聞こえて来る。山は夏を迎えると心臓がどうしても正常なままではいられなくなる。不安がこの病気を招きよせてしまうのだ。ある人間のように。そして時期が来ればまたさばさばすることもあるということも心得ている。

エゾハルゼミが動物たちの汗をしぼるように泣くころ、その病状はいっそう悪化する。皮膚がむず痒く、それが心臓の奥まで伝わって来る。何だかそこらが腐りはじめるのではないかと思う。

それは山が、軟体動物に最も近付く時である。人々は取り違えて、生命を感じるが、その夏の山の多くの部分のなまあたたかさは、恐らくは不快な炎症なのだ。

雨が降る。強い雨が降る。それでも山の熱っぽい気分は少しも爽やかにはならない。山はまるで動物の夏毛のあいだから立つ臭気のようなものを、もう自分で嗅ぎ続けるのがたまらなくつらい、そういう病状全体が、山の思念とは遠い。

あの大きな山容は、諦めの静けさが失われて、白い壁に刻々と不吉な幻を見つめる病める老人のように呼吸が苦しい。

山は姿をかえず連り、あるいは孤立してはいるけれど、重い空気の底にうなだれて語り合おうともしない。しかしいったい、何ものがこの病める山々を正しく慰めることが出来るだろうか。濃い緑の、すっかり黴《かび》が生えてしまった腕が実にだるそうに見える。

（一九六二年六月）

怪物の出現

私の、山についての非体系的地理学も少しは進んだつもりなのだが、この口調は人を眠らせる要素が強すぎる。どうも止むを得ないことであって、私にはこれ以上工夫のほどこしようがない。

山について、私をはじめ多くの人たちは、情熱的に語られるのを期待する習慣がついている。今でも私は、優れた人々の、山を前にしての驚愕や、息詰る胸騒ぎや、深い感動を美しく証明する涙を期待していることも正直に言っておこう。

だが、ここでは最初の決意によって、山と私との関係は断ち切られ、暫く私が所有することをなお許されている情熱は預けられた。言うまでもなくこれらのことはすべて試みとして、私自身が取り決めたことであって、誰が用いた方法でもないはずである。たまたま地理学者たちの目が、この試みとして取り決めに近いとは思ったが、私の目は何の学問をも産み出さないし、学問的な雰囲気の感じられる発見をしない。だが別の意味での発見を常に要望している。

＊

もうこれだけで眠りへの誘いを感じる？

それならば、山を爆発させよう。山は人間の皮膚のように沈黙していたが、今は違う。深い地の底からの、熱い息を、どくどく流れる血のように感じる低い大きな咆哮《ほうこう》がはじまる。これから何が惹《ひ》き起こされるのか。その時もし不安を感じるものがいるとすれば、人間である。

山は火を吹き上げる前に、人間への警告としてではなく、大いなるものの大いなる変動として徐々に、こみ上げて来るものがある。動くはずのないものが動き出し、無音のはずのものが唸りを立て、冷たいものが煮え立って来る。

それは重い苦しみの、長く怺《こら》えられていたものが、何かのきっかけを得て、その苦しみからのがれようと決意した瞬間である。もう再び蹐って、もとの静かな忍苦の姿に戻ることはない。

＊

火を吹き、煙をあげ、熔岩を流し出す山を見ている時、ただわずかな崩壊によって、ほんの一部分の形を変えているにすぎない山についての観念を、たぶん豊かなものにするだろう。

一片の岩石のように、あらゆる形容を超えて、完全に死に切った、しかもそのためにすばらしく美しい物によって考えられていた山。そこにいま亀裂が生ずる。それは地の底まで達する。

岩は再生しない。山も呼吸をはじめるのではない。ただ山であったがための、地の底からの突きあげにたえかねた亀裂が、生物の生死とは全く異質の、むしろ死のない生命の、一変化を知らせる。

ある山では、その細いかすかな呼吸が続けられている。大地の大きさに比べて、やっと二、三本の指が入れられるぐらいの、石垣のすき間より小さい穴から蒸気が吹き出している。そこでは一箇の鶏卵を茹《ゆで》ることさえ出来ず、寒さを嫌う昆虫が一匹、体をあたためて楽しんでいるぐらいのものである。

それがやがて消える細い煙であるのか、それとも、ある時期に、その周囲の岩を吹きとばし、山の姿をかえるほどの大爆発にまで展《ひろ》げられるものか、分らない。もっとも人間は大胆に、もっとも無防備な姿になって、野天風呂にひたって月を見ていることもある。

＊

果てしない天上の、「永遠の沈黙」と、地の底の、それがしばしば地表に流れ出る高温の岩漿《がんしょう》と、私たちは恐怖の板ばさみになっている。それは常に私たちの頭上にあり足下にあるために、恐怖から一応は免れてはいるけど、それは別のことに気を奪われているからであって、噴煙が音立てて上る火山の岩壁のへりに立った時には、炭酸ガスや窒素や亜硫酸ガスのまじった水蒸気の匂いを嗅《か》ぎながら、普通ならば地の底の匂いを嗅ぐはずである。

ただそのガスの匂いは決して火山に登り、火口のへりに立たなければ嗅げないものではないために、あまりそれが強烈な時には、風上にまわるようなことぐらいはしても、おののくような恐怖には導かれない。それは単なる物珍しい背景として、噴煙を背にして、そこまでやって来た記念の写真を撮って行くほどのことしかしない。

熔岩が流れ出る。山の肌をこがしながら、地面をえぐりながら、自ら積み重なりながら、流れる。だがこの流出は遠い昔のはげしさは別として、終りのある流れである。

岩漿は噴き出して熔岩となり、山の大樹を焼き、沢へ流れ込むが、熔岩はこの地上に流れ出た瞬間に、一つの宿命を宣告されて、千度、あるいはそれ以上の高温をいつまでも誇っているわけには行かない。やがて岩と化すべき熔岩にとっては、高温はさほど誇るに足るものではない。なぜなら、山頂の、それが噴出したすぐわきに、時に噴火口の中央に、奇怪な姿をしばらくの間でも見せているものは、熔岩としてはそれほど高い温度のものではなく、すでにこの地上に現われる前に岩としての姿をととのえてせり上って来る。

山頂に、あるいは噴火口のへりに沿って、すばらしい怪物の像が並んでいることがある。

これらの怪獣の、地下での物語を想像してはいけないだろうか。あるいは、地下にいる時彼らは生れてはいなかったと言い張るものがいるなら、今彼らの立っている山頂での出来事を想像することにしよう。彼らには地下の記憶が徐々に甦えるだろう。

＊

今は山の上の小さい瘤《こぶ》にすぎないようなもの、信仰篤い人たちが担ぎあげた不恰好な神の像のようなものに変り果てた姿をして、地表を撫でまわす雨や風にもてあそばれているけれども、彼らの記憶を辿れば、宇宙を舞台にした、あばれ者の時代があったに違いない。従って私の空想が、山上の怪物どもを、それに適《ふさ》わしい夜に、あるいは、霧が山を包んでいる灰色の昼に、動かしてみることは、それほど途方もないやり方ではない。

しかし考えてみると、どうも人間の空想に関する限り、ほとんどすべてのことが行われてしまって、私は自分の空想力があまり貧弱であるのを恥しがることになるだろう。鍛冶の神へーパイストスは、はじめオリュンポスの宮殿に仕事場を持っていたが、後にそれは、レムノス、リパラ、ヒエラ、インプロスなどの火山に移された。その火山の中の仕事場がどんなものであったかを克明に考えてみることが出来るだろうか。

ゼウスとテユーポンは激しく戦った。何しろ巨神のすることだから、一つの山を持ちあげたり、またその山を雷霆《らいてい》によって打ち砕くことなどはさほどの力ではなかった。この戦いのあとはアルガエウス山麓の、火山の煙があちこちから立ちのぼっている広い場所に残っている。

＊

怪物の足許のすき間から煙が立っている。のどかに棚引く煙がいつまでも消えない。とそれはいつの間にか雲に変って、千切れて遠い野を流れて行く。

火山は静かに息をしている。病人のように痛みに疲れては眠っている。

（一九六二年八月）

私がもう一人…

山の緑は恐ろしく遠くまで
とり返しのつかないもののように
ひろがってしまった
私には歩いて行く目あてもない
すると緑は私につぶやき
ささやきながら内緒で教える
白い花を見ていると苦しい
そこで目を閉じて祈ると
そこは明るい山の原になった
胸に空気が流れ込み
青い天のかけらが目に光る
今はさばさばとした高原に
憂いを抱いて来た私であろうとも

豊かな水に映る姿は
存在としての微動をはじめる
高い高い空をゆく雲も
こんなにきれいに見えている水に
私がもう一人……
よく見て下さいな
笑っているでしょう?

（一九六二年七月）

幼い日の山

信州高遠の、そこからまただいぶ奥へ入った谷間に生れ、そこでいい加減大きくなるまで育った友人がいつか、はじめて諏訪湖を見た時の驚きを私に話したことがあった。年毎に商売は上手になって行くのだろうが、それでいて、山国に生れたものらしい素朴さを一向に失わずにいる彼の、その時の話し振りにはまことに真実味があふれていて、彼の少年の日の、大きな湖を見下ろせる丘に立って、全く呆れかえったような、ひと言も言葉のない顔付が見えるようだった。

それに続いて、やや勢いを得て話し出した彼の山の話は、およそ登る山とは違ったものだった。そしてその中から、彼にとって、あるいは彼の幼少年時代にとっては実にすばらしい山の観念が語られた。山というものは、自分のいるところではもう日が暮れてしまっても、いつまでも日が当っているところだった。

子供にしても肌に寒さとかかなしさを覚える秋の末や、あるいは雪のかけらがところどころに大きく、よごれた牛の姿で残っている早春に、谷間の家ではそろそろ灯をともす頃、何をすることもなくおもてに残っている子供が、冷たい風にちぢこまりながら目を細めて山の上の方を見あげると、そこにはまだわずかに暖かい日のあたっているところがあって、今この時に、自分たちがあの山の上に住んでいられないのが、恐ろしいほど寂しく不幸に思われるのだった。

だがまた谷間の子供にとっては、もちろん日のいつまでも薄赤くあたっている山巓《さんてん》ばかりが山ではなかった。山は子供たちの視界を常に非人情にさえぎっている大きなものでもあった。視界ということだの、それがなければもっと遠くまで何ものかが明るく美しく見渡せるという考えさえも抱かせないほどに間近く迫って、すべてのものをさえぎっているものだった。

彼らは山の彼方を夢みることもない。つまり彼らには山の観念が生れそこねたままなのである。

＊

都会のまん中に生れ、高い建物に取り囲まれた街の中で、頭上に空のひろがりがあることさえ気にもせずに育った子供が、ある日父親に連れられて、木曽の御嶽の近くまで行った時、その子供は、山は木で出来ているのかと父親に訊《たず》ねたそうである。地面の高まりがすぐには感じられなかったものか、その山の木々のはげしい重なりに目を奪われてしまったものか、そういう訊ね方をしたそうである。

私はその話をききながら、都会に育った自分は、山が木で出来ているのではあるまいかという考えを抱いた記憶はないにしても、山というものの観念を、いつどういう場合に得たかと想い出そうとしても、それは全く困難であることに気がついた。

東京芝の、霊南坂の下の明舟町に幼年時代を過した私は、自分の家や近くの街を歩いている限りでは山を見ることは出来なかった。大正のはじめから中頃、更に関東の大地震で建物が倒れたり焼けたりしたあとはいっそう、東京のいろいろの街角から山が見えた。晴れ渡った日に富士山の見える場所は、富士見町や駿河町だけではなかった。

だが私にははじめて富士山を見たのはどこであったか、そんなことを想い出すきっかけは全くない。

＊

私は絵本を箱いっぱいもっていたから、その中にきっと山の絵はあったろう。また床の間の掛軸は時々取り換えられていたから、そこでも恐しく嶮しい墨絵の山を見ていたに違いない。

けれども絵本の中の絵や話は信用出来るものではなかった。子供でも嘘の話はすぐに分ったし、物語をすべて信用してかかると、恐しい夢を毎晩見てやり切れない。だから絵本の中や床の間にどんな山が描いてあっても、これに対して用心の気持を失うわけには行かなかった。

それに比べるとどんなに小さくとも実物の山は、私に山についての考えを手取り早く組み立てさせた。実物の山、それは堂々と名前のついている愛宕山だった。長い石段は、振り返るたびに、風景を大きくひろげて行った。遠くには海も見え、そう簡単には見に行けない船も小さく見えていた。何一つ疑うことの出来ないことの大きな展望をきまえよく与えてくれるそこは、すばらしいところだった。

愛宕山よりはその規模も小さく、眺めの範囲も限られていたが、山王山も同じような悦びを与えてくれた。三連隊の赤煉瓦の兵舎や、自分の家の横の霊南坂が見える。

それなら、愛宕山だの山王山がすっかり気に入ったのかというと、そうは言い切れない。実際にそこよりももっと手近かなところで、私にとってはもっと魅力のあるものが幾らもあった。自動車工場で鉄板を叩くあの響き、虎の門の金比羅さまには鳩もいっぱいいたし、その鳩たちが一度に寄って来る豆を売るおばあさんもいた。それから自分の家の庭でのさまざまのいたずらとか、縁の下にころがっている植木鉢をすみかとしている虫たちとか。

だが三、四歳になった私は、不完全なものながら山の概念を持ち、そこへ登るという行為を経験していたはずである。東京のまん中の、その二つの「山」によって。従って仮にそのころ私が木曽の御嶽に連れて行かれても、山が木で出来ているのかとは訊ねなかったろう。しかし愛宕山に比べることもとうてい無理な、あの大きな山を見たら、何と言ったか分らない。

＊

まだ小学校へ上る前に、私の家では夏になると榛名山の中腹の伊香保へ避暑に出かけた。そこまで行けば、山らしい山が遠く近くにずらっと並んでいるが、それを最初に見た時の驚きというものも残念ながら記憶に残っていない。甦《よみがえ》って来るのはもっと別の想い出である。それも三、四回夏ごとに訪れた時のことがごっちゃになって。

だがいずれにしても、ここで、私には山についてのごく一般的な知識がかたまりかけて来たのは確かである。伊香保の温泉宿の向きから言って、部屋の障子をあけ、廊下の手すりにつかまって外を眺めれば、ほどよく離れて並んでいるのは山であり、山のつながりだった。十二ヶ岳という山の名だけは当時きいていなかったが、子持山、小野子山、その右手にやや遠く赤城山、それから左手のずっと遠くの方のが三国山だと、私に教えるのでもなく大人たちが言っていた。

子持山から中山峠、そのあたりの広々とした山の裾の重なりは、後になって歩いたが、そこからまた別のひと塊りの山、つまり小野子山、十二ヶ岳の三つ並んだ頭は、たいそう印象深く私には山の姿として目の前にあった。

これらの山が、また雲に隠れることも稀ではなかった。雲は東京と同じように空を流れているともあったが、時によると私のいる場所よりも遥か低いところへ下って、山の裾をすっかりかくし、そうすると山はいくらか背のびをして雲の上からこっちを覗くのだった。

それはまったく珍しい眺めであって、雲がはげしく動き出すと、何事が起るか知れないので、とうてい部屋の中に引込んでなどいられなかった。その山と雲とのたわむれはいつも平和なものとは決っていなかった。雷を伴った烈しい驟雨《しゅうう》は、山をかくし、ずっと手前の木々を隠し、その中で、私には見ることの許されない大騒動をおこした。発電所に落雷をしたから、今夜は電灯はつかないだろうと番頭さんが、雨の降り込んだ廊下に雑巾をかけながら言う。

だがその驟雨のあと、雲が切れ切れになり、どこへ行くのでもなくその位置で小さくなり、しまいに全部消えてなくなってしまうことや、その途中ですばらしく立派な虹が出ることや、夕陽をうけながら山の色が刻々と変わるのが、たいそうおもしろかった。私はどうして？　とか、なぜ？　とか訊ねることのない子供だったから、何も言わなければいつまでも一人でそういう見事な景色を見ているのだった。

小野子山と言えば、いつもは幾らか青味を帯びた紫色だったが、こういう強い夕立のあととか、日のあたり工合で、ほとんどオレンジ色になったり、黄土色になったりした。

宿の部屋の正面に見えたこれらの山は、だいたいは眺める山だった。少なくも私の周囲にいたどの大人もあの山へ登ったものはいなかった。

湯中子という、伊香保よりも低いところにお稲荷さんがあって、そこへ行ったことがあるが、その時は、見なれていたいつもの山がどんどん高さを増して行った。その湯中子への道は、そんなにせまくはなかった。農夫たちが畑へ車を牽《ひ》いて通ることもあるらしく、その轍《わだち》の跡が道から少しはみ出して、草を押し潰し、そのために道のへり近くに、草が細長くのびているところが出来ていた。東京の道もまだ舗装などしてなかったが、こんなふうに草の方が優勢な道はこれまで見たことがなかった。

＊

ゆっくりと宿から眺める山に対して、裏手に蔽いかぶさるようにせり出していた榛名山群の一部の山は、私の頭の中の山をもう少し複雑にした。それは振り返って見る山だったし、伊香保の場所から言っても、すでにその山のある位置に私はいるのだった。

それで、たとえば物聞山が雲に隠れると、急いで家に駈け込まないと大粒の雨が急激に降って来るとか、その山に見られる変化は直接に私に影響を及ぼした。小野子山の方で光っている稲妻は、膝を抱えて眺めていられたけれど、裏手の山でぴかりと光れば、反射的に自分の耳を蔽って首を縮めた。

私は宿の番頭さんたちに連れられてその物聞山や榛名湖の方へ登ったこともあった。物聞山へ登ると、人の話し声だの、いろいろの音がよく聞こえるというので耳を澄してみた。何か聞こえるような気は確かにしたが、それが何の音だかは分らなかった。私はちょっと妖怪を信じかけた。

＊

榛名湖の方へ行くのには、駕籠《かご》に乗せられた。母の膝に抱かれていた。不安定で、決して楽ではなかったが、道が遠いので歩くことは許されなかった。ケーブルカーなどの出来るずっと前のことで、伊香保にいても榛名へ行くと言えば一日がかりだったし、幼い私は少々うんざりした。その最初の印象が、今の観光客程度にしか残っていないのは、山に飽きていたせいかと思う。

湖畔には湖畔亭という休憩所があり、そこで山上の湖を眺め、そこに姿をうつしている榛名富士を見た。何時間もかかってずいぶん登って来ているのに、そこには下界と同じように家があり、人がいてお茶を出してくれ、全く普通の生活をしているのがどうも奇妙だった。人がいれば、樵夫《きこり》とか猟師とか、下界では見かけないような人に会うのかと思っていた。

ただこの近くには氷穴があって、そこには冬のあいだに積った雪が貯蔵されてあるという話をきかされた。私にとっては溶けやすいあの雪と、この暑い夏の日とを、どうして穴倉の中で結びつけてよいか分らなかった。だが、そのような考えられないことが行われているのが山の上の感じを与えた。

*

山に住む子供たちにしても、そこが深い谷間であるか、あるいは晴れていれば遠くに連なる山々の、またその彼方まで見渡せるような高原であるかによって、幼い日の山の映り方はまるで違って来る。むしろそういう点では都会生れの子供の方が、山との出会いはいろいろであるにしても、結局のところは似たような山に対する考えを抱くに到るようである。

しかしこの時代には、山へ向った時の感動などはない。驚きやおもしろさはあっても、心がそれの虜《とりこ》となることはない。現に見ていた山が雲に隠れると、山のことはさっぱりと忘れてしまう。幼い日の山についての経験は、後にはじめる山登りとはつながりを持たない。

（一九六三年二月）

山案内人

私が山登りをはじめたころからだんだんにそういう傾向になってきたが、今ではほとんどの人が案内人をやとって山歩きをすることをしなくなった。映画の撮影とか、大きな学校の団体などがやとうこともあるらしい。

私が最初に烏帽子から槍穂高を歩いて上高地へ下ったのは、中学二年のときだった。一九二九年だから、もう三十年以上まえのことになる。

このときにいっしょに来てもらった山案内人は、浅川百合次という実にいい人で、帰ってからも何度か文通をしたことがあるし、その後山をひとりで歩けるようになって、山中で会ったこともある。

昨年信州の山歩きの途中で、山に詳しい土地のかたに会って話をしているときに、この浅川さんのことを話したら、知っていて、だいたいの消息をきくことができたが、その後機会もないので、その住所を調べて訪ねることもできずにいる。

私は戦時中は別として、幸いに山歩きを続けていられるけれども、学生のころのように、がつがつ登るよりも、時間さえ許されれば、ほうぼうでいこいの時間をたのしみたいし、何をしらべ、何を見て歩くというのでもないが、山麓の空気にも愛着を感じるようになってきた。

浅川百合次さんは、今考えてみて、まだそれほどの年ではないはずである。この夏それが実現するかどうか、ともかくもう一度会って、短い時間でも、ともにはなしをしたいと思っている。

私の叔父で、今はもういないが、以前よく山案内人とふたりで歩いていた。その案内人は上条峯司といい、山中で急性の盲腸炎をおこして死んだ。この人といっしょに白馬から黒部を越して、立山・剣のほうを歩いたこともある。

こういう人たちから何を教えられたという記憶も別にないけれども、山中での生活というものをいろいろ教えられていたはずである。私はまだ当分、ひとりでもかってな山歩きをしていられるつもりでいるが、年をとっていくと、同じぐらいの年齢の山の仲間がいなくなる。気の合った人なら年齢がどうこうということもないけれども、知らないうちに若い人にも迷惑をかけていることがあるかもしれない。

そんなことを考えると、山案内人というよりも、土地の人で、素朴な気持で山を愛し、そして自分の知っているところを案内するというのではなしに、知らない谷や尾根を私といっしょに歩いてくれるような友人をつくっておきたい気がすることがある。雪深い谷を私といっしょに二日も三日も迷い歩いてくれるような、そういう人がほしいように思うことがある。

安曇節を教えてくれた浅川さんはもう老年でこっちが誘ってもかぶりを振るだろうけれど、それでもできることなら、夏の山の雑踏がしずまって、二、三度あらしが来たあとの、静かな秋の日に、彼の住む近くの山へにぎり飯をもっていっしょに登ってみたいと思う。

それは可能のような気がする。当時まだひとりものだった浅川さんも、今はもう孫もいるだろう。赤く日に焼けた顔が、静かに青春をうたっていたが、今はおそらく田園での生涯で得たしわがたくさんできているにちがいない。

私は彼と話しながら、三十何年かまえのなつかしい声を思い出すだろう。それだけで別にほかに願うことはない。私はその日の満足を今想像してみただけで、旅立ちのまえのようなそわそわした心になってくる。

しかし、山案内人に限らず、さほど遠くにいるのでもない古い友人を訪ねようとしても、なかなかそれは実現しにくいものである。用もなしに人を訪ねる、それが奇妙な感じで自分自身にはねかえってくるような年齢に、こっちがなってしまった。こうしてためらううちに、会えばどんなにかお互いの喜びも大きいだろうと思われる人とも、会わずに月日がたっていく。

ひょっとして、私は、浅川さんの家をきいて訪ねて行っても、その近くから彼らしい姿を見かけただけで、声もかけずに戻って来るようなこともしかねないだろう。

（一九六二年八月）

白峰三山

私の画帳の第三十九冊目は、柿色のボール紙の表紙が大変よごれている。天幕も入れたかなり重い荷物と背中のあいだで、雨の雫も垂れ込んで、こすり合わされたためである。一九五七年の八月九日から十二日まで、思い出してみると雨にあわない日は一日もなかった。その前二日間は木曽福島で講演があったが、雨の音が強くて話が聞こえなくなるほどだった。そのうちに、中央線が豪雨のために不通になり、折返し運転になっているという知らせがあり、帰りに甲府に預けた荷物を受け取って白峰三山を歩く予定は当然狂うものと思っていた。

しかし豪雨は去り、なお定まらない天気の中を計画通りに歩いて、ずぶ濡れの実にみすぼらしい姿になって奈良田に下った。だから画帳はぼろぼろだし、その中にだって落ちついて描いた絵が残っているはずはない。鉛筆の恐ろしく拙《まず》い走りがきばかりである。

＊

まず最初の絵は野呂川の河原である。前日赤薙沢から尾無尾根を、途中から傘さして登り、広河原峠へ天幕を張った。その朝は天気がよく、早くから駒鳥の声などもきこえて来たいそう気分がよく、長いと言っても下りばかりの道を野呂川に出た。

そこではじめて画帳を開く気になった。沢も尾根もずっと大きな木の繁みで、そこにも絵にしておいてもいいような風変りな枝振りの木もあったが、何しろざあざあ降りでは傘の中に頭を隠しているのがせいいっぱいだった。

この河原も別にどうということもなかったが、のんびりと夏の山の午前の陽射しが、もうあらかた昨日の雨の濡らした石を乾かし、私の腕にコムラサキがやって来てとまった。小鳥たちの声もほとんど川音に消され、頭がどんどん麻痺して来るようだった。

＊

広河原の小屋近くまで移動し、河原で食事をつくって食べていると雨がやって来た。小屋に逃げて雨の音をききながら昼寝をし、三時間近くかかって御池まで登り、その池畔に天幕を張った。

これが北岳。これも北岳。その次のも北岳。これが草すべり。何しろこう雨に追いかけられ、雨に追い越されていると、ちょっとした晴れ間にがつがつ描いておきたい気分になる。それに天幕の傍らで夕食の用意をしていると、東に高嶺、地蔵、観音、薬師と言った山が藤色に晴れあがり、その背後の、ついさっきまで雷鳴を伴った雨を降らせていた雲が夏の日暮の明るい色どりで輝き出した。

荷物がかさばるので絵具は持って来なかったが、この色は刻々に変って、とうてい色などをつけてはいられなかったろう。どんなに雨につきまとわれても、こういう夕映えに一度でも出会えばそれで結構という、実に素朴な悦びが湧きこぼれて来る。

その時描いた高嶺の姿にしてもそれほど違ってはいない。しかしこの絵では山の形はどうでもいいことになっている。というより、絵にするにはそれほど魅力のある風景とは言えない。何かによって表現しようとする意欲は暫く預けて、見落すことのないように、あたりの山の色や、小さい雲の消え工合、池の水の表面の輝き方、そんなことにあっさりと気を配りながら、刻々と変って行くこの山全体の情調に逆うことなくひたっていることが大切である。

山にいれば、こうしていさぎよく画帳を閉じるべき時があることを忘れてはならない。もっとも、それは実際に貴い時間ではあるが、その貴さをいっそう深く強く知るために、画帳を開いての狼狽の時間があってもいいのかも知れない。

職業としての意識があまり強烈な画家は、同時に自己主張に根深い意欲を燃している場合、自分の絵にならないものに対しては眼を決して向けないような一種の訓練が出来てしまうものだが、これはつまらない。彼らはそのあいだ芸術的な意欲を休めていると言うかも知れないが、それはあまり下らない言い訳である。

芸術的な表現、つまり芸術そのものと言ってもいいわけであるが、それには自ら限界がある。それは専門家でも素人でも大差なく心得ているはずだが、その限界を越えたものに対しては何の意味をも求めようとせず、何の魅力をも感じないというのは、私は欲がなさすぎると思う。

……ということをこの御池の畔の夕暮に私は感じた。芸術以外の世界に……これは今は書くべきことではない。画帳の頁をめくらなくては。

＊

朝もきれいに晴れ、東からの光線で北岳の岩肌がはっきりしたのでそれを描いたが、この時すでに巻雲が流れ出していた。水垢《みずあか》のように流れた。それから鳳凰の山々が何枚も続いているのは、それをよく見れば分るが、草すべりの登りで何度も休んだ証拠になってしまう。少しずつこっちの高さが増しているだけにかえって工合が悪い。

右でも左でもベニヒカゲがさかんに翅をうごかしてくれているが、それは風を送ってくれない。そして小太郎尾根に出ると、我慢して来た水をごくりと飲んで、それからこの仙丈岳だった。

仙丈岳は登っても大きいが、向うから見てもこっちから見ても、がっちりと張ったその肩幅は広く頑丈である。いい塩梅《あんばい》に、ちぎって投げたような雲が仙丈の左肩のあたりにかたまっているだけである。

　ところが、同じ場所で、まだ北岳山頂は遠いのに、甲斐駒を何枚も描いているのは、そのあたりの雲の容子からすると、ここで描いておかないと、かくれてしまうと思ったからに違いない。その山頂をかくしていた雲がどくかと思うと次の雲がかくし、それでも写真とは違うので、例によって順に見えているところをかいてやっと全体の姿を写した。

　そしてこの尾根から見あげた北岳も描いておいた。尾根の西側からそろそろ風が吹きつけ出して、東側には霧が渦を巻き出した。だから画帳のその北岳は、描きかけのように見えるその見えている頂上まで一時間半、手帳に花の名をかきつけ、キタダケソウなどを探して登った。

　頂上には食事をして一時間いたが、あんまりひどい空罐の散乱で、手をつけたところでどうということもなかったが、それでも、踏み潰して岩の下へせっせと入れた。そして少しはせいせいして一服つけようとすると、もう何も見えない霧になった。

　私は画帳を荷物の中に入れ、いつ雨がやって来るかとそればかり考えながら、岩の尾根みちを大して急ぎもせずに歩いた。中白峰を過ぎてから、傘を取り出しているあいだに、もうすっかり濡れてしまうほど、ちょっと大袈裟に言うなら、バケツの水をぶっかけられるようにどっと降り出した。その雨は時々は息もついたけれど、風をまじえて烈しく、傘をさしていても何もならなかった。

間の岳の頂上付近は地形が複雑で、少し心細く、ここでまちがえると大事になるぞと思った。風が冷たくて、八月十一日と思えば滑稽なほどの寒さにふるえた。

＊

最後の絵は、八月十二日の朝、前日つぶれた古い農鳥小屋の石垣のあいだに張った天幕から這い出してスケッチしたものである。自分の越して来た山を、翌日になってはじめて眺め、これはなかなか堂々とした山容で、描いておかなければならないと、濡れたものをそこらあたりにひろげながら鉛筆を持った。

斜めの光線で影がくっきりしている。構図を少し工夫すると、これだけは絵になってくれそうに思えたので、細かに写しておくことにした。城のような形で立派だった。

それから今度は東農鳥だと向きをかえると、さっきまできれいに出ていたそれはもう見えない。全く腹を立てても仕方がないが、山を隠すことにはまことに勤勉な雲である。

その日も広河内あたりから雨で、大門沢をまた傘で下った。毎日少しずつ時間を早めて降り出す雨だった。

＊

三十九冊目の私の画帳はこれで終りである。スケッチに関しては実に収穫の少なかった旅であるが、さっきも少し書きかけたように、ありがたいことには、私は絵の材料さがしに山を歩いているのではないので、収穫はそれだけではなかった。

吹き降りの中で積んだ石のかげにやっと張った農鳥の天幕で、ともかく濡らさずに担いで来た寝袋にもぐってうつらうつらしていると天幕の隅が、外から灯を照されているような明るさで、素足で濡れた岩を踏んで外に出てみると、きいんと全身にこたえるような月だった。荒っぽい雲がそのまわりを全速力で流れていた。今調べてみると十六日の月だった。

私は嬉しかったのかどうしたのか、月を見ながらころんで、左手の小指をいためた。かなり血が出た。その時の傷が今もかすかに残っている。

（一九六三年七月）

早池峰山

まず最初私が早池峰山に登った時の日記の一部。

一九五九年九月二日。同行六人。汽車は空いていた。今日は三十六・五度という暑さで出かけるまで外で仕事があったため、荷造りにも大汗をかき、それを担いで小金井の駅に行くまでに汗はもう出切ってしまった感じである。夜行列車は夜半から急に冷えて来て、そのために眠れない。ばからしいようだが、スウェーターを着たり、寝ぶくろを出してもぐり込む。

九日三日

盛岡からの山田線の六時の汽車は平津戸の手前の、早池峰への道に近いところで臨時停車をする。これで一時間はもうかる。農家（門馬の菊池峰吉氏）で石油を頒《わ》けてもらう。朝の草刈。川で釣をしている人。モイーズのクウプランがラジオで聞えている。クウプランは「わが恋の花」というのだろう。

尾根を越して雄山川を渡り、しばらく右岸をさかのぼると、河原に気持のいい天幕場を見つけた。対岸に草山があり、川は飛び石づたいに向う岸へ行ける程度の水嵩《みずかさ》だった。どんより曇っていて早池峰の頂上は見えない。食事をしてから天幕を二つ並べて張る。夜行でよく寝ていないのでねむくてたまらない。スケッチをしたり笛を吹いたり、草山に登ったりして遊ぶ。夕方の食事には豚汁をつくり早目に寝る。

九月四日

五時半に天幕を出る。小雨が降り出したところだ。ぐずぐずしていたが、何となく用意をしてしまったので、十時に天幕を出て、山頂で夜明かしをするつもりで歩いた。キベリタテハが飛び、カケスがよく鳴いていた。止り滝を眺める。頭がしんしんとしてだるく、どっかり休むとなかなか立つ気になれない。

水垢離《みずごり》で川を渡り、登りにかかる。汗もよくかく。八合目で雨になり、傘を出したがすぐやみ、頂上へは五時に着いた。恐ろしく時間をかけたものだった。霧が晴れ、天気はどんどんよくなる。小屋がひどく荒されていて、夜が寒そうなので、焚木を集める。その時同行の一人が岩から落ちて、右膝がぱっくり口をあいている。岩からの墜落の傷ではなくカマイタチのようである。私たちは同じような経験があるので、傷口を伴創膏ではり合わせたが、一刻も早く病院へ連れて行って縫ってもらう必要があるので、すぐに山を下ることにした。

懐中電灯もあまり十分ではないし、三本の枯木でしばった脚で、どの程度歩けるか分らないがそろそろと下ることにした。怪我人は体が大きくてとうてい背負えない。日が暮れて星空になる。ミカンの罐詰とパンとで元気をつけて、午前三時にやっと五合目の鳥居まで下る。みんな知らぬ間に寝てしまう。

私は目をさまし、みんな眠りながら寒がっているので焚火をする。あたりをさがしたけれども小さい枝しか見当らない。ガソリンのコンロで湯をわかし、グレープ・ジュースの熱いのを呑む。夜が明けて谷の道を歩き出す。私は歩きながら時々眠る。休むと道に横になってみんな眠ってしまう。快晴の空が明るいが谷にはまだ日が射して来ない。メボソがよく鳴いている。

営林署の小屋まで来て怪我人がいることを話し、ガソリンカーに三人だけ乗せてもらう。あとの三人は天幕をたたみ、そこに残しておいた荷を背負って盛岡で落ち合うことにした。盛岡地方気象台の人（宮手経雄氏）がいろいろと病院のことを教えてくれて、赤十字で手術をうける。時間がだいぶたっていることと、消毒の不完全だったことで、全部傷口を縫ってしまうことは出来ず、ガーゼを入れる。

＊

夕方六時半の急行（いわて）で東京へ戻った。

こうして私はともかく早池峰の頂上までは行ったけれども、このような事故が起ったために、山の朝をそこで迎えることも出来ず、もう一度登りなおしたいと思いながら、それ以来機会がやって来ない。

私が登ったのは、目的は登るだけで、何を調べることも考えてはいなかった。ごく普通の山登りのつもりで出かけた。季節を少しおくらせたために、他の登山者には出会うこともなく、私たちだけの早池峰だった。

帰ってから宮沢賢治の詩を読み、もう一度「早池峰山巓」（作品第一八一番）を見た。前に小岩井農場やイギリス海岸、それから種山ヶ原などを訪れてからそのそれぞれの賢治の作品を読んだ時にも同じようなことを想ったが、その詩が立体的に浮び上って来る。まだその場所を知らずにその詩をよんでいると、一つ一つの言葉は、もちろん優れたものではあるけれども、少し別のイマージュを受けていた。つまり詩のうまさを感じ、作品としてそれを扱い、彼の言葉の内容へと進もうとする。

ところがその同じ場所を知ってからは、イマージュは別で色や匂いが立ち上って来る感じである。

あやしい鉄の隈取《くまど》りや
数の苔から彩られ
また捕虜岩《ゼノリス》の浮彫と
石絨の神経をかける

この山巓の岩組を
雲がきれぎれ叫んで飛べば
露はひかつてこぼれ
釣鐘人参《フリユーベル》のいちいちの鐘もふるへる
みんな木綿《ゆう》の白衣をつけて
南は青いはい松のなだらや
北は渦巻く雲の髪
草穂やいはかがみの花の間を
ちぎらすやうな冽《つめ》たい風に
眼もうるうるして息吹《いぶ》きながら
踵《くびす》を次いで攀《よじのぼ》つてくる
九旬にあまる旱天《ひでり》つづきの焦燥や
夏蚕《なつご》飼育の辛苦を了《お》へて
よろこびと寒さとに泣くやうにしながら
ただいつしんに登つてくる
……向うではあたらしいぼそぼその雲が
まつ白な火になつて燃える……

こゝはこけももとはなさくうめばちそう
かすかな岩の輻射もあれば
雲のレモンのにほひもする

賢治が早池峰へ登ったのは八月なかば、夏の盛りだったろう。花のことなどからもそれは見当がつくわけだが、私はこの山頂で、わずかに岩のかげに咲き残っているハヤチネウスユキソウを見ただけである。もともとこの山頂で夜を明かし、すばらしかったに違いない朝を迎えて、そのまま山を下ろうとせずにあっちこっちを嬉しがって歩き廻っていたとすれば、もう少し別の花にも出会ったかも知れないし、発見もあったろう。

長い詩であるためにここに書き写すことはさし控えるが、「河原坊（山脚の黎明）」作品第三七四番も、この山に関係のある賢治の詩として優れている。河原坊というのはこの山の南側の麓で、昔、快賢という僧侶が奥州を巡歴して早池峰山にのぼり岳川上流に寺を建てたものである。一二四四年（宝治元年）の夏の大雨の時に流失した。水垢離《みずごり》の場所になっているが、この賢治の詩には彼の経験した幻覚のことが詳しく読みとれて興味深い。

「誰かまはりをあるいてゐるな

誰かまはりをごくひつそりとあるいてゐるな
みそさざい
みそさざい
ぱりぱり鳴らす
石の冷たさ
……半分冷えれば半分からだがみいらになる……
誰か来たな
…………」

私も幻聴、幻視の経験がないわけではないが、それは詩からは遠い。山を夜中に下りながら寒くて眠くて、ぐったり倒れている時は、みいらになりかけたのかも知れない。

＊

賢治の早池峰山登山をもっと文献の上から詳しく調べて書くつもりでいたが、それは間に合わなかった。菅原隆太郎氏の『早池峰山』を参考にさせて頂いたこともつけ加えておく。

（一九六二年九月）

蒜山

昨年（一九六一年）の十二月、上蒜山《かみひるぜん》、中蒜山の雪を踏み、三木ヶ原のロッジに戻った夜、ストーブにあたりながら、こんな詩の下書をかいた。これは「雲と大地の歌」という長い詩の一部だが、そのためにこの山を訪れたようなものだった。

中国山地の
静かに衰えて行く起伏を
川は幾筋にも分れて流れる
台地に深く喰い込み
ひらけた谷間をさまよい
ふた筋の川が近寄りながら
丘の僅かのひろがりが出合を拒んでいる
日本海を吹き渡る風は
山にのめり込んで雲を産む

右にも左にも多産な雲
川筋に静かに熟した日もかげり
白い羽毛のように
雪が降りはじめる
山の森が鳴る
怺《こら》える力が鈍く唸る
いっぱいの雪を含んだ雲が
巨船の船底のようにやってくる
吹雪は冬枯れの林を
狂って通り抜けるが
木々の葉はもう散りつくしていて
枝が悲鳴をあげ
幹がきしむだけだ

蒜山原はついさっきまで
橙色の陽があたっていた
太陽がこの原っぱだけに

こんな色の光を送るわけではなく
薄《すすき》や牧草のいろいろが
枯れてもなお
あまり豊富に重っているので
それで日光は
荒っぽくは跳ねかえらなかった
実際ここも
降り積る雪が根雪にならないうちは
太陽は出来るだけ暖い
たっぷりとした光を送って
雪をとかすのに懸命だった
開拓者たちは
こうして一度降った雪がとければ
また耕作の道具を担ぎ出し
原野の草をはぎとって
四角いチョコレート色の土を出す
牛は羊と一緒に野良に置かれ

ところどころに残った牧草の
緑をさがして赤い目をしていた
それがどうだろう
この吹雪の中では
人も家畜も小屋に入ってしまい
雪は街道をころげ廻り
大きく互いにすくい上げて
峰々をかくし
森をかくし
野をぼかす
道を行く人
吹雪の中で息をとめ
厚い雪の幕が過ぎるのを待っている

この蒜山原の
かつては湖であったというその底の
山に囲まれた曠野では

雪がそこここで渦をつくり
小鳥のねぐらをおびやかし
家畜たちの小屋へ忍び込んで
動物たちの背中を寒がらせる

雪は夜半にやんで
風も次第に遠ざかる
その吹雪が襲う前のように
山の奥へ退いた風が
しばらく咆哮《ほうこう》を聞かせていたが
夜明けが来ることは
どんよりとした朝が白くひろがる
雲が高まり
ところどころに
青い天への抜け道が見当ると
新しい雪に新しく輝く山々が
一層高く並んでいる

伯耆大山《ほうきだいせん》の南壁も
肩幅の広い背を見せる
野原のすみの溝は
氷がはりつめて
いつものように水を飲みに来た小鳥が
氷の上の小さな雪の吹きだまりに
矢印の足あとを残して行った
農夫たちも林に斧を入れ
小屋の近くの土手には
彼らのわら沓のあとを残した
遂に雪に埋れる季節がやって来たかと
彼らの土地を見渡すために

手帳からここに写してみるとかなり長くなったが、この未完の、しかも一部分である詩によって、冬のはじめの蒜山のあたりが、大ざっぱにはつかめているのかと思う。詩というよりも、その時の私のメモのようなものである。

ところでその時のことをもう少し詳しく書くことになるが、ここへ来る前に、九州の日南海岸から都井ノ岬で汗をかき、翌日霧島の韓国岳で寒い風に吹かれ、次の日が鹿児島で汗、それから蒜山へやって来た時が吹雪という具合に、暑い日と寒い日とが交互にあって、私の体も少しまごついていた。

鹿児島から夜行で来て朝の岡山に下り、伯備線が高梁川を遡り、新見《にいみ》で乗換えて勝山へ来た。出発前にあまり暇もなかったので、そして最初から蒜山と決めて出かけたわけでもないので、少々心細い知識で湯原温泉まで来た。そこで上福田のバスを待っていたが、ヌードスタジオがいっぱいあるので驚いた。駐在所のとなりにその大きな看板も出ていた。このことについては山の雑誌には書くまい。

ここからバスは熊居峠のトンネルを抜け、水の色も寒々とした湯原湖を見下ろして旭川沿いに走るが、雪はそろそろ烈しい降り方になって来た。その雪空の中にぼやんと見えているのは下蒜山、中蒜山の見当ではあるけれど、それが一〇〇〇メートルを越えている蒜山の連山であるのか、それとも雪のために前山が大きく見えているのかよく分らなかった。もう見たところ山の方では何度か雪も来ているようで、かなり白く見えている部分もあった。輪樏《わかんじき》やスキーの用意もないので、登るのは無理かと思った。

バスは延助まで入っているが、上福田で下車して、三木ヶ原セントラルロッジへの道を訊ねた。私はザックから急いでヤッケを引きずり出し、フードをかぶったが、真正面から吹きつける雪がちょっと鉄錆のような匂いで顔に痛く、時々うしろを向いて息をついたほどだった。

　こうしてもうかれこれ夕方辿りついたセントラルロッジはたいそう気分のいいところで、ここまでやって来た甲斐があったと思った。ストーブのまわりに集っている若い人たちは、山登りの人のようでもないので、話を聞いているとこの近くの開拓の家の若者たちだと分った。

　彼らがそれぞれの家に帰ってしまうとほかに泊り客はいない。広いロビーのまん中でごうごう音を立て、まっ赤になって燃えているストーブであたたまればもう何も文句はないのに、寝るところへは電気炬燵を入れてくれるし、風呂も気持がいいし、洗面所にはいつでも湯が出るようになっている。それで宿泊料がまた驚くように安いのだから、居心地がいいわけである。

　ところで、さっき若い人たちを集めて愉快そうに話をしていた背広姿の太った老人が、私にいろいろとこの蒜山の話をしてくれる。この方は前にこの川上村の村長をしておられた法華さんで、私がそのころ『週刊朝日』に「博物誌」を連載しているのを知っておられ、翌日にはサンショウウオの発育の順序を幾つものアルコール漬けにした壜を並べて、説明して下さったり、蒜山の山のスイトンという化物《ばけもの》の話も聞かせて下さった。これらは帰京後その「博物誌」に書かせて頂いた。

　岡山大学の大江二郎氏の文章を引用すると、この辺の地形は次のように説明される。

「湯原の町の北の高度一〇〇〇メートルに近い山々は中国脊梁《せきりょう》山脈の一部をなすもので、主として褶曲した古生層とこれを貫いて迸出《ほんしゅつ》した花崗岩などの古期火成岩類から構成されている。この中国脊梁山脈の北側の斜面を第三紀以後の新しい地質時代に噴出した中国第一高峰大山《だいせん》（一七一三メートル）を盟主とする大山火山彙《い》の熔岩や火山屑が被っている。この両者にはさまれて、東西約一四キロ、南北一・五キロ乃至五・五キロの東西に長い盆地が出来ている。これを蒜山盆地といい、盆地の北側の蒜山火山の裾野に相当する高度五〇〇メートル内外の一大高原を蒜山原という。」

私は翌日、この地形を蒜山の山頂からじっくりと眺めて、地形の勉強も出来たし、その初冬の草原の色が橙色で実に美しかった。

ところでその翌日の朝であるが、雪はやんでとろんと曇った天気だったので、予想していたほどには積っていない草原を歩いていると、それまで雲にかくれていた上蒜山が現われ、青空も見えて来たので、やっぱりここまで来ていて登らずに帰るのは心残りになると思い、仕度をして上蒜山の登れるところまで行ってみることにした。

湯船という部落で湯船川を渡り、何度か道をたずねたがどうもはっきり分らないので、しまいには上蒜山からほぼ南につき出している三角形の槍峰へ向って、かまわず枯草の中を歩いた。登りにかかるところからははっきり道も見えているのでそれを目あてに進んだ。

天気はどんどんよくなって上着もぬぎ、新しい雪を踏んで登るのが、遠くの山へ来ているだけに実に楽しかった。それに、日が照り出すと、冬枯れの草が申し分のない平和な色調でひろがり、前に掲げた詩にも書いたように、開墾したところだけが、チョコレートの色をした土である。あんなに烈しく降っていた雪は、原の方にはほとんどなく、槍峰まで来るとさすがに深くなって来た。

尾根の凹んだ道にたっぷり雪がたまり、そのほかにも、前に降ったものが凍って残っていた。兎の足あとが変に懐しかった。

夏にはこのあたりから、かなり花も豊富のようであるが、イワカガミの葉が目につくぐらいだった山麓は見渡す限りの原っぱであるが、頂上に近付くとブナの木が大きく枝をのばしている。その枝のあいだから蛇ヶ乢《おろとう》を越して皆ヶ岳、擬宝珠山、烏ヶ山と次第に高まって大山がまことに立派に見える。大山は、もうまっ白になっている。

上蒜山の頂山は、中蒜山への道から少し北西に入っている。その頂上はあまり眺望もなく、冷たい風が来るので戻って南向の斜面まで来て中食にした。雪の上での久し振りの休息だったが、靴の雪もどんどん水玉になるような陽射しで、昨日の吹雪が嘘のような天気だった。

地図をひろげて、この裾の一番低くなったところを真東に流れる旭川のさらに南に重なり合っている山の名を知ろうとしたが、山のひだがあまりに複雑で、またあまり特徴のある山頂もないので、大ざっぱの見当しかつけられなかった。後でゆっくり調べる時のために画帳をひろげたが、細い起伏のつながりでまことに描きづらい山々だった。

だが大よその方向とその起伏の工合で雪加平《せっかなる》、朝鍋山野土路峠のあたり、それに続く岩倉山、愛宕山などは分った。そしてこういう天気の中でそのような山を見ればいたるところを歩きたくなるのだった。

この目の下の広い原は大昔に湖水だったという湖底原で、たいそう質のいい珪藻土が掘り出されていると聞いた。そしてその採掘の際に、古墳が見つかり、石器や土器も出て来るようである。

これは後になって読んだものであるが、詩人の高橋新吉さんが、「蒜山の麓」という文章を書いておられる。それは戦前に、高橋さんが全国の古社を見て廻られた時の思い出の記であるが、この山麓の中福田にある福田神社の祭礼のことが書いてあって興味のあるものだった。このあたりを高天原だという説を出した人、そして神代の遺跡があると言った人もいるようである。話はおもしろいが、私にはそういう穿鑿《せんさく》はどうも出来ない。

私は古い昔のことを考えることもむろんあるけれども、現代に生きていること、そしてこのように天気にめぐまれたり、吹雪にいためつけられたりしながら、自然の中を歩いていることで、頭も感情もいっぱいである。

中蒜山は隣に見たところ、大して遠くないので腰をあげ、雪どけの滑る道を鞍部への下りにかかった。道のぬかり具合で、東京の近くの冬の山を歩いているような気分だった。

木の枝に左右とつかまりながら足もとの覚束《おぼつか》ない下り道だった。

鞍部から中蒜山までがのどかなところでいい。ここを土地の人はユートピアと名付けている。初夏の、そろそろ花の咲きはじめるころにはいっそういいのかも知れないが、幸にして人の姿のまったくない、この初冬のこのあたりも、私にはかえってよかった。大山は上蒜山にかくれているが、一歩ごとにその左右の山が見えて来て、振りかえり振りかえり登る。きれいな草のなだらかな登りだった。

中蒜山から北に、幅の広い尾根が出ている。その尾根の両側の谷は一緒になって清水川となり、倉吉線の終点の駅も大した距離ではない。ところでこの広い尾根を落葉平と言っているが、ここが北斜面で、スキーをつけて下ったら実によさそうなところである。落葉《から》松《まつ》の丈も頂上近くは低く、たっぷり雪が降ればほとんど埋ってしまいそうだし、春先の天気のいい日を見てスキーを担ぎあげればそれこそユートピアとなるだろう。ここは今ももう三〇センチは積っていた。

中蒜山の頂上は広い。どこへ行って腰を下ろしていいか迷うような広さである。実はもう大して休みたくもないし、下蒜山まで行けたら、と考えてここへ登って来たが、下蒜山はだいぶ離れている。フングリという、大男がそこをまたいだという伝説のある峠から尾根が大きく北にまわって、かなり時間がかかりそうだし、天気がよくとも、一番陽の短い時でもあり、それに犬挾峠《いぬばさみとうげ》へ下ってからどうなるかが分らないのでこれはあきらめることにした。

中蒜山からは東南に向って下る道があり、それが蒜宮唐木谷、大坪を通って釜塩に至り、更に南へ下って中井川でバスの通っている街道に出る。時間を大よそ計算してみると最終のバスには、とうてい乗れそうもないので、今日一日右手に見下ろしていた山麓を歩いてロッジへ戻るようにした。

それで別の西南に向っている尾根を、道というほどのものもないのがかえっておもしろいので下りはじめた。まあ藪尾根と言った方がよく、なかなか急な箇所もあったが、中井川の上流を常に右手に見ながら下った。下って行く下のようすが見えているので何の不安もなく、またこんなにきれいに晴れ渡った日には、たとえ藪の中でまごついていたところであの化もののスイトンも出て来そうもないので、私は遠く来て登った一日の山歩きの夕暮をよろこびながら、枝を分け倒れかけた木の幹をまたぎ、また枝にはね返されたりしながら下った。規模は小さいけれども、八ヶ岳のどこかの峰から野辺山の原を見下ろしながら下って来る。そういう気分だった。

ところがその山麓の、つまり蒜山原は、小さい谷が幾つも入っていたし、上から見たとおりに、口笛を鳴らしながらのんきに歩いて行けるところではなかった。大きい道に出てはみるが、それが曲りくねっていて、何だか時間がかかりそうなので草原を歩こうとするとまた厄介なことになるというような原だった。

それでも途中で牛に出会って、だぶだぶの喉を叩いてやったり、襀《ひだ》のくっきりして行く夕暮の山を改めて眺め、あせる気分は少しもなく、もうすっかり日が暮れてから、朝通った湯船の部落にやっと着いた。

そこから土手の重った道を、灯なしで歩いて来ると、前方の空が明るくなっていた。それはロッジの人が私のことを気にかけて、照明灯を、たくさんつけてくれたのだった。スキーのころになると、ロッジの周囲の、ほとんど傾斜はないけれども、練習は出来る原で、みんな熱心に夜間の練習をする、その時の照明だった。

法華さんは食事のあと、わざわざ昼間のうちにテープレコーダーを取りに行って、祭のはやしを録音したものを聞かせて下さった。

大宮踊りは盆踊りのようなものらしい。高橋新吉さんはこの踊りについては書いておられなかったが、戦争のはじまる前のあの空気では、踊りの方はやめていたかも分らない。どうも聞くところによると、仮装踊りのようで、古くから伝わるというけれども、新案の姿のものも加わって来るのではないかと思う。これは私の想像だから確かではない。

銭太鼓というのは、その録音されたものを聞いていてもだいたい見当はつくけれど、竹筒の中に銭を入れたものを振っているようである。普通の太鼓や三味線の音も、また歌も聞こえていた。東京で、郷土芸能大会のあった時にも出演したような話である。

私はこうして、三木ヶ原に二泊して、蒜山にも登り、またそろそろ雲のひろがり出した翌日は勝山から姫路に出て急行を使ってその日のうちに東京へ戻って来た。

そして原稿を書くために今年の秋、深田久弥さんと伯耆大山に登り、蒜山までの縦走を考えていたが、都合が悪くなって、この計画は実現出来なかった。深田さんは計画通り出かけられたはずである。

改めて今この辺の地図をひろげてみていると、もしふたたびこの蒜山原に、叶うことなら人の少ない季節に、数日の滞在がゆるされるような機会があれば、大山との縦走ももちろんだが、歩いて見たい沢や台地が幾らでも見つかる。

＊

今年の夏に、阿部知二さんがこのあたりのことを雑誌に書いておられたが、そのままの自然、人間の手の加わっていない自然ばかりに魅力を感じている私などとは違って、この高原がどんな具合に開発され、観光の事業がどんな具合に進められているかが知らされた。

それを考えると自然をなるべくそのままの姿で残そうとしたい願いがいかに見当はずれであり、また無理な注文であるかが分るのだが、私の瞼《まぶた》に残っているのは、山の上から眺めた冬枯れの野の色である。

（一九六二年十月）

粟島

粟島は佐渡ヶ島の北東約七〇キロ、日本海にある島である。佐渡ヶ島とは比べものにならない小さい島だが、羽越線で新潟県の北の海岸を通ると、この島はかなり大きく見えるので、時々これを佐渡ヶ島と間違える人がいる。山梨県にある茅ヶ岳は、その姿が隣りの八ヶ岳に似ているので贋《にせ》八ツと言われているが、粟島も贋佐渡ぐらいの名前をもらってもよさそうに大きく見える。

冬から春にかけて海が荒れている時には十日も二週間も船の出ないことがあるが、小さい船で二時間ばかり揺られていると、島の東側の内浦に着く。島に上陸して意外に思ったのは竹の多いことで、東側は山麓からずっと上の方まで一面の竹である。

北の海の島でありながら、冬も雪はあまり積らないようだが、話をきくと、冬には家ごとに雪がこいをめぐらして、穴の中の生活に入る。この島の厳冬期の、空には灰色の雲が切れ目なく通りすぎて、太陽がどこへ行ってしまったのだろうと思うような、そんな風景を想像してみることも出来るのだった。

島へ来た翌日、それはかなり暑い日だったが島の最高の地点、小柴山へ登った。小さい島を訪れた時にはともかく一番高いところへまず登ると、全体の地形がだいたいつかめる。

標高一四四メートルの背中平までは、西海岸の部落釜谷に通じる山道で、玉石が並べてあった。自動車はもちろん、自転車も使えない道で、竹藪に、ドクダミやオカトラノオの花が白かった。

この背中平が峠で、そこから更に一二〇メートルほど登ったところが小柴山で、昭和二十九年三月に灯台がつくられた。白い灯台に太陽が射かえされ、キアゲハが旋回を続けている山頂だった。ここへ登って来るまでに、モズ、ヒヨドリ、サンコウチョウ、ウグイス、キジバトの声をきき、オオジシギも谷の方で急降下をくり返していた。戻って、西海岸へ下り、戸数三十二という釜谷へ行った。青い入江に船は二、三艘浮いていたが、さびしいところだった。しかし東側よりも、磯が多く、風景もきりっとしまったところがあって、ウミウの群れている岩は魅力があった。磯づたいに歩くことは無理のようではあるが、空気ボートぐらいを用意してここから北へ廻ってみたら、探検の気分も味わえることだろう。いずれまたこの島を訪れることがあれば、今度はそういう容子も分ったので、準備をしてこの西海岸をさぐることになるだろう。

この島には平地がほとんどないと言っていいくらいなので、田んぼも少ないし、たった九百人の島の人たちの米もだいぶ不足している。畑も山の中腹につくってはいるが、耕すのもえらい苦労のようである。

粟島の南端の岬は矢ヶ鼻という。山靴を穿いて行った私は、海岸の岩を渡って行くのにもそれほど困難を感じなかったが、道はもちろんついていなかった。海が静かだったからよかったのだろう。

磯の岩に腰を下ろして、海水がよせるところを少しずつ移動している貝類を見たり、蟹《かに》をおどかしたりして遊んでいるのがたのしかった。そこの正面に、名前は大島だが、これはまことに小さい、桶を伏せたような形の島、島というより岩があるが、ここはウミウの休息の場所で、糞がいっぱいついている。首を真直にあげてじっとしているのは看視の役目なのだろう。あとのウはその一羽を岩頭に残して魚をさがしに飛び立って行き、暫くすると戻って来る。この島のウを捕えて鵜飼《うかい》に使うということも土地の人にきいた。

こんな海を眺めている私のうしろでイソヒヨドリが鳴き、ふりかえると岩壁のすき間からはじき出されるように飛び立って、二、三度はずみをつけて山の方へはね上って行った。西海岸に比べれば極めて単調な東の海辺は、大きい石を渡って行けば内浦へ戻れる。ところどころに水が湧いているが、あまりうまい水ではない。

チドリが五、六羽、私の前を四、五十メートル飛んでは浜に下り、その波打際のしめった砂にたくさんの小さい足跡をつけ、近よるとまた飛び立っては少し先に下りる。迷いようもないこの海辺を、彼らは私を忠実に案内してくれた。

こうして一日がかりで、道草を食いながら、私は島の半分を歩いた。夕食のあと海岸に出ていると夜釣の舟が並んで通った。そして宵の明星もかくれた。

（一九六二年十月）

富士山の植物

こういう題で文章を書くのはつらいと、私はさかんに頼んでみたけれど、その方はなんとでも書きようはあるだろうのにという顔をなさって、私の気持を汲みとって下さらない。

私はこれまで三回富士山に登っているけれど、全部雪の時で、この山の植物などを見て来るのには最も不都合な時だった。風にまきあげられた雪は、その腹いせにこっちの息の根をとめようとしてむきになってかかって来る。冬の富士の風は、なにくそと思ってもだめで、手を合わせて降参を言いたくなる。そして氷と雪で、今度あおられたら終りだと思う時も何度かあった。

そんな富士山しか知らない私は、五合目の森林限界をぬけ出した上の、がらがらの岩屑のあいだの植物を実際に見ていない。ほかの山だと、山頂近くに冬でもハイマツが出ていることも珍しくはないが、いわゆる木山から石山へ出ると私は植物のことなどは何も考えなかった。

富士山はまだ若い山で、植物にはとぼしいようであるが、私が最初に高山植物を見、その名前を教えてもらったのは、富士山のコケモモである。

中学一年の夏、まだ山登りははじめていなかった。一年の冬からはじめた。その夏休みに、宿題としてではなかったが、植物の腊葉《おしば》を九十何種類か作った。鎌倉の藪山を歩き回って、今抜いたものと違うものがありさえすればそれを順に採って、押した。それをせっかく作ったのだからと思って、理科の先生に見せて、この草の名を教えていただきたいとたのんだ。先生はそれではしばらく預ってといって持って行かれ、かれこれ一年後に返して頂いたが、そのほとんどに「?」印がついていた。こんなに分らないものかと思った。

その中にたった一つ、鎌倉の山でとったものでない植物を入れてあった。それは夏富士山へ登って来たという人が訪ねて来た時に、これは何という草だか知らないけれど、高いところにはえていたからとって来たと言って私にくれたものだ。てらてらとしたその葉は、小さいけれども頑丈で、これならば山の高いところにへばりついていても飛ばされないだろうと思った。

それにはコケモモという名がついて戻って来た。私はコケもモモも知っていたから、それを続けただけの名前を別に不思議とも思わず、簡単に覚えてしまった。だんだんにもの忘れをするようになって、以前つき合っていた人の名をついに思い出せないようになっても、コケモモという名はまさか忘れないだろう。

ところでこのコケモモを最初に山で私が見つけたのはどこであったか、これは覚えていない。山登りをはじめたころはほとんど植物などに興味もなく歩き廻っていたが、そのあいだに誰から教えられるともなく少しずつ覚えて行ったので、大して高い山では珍しくないこのコケモモを、これだと思って見付けた場所が記憶にはないのである。ただそれが富士山でないことだけは確かである。

富士の上部にも丹念に見て行けば、少ないとは言っても植物はかなり見られる。タカネスギゴケは頂上にもあるようだし、ミヤマオトコヨモギ、フジハタザオなども岩のあいだにあるらしい。

五合目をだいたい水平にぐるっとまわっているお中道附近まで下れば、その植物の数は非常に多くなる。この辺から下は積雪期でも若干は見られるし、あれはいつ頃つけたものか、吉田口の馬返しから五合目まで、戦後行ってみるとかなり丹念に、木に名札がつけられていた。やたらに道の両わきに木の名をつけるのは、植物園を歩いているようで、少々うっとうしい場合もあるけれど、この辺はつけられていてもうるさい気がしない。森林帯をゆっくり登って行くあいだに木の名を二つ三つくらいは覚えるのもいい。

ところで、富士山は不都合なことに、登り出すと絵にするような姿がなくなってしまう山であるから、富士山にある草木と同時に富士を描くことはなかなかやっかいのようである。

どうしても離れてみないと富士山になってくれない。少なくも五湖のあたりまで退いて来ないと困る。青木ヶ原の樹海は立派なもので、紅葉台からの眺めは、たとえ富士山が雲に隠れていても壮観である。
私は絵かきではないし富士の絵をどうしても描かなければならない羽目におちいることもないが、ちょっとスケッチをしてみようと思う時も、富士の山頂が見えてない時、その麓のひろがりと、その上を、ちょっと遠方をのぞかせて荒っぽい雲がのたうちまわっている時の方が、気分がはずむ。だから富士山と取り組んでおられる方々の絵を拝見するのは、逆に大変興味がある。

（一九六三年一月）

晩秋の山の色

　最近、南志賀の山田牧場に出来た仙人小屋を訪ねてふた晩泊って来た。到着した晩は月が出ていたが、夜半から霧が出てそれが雨になり、帰るまで降り込められていた。最後にはその雨が霙《みぞれ》になり雪になった。積るほどではなかったが、もう冬だと思って、山を下りて来た。

　そこへ行く前に、ある放送で秋の山の色、つまり紅葉のことを喋った。緑と赤と黄色に飾られている秋の山の記憶を甦らせながら目を閉じて喋っている私は、人々が紅葉見物としてわざわざ出かけるこの山の色がどうも自分の気持にぴったり来ないと言い出し、それはあまり趣味のよくない女の方が、派手な和服を着てごてごてとしたおしゃれをしている姿を想い出してしまう、というようなことまで話した。

　形容の適不適は別として、そのことはほとんど偽りのないところで、実際これまでも、木々の葉が「燃えるよう」な色をしている谷を歩き峠を越して、これは全く美しいと感心したことはない。きれいとか、見事とか、そういう言葉は使えても、その色が私の心を鳴り響かせるようなものではなかった。その色をかりに音に換えるとしたら、歌舞伎の舞台に並ぶ囃子の連中が鳴らす笛や太鼓を想い出させるものであった。

これは現在の私個人の好みに関係していることから一般性はないかも知れないが、私は山の色、もっと広く自然の色の中に、ハイカラな、自分の身辺から遥か遠く離れた国を想い出させるような調子を求める傾向がある。

常緑の木々が混っていると、紅葉はどちらかというと観光向きのはなやかなものになるが、常緑でない闊葉樹ばかりの山の秋は、その一本一本を見て行くと、いきなり葉を褐色にしてしまうものもあるが、私の好みに合って来る。

＊

私はこのことを、ぼんやりと、夏の放牧の牛たちの残して行った糞にきのこが生えている冷たい雨の山田牧場で、霧のはれ間に時々見える晩秋の山肌を眺めながら考えた。色の組合わせとそのぼかしは実に複雑なものであって、少し長いあいだ見ていると恐しい疲れを覚える。

昔、八ヶ岳の裾の川俣谷を上部から見下ろして、正直にその晩秋の色をキャンバスに終日ぬっていたことがあったが、今はもうたとえその色調が私の好みにどんなに近くとも、色の多くの複雑さにはどうもたえられなくなってしまった。

明るいオークルジョンヌの、そこへ日が当れば珊瑚のような色にもなる。ほとんどその色一つの秋の山は、一、二度新雪のやって来たあとの、最後の静かな色で、その時期は短い。次に吹く風は残りの木の葉をことごとく舞いあげてしまうだろう。

（一九六二年十月）

夏草の中の群像

高度はどんどんかせげるが、しかしはげしい心臓の連打がいよいよ全身にひろがって、自分が誰のものだかわからなくなる。誰かが休もうと言い出すだろうという期待も、今はなく、つめたい風だけがせめてもの慰めのような急な登りのあとで、私たちは夏草の中へ倒れるように憩う。

十分の後には出発といわれて、腕の時計の針の動きをうらめしく見つめながら、汗をふいているものがいる。起きあがって膝を抱えているものもいる。赤い筋が入った毛糸の帽子は、誰が編んでくれたものか知らないが、大切そうに、焼けた額の上にのっている。山の藪にすむアブが彼らの頭上でしばらく唸ってから飛び去ると、今度は鮮かな色によって彼らを飾る蝶がくる。

数えれば十七人の山の仲間が、なお遠く続く山みちの登りにそなえて、これは静かな休息である。二、三分もたてば冗談を言いはじめるものが出てくるが、それまでの静かな復帰にひたる彼らは、夏草の中の、洗われた生命の、眠るが如き群像である。何を考えることもしない、真珠色にふるえる健《すこや》かな生命の憩う姿である。

（一九六三年六月）

山と少年

二年ほど前に私と一緒にある山の映画を見た、当時小学校六年のT君は、どうしても山へ登りたいと言い出してきかなかった。どんな山へ登りたいの？　とたずねたら、けわしい岩山へ登りたいと言った。よしそれなら一緒に行こうと私はあっさり承知して、日曜日に汽車で二時間ばかりのところにある岩へ出かけた。少年は汗をうんとかき、喉をかわかして少々へとへとになってその岩の根もとまで登った。

これが君の登りたい岩山だ、ぼくは何も言わないから自分で工夫して登ってごらんと言った。私はこの少年をいじめるつもりもなかったし、いきなり怖い想いをさせて、もう山登りはこりごりだと言わせるために連れて来たのでもない。

彼は全く真剣になった。もちろん、ザイルをしっかり結んでおいたが、それはほんの用心のためで、決してそれにたよってはならないことを言い含めておいた。少し登り出してみれば、そのT君が器用であるかどうか、慎重に判断する人であるかどうか、どういう種類の勇気を持っているか、それは私には見当がつく。

彼は私の目を見張らせるような登り方はしなかった。怖さを一生懸命に克服しながら、また岩の凹凸に全神経を集めていることも分ったが、何しろはじめての経験で、ついにもうそれ以上登ることも戻ることも出来ないところへ入り込んでしまった。たすけ舟を呼んだ。

彼の両足が比較的しっかりした岩の上にのっていたので、ちょっと下を見てごらんと言った。ここから落ちたら死ぬかも知れない、君は今自分一人で君の生命を支えている。これを忘れないように。そういって私は彼を下へおろした。少年は口惜しがって口を真一文字にむすんでいた。

それから私たちは藪の中に小みちをさがしながらその小さい山の頂上に立った。下の村の家や人や汽車がちっぽけに見えるのをT君はよろこんでみていた。

体力も判断も注意力もその時とは遥かにすぐれたものになった彼は自分に登れる山をせっせと歩き、あの登れなかった岩をもう一度登ってみるから一緒に来てくれと私のところへやって来た。今度の休日に出かける約束をした。

（一九六三年七月）

水

私は山登りということもあるけれど、山歩きとか山遊びということばはよく使う。理屈はいくらだってつけられるけれども遊びであるという気持がいちばん正直のようである。登ることはたしかに大きな目的ではあるけれども、尾根や川原や、またときには岩でよく遊んだときに私の気持はいちばんすっきりするようである。

三十数年、たいしてかわらずに単純な山歩きを続けているとそれがもうまったく習慣になっているので、どういうところに魅力を感じ、何が山の醍醐味かもほんとうのところわからなくなっている。

乏しい水を大切にしながら二日三日とかんかん照りの尾根を歩いて、やっと谷へ下り、ときどき立ちどまって耳をすますとだんだんに谷の水音が近くなりやっとめぐり会えた水をごくごく飲むとき、これで自分の命もひからびずにすんだというおおげさなよろこびを味わうこと、それを醍醐味と言ってもうそではない。高村光太郎の

山へ行き
何をしてくる

山へ行き
みしみし歩き
水飲んでくる

という詩にも水のうまさ冷たさのよろこびが私にはたいへん強くひびくことがある。といっても私は山歩きの途中で、特別にのどをかわかすたちではない。それに、いくらのどをかわかしても、めぐり会った川の水を、一度に一升も二升ものめるはずがない。三、四回ごくりごくりとやればもうたくさんである。

雪渓の末端からしたたる水はコップにうけなければならない。せまい岩のあいだからわきこぼれる水ならば手ですくって飲むよりしかたがない場合もある。

だがもしそれが許される場所ならば、私は腹ばいになり、顔ごと水につけて飲みたいのである。コップを出すのも、手ですくうのもまだるっこいほどに水に出会ったことがうれしければ、そうすることは当然である。

友だちも同じようにする。そうして、顔じゅうを水だらけにして、起きあがるときのあの満足のえがおがお互いにまたうれしいのである。そうして胸をはだけて風を入れながら、こんどはたばこだ。そこでこまどりが美しい声でもきかせてくれればもう満点である。

私は山で水を腹ばいになって飲むことが醍醐味と考えて書き出したわけではないが、そういうことにしてもいいような気がしてきた。というのは、私がそんなことをして水を飲んでいるのを見て、「水なんぞ飲んでもったいない、せっかくのどがかわいているのに……」という顔つきであわれんだ人があったからである。

その人の醍醐味は、山小屋へ着いて、冷たいビールを飲むことだった。私はそんなことをしたら山がぐるぐるまわり出してたいへんである。

長いこと同じように山歩きをしていると言ったが、山の中でどういうものに焦点を合わせるかとなると、その点では少しずつ変わっている。

夕ばえと山の朝とをひどく美しいと思った時代があったし、星空の下での、天幕なしの野宿の気持のよさを知って、山に寝に行ったこともしばしばあった。小鳥たちの歌を覚えはじめのころは、小鳥が鳴き出すと急に山が天国になった。山の自然の奥行きとその多様さに対して夢中になり、何もかも見落とすまいと、極端な欲張りになっていたこともあった。

そして今はどうなのだろう。

数年前からのことではあるがスケッチの仕方がそれ以前とちがってきたために、ある角度から見た山の姿のおもしろさが、なんだかむやみと私を有頂天にする。前には、なんでもかんでも画帳を埋めていくやり方で、どうせこっちはしろうとでその絵がどうなるあてもないので、スナップ写真をせっせととる気持で、休んでいるときばかりでなく、歩きながらも鉛筆を動かした。そのために今になってみれば古い山遊びのずいぶん細かいことまで思い出すこともできる。だが今は、ほんとうに描きたい姿がなければ、画帳を開かない。その方が、絵を描くという行為をあいだにして、山とのつき合いが強く結ばれるように思う。

だから乗りものに揺られているときでも、見える山の姿やその重なりぐあいにはずいぶん注意を払い、これだと思う線が見えると山へやってきたかいがあったと思う。

山の色の変化をよろこんだ私は、実際にはつくらなくとも詩を考えていた。それから小鳥や花への博物学的な関心、ということになると今は少々芸術的に山を歩いているようにも受け取られそうであるが、決してそんなむつかしいことを考えているわけではない。

やっぱりのどをひりひりかわかし、水を見つけて腹ばいになって飲むのが最高のよろこびのようである。

（一九六三年六月）

雪の谷あるき

年をとっても、かなりはでなことの好きな人もいる。年をとるにつれて、ますますはで好みになってゆく人もいる。そして、なにかしらそれが当然のことのように思うこともあるけれど、私はだめだ。ひがみ根性ではないつもりだが、だんだん引っこみ思案になりがちで、山歩きも、いつだって飛び出したい気持ではいながら、人の目につかないような場所へ、人のいない季節にゆくのでなければ、どうも出かける気が起こらなくなった。

町であろうと山であろうと、人のいることにもっと平気でいられなければいけないとわかりながら人を恐れる。冬の山というと、明るく、まぶしい、ぴりっとした雪山を考えていたのは、私にとってはもう過去のことになりつつある。なぜなら、それはあまり多くの人たちのあこがれる場所であるので、それだけでこっちは遠慮した方がいいという、少々すっきりとしない気持に無理に落ちつこうとする。

そういう私が、そこならばといって出かける気になれるのは、雪の深い谷である。雪の谷といっても、そこから鋭いピークが見えたり、岩壁が冬枯れの木々の枝ごしに見えるようなところではなく、晴れていても日光がさし込んでくることの少ない、仰ぎ見るようなもののまったくない谷である。

そんなところがあるだろうか。私の記憶の中にはいくらもある。多くの人々は、そういう谷をどうしても通らなければならないようなときには、いらいらする心をもてあましながら、せっかちに登る。右左の枝沢から押し出したなだれのデブリを、またぎまたぎ越えるとき、あるいは続く滝をさけるために、高まきを余儀なくさせられるときには、腹立たしくさえなるだろう。

だが、私はそういう谷で、じゅうぶんに時間を使いたい。ブナやシラベの、その谷で育ち、その谷でやがて朽ちて行く老樹を、一本一本ゆっくりとながめ、語りかけることがあれば語りかけ、ときどき立ちどまって、ずっと上のどこかわからない尾根のあたりから聞こえる風のうなりをしっかりと聞き、木の根もとの雪を踏みかためて休む。それで、私は満足する。それはもちろん結局の目的はある山頂に立つことにあっても、雪の谷へ歩いた一日が、やっぱりすばらしい山の一日でもあるし、それをなん日か続けても、いっこういら立つこともないような、そんな心境になりかけている。

雪の谷歩きは、なかなかむつかしいし、危険もある。右岸に道をつける方がいいのか、左岸を選んでゆくべきか、その判断は未知の谷では大変やっかいで、夏の道があるとしてもその通りに進んではゆき詰まってしまうこともまれではない。

雪の谷のさすらいは、展望のすばらしい尾根よりは遥かに地味ではあるが、自分のさまよいのあとも歴然と残るし、ごまかしもきかない。そんなところに私は今多少はひねくれた魅力を感じている。

（一九六二年一月）

山の湯

外国の山を私は知らないが、日本のように山からどう下って来てもたいがい温泉があるというところは珍らしいのではないかと思う。

私はこれまでも、また現在でも、山のかえりに温泉につかるという特別の趣味はない。ほんとうは山から下って来たら、少しでも早く家に戻って、自分の家の風呂に入り、さばさばと着換えをすることが何よりだと思っている。せっかく温泉につかっても、またよごれたものを着なければならず、そこからすぐに乗物があるようなところならばともかく、また荷を背負って何時間も歩かなければならないことを考えると、素通りをしてしまう方がいいように思ってしまう。湯につかることそれ自体がきらいなのではなく、その後のことを考えて、あまり心をひかれたことがないというわけである。

それでも結局は、三十何年を山旅をやっていると、山の湯にもいい加減厄介にはなっている。何しろ一番最初に出かけたところが五色温泉で、そこでスキーを覚えて吾妻の山を歩き出した中学一年だった私は、そこに「子のできる湯」と書いてあるのを見てふしぎでたまらなかった。

スキー場と温泉とは以前からなかなか関係が深いが、考えてみると、これはずいぶんぜいたくな娯楽である。こんなところでお金を使い出したら際限がないだろうが、そういう人を目あてに温泉をもっているスキー場はだんだん立派な設備をととのえ、私たちからは縁の遠いものになって行く。

山へ行くものは、その人がお金があろうがなかろうが、それとは別に安くあげることを工夫しなければならない。これはあまりはっきりした形で誰も言わないけれども、山登りの精神から言って非常に大切なことである。

最近のようにかなり高い山へ行ってもお金を使わせるようになっていると、それがだんだんむつかしくなり、時にはけちんぼのように思われることもあろうけれども、山登りをする人は観光のお客とは違うことを、よほど自分ではっきりと知っていないと、自分でそれを混同したり、つまらない矛盾を感じたりする。

山登りというものは、それを長く続けている人ならば悧口《りこう》なもののすることでないのは誰でも知っているが、それを承知で山へ登ると愚かな行為でなくなるところに一種のよさがあった。ところが、バスやケーブルがあるのを承知で、それに乗らずに汗をかき、苦しい思いをして登り、ホテルと言ってもいいような何百人も泊れる立派な小屋が否応なしに見えるところに天幕を張ると、山へ来ても自分の愚かさを考えざるを得ない場合があって、これは大変に寂しいのである。

ぜいたくをしに来たのではないという考えから、私は山の帰りに温泉に寄ることを避けて来たのだが、場所によっては、あるいは時間の関係でどうしてもそこに泊らなければならない場合もある。これはぜいたくでもなんでもない。

そうなると私はその湯に到着するのが歩きながら実にたのしみである。以前にも書いた和山という温泉は、信濃川の支流にあるところで、宿は一軒しかない。夏ならば泊らずに、河原に天幕を張ることも可能ではあるが、宿賃だってまことに安いし、湯槽《ゆぶね》につかって、そこに映る鳥甲山の岩壁をちゃぼちゃぼと崩したりするのも、貴重な印象として残る。

私はそこへ積雪期に三度行ったが、二度ともすらっと辿りつけずに、雪の森の中で寝て翌日に、一度は翌々日にやっと到着した。私は吹雪の中をさまよいながら、ともかく何とかしてあそこまで行きたい、行けばあの湯が待っているという想いを抱き続けていた。そんなことで、命の救い主と言っても大げさではない。

夏の汗はそれを湯につかって流さなくともどこかへひいてしまうけれど、冬の長い道を、ヤッケのへりにつららをつくってぶすりぶすり雪にもぐりながら歩く旅では、その日の宿に豊かな湯がわいていることは、凍える自分を勇気付ける。

もうそれだけで大変な幸せなのだが、更に私として希望がゆるされるなら、宿は古びていてくれた方がうれしい。風呂も多少はぬるぬるしていても、立派なタイル張りの浴室よりも、古くよごれていてくれた方が落着ける。上越の旅で、友だちと二人で道を失い藪の中をさんざん歩いて、もう日がくれたころに、心の中で楽しみにしていた宝川温泉についたが、そこは昔とはすっかり変ってしまって中へ入って行く気分もなくなり、あんなところへ泊るくらいならば道ばたに寝た方がいいと言って泊らなかったことがある。

だから、山の湯が立派になることについて何も文句は言わないけれども、山から下って来る時の私自身の気持から注文を言わせてもらえるならば、少々薄ぎたないくらいの方がありがたい。

ある年、秋の末に日光から金精峠をこえ、この時も懐中電灯で歩いて手白沢温泉へついた。犬が吠え、それから宿の人に迎えられ、炉端で食事をし野天風呂で星を見た。星を見ながらムササビの声も聞いた。

宿の人にとっては冬は、雪にとざされて、しまいには今日が何日であるかも分らなくなるような生活がどんなに辛いか分るけれども、電灯もないランプの山の湯は私にはうれしい。だんだんそういうところも少くなって行く一方だろう。

私はそういうところへ行くと、許されることならば何日か滞在をして近くの山歩きをたのしみたい気になる。お湯がその日その日の自分を、山歩きに疲れて戻って来る自分を甦らさせてくれるようなところ、それはまだまだ残っているだろう。もう少し年をとったらそんな山歩きもはじめたいと思っている。

（一九六一年九月）

疲れと悦び

机に向って、芯が隠れかけている数本の色鉛筆を削っていた。小刀で、灰皿の中へ削り屑を落しながら。私は、あの便利そうに見えて不自由な、がらがらと廻す鉛筆削りを持っていない。本に細かく書き込みをするとか、放って置くわけには行かない、ちっぽけな害虫を突き殺す時とか、そんな時以外には、最も望ましくない尖り方をしてしまうあの鉛筆削りは、私の使うものではない。

時間を節約し、労力をたすけたつもりの、工夫された機械のお蔭で、同時に意外な損失をしていることもある。小刀を使えば、そして常に小刀の切れ味をよくしておきさえすれば、鉛筆を削るにしても、その時々の自分の要求をぴたりと満足させるような五、六通りの削り方は出来る。削り屑を火鉢の炭火の中へ落して、あの木の燃える匂いを嗅ごうというと、これは少し目的をはずれる。

ところで、その色鉛筆の三本目を削っている時に、私は自分の鼓動が耳の内部で、だんだんに早く高まって来るのに気がついた。

悦び、不安、真剣な身構え、そのほかのことのうちで、いったい私には何が起り出したのだろうか。机の上には、いつもと変ったものが出現したわけではない。それに、小刀で鉛筆を削るのに、ほかの何かに見とれていては具合が悪い。この鼓動の変調には、少なくとも自分で気がつくほどの原因はなかったのだろうか。

だが私は原因を見つけた。三日前まで使っていた帳面のあいだから、写真が一枚のぞいていた。友だちが、最近歩いた谷の道から、あまり美しく鎮まりかえっているので、腰も下ろさず十五分ばかり見とれていたという山の写真である。写真の、谷の部分は帳面にはさまれていて、三角にとがった山だけが見えていた。

私はその山にかつて登ったことがある。写真の山麓の部分が隠れていて、頂上だけをちらっと見た瞬間に、尾根の上部に達してから、やたらに息がはずんだことを想い出した。五、六歩あるいてはピッケルにすがって立ちどまり、呼吸を整えて次の一歩を踏み出すのに、大変な努力をした。他に誰もいなかったのが、いくらか自分を我儘にしているのかと最初は思っていたが、どうもそうではなかった。

この時の疲労を想い出して、私の鼓動が変って来たに相違なかった。それなら、色鉛筆を削ったこととは何の関係もないようだが、この場合の私にとっては、少なくも間接の影響があった。つまりそれは、写真を送ってくれた人とは別の、やはり山歩きの好きな人から貰った葉書に対して返事をかくのに、そこへ色鉛筆を使って山の絵を描こうと思ったこと、そしてこれはむしろもっと間接的な思考かも知れないが、山登りという行為と、鉛筆削りを使わずに、林檎の皮もむけるし、木の小枝も切れる小刀で鉛筆を削る行為とを比較してみようと考えていたこと、それが下地になっていたからこそ、帳面からのぞいていた写真の白い山頂が、そこでの古い記憶をうまく引っかけたのだと思う。

ここで道は二つに分れる。甦った鼓動を棄てることもむつかしくはないから、鉛筆を削ることと山登りの比較を続けてもいい。また鼓動が再び平常に戻っても、雪の斜面での苦しさについて考えることも出来る。こじつけの多くなりそうな鉛筆の芯出しと山との比較をやめて、疲労の姿を追ってみよう。

「私は、唯一人の登行が、次第に苦痛になってきた。私は勝手に物語りを空想して、その中での自分を頭に描きながら、ただ機械的に足を運んだ。三呼吸で一歩という見当か。とにかくちょっと調子を崩すと、そのあとがたまらなく苦しい。……」

これは渡辺兵力さんの新著『山・スキー・みち』の中に入っている文章の一節だが、六千八百メートルを越えた、バルトロ・カンリのことである。

なぜそんな高いところを、副隊長の彼が単独で行動しなければならなかったのか。「隊員には氷河上の単独行動は厳禁してあるのに、今日は私自らこの禁を破った。言行不一致のきわみだ。しかし今日はどうしても独りで行動しなければならない。」それは通信機の故障で上の情報が分らず、この日もしも第一次隊が第四キャンプを出発してアタックできずにいた場合には、計画の変更が必要になり、「隊の攻撃体制を崩さずに、情報を得るには」彼自身第四キャンプまで登っていかなければならなかった。

三十何年か前に、冬の谷川岳でザイルを結んだ時も、雪の富士山に一緒に登った時も、渡辺さんは冗談にも疲労を訴えることはなかった。彼が南極へ行った時の映画を小さな映画館で見ていたが、船から下りるや否やスキーをつけて雪原をせっせとまっすぐに進んで行った姿を見て、私はその映像に向かって拍手を送りたくなった。

彼もついに、六千メートルを越えたカラコルムの山の上では疲労を訴えたなどというつもりは毛頭ない。疲れながらも、また、精神的な圧迫を経験しながらも、高く大きな山の中を一人で進んでいるという悦びが、私に伝わってくる。この悦びがどこかに残されている限り、山での疲れは克服される。

前に、山で行方不明になった友人を捜索するために、一刻も休まずに駈け登って行った頑強な男がばったりと倒れてそのまま命を失った話をきいたことがあるが、それは悦びのない疲労の、ついに支え切れなくなった重さであった。

このまま登行を続けて、自分の体がもつだろうかという不安がのしかかって来た経験は幸にして私にはない。深い雪の斜面で、大きく高く足をあげて一歩を踏み出しても、雪が崩れて三分の二以上も戻されるような場所で、長時間の努力を続けても、力が尽きてしまうのではないかという不安に襲われたことはなかった。

しかし今は、恐らく疲労の限界は予想以上に近くに来ているだろう。雨あがりの冬の藪で久し振りに濡れて、小さい山襞《やまひだ》を一つ越してみると、私は自分で滑稽になるくらい用心深くなっていた。疲れと悦びのバランスを、ひと時も忘れまいとして、濡れて滑る山腹を登りながら、何度も休んでは煙草をのんだ。

（一九六六年一月）

幻想

最もいいことは、山へは何も持って行かないことである。荷物を携えないという意味ではない。心に鈍い重さで食いついているような、それがまた、何かを見るにつけ、何かを聞くにつけて、思考機械の材料容器の中に這《はい》り込んで来て、徒《いたず》らになまあたたかく泡立つような、そんなものを携えて来るべきではないということである。

書き出しのひと言が気になるので、付け加えておいた方がいいが、最もいいというのも、それは最も無難なと書くべきだった。山歩きというものは、少年時代の遠足のようなものであることが望ましい。一日に三つや四つの驚きが待ち構え、その出会いが直ちに悦びにかわり、歌となって暫く持続するような、そういうものであれば、満足しなければならない。

＊

私は、ほとんど廃道と言ってもいいほど、利用するもののない古い道を歩いていた。この道は、かつては牛や馬に牽《ひ》かせた車も通ったはずだが、今はそれらの車の残した轍《わだち》も見当らず、どっと降る山の雨が土を流して、さわってみれば秋の陽射しのほどほどのぬくもりが快い大きな石がやたらに露出している。その間を縫って、雨水が無雑作にえぐった小さい溝が幾つも出来ている。

崖が崩れて道を埋めても、それはそのままであったし、沢の落ち込んで来るところにかけてあった丸太の橋も朽ちて、赤錆だらけの鎹《かすがい》がもう用をなさなくなってぶらさがっていた。渡りようもないぐらぐらの橋の下へまわって沢をまたぎ越えるついでに、水を呑み、顔を洗う。そしてこんなところは多分この先に幾つもあるだろうと思った。

目の前に死骸のようになって、蜘蛛《くも》ばかりが網をかけていつまでも利用しているその橋があるのは目ざわりではあったが、沢の流れが清潔で、水音もねむたい丸味がなく、細い絃をはじくような緊張があって、一本の煙草をゆっくりとのんで行くのには上等の場所であった。

そこで私は秋に馴染《なじ》んだ草の色やこぼれ落ちるようにしか飛ばない小型の蛾などを見ているうちに気晴らしという言葉が浮かんで来た。

私はこの言葉が特別に好きだというわけではない。ふだん、ほとんど使うこともない言葉であるから、気晴らしの方法はともかくとして、人間が自分の内部の、その鈍い重さを含んでいる暗い影にやり切れなくなった時に考え出す、安易な救いという意味に受け取り、そして幾らかそれを避けようとする気分も私にはあるのかも知れないと思った。

つまり私は、気晴らしにこんなところまでやって来て、流れの近くで休んでいるのだとは思いたくなかった。無理に目的を設け、理由や言いわけを作り、それを訊ねられた時に即座に答えられるような用意を怠らずにいるとは少々なさけない。

*

古い道は、まだまだ遠くの峠をさして、わずかずつの登りが続いている。左手にはかなり広い谷があり、それはやがて高原状にいっそう広く高まって、峠のあたりは、草ばかりの秋のうねりに違いなかった。

私はもちろんそのあたりの風景に期待を抱いていた。

だが平素と違って私の心は風景に対しても、またそこを自分が歩いていることに対しても遠慮がちであって、熱っぽい頭が、いつまで歩いていても癒《いや》されることはない。

独り歩きを好む私の友人は、かつて私に語ったことがあったが、彼は山を歩いているあいだ、山歩きとは何の関係もないある想いがついてまわり、下らないことを考えるために山へ来てしまったと思うことがよくあるらしい。下らないかどうかは私には分らない。だが山旅に出ればいつも晴ればれとするものだとは限らない。素朴な悦びの記憶に交って、納得の行かない怒りだの、ふだんはあまり感じたこともない羨望だの、時には不吉な予感を現実の出来事として、細かに追い、厚い雲の下の、俯《うつむ》いた旅の記憶も思い出せばかなりある。

ただ、天気の変化と同じように、暗い気分が途中から明るくなることもあれば、谷から湧いた雲が急速に一面にひろがるように、すっかり寂しい気分になってしまうこともある。自分への訴えとして、他人の眼に触れさせないようにやがては灰にしてしまう日記のようなものに書きつけてみることはあるにしても、公表されると分った文章に、そういう心の翳《かげ》りは、私は出来る限りは避けて来たつもりである。

避けることは、隠すことであり、欺《あざむ》きであるとは決して思わない。だがある技巧は必要であった。もしその技巧が、他人の鋭い視力に見抜かれるほどに拙くなって来た時には、私は、文字を書きつらねる筆を持った時の身構え方を考え直さなければならない。だがそれでもなお私は、表現する最上のむつかしさは、何を隠すか、何を書かずにおくかということにあると思っている。

＊

さてそこで、私は新しい試みに取りかかる。それには数ヵ月の迷いか躊《ため》いの時期はあったにしても特別に勇気を必要とするほどのことはなかった。試みというものは、すべての行為の、息詰るような堅苦しさを取りのぞき、失敗や誤算の、口惜しさからも救ってくれる。私はたとえ秘かにでも、自分に向かって、その成果を問わない。

だが期待は自から湧き上り、若い戦慄が駈けまわる。

私はその道を歩きながらそんなことを考えたわけではなく、すでにそれは考えられ、それ以上考えていたところで何も生れ出ないことが分ったので、この古い山道を選んで歩き出したのであった。もしそれが試みとしての一歩一歩でなかったならば、そして仮に、同じような考えが気紛《きまぐ》れに浮かんだのであったならば、私はもっと、自分の心の状態を、面白く設定した山の風景の中に遊ばせてしまっただろうと思う。

それは物語を創る悦びである。自分の創った物語の中に自分を置いて、それを眺めたり、追いかけたりして、せっせと文章を綴る方法であった。

だが今は、そんなやり方が、どれほど空しいものであり、ある種の人たちを悦ばす道化のようなものであることを知った。それも、明瞭で、自分の人生のほんとうのリズムに合ったものとして意識されている場合ならば、まだ許されるかも知れない。ところが一つの惰性の結果として、知らないうちにそんなやり方が身についてしまったのなら、これは自分から払い落してしまわなければならない。抜け出すのではなく、迷わずに、自分のこの手で気に入らないものをむしり取って、捨ててしまわなければならない。私の手には優しさがあってもいけない。多くを捨てすぎたという後悔は絶対にないと信じて。

*

山とは全く関係のないもの、そこで何の役にも立たないばかりか、全く滑稽なものを、山へ背負いあげて来たら、それを見た人は何というだろう。例えば漁夫の使う大きなガラスの浮玉だとか、曲げればすぐに折れてしまう古い針金の屑だとか。そんなものを肩にこたえる荷物として持って来る。

私の試みというのはそれに似たことであった。もちろんそれは、誰も同行者がいないという条件のもとで、行なわれなければならなかった。

私が、短い道程を選ばず、少々じれったくなるくらいの、古い道を歩いた後に、広い草原に辿りつくようにしたのは、自分の心の、それ自体値打もない凝《しこ》りを、そのままの形で山の上へ持ちあげられるかどうかをためしてみるためだった。そして、最後に、広い草原を歩き、その一カ所にいつもそうするように腰を下ろして、その凝りを、小犬か猫でも連れて来たように放してみることだった。

その凝りは何であったかをこまごまと説明するのは、恥ずかしいような、また野暮のような気がするが、実際は何か原因があって、私がどうかしたというほどのこともないのである。どちらかと言えば暗く、比重の大きいもので、極めて景気の悪い怒りのようなものと言ったらいいのだろうか。

怒りであれば、もともと威勢のいい、爆発の予感に乾いた力が体の中に犇《ひし》めき出すようなものであるが、私のそれはいつも直ちに湿気を呼んで、爆発させようにもその手がかりが失われてしまうのである。

人間世界でそういう湿った火薬のようなものがいつまでも残っていれば、私の周辺には不安な靄《もや》のようなものが渦巻いているようにも見えるらしい。それをそのまま高い秋の草原にまで背負いあげてそこにころがしてみようというわけである。

実を言うと、こんな心の荷物にふさわしいところと言えば、崩壊した谷とか、岩の重なり合った山のかげ、暗くかたく、気持がそこに吸い込まれるというより、はねかえされて来るような場所をはじめは考えたのであるが、どうせ滑稽な最後になりそうな気もしたので、すぐに想い付いたところとは全く別の、草原へと向かった。

＊

幼い子供を砂浜へ連れて行って、さぞかし嬉しがるだろうと、はだしにして砂の上に立たせると、何が怖いのかすっかりおびえてしまって、親にかじりついたまま離れようとしないように、心の凝りをここまで大切に持って来たのに、それは私から離れようとしてくれない。

私が勝手に描いた幻想としては、じゃれついたところで、大したこともない小犬のように、跳ね上ったところで、これも別に怪我をするようなこともないバネ仕掛けの玩具のように、私の心を離れた暗いかたまりは、解放のよろこびに酔ってそこらを走りまわり、草にからみつき、赤い実を飛ばしたり、斜面を滑り下りたりするのではないかと思っていた。
自分ながら幼稚に思われるこの幻想は、私にとっては、やや重要な意味を持っていた。私はこの言わば不具の感情を気の毒に思っていたことや、それを解放してやればどれほど無邪気に悦ぶだろうという想像、こんなことが私には自分だけに分る内緒ごとであった。それだけではなしに、これを足がかりに、自分の内部の、手さぐりで進まなければならない空間を知ることも出来るかも知れないと思ったからだ。

（一九六五年九月）

断想

汽車が動き出す時に、握手をした彼の手はごつごつしていたから、多分彼はすばらしい山行をして来ることでしょうと、今そういう手紙をくれた人がいる。私は見送りが出来なくて、ホームまで送りに行った友だちが報告をしてくれたのだった。私はどんな返事を出そうかと思う。

すばらしいなどという言葉はふだんあまり使わないがここでは私は遠慮なく使おうと思う。このあいだも山の話ですからと言われて、ある座談会に出た時に最後に若い山好きの人たちに何かひと言忠告でも何でも言ってくれないかと言われた。山の座談会の最後にはよくそういうことを言われるが、別に忠告めいたことをいう資格もない私は、その場その場でごくあたり前のことを言う。

先日言ったこともあたり前のことなのだが自分で本当に思っていることを言ったような気がした。それは何度山へ行っても出かける時に、今度は最上の山行になるように、自分に対して大きな期待を抱くことである。

月に二回ぐらいは出かけている私は、山へ行くということで別に大さわぎをしない。はじめてのところへ自分一人で行くような時には、少し前から調べてかなり綿密な計画も立てるけれども、知っている山へ行くような時には気がるく出かける。いつもすぐに出られるように道具を揃えてあるので、ほとんど他人が見たら気まぐれな出かけ方をするようにさえ見えるだろう。確かにそうで、ともかく行ってみれば何とかなるという気持が大きい。しかしそれではいけないと自分でも思っているので、すばらしい山行をしようという言葉が出て来たのだと思う。

一つの山行というものは、家を出る時からはじまるものではない。汽車に乗った時からはじまるものでもない。それよりも遥か前から、自分の心の中に、その登ろうとする山の姿が浮んで来て、あれこれと憧れるようになった時にすでにはじまっている。具体的な計画を立てる段階になれているものはす早くそれが整うだろうが、そのあいだでも、登ろうとする山への夢の抱き方が、結局は山行に大きなつながりを持って来るはずである。

必ずしも長いあいだ夢みていたところへ行けた時に悦びが大きく、またその山行がすばらしいものになるとは限らない。夢からそれが実現して行く山行のうちに感じられる悦びをあなた任せにしないで、自分から一種の緊張状態の中で創り出して行くことと言ったらいいだろうか。

これは実をいえば山だけのことではなくて、自分の仕事についても言える。私の仕事は文章を書くことであるが、なれて来れば苦労なしに書くことも出来るけれども、今度の仕事こそ、これまでにない、最上のものにしようという意欲があれば、自然にだらっとした気分も消えて緊張して来る。

山はスポーツであると言ってもまた別の考え方を抱いても、ともかくそこへ登って行く自分の行為の責任は自分にあるのだし、悦びを創り出すのは自分である。快晴の山が必ずしもすばらしい山ではない。

この夏も大勢の人が山に登る。しかし、自分で満足出来るほどのすばらしい山行をどれだけの人がするだろうか。

（一九六〇・夏）

＊

山には恐ろしい動物がいろいろいるはずである。一人で山へ入っているような時に、そのことを考えて怖くなることはないかと訊ねられることがよくあるけれども、そういう恐怖はまだ経験していない。一人で日が暮れて野宿をするような時、家にいてそれを考えると薄気味が悪い気がしないでもないが実際にそういうめぐり合せになると少しも怖くない。いい気持でよく眠ってしまう。

何もなしに草や藪の中に横になって寝るような時に、熊とかその類のけんかにならない動物がやって来たらどうしようなどとは考えないものだ。特に熊はおもちゃの熊をしばしば見ているせいか、まさか私を食べるようなことはしないと思っている。出て来ても鼻面を撫でてやったらどこかへ行ってしまいそうな気がする。それよりも蛇の方がいやである。そんな草むらに人間が寝ているとは知らずに蛇が夜の散歩に出かけて来たら、これはちょっとかなわないと思う。ところが実際にはそういう目に会ったことはない。

実際に困るのはもっと小さな動物である。虱《のみ》の類もたかられれば始末に困るが知らずに蟻塚の上にでもねころんでしまったら、蟻の大軍にかみ殺されるかも分らない。

そういう点では、高原のようなところが危険で、高い山の上だと虫もあまりあくどい攻め方はしない。自分自身のことだけを冷たく考えているように思われる。ところが山でしばしば恐ろしいものがいる。それは人間である。夜の山道で、かりに黙って後をついて来られたらどうしようもない。三十メートルの間隔で、灯だけがついて来て、いったいどういう人が来るのか分らないような時に、一番緊張する。どうにも気味が悪くなって、夜の山を走り続けたこともある。

山で人に殺された人もいる。

（一九六一・夏）

＊

谷川岳の幽ノ沢と芝倉沢のあいだに出ている尾根の末端にある五つほどの岩峰をカタズミ岩と言っているが、三年ほど前に登った時のことはすでに書いて『霧と星の歌』に入れたが、この岩を最初に登った時のことは、私が書いたものではないが、成蹊旅行部の部報

「記録」II（昭和八年十二月発行）にのっている。

昭和七年十二月二十四日曇カタズミ岩　一行　渡辺兵力、三枝守維、長島辰郎、立見辰雄、橋本鉄郎、串田孫一。寮（九・〇〇）―カタズミ沢を登る―双股（九・五〇―一〇・〇〇）―右股を登る―左側の岩へ経て左股との間の尾根へ―Schi Depot（一一・四五―一二・〇〇）Eisen に変へる―KIIIよりの側稜を登る―KIII肩（二・〇〇―二・一五）―KII・KIII間の Rinne を下る―Schi Depot（三・〇〇―三・一〇）―寮（三・四五）昨夜半の降雪により深雪の為ラッセルに苦しむ。KIIIの中央の Rinne を登らんとしたがとっつきにきて Bergschrund の為登り得ず。Party 渡辺―立見―串田、三枝―橋本―長島。側稜は草付にて相当悪し。中頃より中央の Rinne に出る。（渡辺）

渡辺兵力氏の書いたものであるが、私はその後のカタズミ岩のことを混乱して部分的にしかしっかり思い出せない。岩を登っていてこわいという感じを全然抱かなかった頃だった。またその頃は輪樏《わかんじき》を使うことはほとんどなくて、相当急な斜面でもスキーを使った。この習慣は私には今でも多少残っていて、スキーをつけていた方が雪の急斜面に対して安心していられる。

岩登りの道具を持ち出す時には、両親に気がねをした。いつか落ちることがあると自分でも思っていたからである。自信がなくて落ちるというより、落ちるまでやってしまいそうな気がした。もうそういう気持にはどうしてもなれない。

（一九六一・夏）

＊

今度の山で、私の山靴もいよいよ寿命が来たと思った。水が入り放題だし、何しろ外から靴下が見えているので、衛生的ではあるけれども、ぐずぐずにとけた雪の山をすぽっ、すぽっと穴をあけながら歩いていると、靴はこれ以上は吸えないところまで、水を吸い、日が暮れて雪が降って来た時にはあんまり冷たくて泣いてみたくなった。泣いてみたところで仕方がないから、足の指をせっせと動かしていたら、今度は急におかしくなった。会津の七ヶ岳から懐電をつけて下りて来た。中山峠の雪もかりかりで、雪がやむと月が出た。私はまだ山歩きを続けるつもりだから、靴を注文した。もうじき出来る。だが新しい靴が出来ても古靴は捨てない。靴屋へ持って行ったところで、もう修理はしてくれないから、もう一度自分で、かたい革に針をさし、日帰りの藪山などにはまだ穿いて行くことになりそうである。

昔私は、クリンケルは自分で打ちなおしていた。道具も持っていた。そのために靴の寿命を縮めたことにもなるかも知れないが、山友達も急ぎの修理の時には私のところへ持って来た。そしてなおしてやるとドロップの小さい罐なんかを置いて行ったり、アベックみつまめなどという新発売の、あんまりおいしくはないが、一見心がこもっているようなものをくれたこともある。

今私のところには靴の修理に必要な道具は揃っていない。それに修理の技術もおとろえただろう。ぼろ靴にシュークリームをつけて来てもなおしてあげるわけには行かない。しかし私の古靴だけは別である。もうしばらく老人をいたわるように穿くだろう。靴に気をくばりながら山を歩いているのは決しておもしろくはないけれど、山の歩き方は若干うまくなる。

（一九六一・春）

＊

あるごったがえしていたスキー場で、夕方近くなって、少しは滑ることのできるような空間が現われたとき、思わず、人が少なくなってきたからもう帰ろうかといった人がいるそうである。これはスキー場や海水浴場だけのことではなく、山登りでも同じような言葉を出しそうになる人が大勢いるに違いない。

考えようによると、こうした気分は大変安全で、大勢の人の集まる山に登り、せまいスキー場に集まっていて滑るというより立っているか、足踏み程度の運動をしていれば、まず事故は起こらないということになるかも知れない。しかし、私は人が大勢いるから事故の原因が生じるのだと思う。人間のはげしい衝突や、落石による思わぬ災害のことをいおうとするのではない。

自分を他人に見せようとする、あのぽおっとなる気持が事故の大きな原因だと思う。誰も見ていないところで、自分の能力技倆を越えたことをしようと思う愚かなものがいるだろうか。ひとりで山歩きをしている時でも、ひやっとするようなまねをしないことはないが、そのときは、ひやっとする前に、じゅうぶん自分をひかえ目に見ているものである。単独の山歩きが絶対に安全だなどとはもちろんいえないが、他人の登っていない山へ、かなり山なれた者がひとりで登っていればだいたいまちがいはない。

岩場のはげしい登攀には、肉体、技術のほかに精神的なものが多く加わってくるが、極度に尖った精神が、他のパーティーのひやかしの言葉だの、明らかに軽蔑と受けとれるまなざしによってぐらつきはじめたら、これほど危険な状態はない。恰好ばかりで案外もたもたしているじゃあねえか、そんな声がきこえてこなくとも、すぐそこに見える同じような岩へ登っている者がいたら、お互いにそんな声を感じない方がどうかしている。そして、まあなんとでもいわせておけという気持になっていれば問題はないが、自分のいいところを見せてやろうという、寂しい気分にならずにいられる人はむしろ珍しい。

安っぽいヒロイズムのために、命を落とさないまでも、自分で自分を窮地に追い込んで動きがとれなくなってしまった人が多いに相違ない。これは他のパーティーに対してばかりでなく、自分たち仲間に対してもしばしば生まれる気持で、激しい風雪よりも大なだれよりも、なによりも恐ろしいものだと思う。

最近の山登りは、他のスポーツの試合の気分にだいぶ似てきた。自分だけでなにくそと思う精神は非常に尊いもので、それがなければ山にも登れない。だが、他人にいいところを見せてやろうと思って自分の力を見失ったらこれはたまらない。

いいところを見せるのは汽車の中ぐらいにしておかないと、山から簡単に落ちる。なにしろ山は平らなグラウンドではないから始末が悪い。

（一九六二・夏）

＊

機会あるごとに断っていることだが、私は一度も、山はいいからお出かけなさいと他人に山登りをすすめたためしはない。私自身の経験の範囲からいうと、山登りは決して悧口な人のすることではない。野球もできない、機械体操もこわい、サッカーをやっていたら膝をいためた。それでは最も単純な山登りでもするよりほかにすることがない。

単純であってもそれが合理的な運動ならばまだ救われるが、およそこれは今の世の中から考えれば不合理なことばかりである。そしてまたその不合理であるところが悧口でない私などの感じる魅力でもあるのだが、近ごろではどういう加減か、悧口な人が山へ出かけるようになった。悧口な人が、悧口でない人のしていることになぜ心を牽《ひ》かれたのだろうか。

この辺のところが実は大変興味があるが、その理由が私にはうまくつかめない。しかし悧口な人は少しでも合理的に山へ登ろうとしていることは事実のようである。例えば、少しても歩くところの少ない、そしてなるべく高い山へ行くことを考えるし、そのためにはバスやロープウェーについての知識（一日何回出て、込んでいる時には何時間ぐらい待つかということなど）を持っている。

例えば、歩いて登れば二時間、ロープウェーなら十分。これは文句なしに彼らは函詰めになってぶらさがって行く。ところがそのロープウェーに乗るために二時間待たなければならなくても、歩くよりは遥かに賢明だと心得ている。そこが合理的だと私たちは考える。従って山登りが混乱して、なぜ山へ登るのかもわからなくなってしまう。

そもそも不合理な山を、何とかして合理的に登ろうとするのだから妙なことになる。楽をしに山へ行くのは、明らかに贅沢である。贅沢なら家にいて贅沢なこと——つまり山へ行ったつもりで寝ていること——を考えた方が遥かに気がきいている（と悧口でない私は考える）。夏になった、山へ行こう。私は涼しい山などは考えない。こうなったらもう意地である。草のいきれのひどい藪山を水をせっせと補給しながら汗だらけになって歩く。向こうから金を出してくれてもロープウェーなどには乗るまい。まっ平である。私もそろそろ年をとってみっともない頑固《がんこ》振りを見せてもよいだろう。

夏は藪山にかぎる。悧口な登山者に出会わないこともまずうけ合いである。

（一九六二・夏）

＊

山と海のことを、松屋の社長の古屋さんとテレビで話した。古屋さんはヨットの名人で海の上の快適なお話をいろいろ伺った。山と海では共通したところもあるが、山の方は何しろ荷物を背負ってのこのこ歩いて行くのだから、風を利用して進んで行くヨットに比べると、どうもやっていることが愚鈍であるように思われて仕方がない。経験のとぼしいうちに無茶をすれば危険だというようなところでは意見は一致するが、それは山と海ばかりではなく、どんなことにもあてはまる戒めの言葉である。

その後また別のところで古屋さんにお目にかかった時、この前のテレビで君は失言をしたぞと言われてびっくりした。だいたいテレビの対談とか座談会などは、心にもないことを言うにきまっているからこっちは何を言ったか覚えていない。君はね、山登りをしたら、学校は落第するのが当然だというようなことを言ったろう？　ほうぼうの家や学校で問題になったらしいぜと言われた。

私はそんなことを言ったかしらと考えてみたがどうも思い出せない。しかしそういうことを言ったとしたらこれは失言どころではなく、大変いいことを言ったものだと思った。

何ごとによらず熱中するのはよいことであるが、山登りはその行為自体が極めて単純であり、愚鈍であるから、よほど熱中して、われを忘れ、家を忘れ、親兄弟友人の心配を無視し、つとめを忘れ、仕事を忘れ、学生はまず学問を忘れないと山登りを続けて行くことは出来ない。

悧口な人が、愚かものの出かける山へ見学に出かけて、なるほど思っていた通りだ。これでよしと言って一度で山登りを理解してそれで終りにするのならばこれは見事である。しかし悧口であるべきはずの人が愚者のまねをいつまでもやっているのは愚者以上に愚かな行為である。そして汽車の中や山小屋の中で、つい愚者のまねをしきれなくなって悧口な頭をはたらかせるからうるさくてかなわない。こんなにこすっからく座席を占領するほどの人がどうして山登りをするのだろう。

仮に高校時代に山登りをはじめ、山を続けながらいい成績をとり、入学試験にも合格をし、大学を出ていい会社へすらっと入るようなことを考える人もいるかも知れないが、これは大変不心得な人であって、こういう人は試験に落ちないとすれば山から落ちるだろう。

これは私としては失言だったとは思わない。私の昔の山友だちは、山で落ちて死んだものは一人もいないが、だいたい試験に落ちている。私も入学試験に落ち、そのためにと言っては話が逆になるが、山から落ちずにすんでいる。

山の優等生は、試験には落ちることを当然と考えてあわてず、世の中に出て成功しようなどと考えるべきではない。この心得が山登りには最も大切である。

（一九六二・夏）

＊

いつまでたってもこの山登りの流行はすたれないものだと妙に感心している人がいる。その通りで麓から頂上まで人間の行列で、何の景色も見ず、ただ前を歩いている人のお尻ばかりを見て歩いて来たというのも、別に大げさな話し方ではない。日本人ばかりではないのかも知れないが、この山がいいとポスターやガイド・ブックで宣伝すると、実に正直にその山へ人が集まる。そして今では、人間が大勢登っていないと、そこは山ではないような気のする人さえ多いようである。

都塵をのがれ、人間を避けて行ってみると、そこは都塵以上の、都会とはちがって、かえってあけっぱなしになった人間の発散する何とも言えない空気でまごつく人もいるし、またそれを好んで山に出かける人もいる。

山は空気がうまくて小鳥がないて、空を流れる雲も詩的でということだが、確かにそういう山を期待するためには、かなり工夫がいる。どんな工夫かというと、そうむつかしいことではないが、まずポスターになっているようなところを避け、ガイド・ブックをそろえることはいいが、それはそこに出ていない山をさがすために利用することである。

だって宣伝するのは、そこがいい山だからするのでしょう。みんな行きたがるのは眺めがいいから行くのでしょう。わたしだってそういうところへ行きたい。何とすなおなことだろう。それで満足出来るなら問題はない。

私にしても、何の眺望もない山頂よりも、あたりの山々が遠くの遠くまで見える方がいいことは知っている。けれどもそれだけが条件ではないし、もっと別のもっと私にとって大きな条件があれば、つまり人にあわないところ、人間のにおいのしない山へ行きたいとなれば、工夫が必要であるし、一見つむじ曲がりにもならなければなるまいと思う。

この工夫が上達して来ると、太古のままの山とは少々大げさではあるが、踏みあとも見あたらず、倒れた木もそのままの山が見つかる。山麓の人たちは、山登りという彼らにとっては無意味な行為に対して、どうも納得がゆかないように、何しに山へ行くのだとしきりに訊ねる。こっちは返事の仕様がないけれど、これは嬉しい。彼らは焚木を拾うとか、きのこを採るとかいう目的以外には山を考えない。頂上へ行ってみてもほんとうに仕方がない。

私はいまだに山に誘われ、憧れる。しかし、人を山へ誘う気持はない。山登りは非常にむつかしく登る人の気持までこうしろああしろとは言いにくいから、私は決して誘わない。困難の多い、高度の技術が要求される山はもちろんであるが、低い山の藪山歩きにしても、帰って来てほんとうによかったと思うような、そしていつまでも忘れられない山歩きは、決してやさしいものではないと思う。

（一九六二・夏）

＊

一つの山へ登ると、よく晴れていさえすれば、そこから当然周囲の山が見える。遠くの高い山も見える。そして一つの山に登ることによって、時には五つも六つも、次の機会に登りたい山を見つけてくる。こうしてある具体的な期待を抱いて次の山に出かける。私たちの山登りは、だいたいこんなぐあいに続けられている。

しかし時には、どこからも見たことのない山、まだその山について、なんの知識も得る術《すべ》もないところへ出かけて行くこともある。こういう時にも期待は抱かずにはいられないが、それは地図を見て見当をつけるより仕方がない。私たちの山は、ともかく地図をたよりに歩いているが、そういう山を地図の中に発見して、この山頂は草地の記号だし、この沢をたどっても大したことはなさそうだし、里からたいして離れていないから樵夫《きこり》の道ぐらいはあるに違いない、その程度のことから、期待とごく単純な胸のおどるたのしみを抱いて出かけて行く。

地図の読み違えは、こちらが悪いとして、そういう山でも、思わぬ予期に反したことがあるものでそれがまた私には、大袈裟に言えば探検の気分だの、賭《かけ》の気持を起こさせるのでおもしろい。

名前のとおった山で、まだ登っていないところはたくさんある。もう日本中の山は登りつくしてしまったでしょう、という人が時々いるけれども、とんでもない。文芸評論家がすべての本を読み、音楽評論家がすべての音楽を聴いているものと思い込むのと同じで、せまい日本でも、すべての山を登ることは、全く不可能である。

しかし、有名な山を登りのこしていながら、こういう探検と賭の気分の味わえる山へ出かけてはいけない、という登山のルールがあるわけではなく、私はこれからいよいよそういう傾向を辿《たど》って行きそうである。

ヒマラヤの八〇〇〇メートル級の山は、もう私には登れない。しかしその記録を読み、写真や映画で見ているのでよく知っている。どこまで行くと、K2がどんな形で見えるということも知っている。ところが、今年の夏に登った日本海の粟島の小柴山は、そこへ行ってみるまでは、全く容子がわからず、低い山でも、それなりに胸をおどらせて出かけて行った。

こうして出かけて、がっかりすることもあるし、大きな収穫も時にはあって、これならまだ当分私にも山が続けられそうだと思う。（一九六二・秋）

＊

初冬というよりも、すでに冬のきている上高地では、例年のように宿を次々と閉ざしていた。夏の海辺の茶屋のよしずをとりこわすのとはまた違った感じであるが、窓を外側からブリキをはった板でかこい、荒れ狂う冬のあいだの風と雪とから建物を守るためにそれは厳重に行なわれていた。

実際私の滞在中にも、厳冬期のような吹雪が襲い、葉を落した木々は恐ろしいように唸《うな》っていた。そんな中を、穂高や槍から大きい荷を背負って下ってくる若い人たちの姿もずいぶん見かけたし、またこれから山へはいる人たちもいた。

以前十一月にはいった上高地といえば、ほとんどはいる者もなかったが、人の多いのに驚いた。驚いたけれども、それは別にふしぎだと思うほどのことでもなく、一度は人影のとぎれることもあろうけれども、また冬の休みに入ればいっそう多勢の、登山者たちが押しよせるだろう。

そして彼らはすべて、まじめに冬の山を登ろうとしている連中とばかりは思えない。当然の訓練もなしに山へ入って行く人はもちろんのこと、大変な乱暴をしていく者もいるようである。戸締りをしている宿の人にたずねると、閉ざした戸や窓をピッケルで叩きこわしていく者も決してまれな出来事ではないようである。

冬の山小屋での盗難もこれまでに数多く聞いているし、冬の山といえども、油断もすきもならないというのが実際である。雪山での大げんかも、起こる可能性は十分にある。

山の自然は、もちろん四季を通じて恐ろしいものであることはいまさらいうに及ばず、そのために命を失っている人が、たくさん出ているが、山で恐ろしいのは決して吹雪や雪崩ばかりではない。それよりも人間の方がこわい場合がある。

私の友人は冬の山でザイルを盗まれた。またある人たちは、先に荷上げをしておいた食糧を食い荒された。こうなると、それが原因となって命を失うようなことも起こるだろう。そんなぶっそうな冬の山などへは出かけない方が悧口だという人もいるに違いない。それに対してどんな言葉があるだろうか。

経験と注意とがあれば冬の山といっても街よりも安全だなどといっていた、かつての私の言葉も訂正しなければならない。（一九六二・冬）

＊

最近、積雪ににぎわう山へ出かけたことはないが、穂高でも八ヶ岳でも、あるいは南アルプスの方でも、先へ登った人たちの足あとがほとんど消えるひまもないということである。

冬の山の常識として、はげしい吹雪の時には、かなり深くもぐる雪の上を歩いていても、振りかえるともう自分の足あとは風に吹き消されていることも決してまれではないが、その足あとも完全に消えないうちに次のパーティーが続いて来るという、それほど多勢の人が登りに来ているということである。

天気が続けばその踏みあとはいよいよはっきりして来て、また歩きよくもなり、なかには、雪の山は夏の山よりもずっと楽に登れると思って山をのんきに下って来る人があってもふしぎではない。

ところが急に吹きはじめた風は、そんなのんきな気分で歩いている人を突然、白い世界の中に置き去りにしてしまうことがある。進むことも戻ることも、自分がどっちの方向に向かって立っているのかもわからなくなってしまう。

他人の足あとにたよることによって起きるこういう種類のわざわいはまだ幾らでも考えられ、私も他人の踏みあとにまよわされてひどい目にあった経験は一度や二度ではない。私はむしろそういう危険に出会うことが恐ろしいので、人のはいらない雪の山を選びたい。何も足あとのない雪の山へ来ると、責任はすべて自分一人にかかっている。そして未知の山を仰ぐ時には、まるでヒマラヤかどこかの、未登の山をにらんで、ルートを考える時はこんなだろうかと思うことさえある。

少なくも私の冬の山の楽しみの一つは、そのことにある。雪の下の夏の道を知っていても何もならない。また雪の多い少ないによって去年の冬のその山を知っていてもどうにもならない。すべてその場に直面して間違いのない判断が下せるかどうか、それが山の大小にかかわりなく、登り切れるか失敗するかのカギとなる場合が多い。

他人の足あとを辿って行きさえすれば間違いはないという考えは、大変恐ろしい。人のいない雪の山をさがすこと自体がむつかしくなっている現在では。これも無理な注文になるかも知れないが、雪の斜面を前にして、どこを登ればいいかという判断ができるようになってから冬の山を登り出すのがほんとうだと思う。（一九六二・冬）

＊

高等学校時代から友だちになったY君の家へ、何となく話しがしたくなって出かけた。別に用もないのに友人を訪ねるなんて、いったい何年振りのことだろうと思って行った。私は何の用件も目的もないつもりで訪ねたのだが、いろいろな話をしているうちに、自分には彼を訪ねる一つの目的があったことに気がついた。それは別に恥しいことでもないから書いていいと思うが、彼の体の調子はどんなだろうか。それをさぐりに出かけたようなものだった。自分にも気がつかずにそういう目的があった。

今年の春先からこっちは体をこわし、約二カ月、全然仕事も出来なかったありさまで、体が全体に弱って来ると、次々と思わぬ故障がおこって、ひどく心細くなっていた。それで同年輩のY君の健康状態をさぐり、全くどこにも故障がなく、至って元気だと言って胸でもぽんぽんと叩かれたら別だがどこか調子の悪いところでもあれば、そんな話でこっちがひそかに慰められようという腹だった。

期待どおりに彼も以前のように元気ではなかったし、私と同じ故障の人の話などきいて確かに訪ねた効果はあった。

それは別として、彼は、君に返さなければならないものがあると言って、抽斗《ひきだし》から、四角にたたんだ四枚の地図を出した。私は、Y君にそれを貸したことなどは全く忘れていたが、懐しい私の五万分の一の地図で、消しゴムを削って造った山靴のうらとか、パイプをくわえて山を見ている男の横顔だか、そんなゴム印が捺《お》してある。もちろんそれは想い出せるもので、地図をひろげて見ると、歩いたところには朱線が入れてあるし、山名の訂正、谷の名前の書き入れなど、かなり丹念にしてあった。

黒部、立山、槍ヶ岳、上高地のこの四枚の地図は戦争の時に他の山の道具と一緒に全部焼いてしまったものと思い、今は新しい地図を持っているが、中学時代からこのあたりを歩いていた私は、胸のポケットに入れて、雨や雪でしみがたくさんついた地図を、彼に見せて楽しがらせたのかも知れない。そうして、彼は書き込みを写すために私から借りて行って、そのままになっていたから、今私の手許へちょうど三十年振りに戻って来たのである。

Y君とは天上沢の奥に天幕を張って、あらしの中を、帽子なども飛ばされて、槍の北鎌尾根を登ったし、誰も見ていない山の中で、内緒で乱暴もやった。

四枚の地図からは、三十年前の山旅が、幾らでも次々と鮮明によみがえり、葛温泉の近くの道ばたに立って、私たちが大きな荷を背負ってずぶ濡れになって歩いているのをふしぎそうに見ていた茶色の犬の顔まで想い出すのである。新しい地図ではやはりだめである。

彼と、この地図をひろげて、昔の山を語り出したらば際限がないだろう。しかし、昔を想い出していても仕方がない、体がよくなったら、またぼつぼつ出かけようかとは、お互いに言わなかった。（一九六三・夏）

＊

スキーにとりつかれている連中は、この頃のように都会に冷たい雨が降ると、山は雪だろうと考えて頭の中をぽっぽとさせている。

私はここで決していや味を言うつもりはないが、山登りの道具としてではなく、ひたすらスキー場だけでそれを楽しむ方々の中の、またその一部分に、贅沢なことばかりを考え、かつ願っている方々もいるのが少々気になって仕方がない。もともとスキーなどは、ともかく汽車へ乗って遠方へ出かけ宿に泊り、そこで山の上から下へ向って滑るという実に他愛もないことをするのだから、お金の足りない人には出来にくいことである。しかし、それをなるべくお金をかけずに楽しむというのが、話にきくヨーロッパなどのスキーと違った、日本人のスキーの楽しみ方だと思っていたが、それがこの頃はそうは行かない傾向が見えて来た。

汽車が込むから、バスや自家用車で出かけ、泊るところは安い宿や山小屋ではなしに、外国風のホテル。リフト、ロープウェーなどと贅沢には切りがないという設備が出来、そこでお金を使うことを何とも思わなくなって来た。

そして道具も、立派なものに目をひかれ、ケスレーだ、クナイスルだ、ヘッドだと、そのマークのついているのを持ちたがるこの傾向、それに滑稽なほどに派手な衣裳。どうもみんな何をしに出かけるのか分らなくなっているのではないかと思う。

もちろん、スキーの選手たち、あるいは外国のスキー学校の先生たちが実際に見せてくれる新しい技術をまねしてみようということは別におかしくはない。うまい人の見事な滑り方をまねようとして上達するのはスキーに限ったことではない。

しかしそれはスキーそのものについては言えても、衣裳については通用しにくい。うまい人の着ていた同じ柄の衣裳をつけ、その人の穿いていた同じメーカーのスキーを穿くと突然うまく滑れるというのならばともかく、そういうものではない。

このスキー場の贅沢風景はなぜ生れたのだろうか。これはなかなかむつかしい問題が含まれていると同時に、またなかなか興味のある問題でもある。

もちろん複雑ないろいろな要素が考えられるが、女の方々がこういう種類のスポーツに加わって来られると肝心の目的が霞んで来るというようなことも考えられる。それも男に交ってちらほらと女の方の姿が見える時代には影響力もなかったが、今日のようにその数が多くなると、スキーを楽しむという本来の目的がだいぶ霞んでしまった連中がふえる一方である。

私はこの事態とは直接には関係はないからどうなってもいいようなものではあるが、いわゆるスキーヤーのおしゃれ振りには、見ていて寂しくなるものがある。

女性はすべてのスポーツを堕落させるなどと言っているのではないから念のため。

（一九六二・冬）

＊

私はほうぼうの賑かなスキー場をよくは知らないけれど、大変な雑踏だということは一、二度見たことがあるし、わざわざあの長いものをかついで、こんだ汽車で出かけて行っても、人のためにほんのわずかしか滑れなかったという話もたびたび聞く。

それと恐ろしいことは、足を折ったり、顔面に一生がそのために台なしになるような傷をつくってしまう人の大部分は、自分が悪いよりも、知らないものが飛んで来てぶつかって、そのための負傷である。やられたと思った時には、ひき逃げの自動車と同じようにどこかへ姿が見えなくなってしまう。

それにたとえつかまえて見たところで、よけられなかったと言ってあやまられてしまえばそれまでである。たしかにぶつかるのだから上手ではない。

スキー場の交通整理は、何とか考えなければならない問題である。それを誰がやるかはまた別の問題ではあるが、パトロールとか指導員の資格をもっている人たちが、それぞれのスキー場の地形的条件を考えた上で考えたらいいのではないかと思う。

高い塔の上にでも立って交通巡査がかつて交差点でやっていたように、呼び子を鳴らして手を振って、乱暴者に注意するのもいいかも知れないが、一番お互いにどの程度滑れるかを知ることが大切で、二級、三級とバッジ・テストを受けても、それがひと目ではわからないのでこれは役に立たない。

二年ほど前の冬に北海道を旅をしている時に、自衛隊の連中が、暇だと見えてスキーをしているのを見かけた。右腕や左腕に赤い腕章をしているので変だと思いながらしばらく見ていると、右腕にそれをつけている者は右へ廻れない者、左腕のは左へ廻れない者、どっちへも曲がれないのは両腕につけていたかどうかは知らないが、ともかくそれは自分の技倆を明示しているのだった。そしてぶつかった時にはどっちが悪いということが誰の目にもすぐわかるようになっていた。

自衛隊のやっていることは、私の知っている限りでは気にくわないことばかりだが、このスキー場での赤い腕章だけは、誰が考えたのか知らないが、雪の上の人ごみを整理する上で少しは役に立つかも知れないと思った。

ともかく早くぶつかった時に、どっちが悪いかを監視している役目の人をスキー場に置かなければならないと思う。

（一九六二・冬）

後記

尾長が群れて、ひとしきり騒々しく鳴き、まだその季節ではないのに、実る途中で赤くなってしまった柿の実を見つけて奪い合いをした。熟して赤くなった柿ではないので、食べられはしないのに、それでも一羽に占領されてしまうのが口惜しいらしく、ひと騒動起したのだろう。

その尾長がいなくなると油蟬であるが、今日は終日湿度の高い暑さであった。締切日の近付いている短い原稿を二つ書き、郵便局へ持って行った帰えり、普請中の教会がそろそろ完成する頃かと思って見に行った。屋根に十字架が立ち、壁塗りも済み、あとは内装だけというところだった。

その建物の周囲は、絶えず職人が踏んでいるのだろうのに、草がかなり伸びていた。ちからしば、かやつりぐさ、おひしばの類。去年はこの教会の横の細い道で、えのころぐさの花穂をたくさん抜き取って、なんということもなしに、硝子の壺にさしたりしていたが、同じ道に入ってみると、両側とも万年塀が出来て、道も簡易舗装になり、そんな草などは一本もなかった。草などを生やして置くと、不精者のように思われそうだという、都会育ちの人が家を建てたのだろう。

家に戻ると、この後記の分量を知らせる端書が速達で届いていたので、忘れないうちに書いてしまうことにした。

＊

「山のパンセ」という私の本は、どういうことが原因になっているのか、寿命が長い。恐らく出版社がしっかりしていて、出版した本を、決して投げ遣りにしなかったからだと思う。

「山のパンセⅠ」が全書版で出たのは一九五七年で、「若き日の山」（一九五五年）に続く、私の二冊目の山の本であった。その時は、一冊だけのつもりだったので、Ⅰとは刷ってなかった。「山のパンセⅡ」が同じ版型で出たのは一九六二年、続いて翌六三年にⅢが出版された。ⅠとⅡのあいだには、別の出版社から「山の絵日記」「霧と星の歌」など七冊ほど私の山関係の本が出ている。

一九六六年、出版社の希望で「新版山のパンセ」（Ｂ６版上下二巻）になった。この時、私は三冊本のうちから十一篇を除かせてもらい、その代り新たに二篇を加えた。

今度は三たび姿を変えて一冊本になるが、内容は三冊本時代に戻すことになった。その中で最も古い山行と言ってもまだ二十年はたっていない。ところがその間に、山登りの考え方も、その方法も随分変った。拙い自分の文章を訂正しようと思ったが、手の加えようもなくそのままにして置くより仕方がなかった。「山のパンセ」も、やや大袈裟な言い方をすれば、歴史の中に入って資料としての役目を担うことになり、その意味で、各編の終りに執筆した年と月とを記すことにした。

*

私は山登りをやめはしない。そんなことを言った覚えは全くない。山や自然の中で、自分にふさわしい領域を見つけるであろうが、それはまた新しい仕事として書いて行く機会が与えられるだろう。

「山のパンセ」の企画や書名を考えて下さったのは佐々木淳さんで、この本の長寿を悦んで戴けるだろう。この度の新装については私の我儘をよく理解して下さっている大森久雄さんと平野幸男さんにすべてをお任せしたので立派な本になった。改めて感謝と悦びが湧く。

一九七一年秋

解説　『山のパンセ』我が風雪の道標

三宅　修

まさかと思うが、この文庫を手にする若い方のなかで、著者はいったいどんな人なのだろう、とか、どんな履歴の人なのだろうかという疑問を持つ方がいるかもしれない。そんな疑問符には詩人草野心平さんの「二つの詩集」（串田孫一随想集1栞）の一節を読んでいただく方が早い。

〈串田孫一は哲学をやり山に登り絵を描き笛を吹き望遠鏡を眺め顕微鏡にとりつき温度表をつけ、小説を書き、詩を書きその他「博物誌」からも暗示される色んなことをしているが、こういう多彩な角度を珍しく多く持っている点、ひどく独自な存在である。……それらの総てがポエジイに裏打ちされているという点にまた二重の独自性があるように思われる。〉

いかにも詩人らしい大雑把で分かりやすい紹介である。

もう少し詳しく言うなら、旧制東京高校、東京帝国大学哲学科在学中からフランス哲学、パスカルやモンテーニュの研究を続け、若くしてモラリストの思想を血肉化した稀有な学者といわれている。この思想が串田さんのバックボーンといえるだろう。

登山家としては、戦前の谷川岳・堅炭岩で冬期初登攀の記録をもっている、筋金入りの本格派だ。戦時中、一時中断していたが、戦後も激しい山行を続けていたことは多くの山の本を読めば分かる。一九五七年から三、四年の間、世に知られていない秋山郷と鳥甲山を地図で見つけ、四季を通じて通いつめ、作品化している。一方で、それまで登山行為の記録や紀行文に偏っていた登山文化の空白域だった登山行為の昇華を求めて、一九五八年三月、山の芸術誌『アルプ』を発刊、以後二十五年間で三〇〇号におよぶ登山文化の金字塔を立てている。

私はその『アルプ』の創刊から終刊まで編集に関わってきた。それは私にとって生涯の矜持となっている。

一九五一（昭和二十六）年と言えば、敗戦の挫折から漸く立ち直りかけたという世情で、衣食住が辛うじて保たれている程度の、国家も人も貧しい時代だった。私は東京外国語大学に入学し、一般教養科目で倫理学の講義を聞いていた。教壇には若い、はにかむように俯いてしゃべっている先生がいた。それが串田孫一さんとの最初の触れあいで、そのときには気づきもしなかったが、私にとって運命的な出会いであった。

当時三十七歳、若いが日本におけるフランス・モラリスト哲学・文学の第一人者として注目されている方であった。

翌年、山岳部を創立したときに「串田さんが昔山を登っていたらしいよ」という神の声に導かれて、どんな山歴があるかも知らず、半信半疑ながら、部長になっていただいた。この疑問符は一九五三年五月の第一回谷川岳合宿で吹き飛んでしまった。土合山の家での中島喜代志さんとの昔語り、雪渓でのキックステップ登攀、優雅で確実、スピーディなグリセードなどに並ではない年輪を感じさせられてびっくりしたものだ。一九三二年に冬期堅炭岩の初登攀記録があることなど、ずっとあとで知った次第である。

こうして教壇の上と下との関係が、一つテントに潜り込み、同じ釜の飯を食い、苦難と悦びを共にするようになったのである。「人間の皮を一皮むいた人間関係」という表現をした仲間がいたが、年長で経験豊かな山の仲間として、それ以上にモラリスト串田孫一先生の人間としての巨大なオーラにじかに触れることで、青春の真っ只中にいた私たちは変貌していった。それから五十三年間、私たちはそれぞれの道を歩きながら半世紀もの間、師と仰ぎ、トレースを追い続けてきた。

串田さんは一九一五（大正四）年生まれ、一九二八（昭和三）年に私立暁星中学校に入学、十二月に吾妻山で槇有恒さんに山とスキーの手ほどきを受け、一気に山に憑かれていく。翌年『一日二日山の旅』の著者・河田楨《みき》さん、詩人尾崎喜八さんと知り合い、山と文学に接点を持つきっかけとなっていく。山への傾倒は激しくなり、北アルプスの剱岳、穂高連峰、後立山連峰などへの長期山行が増えていくようになった。

一九三二（昭和七）年に中学四年で旧制東京高校に入学し、山岳部に入り、本格的な山行が始まる。夏山合宿は小黒部谷から剱岳、十一月には谷川岳のマチガ沢と一ノ倉沢を分ける東山稜をビバークして登り詰めている。十二月には谷川岳にある成蹊高校の虹芝寮をベースに堅炭岩KⅢ峰の冬期初登攀に成功、それからの数年間は充実した山三昧の青春時代が続いている。一九三六年、東京帝大文学部の哲学科へ入学、一九三七年に処女作『乖離』を出版し、激しかった山行を一時中断している。七月に盧溝橋事件が勃発し、日中戦争から第二次世界大戦へと踏み込んだ年でもある。山を離れた串田さんは、フランス哲学、パスカルやモンテーニュのモラリストの文学へと没頭していった。

一九四五（昭和二十）年八月の敗戦は山形県新庄の荒小屋で迎え、翌年、東京の井の頭公園に近い三鷹町牟礼に戻ってきた。小さな山歩きも少しずつ復活したという。そして一九五〇年に東京外国語大学の助教授として迎えられた。その翌年、私が入学したのである。更に翌年に山岳部を創り、初代の山岳部長になっていただいた。「人生は邂逅する」というのはこのことであろうか。戦後の荒廃がまだ心身に残っている若者たちを優しく包み込んだあのオーラの輝きは、三百冊から五百冊を超えるという作品の愛読者にも当然届いているに違いない。

一九五五（昭和三十）年一月、終戦後初めての山の単行本『若き日の山』が河出書房から出版された。戦前の山に憑かれていたころから、一時中断していた山へ再び戻りだしたころまでの、登山行為と思索とを織り交ぜた、串田孫一の山の誕生であった。

三月に卒業する私への餞《はなむけ》に、その扉に「からまつは今　雪の中　あの秋のこがね色あの春の　あのにほひ」と詩をいただいた悦びは今も新鮮である。

それから二年後の一九五七年四月に第二冊目になる『山のパンセ』が実業之日本社から上梓された。このしゃれた書名には『パスカル「瞑想録（パンセ）」評釈』の著者・串田孫一の山を巡る思索という意味とフランス語のパンセに三色菫の意味があり、Pensée des alpes という高山植物もある、ということで決まったという。いずれにしろ、これはみごとな書名で、凛とした串田孫一像と共鳴している。そのせいだろうか、五年後の一九六二年、『山のパンセII』、更に翌年には『山のパンセIII』と出版された。

目次には、私が卒業後の外語山岳部の厳冬期南アルプスの合宿や五月の鳥海山など、新しく復活した山を巡る作品が並んでいる。そのなかに「不安の夜」という作品があった。我が子が冬山にでかけたあとの親としての不安を書いている。いつも自分を抑えている串田さんらしからぬ文章なのだ。「私は今夜、正直に隠さずいえば心配でたまらない。子供が山へ行っている」。山は厳冬期の穂高岳、中学二年の長男が、若い友人たちと出かけてしまったので、風雪や雪崩など冬山の恐ろしさを知り尽くしている親なればこその心痛なのだ。自身の内面の不安を訴えてはいても、無鉄砲な若い友人たちを責めたり恨んだりしている気配はまったくない。彼らがある日気づいてくれれば、という配慮なのであろうか。

実はその若い友達の一人が私だった。一九五七年一月、スキーをザイテングラートにデポして奥穂高岳に登り、槍沢上部までスキーのシールをきかせて登り詰めたりして、意気揚々と帰ってきたのだが、まさか先生がそんな心配をしていようとは思ってもいなかった。読み終わって申し訳ないことをした、と思ったが、それほど気にはしなかったというのが本音だった。

ところが後年、自分の息子が仲間と盛夏の和賀山塊の縦走へ出かけた後、突然、不安に襲われたことがあった。一緒に山を歩いていると私の倍近くの水を飲んでいる息子なので、水場のない東北の藪山で、真夏のぎらぎらの太陽にあぶられ、体力が持つかどうか、熱中症という言葉はない時代だが、そんな単純な心配が大きく膨れあがってしまったのである。そしてあのときの串田先生の不安は……。親心を知るには若すぎたとはいえ、本当に申し訳なかったとしみじみ思い反省したものだ。いつも思索のフィルターを透過させて表現するはずなのに、生の感情が漏れているのは、よほどの心痛だったに違いない。

その年の七月、串田先生とその長男・和美君と三人で堅炭岩の3峰（KⅢ）を目指した。霧雨に濡れた登攀だったが、頂上で握手を交わしたとき、一月に心配をかけたお詫びと、いくらかの恩返しが出来たような気分になり、視界の閉ざされた雲のなかで、明るさを感じていた。この作品は四冊目の『霧と星の歌』（一九五八年十二月、朋文堂）に収録されているが、作品化に二年近い熟成期間がある。

山に憑かれてひたすら登っていた私たちは、『若き日の山』に出会ってから、登山行為と共に、自然への知識を高め、畏敬を持って山をゆく心、そしてその表現という命題を持つようになった。

『山のパンセ』Ⅰ、Ⅱ、Ⅲがそのガイド役を務めてくれたと思っている。形而上の思索を透して表現される山の文学という深度と広がりをどこまで読み込み理解するか……。山岳写真家の映像にどんな影を落としてきたか。六十年を振り返り、なお生涯現役を願いながら、串田さんのオーラを今も浴び、一歩でも高みへ……。

『山のパンセ』を読み終わり、さらに串田孫一さんのすべてを知りたい方には、『アルプ特集串田孫一』（山と溪谷社）をお勧めする。そのケルンに共鳴し、同じ道を歩いてみたいと思う仲間が増えてくれれば、日本の自然も、社会も、人々も明るい明日を期待できるに違いない。

（写真家）

＊本書は一九七二年二月、実業之日本社より刊行された『山のパンセ』を底本といたしました。

＊今日の人権意識に照らして考えた場合、不適切と思われる語句や表現がありますが、本著作の時代背景とその文学的価値に鑑み、そのまま掲載してあります。

＊文字づかいに関しては、著作権者の意向を尊重し読みやすくするため、副詞などは仮名を使用しています。また難読漢字についてはルビをふるようにしました。

＊明らかに誤植と思われるものについては訂正いたしました。

山のパンセ

二〇一三年十月五日　初版第一刷発行
二〇二五年四月二十日　初版第八刷発行

著　者　串田孫一
発行人　川崎深雪
発行所　株式会社　山と溪谷社
郵便番号　一〇一－〇〇五一
東京都千代田区神田神保町一丁目一〇五番地
https://www.yamakei.co.jp/

■乱丁・落丁、及び内容に関するお問合せ先
山と溪谷社自動応答サービス　電話〇三－六七四四－一九〇〇
受付時間／十一時～十六時（土日、祝日を除く）
メールもご利用ください。
【乱丁・落丁】service@yamakei.co.jp　【内容】info@yamakei.co.jp
■書店・取次様からのご注文先
山と溪谷社受注センター　電話〇四八－四五八－三四五五
ファクス〇四八－四二一－〇五一三
■書店・取次様からのご注文以外のお問合せ先　eigyo@yamakei.co.jp

フォーマット・デザイン　岡本一宣デザイン事務所
印刷・製本　株式会社暁印刷

定価はカバーに表示してあります

Printed in Japan ISBN978-4-635-04765-4

ヤマケイ文庫の山の本

新編 単独行
新編 風雪のビヴァーク
ミニヤコンカ奇跡の生還
梅里雪山 十七人の友を探して
星と嵐 6つの北壁登行
山と溪谷 田部重治選集
ドキュメント 生還
タベイさん、頂上だよ
新田次郎 山の歳時記
トムラウシ山遭難はなぜ起きたのか
サハラに死す
狼は帰らず
マッターホルン北壁
単独行者《アラインゲンガー》 新・加藤文太郎伝 上／下
空へ 悪夢のエヴェレスト
ドキュメント 気象遭難
ドキュメント 滑落遭難

ドキュメント 道迷い遭難
穂高に死す
長野県警レスキュー最前線
深田久弥選集 百名山紀行 上／下
ドキュメント 雪崩遭難
ドキュメント 単独行遭難
ドキュメント 山の突然死
定本 黒部の山賊
新田次郎 続・山の歳時記
人を襲うクマ
八甲田山 消された真実
足よ手よ、僕はまた登る
穂高小屋番 レスキュー日記
侮るな東京の山 新編奥多摩山岳救助隊日誌
ひとりぼっちの日本百名山
北岳山小屋物語
十大事故から読み解く 山岳遭難の傷痕

未完の巡礼 冒険者たちへのオマージュ
岐阜県警レスキュー最前線
富山県警レスキュー最前線
アルプスと海をつなぐ栂海新道
新編 名もなき山へ 深田久弥随想選
日本百低山
41人の嵐 両俣小屋全登山者生還の一記録
大いなる山 大いなる谷
御嶽山噴火 生還者の証言 増補版
続日本百低山

ヤマケイ文庫クラシックス

冠松次郎 新編 山溪記 紀行集
上田哲農 新編 上田哲農の山
田部重治 新編 峠と高原
木暮理太郎 山の憶い出 紀行篇
尾崎喜八選集 私の心の山
石川欣一 新編 可愛い山